Jordan Holiday

One Way Ticket to Love

Kontakt:

Liebe LeserInnen, Ihr möchtet brandheiße News über die Autorin haben – und das aus erster Hand? Ihr seid heiß auf neue Bücher, Gewinnspiele und vieles mehr? Dann schaut doch einfach auf Facebook vorbei. Ich freue mich, mit Euch ins Gespräch zu kommen.

https://www.facebook.com/JordanHolidayAutor/

Jordan Holiday

c/o: Marina Teschner

Lange Str. 2

26676 Barßel

Impressum:

1. Auflage: Mai 2018

Coverfotos:

https://de.fotolia.com/p/203982834 Creaturart

www.pixabay.com

Covergestaltung: © Marina Teschner

Jordan Holiday

c/o: Marina Teschner

Lange Str. 2

26676 Barßel

1. Ella

Wie jeden Morgen stehe ich am Fenster und schaue über den Central Park. Ich liebe diese paar Minuten, die nur mir gehören. Mein dampfender Kaffeebecher, die herrliche Aussicht auf den Park und ich. Nebel streicht ruhig über die ausgedehnten Grasflächen. Das ist das New York, das ich so sehr liebe. Auf der einen Seite quicklebendig und geschäftig, in den frühen Morgenstunden, wenn sich der Nebel über den Park legt, ruhig und melancholisch.

Ich lebe genau so, wie ich es mir schon im zarten Alter von sieben Jahren in den schillerndsten Farben ausgemalt habe. Immer, wenn ich meinen Eltern von meinen Ideen und Plänen vorschwärmte, streichelten sie mir über den Kopf und nannten mich Träumerin. Dann erzählten sie, dass man die Menschen in drei Kategorien einteilen kann. Eine Kategorie ist mir in besonderer Erinnerung geblieben, wofür es einen einfachen Grund gibt. Ich könnte diese Kategorie erfunden haben und bin Vorstandsvorsitzende, sozusagen. Ich habe große Träume, Wünsche und Ziele. Aber vor allem gebe ich alles dafür, dass aus jedem Traum

Wirklichkeit wird, die ich mir mit harter Arbeit und der Sturheit, mit der ich seit meiner Geburt gesegnet bin, selbst gestalte. Hartnäckigkeit zahlt sich eben aus. Auch das habe ich schon im zarten Alter begriffen. Und heute stehe ich hier. An der großen Panoramafensterfront meines Apartments und schaue auf den Park.

Zwei Arme legen sich um meinen Oberkörper.

»Guten Morgen, mein Schatz. Bist Du schon lange wach?«, säuselt mir eine weiche Frauenstimme ins Ohr. IHRE Stimme. Ich seufze. Ihr heißer Atem an meinem Ohr. Kleine Pünktchen bilden sich auf meinem Oberarm und überziehen innerhalb weniger Sekunden meinen Körper.

»Nicht sehr lange. Vielleicht eine Viertelstunde.«, flüstere ich atemlos. Ihr Körper ist noch bettwarm. Wie jeden Morgen schmiegt sie sich von hinten an mich und legt ihren Kopf auf meine Schulter. Wange an Wange schauen wir gemeinsam aus dem Fenster. Glückliches Lächeln schleicht sich in meine Augen.

»Warum kommst Du nicht wieder ins Bett?«, säuselt sie und haucht mir einen Kuss, leicht wie eine Feder, aufs Ohrläppchen. Sie atmet schwer und drückt ihren Körper an meinen.

»Weißt Du eigentlich, dass Du zum anbeißen süß aussiehst? Ich könnte Dich schon wieder … vernaschen.«

Ich stöhne unterdrückt. Wie gerne würde ich ihrem liebevollen Drängen nachgeben. So, wie ich es sonst immer mache.

»Sorry, Sharon. Ich muss zu einem Termin.«

»Am Sonntag? Seit wann hast Du am Sonntag Termine? Wird das jetzt unsere Zukunft sein? Ein paar Minuten in der Nacht und ein paar am Morgen? Wirst Du mir noch mehr aus dem Weg gehen, als Du es sowieso schon machst?«

Ich lege meine Stirn in Falten. Wie kommt sie nur darauf, dass ich ihr aus dem Weg gehe? Offensichtlich haben wir ein unterschiedliches Verständnis für aus dem Weg gehen. Ich nehme mich selbst eigentlich als ziemlich anhänglich wahr. Jede Minute, in der ich nicht mit meinem Bio-Catering-Unternehmen beschäftigt bin, verbringe ich mit ihr – und das vorzugsweise im Bett. Ich wüsste wirklich gerne, warum sie denkt, ich würde ihr aus dem Weg gehen.

Ehrlich gesagt empfinde ich ihre Anschuldigung nicht nur als unangemessen, sondern sogar als anmaßend. Auch mein Tag hat nur vierundzwanzig Stunden. Ich arbeite hart, um uns das Leben zu ermöglichen, das vor allem Sharon sich wünscht. Mir persönlich würde es nichts ausmachen, wenn ich etwas weniger Geld zur Verfügung und dafür vielleicht etwas mehr Zeit für mich hätte.

Sharon und ich betrachten unsere Situation aus völlig unterschiedlichen Perspektiven. Während sie den ganzen Tag Zeit hat, um all das zu tun, wonach ihr der Sinn steht, verlasse ich morgens im Eilschritt das Haus, hechle von Termin zu Termin und finde kaum Zeit zum Mittagessen.

Zeit für mich allein? Hatte ich gefühlt das letzte Mal, bevor ich mit ihr zusammenkam. Seit sie mich vor etwas mehr als drei Jahren überzeugt hat, dass eine Hochzeit mit ihr das beste wäre, was das Leben für mich bereit hält, hat sich daran nicht viel verändert.

Sharon sorgt jeden Tag dafür, dass ich nicht vergesse, dass SIE die Hauptrolle für mich spielt. Sie ist ein sehr präsenter Mensch, der aufblüht, wenn sie mit Zeit und der einen oder anderen spontanen Überraschung überhäuft wird. Eine Weltreise hier, ein Wellnesswochenende da. So stellt sie sich ihr Leben an meiner Seite vor. Dass mich die vielen vermeintlichen Kleinigkeiten viel Geld und noch mehr Zeit kosten, will sie oft nicht so wahrhaben.

Dann wirft sie mir vor, ich würde mich in Arbeit vergraben, um nicht so viel Zeit mit ihr verbringen zu müssen. Vielleicht liegt sie mit ihrer Anschuldigung gar nicht mal so ganz verkehrt. Sharon hat ein sehr einnehmendes Wesen, dem ich mich nur schwer entziehen kann. Trotzdem wäre ich glücklicher, wenn ich ab und zu ein paar Minuten nur für mich alleine hätte. Wie gerne würde ich in Ruhe ein Buch lesen, oder mit meiner Kamera durch das Viertel ziehen, ohne dass Sharon gelangweilt neben mir steht und mir die Ohren voll jammert.

Sie braucht Action und Party, Dinner in gehobener Atmosphäre – und ich brauche ab und zu meine Ruhe. Ich wünschte, sie würde mich einfach so sehen, wie ich bin.

Während der ersten Monate unserer Beziehung drehte sich ihr ganzes Denken und Handeln um mich. Sie gab alles, um mir jeden Wunsch von den Lippen abzulesen. Sie schmeichelte mir. Ich fühlte mich geliebt und gebraucht.

Irgendwann hat sich alles verändert und wir redeten kaum noch miteinander – und wenn, dann diskutierten und stritten wir heftig. Ich bin kein streitsüchtiger Mensch, unterbuttern lasse ich mich aber auch nicht gerne. Aber vor allem mag ich es nicht, wenn mir jemand Vorwürfe für etwas macht, was sich nicht so einfach ändern lässt. So wie jetzt zum Beispiel.

Ich versuche, mich in ihren Armen umzudrehen. Erfolglos. Sie dreht ihren Kopf zur Seite und entfernt sich brummend von mir. Die plötzlich eintretende Kälte an meinem Rücken lässt mich überrascht erzittern. Ich liebe sie. Ich liebe sie wirklich. Aber manchmal neigt sie so sehr zu Theatralik, dass ich nicht weiß, wie ich damit umgehen soll.

Sharon und ich sind seit ein paar Jahren ein Paar. Wir haben schon viel zusammen erlebt und genießen jetzt den Erfolg meiner Arbeit. Sie hat ihren Job aufgegeben und ist seit ungefähr zwei Jahren das Gesicht meiner Werbekampagnen. Sharon ist eine bildschöne Frau mit einer Ausstrahlung, die mir vom ersten Moment an den Boden unter den Füßen weggezogen hat. Ich fühlte mich von ihr angezogen wie Mücken von meinem Blut. An dieser Anziehung hat sich seitdem wenig geändert. Ich hänge an ihr und obwohl ich mich nach Zeit für mich alleine sehne, kann ich mir ein Leben ohne sie schon lange nicht mehr vorstellen.

Leider streiten wir in der letzten Zeit immer häufiger. Sie wünscht sich so sehr ein ganzes Haus voller Kinder. Ich weiß nicht, wie oft wir in den vergangenen Wochen ein und die gleiche Diskussion geführt haben. Nach dem zehnten Mal habe ich aufgehört zu zählen. Wir ergänzen uns nahezu perfekt, außer in diesem einen Punkt, in dem unsere Haltungen komplett auseinander driften.

»Wie soll es denn jetzt weitergehen? Mit uns, meine ich?«, höre ich sie so leise fragen, dass ich mir nicht sicher bin, ob ihre Frage mir gilt, oder ob sie nur laut denkt. Ich runzle die Stirn und wappne mich innerlich für die nächste Runde in unserer täglichen Kinder-Debatte. Wir sollten an einer Talkshow teilnehmen. Sicher hätten die Amerikaner einen Heidenspaß, uns dabei zuzusehen, wie wir uns zerfleischen, uns danach in den Armen liegen, unsere Lippen aufeinander pressen, und das Thema auf einen anderen Tag verschieben.

Geräuschloses Seufzen huscht über meine Lippen. Wie ich diese Diskussionen *liebe*.

»Hast Du gehört, was ich gesagt habe?« Sie hat mir den Rücken zugedreht und obwohl ich weiß, dass sie mich nicht sehen kann, nicke ich.

»Ja.«, antworte ich leise.

»Und? Was hast Du dazu zu sagen?«

Nichts. Ich will nicht reden. Nicht jetzt. Nicht über dieses Thema.

»Äh. Sharon, ich muss wirklich los. Ich habe in einer halben Stunde einen Termin.«

»Dann geh doch zu Deinem Termin. Dein Laden ist Dir doch sowieso viel wichtiger als ich.« Och neee. Nicht wieder diese Leier. Ich stehe immer noch am Fenster und während ich versuche herauszufinden, wie oft ich in den letzten Tagen das tiefe Seufzen, das in diesem Moment aus meiner Brust kommt, gehört habe, lasse ich meine Blicke über den Central Park gleiten. Eine Möwe fliegt an mir vorbei. Würde uns nicht die Glasscheibe trennen, könnte ich über ihr Gefieder streichen. Neidisch schaue ich der Möwe hinterher. Wie sie ihre Kreise am Himmel zieht, völlig losgelöst von Pflichten und Erwartungen anderer. Es muss schön sein, so frei und unabhängig zu sein.

Ich drehe mich um und gehe langsam auf Sharon zu. Sie jagt ihren Löffel so wild durch ihren Kaffeebecher, dass ich mich frage, ob sie vorhat, Kaffeeshake herzustellen.

»Sharon … ich … «, beginne ich in einer Stimmlage, die so klingt, als hätte ich die letzten Tage mit dem Genuss härterer alkoholischer Getränke verbracht. Meine Stimme bricht. Ich mag diese Diskussionen nicht. Viel lieber würde ich Sharon in meine Arme schließen, meine Lippen auf ihre legen und mich ihr hingeben, bis wir erschöpft in die Matratze sinken.

»Ich ziehe mich doch nicht von Dir zurück. Aber ich muss wirklich zu diesem Termin. Wenn ich wieder da bin, reden wir. Okay?«

»Wenn Du meinst. Vielleicht bin ich dann schon nicht mehr hier, aber das wird Dir sicher kaum auffallen. Du bist so mit Dir selbst und Deinem Erfolg beschäftigt, dass Du mich an Deiner Seite überhaupt nicht mehr bemerkst.« Sharons Stimme hat jeglichen jammernden und wehleidigen Unterton verloren. Sie klingt nur noch traurig und vom Leben, aber vor allem von mir, enttäuscht.

Es macht mich unglücklich, sie so zu sehen. Noch unglücklicher macht mich nur ihre Vorwurfhaltung. Sie hat nicht ganz unrecht. Neben meinem Job findet sich wenig Zeit, die nur uns beiden gehört. Aber was soll ich denn machen? Unser Lebensstandard frisst viel von dem Geld, das ich Monat für Monat nach Hause bringe. Außerdem ist mein Unternehmen gerade auf einem guten Weg, sich zu einem der besten Catering-Services der Stadt zu entwickeln. Und das, obwohl ich ursprünglich keine Ahnung vom kochen hatte. Ich konnte Fisch von Fleisch unterscheiden. Damit endeten meine kulinarischen Fähigkeiten aber auch schon. Ich wusste nicht, wie man Gewürze und Kräuter so kombiniert, dass sie den Gaumen verwöhnen. Aber ich aß gerne.

Also habe ich meine Vorliebe für alles was mit Essen zu tun hat und mein Bedürfnis für nachhaltige Küche aufgegriffen und daraus eine Idee entwickelt. Ich belegte

Kochkurse und Kurse für Betriebswirtschaft und voilà – die Basis für mein Bio-Catering-Unternehmen war geboren.

Für den Rest habe ich nach den besten und innovativsten Köchen, Bäckern und Konditoren Ausschau gehalten und ich habe sie gefunden. Wahrscheinlich sind sie der Hauptgrund für den Erfolg meines Unternehmens.

Ich habe Geld investiert, das ich eigentlich gar nicht hatte. In den ersten Jahren wusste ich nicht, wovon ich die Miete und die Gehälter meiner Angestellten bezahlen sollte. Während der letzten fünf Jahre lässt sich allerdings eine deutliche Änderung im Lebensstil der New Yorker erkennen. Mein Geschäft erlebt seitdem einen Aufschwung, den ich mir selbst nicht richtig erklären kann. Ich kam in den Luxus, einen Manager einzustellen und zwei Assistenten, die im Fall meiner Abwesenheit meinen Job übernehmen.

Seit ich mit Sharon verheiratet bin, muss ich sehr viel häufiger auf meine Assistenten zurückgreifen. Sie liebt es zu reisen und ich bin die letzte, die ihr den Wunsch nach einem weiteren Land auf ihrer Karte, ausschlagen würde.

Sharon profitiert von unserem Erfolg genauso wie ich selbst. Ich kann mich noch gut an den Tag erinnern, als sie den Job, den sie mehr hasste als alles andere in ihrem Leben, aufgab. Wir haben gefeiert. Ein ganzes Wochenende lang. Im Bett. In der Badewanne. Auf dem Sofa. Und auf dem Küchentisch. Mehrmals.

Seitdem engagiert sie sich ausschließlich für soziale Projekte und geht darin auf. Wenn ich Abends von der Arbeit nach Hause komme, erzählt sie von ihren Erlebnissen und sprudelt förmlich über. Allerdings ist durch ihre Arbeit der Wunsch nach eigenen Kindern immer lauter geworden, eine Tatsache, die ich lieber ignorieren würde.

Ich liebe Kinder. Wirklich. Nur eben nicht in meinem Haushalt. Solange ich nur ein paar Stunden mit ihnen zu tun habe, ist meine Welt in Ordnung. Für mehr fehlt mir einfach die Geduld. Ich möchte am Abend nach Hause kommen, mich an Sharon kuscheln und mit ihr die Zeit genießen. Nur mit ihr. Ich teile nicht gerne – und am allerwenigsten sie und ihre Aufmerksamkeit und Liebe. Auch nicht mit einem Kind oder gar mehreren Kindern. Außerdem möchte ich mich im Urlaub in noblen Hotels auf Mauritius oder den Seychellen verwöhnen lassen und nicht durch Disneyworld hetzen oder sonst irgendeiner Beschäftigung nachgehen, die Kinder lieben. Ich bin keine zwanzig mehr. Ich brauche meine Ruhe. Und vor allem brauche ich Schlaf. Ungestörten Schlaf.

Ich möchte meine freie Zeit nicht mit Gesprächen über voll geschissene Windeln, erste Worte und die erste Schlägerei auf dem Schulhof verbringen. Das passt einfach nicht zu mir.

Mag sein, dass manche mich für karrieregeil und abgebrüht halten, aber so bin ich nun mal. Ich weiß was ich will. Und vor allem weiß ich, was ich nicht will. Ich will nicht die Verantwortung für eigene Kinder tragen. Jeder, der mich kennt, weiß, dass ich nicht für Kinder gemacht bin. Ich kann mit ihnen spielen und mir tausend Sachen ausdenken, mit denen ich sie hoch jagen kann. Mit dem runter bringen, wenn sie durch den Wind sind, habe ich jedoch so meine Schwierigkeiten. Kinder animieren liegt mir. Der Rest? Eher nicht.

Gut möglich, dass an den Vorwürfen, die Sharon mir in der letzten Zeit regelmäßig um die Ohren haut, etwas dran ist. Vielleicht bin ich egoistisch. Vielleicht kenne ich mich aber auch nur zu gut. Schließlich halte ich es schon ein paar Jahre lang mit mir aus.

Ich will erfolgreich sein. Meinen Platz in der Welt einnehmen und mich behaupten. Ich will etwas bewirken. Ich will einfach sein wie ich bin und ich will nicht, dass jemand versucht, mich zu verändern.

Schon wieder krabbelt so ein komisches Seufzen über meine Lippen. Sharon dreht mir immer noch den Rücken zu und ist offensichtlich nicht gewillt, sich mir zu zeigen. Sie ist so jung und wunderschön. Wenn ich es ermöglichen kann, erfülle ich ihr jeden ihrer zahlreichen Wünsche. Nur diesen einen Wunsch, den kann und will ich nicht erfüllen.

Babybrei statt Candle-Light-Dinner, vollgekotzte Schlabbershirts statt Business-Kleidung. Familienvan statt Cabrio. Nein, das alles bin nicht ich.

»Vielleicht sind wir doch zu verschieden.«, sagt sie mit leiser Stimme mehr zu sich selbst als zu mir – und hat mit ihrer Vermutung wahrscheinlich gar nicht so unrecht. Ich weiß es nicht. Bis jetzt dachte ich eigentlich, dass wir uns mit unserer grundlegenden Haltung ähneln, oder uns zumindest immer näher kommen. Aber natürlich kann ich mich auch täuschen.

»Ich will nicht, dass Du gehst.«, flüstere ich und schlucke die Tränen, die sich in meinen Augen bilden, hinunter. Ich will nicht, dass sie bemerkt, wie weh sie mir mit ihren Worten tut.

Seit ich sie das erste Mal gesehen habe, wollte ich sie. Und ich will sie immer noch, wahrscheinlich mehr als jemals zuvor.

»Ich liebe Dich doch.«, flüstere ich. Langsam dreht sie sich zu mir um und schaut mich an. Aus diesen großen dunklen Augen, die mich immer wieder an ein Robbenbaby erinnern. So unschuldig. So rein. So klar.

Sharon ist jung. Jung und temperamentvoll. Genauso temperamentvoll wie sie mit mir streiten kann, liebt sie mich auch. Dann presst sie ihren Körper an meinen und nimmt sich, was sie will. Ich will sie. Für den Rest meines Lebens will ich sie.

»Ich liebe Dich doch auch. Es tut nur so weh, dass Du keine Kinder mit mir willst. Es verletzt mich, dass Du nicht einmal darüber nachdenken willst. Verstehst Du?«

Ich nicke zaghaft. Natürlich verstehe ich sie. Besser als sie denkt. Trotzdem kann ich nicht aus meiner Haut.

»Wir haben alles, um einem oder mehreren Kindern ein gutes Leben bieten zu können. Stell Dir doch nur mal vor, wie schön es wäre, wenn Du und ich und ein paar Kinder… «

Ich schaue sie an. Meine Augen versinken in ihren. Ich will jetzt nicht mehr sprechen. Ich will auch nicht mehr denken. Und noch weniger will ich zu dem Termin gehen. Ich will nur noch sie. Natürlich nackt. Ich will ihre Hitze spüren, möchte fühlen, wie sie sich an mich presst. Und ich möchte hören, wie sie meinen Namen haucht, kurz bevor ich sie über die Klippe katapultiere, um sie unten wieder aufzufangen.

Ich lege meine Arme um ihren Oberkörper und ziehe sie an mich. Meine Lippen sind von den Küssen letzte Nacht noch geschwollen. Hitze strömt mir entgegen. Sharon seufzt und presst sich an mich. Ich beiße sanft in ihre Unterlippe und bitte um Einlass, den sie mir ohne zu zögern sofort gewährt. Meine Zungenspitze trifft auf ihre. Was auch immer der Mann, der auf den Termin heute Vormittag gedrängt hatte, von mir will ist mir egal.

Dafür sorgt Sharons Bein, das sich um meine Schenkel legt und ihre Zunge, tief in meinem Mund. Sie sucht mich, neckt mich und lockt mich aus mir heraus. Ihre Lippen stoßen einen kehligen Laut aus. Wie sehr ich sie liebe. Fahrig fahren ihre Hände über meinen Rücken und krabbeln unter das alte Hemd, das ich bei kühleren Temperaturen so gerne als Nachtwäsche trage. Außer dem Hemd trage ich nichts. Ein leichtes für sie, mir so nahe zu kommen, dass ich jede Haftung zum Boden innerhalb weniger Sekunden verliere. Ihr Knie reibt über meine Mitte. Ich stöhne und wimmere. Laut und ungehalten presse ich die Luft aus meinen Lungen.

Sie ist die Frau, die ich will, die, die ich immer wollte. Stoff fällt. Ich habe sie. Nackt. In meinen Armen. Die Frau meiner kühnsten Träume.

»Was ist mit Deinem Termin?«, fragt sie zwei Stunden später und legt ihren Kopf auf meinen nackten Bauch. Mein Brustkorb hebt und senkt sich hektisch, während sie mit Unschuldsmiene im Gesicht ihre Hand um meine Brustwarze kreisen lässt.

»Keine Ahnung.«, murmle ich und keuche abgehackt.

»Bist Du sicher, dass Du in Ordnung bist? Sobald es um Dein Geschäft geht, verstehst Du doch sonst keinen Spaß. Du sagst doch immer, dass Du es Dir nicht leisten kannst, einfach einen Termin sausen zu lassen. Du würdest sogar mitten in der Nacht losfahren, wenn jemand es von Dir verlangen würde. Vielleicht solltest Du doch mal einen Arzt aufsuchen?« Ich kneife die Augen zusammen. Spinne ich, oder zeigt sie mir jetzt wirklich einen Vogel?

»Ich brauche keinen Arzt.«, knurre ich. Meine Augen sind nur noch zwei schmale Schlitze. »Der Termin betrifft ausnahmsweise nicht die Firma, sondern mich persönlich.

Ich rufe den Mann einfach morgen an und vereinbare einen neuen Termin.«

»Dich persönlich?« Au! Verdammt! Quietsche doch nicht so laut! Mein Schädel dröhnt. SO hatten wir nicht gewettet. Der Tag entwickelt sich in eine völlig falsche Richtung. »Und dann hältst Du es nicht für nötig, mit mir darüber zu reden?«, schimpft sie ungehalten und schickt ein ganzes Köcher voller Giftpfeile los.

»Sorry.«, stammle ich leise. Mein Kopf steht kurz vorm explodieren. Habe ich gehofft, dass sie sich beruhigt, wenn ich ihr einen Blick zuwerfe, der sie an einen geprügelten Hund erinnert, liege ich auf dem Holzweg. Sie schimpft und flucht. Wie ein Rohrspatz. Eine geschlagene Stunde lang. Sie sitzt dabei nicht etwa auf dem Sofa oder einem der Barhocker. Nein. Natürlich nicht. Sharon kann schon in normalen Momenten nicht ruhig sitzen. Wenn sie erregt ist schon gar nicht. Wie ein wild gewordenes Raubtier tigert sie durch die Wohnung, reißt Türen auf und schließt sie mit lautem Krachen wieder.

»Okay. Also ein persönlicher Termin, bei dem meine Anwesenheit nicht erwünscht ist. Suchst Du einen Arzt auf? Eine Behandlung, von der ich nichts wissen darf? Bekommst Du vielleicht eine Schamlippenstraffung? Würde Dir bestimmt nicht schaden. Schau mich nicht so an. Du weißt selbst, dass Du langsam in das Alter kommst, in dem Schamlippenstraffungen wahre Wunder bewirken.«

Meine Augen sprühen Funken. Was mir hier zu Ohren kommt, kann ich kaum fassen. Fehlt jetzt eigentlich nur noch, dass sie mir erzählt, dass sie nur wegen meines Geldes mit mir zusammen ist.

»Das war ein Scherz. Du hast jetzt nicht geglaubt, dass ich das ernst meine, oder?« Doch. Eigentlich schon. Ich bin nicht in der Lage, etwas zu sagen. Lachen geht aber auch nicht. Dafür fühlt sich ihr vermeintlicher Scherz dann doch zu ernst an.

Wahrscheinlich könnte ich besser mit ihren Sprüchen umgehen, wenn es das erste Mal wäre, dass sie mich auf diese herablassende Weise drangsaliert. Dem ist aber nicht so.

Bis sie auf ihr neues Lieblingsthema – eigene Kinder – stieß, nörgelte sie ständig an meiner Figur herum. Dabei bin ich, bis auf das Röllchen über dem Bund meiner Hosen, eigentlich ziemlich schlank. Gut, okay. Ich esse gerne. Und auch gerne ab und zu mehr, als meinem Körper gut tut. Aber … hallo? Das Leben ist doch viel zu kurz, um es mir mit Diäten und anderen Qualen zu versauen. Sharon hat wenig Verständnis für meine Art, die Welt und das Leben zu betrachten. Sie nörgelt an mir herum und wünscht sich eine Frau, die so schlank ist, dass sie in jeder Lebenslage gut aussieht und Sexappeal ausstrahlt. Die Frau an ihrer Seite muss gewisse Kriterien erfüllen. Ein gutes finanzielles Polster ist nur eine davon.

Deshalb habe ich auf ihr Drängen in den letzten Jahren verschiedene Diäten ausprobiert, bin aber immer wieder mit Pauken und Trompeten untergegangen. Meine erfolgloseste Lieblingsdiät ist FDH. Wenn man, wie ich, statt FDH FDD praktiziert, braucht man sich auch nicht wundern. Das doppelte futtern bekommt keinem Hosenbund besonders lange. Also habe ich diese Diät aufgegeben, bevor ich überhaupt richtig damit angefangen habe.

Der nächste, nicht minder erfolglose Versuch, ein paar Kilo von den Rippen zu bekommen, war meine Schokoladendiät. Ich habe über den Zeitraum weniger Tage nichts außer Schokolade gegessen. Sehr lecker. Sehr gehaltvoll und vor allem so effektiv, dass ich am Ende meiner Diät losgezogen bin, um neue Kleidung zu erstehen – eine Größe größer als vor Beginn.

Sharon macht eigentlich ständig irgendeine Diät. Ich kann das nicht. Ich werde muffelig, mitunter sogar ungenießbar, wenn ich nicht das essen kann, was ich mir einbilde. Allein der Gedanke an den herablassenden Ausdruck, den sie immer dann in den Augen hat, wenn ich mir ein richtig leckeres Steak bestelle, treibt mir ein breites Grinsen ins Gesicht. Oh ja, ein Steak. Das wäre es jetzt. Mir läuft das Wasser im Mund zusammen. Einzig Sharons Stimme katapultiert mich zurück auf den Boden der steaklosen Tatsachen.

»Im Prinzip ist es doch eigentlich völlig egal, was Du für einen Termin hast. Er betrifft Dich allein. Ist doch in Ordnung.«

Einmal mehr von ihrer wechselhaften Stimmung überfordert, versuche ich mich an einem Lächeln, das allerdings noch reichlich schief gerät. Sie zieht mich an sich und presst ihre Lippen auf meine.

»Tut mir leid. Ich wollte Dich nicht angreifen.«, murmelt sie zwischen zwei Küssen und lehnt sich an mich. »Irgendwie war ich nicht ich selbst.« Sie presst ihren Körper an meinen. Heiße Haut trifft auf meine.

Eine halbe Stunde später streckt sie sich nackt und wohlig seufzend neben mir aus. Versöhnungssex ist toll.

Miss Montanaro? Miss Montanaro! Warten Sie bitte!« Ich drehe mich um. Ein älterer Mann mit schütterem Haupthaar eilt auf mich zu. Wer ist dieser Mann und was will er von mir? Warum schaut er mich so komisch an? Ich lasse ihn nicht aus den Augen. Bei jedem Schritt schwingt die Tasche, die er mit seiner faltigen Hand umklammert, vor und zurück. Er wirkt abgehetzt.

»Ich habe es leider nicht rechtzeitig zu unserem Termin geschafft.«, sagt er und japst nach Luft. Er beugt sich nach vorne und stützt seine Hände auf den Oberschenkeln ab. »Und da dachte ich mir … komme ich einfach vorbei. Gibt es hier irgendwo ein kleines Café, in dem wir ungestört reden können?«

Eigentlich hatte ich nur kurz ein paar Stücke Kuchen für Sharon und mich organisieren wollen, um mich dann wieder mit ihr ins Bett zu verkrümeln. Auseinandersetzungen und heißer Versöhnungssex kosten Energie und die füllt man am besten mit New York Cheesecake wieder auf. Ich liebe diesen Kuchen. So sehr, dass ich mich hineinlegen könnte.

»Woher wissen Sie wer ich bin? Wie haben Sie mich gefunden?«, frage ich und versuche nicht einmal, meine Skepsis zu verbergen. Es schockiert mich, dass man mich offensichtlich so einfach auffinden kann. Wer weiß, seit wann er jeden meiner Schritte dokumentiert? Leichtes Frösteln überzieht meinen Körper. Ich betrachte ihn mit einer Mischung aus Unsicherheit und Neugier. Gleichzeitig verspüre ich das Bedürfnis, ihn einfach stehen zu lassen. Ich empfinde ihn und die Gefühle, die er in mir auslöst als unangenehm, sogar abstoßend.

»Das ist mein Job, Miss.«

»Und was sind Sie von Beruf, Mr. …?«

»Oh, entschuldigen Sie bitte. Frederic Miller mein Name. Ich bin Privatdetektiv. Und Notar.« Mit zerknirschtem Gesichtsausdruck kramt er in seiner Jackentasche und reicht mir eine zerknitterte Karte. Ein

Notar? Sind Notare nicht meistens Überbringer schlechter Nachrichten?

»Und was wollen Sie von mir, Mr. Miller?« Wie schon am Telefon ein paar Tage zuvor, bin ich immer noch überzeugt, dass eine Verwechslung vorliegen muss. Meine Eltern hätten mich doch angerufen, wenn etwas passiert wäre. Verwundert lege ich meine Stirn in Falten.

»Ich wollte sowieso gerade Kuchen holen. Wenn Sie wollen, können Sie mich gerne begleiten.« Meine Lippen formen die Worte, bevor ich sie zurückhalten hätte können. Der Notar nickt und schenkt mir ein freundliches Lächeln. An seiner Seite gehe ich durch die Straßen und bekomme doch nichts mit.

Die Frage, was er von mir will, beschäftigt mich so sehr, dass ich weder den leichten Regen, noch das Zwitschern der Vögel, an dem ich mich sonst immer erfreue, wahrnehme.

Da bist Du ja endlich. Ich habe mir Sorgen um Dich gemacht. Wo warst Du? Musstest Du den Käsekuchen selbst herstellen?« Sharon eilt auf mich zu.

Mit einem tiefen Seufzen, das seinen Weg aus meiner Brust über meine Lippen findet, schließe ich die Tür. Die junge Schönheit, mit der ich mein Leben teile, fliegt mir in die Arme. Leises Platschen. Die Tüte mit dem Käsekuchen landet schwungvoll auf dem Boden. Etwas langsamer die Papiere, über denen ich während der letzten beiden Stunden mit dem Notar Mr. Miller gebrütet habe. Sharon legt ihre Lippen auf meine. Ihre Zunge dringt tief in meinen Mund. Obwohl ich ihren Kuss erwidere, bin ich nicht richtig bei der Sache.

»Willst Du mir erzählen, was mit Dir los ist?«, fragt sie und schnappt nach Luft.

Würde ich ja gerne, wenn ich wüsste, wo ich anfangen soll. Sharon löst sich von mir und fixiert mit ihrem Blick aus den dunklen Augen abwechselnd mich und die Papiertüte mit dem Käsekuchen.

»Musste noch mal umkehren. Kuchen vergessen.«, brummle ich und lache. Selbst für mich klingt mein Lachen hohl. Kein Wunder also, dass Sharon irritiert den Kopf hebt und mich eingehend mustert.

»Du willst mir also allen Ernstes erzählen, dass Du in der Bäckerei warst und den Kuchen vergessen hast?«, quietscht sie mit hoher Stimme. Ja. Schon. So ungefähr zumindest. Ich nicke zaghaft, schaue sie aber nicht an. Sharon ist eine liebenswerte junge Frau, aber wenn sie das Gefühl hat, dass ich nicht ehrlich zu ihr bin, kann sie zur Furie werden. Dann kreischt sie in so hohen Tönen, dass das Bedürfnis, mir die Ohren zuzuhalten übermächtig wird. So auch jetzt. Ihr Schrei hallt zwischen den Wänden unserer Wohnung. Gläser klirren. Ein Wunder eigentlich, dass die Fenster ihrem Schrei standhalten.

Es überrascht mich nicht besonders, dass sie mir meine Geschichte nicht abnimmt. Wer ist schon so trottelig und vergisst den Kuchen in der Bäckerei? Wahrscheinlich niemand – außer mir.

»Du lügst! Hast Du eine andere?« Ich schüttle den Kopf. Als ob ich so dumm wäre, sie zu betrügen. Eine Frau wie Sharon McInnes betrügt man nicht. Eine Frau wie sie trägt man auf Händen und gibt ihr alles, wonach sie verlangt. Eine schwarze Kreditkarte zum Beispiel.

»Sorry, Sharon. Aber ich lüge nicht. Ich habe den Kuchen wirklich vergessen.«

»Bekommst Du etwa Alzheimer?«

Ich schüttle den Kopf. Langsam und ruhig. Wäre mir die Situation nicht so unangenehm, müsste ich glatt lachen. Alzheimer. Wenn hier jemand von uns vergesslich ist, dann ist das meistens sie. Wie oft suchen wir jeden Tag ihren Schlüssel? Ihr Handy? Oder ihre Brille, die sie über dem Vorbeigehen irgendwo ablegt und sich schon zwei Minuten später nicht mehr an ihr Versteck erinnern kann? In unserer Wohnung gibt es viele Verstecke. Nein, Alzheimer habe ich nicht. Vergesslich bin ich auch nicht.

Nach dem Gespräch mit Mr. Miller war ich nur zu aufgewühlt, um an den Kuchen zu denken. Nachdem ich fast eine Stunde ziel- und planlos durch den Park gelaufen bin, den Enten beim Tauchen zugeschaut habe und mich langsam auf den Heimweg machen wollte, fiel mir ein, dass ich irgendetwas vergessen habe. Also kehrte ich um und holte den Kuchen, der auf dem Tresen auf mich wartete. Mario Celentano, der Inhaber der kleinen aber feinen Bäckerei, empfing mich mit einem Grinsen, das mich doch sehr an einen Breitmaulfrosch erinnerte.

»Es tut mir leid. Ich wollte nicht, dass Du Dir Sorgen machst.«, stammle ich schuldbewusst.

»Sorgen? Was heißt hier Sorgen? Ich habe jedes Krankenhaus im Umkreis angerufen. Aber nein. Sorgen habe ich mir nicht gemacht. Was ist eigentlich los mit Dir? Du benimmst Dich so komisch.«

»Erinnerst Du Dich an den Termin, den ich heute Vormittag hätte haben sollen? Er hat mich vor der Tür abgefangen, als ich den Kuchen holen wollte.«

»Wer hat Dich abgefangen? Dein Termin?« Ich nicke schnell.

»Sozusagen. Mein Termin heißt Mr. Miller. Er ist Notar.«

»Notar? Was hast Du denn mit einem Notar zu tun? Verheimlichst Du mir etwas? Hast Du vielleicht vor, uns ein Haus zu kaufen? In Brooklyn werden gerade viele Häuser zum Verkauf angeboten. Wäre es nicht toll, wenn wir dort leben könnten? Zwischen Künstlern und Musikern und Schauspielern?«

Langsam hebe ich den Kopf und betrachte sie eingehend. Ihre Augen leuchten. Die Flügel ihrer Nase wackeln, wie immer, wenn sie aufgeregt ist. Schade eigentlich, dass ich sie enttäuschen muss. Mir wäre auch tausendmal lieber gewesen, wenn ich mich wegen eines Hauskaufs mit Mr. Miller getroffen hätte. Aber leider ist dem nicht so.

»Ich habe geerbt.« Die Worte, über die ich in den vergangenen eineinhalb Stunden intensiv nachgedacht habe, platzen ohne jede Emotion aus mir heraus.

»Oh, das ist doch cool. Was hast Du denn geerbt?«

»Ich habe keine Ahnung. Mr. Miller hat mir nur mitgeteilt, dass ich nach Irland fliegen muss.«

»Nach Irland? Meinst Du das kalte und graue Irland? Das Irland, in dem es mehr Schafe als Menschen gibt? Wann musst Du los?«

»Gleich morgen.«

»Morgen?« Ihre Stimme bildet einen Mix aus fiepen und kreischen. Als ob eine Gabel über einen Teller kratzt. Ich kann mich nicht erinnern, jemals ein so grauenhaftes Geräusch gehört zu haben. Dicke Gänsehaut überzieht meine Arme. Nicht die der positiven Sorte, die sich sonst immer bildet, wenn sie mit ihren heißen Lippen meinen Hals küsst. Eher die unangenehme, die man beim schauen eines Horrorstreifens entwickelt. Eisige Kälte kriecht durch meinen Körper. Hatte ihre Stimme schon immer so einen unangenehmen Touch?

»Du weißt doch, was morgen ist.«, lamentiert sie. Nö, weiß ich nicht. Morgen ist Montag. Ein Tag wie jeder andere.

»Du hast es vergessen. Du hast es wirklich vergessen. Ella, ich … ach egal.« Sie schimpft vor sich hin. Wie ein Rohrspatz. Nur lauter. Quäkender. Ich wünschte, ich hätte einen Hörfehler. Ihr Schreien und Schimpfen ein paar Takte leiser. Das wärs.

Normalerweise macht es mir nichts aus, aber in den letzten Monaten schreit und schimpft sie für mein Empfinden einfach ein bisschen zu oft. Teilweise wegen Kleinigkeiten. Sehr anstrengend. Natürlich ist mir bewusst, dass ich meinen Teil dazu beitrage, mit meiner Verweigerungshaltung eigenen Kindern gegenüber.

Mir wird heiß und kalt. Ein heißer Schauer strömt über meinen Rücken. Die Ausstellung. Oh nein. Ich habe die Ausstellung vergessen, zu deren Eröffnung ich mein Kommen fest zugesagt habe.

Sharon erwartet von mir eine Laudatio auf den Künstler. Ein guter Freund von ihr, den ich nicht einmal kenne, geschweige denn weiß ich, was er macht. Trotzdem habe ich ihr mein Wort gegeben. Wie hatte ich das nur vergessen können? Seit ein paar Wochen das zweite große Thema, über das sie ständig spricht.

»Sharon, es tut mir leid. Ich habe die Ausstellung wirklich vergessen. Wenn Du willst, kann ich einen späteren Flug nehmen.« Ich trete hinter meine Lebensgefährtin und ziehe sie in meine Arme. Sie sträubt sich, wird aber zusehends weicher. Ihr Duft umgibt mich. Ich atme hörbar ein und verberge meine Nase in ihrem

Haar. Ihre zunehmende Weichheit werte ich als Zustimmung. Also gut, wenn es sie glücklich macht, nehme ich eben einen späteren Flug.

»Wie lange wirst Du weg sein?«, fragt sie mit versöhnlicher Stimme.

»Ein paar Tage. Maximal eine Woche.«

»Ich werde Dich vermissen.«

Ich Dich auch, Baby. Und wie. Wie gerne würde ich diese Worte sagen, aber sie bleiben irgendwo zwischen Hirn und Lippen hängen. Ich halte sie im Arm, bin aber meilenweit weg. Seit wann habe ich Verwandtschaft in Irland? Oder sonst jemanden, der mir etwas vererbt?

»Sorry, Baby, ich muss kurz mit meinen Eltern telefonieren.«

»Soll ich Dir Kaffee machen?«

Ich nicke zaghaft. Was verheimlichen mir meine Eltern? Und warum tun sie es? Ich brauche eine Antwort. Jetzt.

»Ich bin WAS?!? Sag das noch einmal!«, brülle ich keine zehn Minuten später ins Telefon – so laut, dass es wahrscheinlich reichen würde, die Fenster zu öffnen.

»Du musst mir glauben, Schatz. Dass wir Dir nichts gesagt haben war nur zu Deinem besten.«

»Meinem besten? Ihr hättet mich selbst entscheiden lassen sollen! Ich bin keine dreizehn mehr. Ihr habt mich über dreißig Jahre lang belogen!«

»Es tut mir leid, Schatz!«

»Mir auch.«

»Wir setzen uns ins Flugzeug und kommen zu Dir. Dann reden wir.«

Obwohl ich weiß, dass die Frau, von der ich immer glaubte, sie wäre meine Mutter, mich nicht sieht, schüttle ich den Kopf. Ich will sie nicht sehen. Nicht jetzt. Erst muss ich wieder Ordnung in meine durcheinander fliegenden Gedanken und Gefühle bringen. Meine Hände zittern. Das Handy fällt neben mir auf den Boden. Leise vor mich hin wimmernd sacke ich in mich zusammen wie ein nasser Sack. Sharon springt auf und eilt zu mir. Aus dem Lautsprecher meines Handys kreischt die Stimme meiner Mutter. Sie ist mindestens genauso aufgewühlt wie ich. Sharon schaut mich fragend an und greift erst nach meinem Handy, als sie sich meines Einverständnisses sicher ist. Ich schließe die Augen. Wie durch Watte dringt ihre Stimme in mein Bewusstsein.

»Hello Mrs. Montanaro. Sharon hier. Machen Sie sich keine Gedanken. Ich werde mich um Ella kümmern. Geben Sie ihr Zeit. Sie wird sich erholen und meldet sich dann wieder bei Ihnen.«

Dann ist es plötzlich still um mich herum. Dafür fühle ich Sharons weiche Hand auf meiner Wange. Die Spitze ihres Zeigefingers streicht zärtlich über die erhitzte Haut. Ich atme schnell. Ich atme abgehackt. Tränen laufen über meine Wangen.

»Willst Du mir sagen, was passiert ist?«, flüstert Sharon und zieht mich noch enger an sich.

»Warum haben sie nie etwas gesagt? Ich hätte es doch wissen müssen.«, murmle ich.

»Was haben Deine Eltern nicht gesagt? Hey, Schatz … Ich bin hier. Du kannst mir alles erzählen.«

»Achtunddreißig Jahre haben sie mich in dem Glauben gelassen, dass ich ihre Tochter bin. Was für eine Farce. Von wegen italienischer und deutscher Abstammung. Ich bin Irin. Zu einhundert Prozent.«

Ich spucke die Worte förmlich aus, so aufgewühlt bin ich. Die Wut und Enttäuschung über meine Eltern umklammert mein Herz. Ich japse hektisch. Das Gefühl, den Boden unter den Füßen zu verlieren, wird immer mächtiger. Ich kann mich kaum noch dagegen wehren.

»Schschsch … «, flüstert Sharon. »Alles wird gut. Vielleicht wollten sie Dich nur schützen. Oder sie hatten Angst, dass Du sie nicht mehr lieben würdest, wenn Du davon erfährst. Vielleicht wollten sie es Dir auch sagen, wussten aber nicht wie.«

Langsam hebe ich den Kopf, starre aber durch Sharon hindurch und fixiere einen Punkt weit über ihrem Kopf. Sie versucht, mich zu verstehen. Das weiß ich. Aber wie soll sie Verständnis für mich entwickeln, wenn sie nicht in meiner Haut steckt? Fast achtunddreißig Jahre habe ich mich gefragt, warum ich so anders bin, als der Rest meiner Familie. Ich bin ungeduldig und temperamentvoll, manchmal etwas launisch und im Gegensatz zum Rest meiner Familie bin ich ziemlich kreativ. Mit meinen Ideen könnte ich hunderte Köpfe füllen und wir würden trotzdem nicht alles umsetzen können. Kolibris nannten meine Eltern die Auswüchse meines Ideenreichtums. Kolibris, die von Ästchen zu Ästchen flattern und nirgends lange verweilen. So war mein Leben auch – bis ich Deutschland den Rücken kehrte und begann, in New York mein eigenes Schicksal in die Hand zu nehmen.

Wer bin ich überhaupt? Was treibt mich an? Warum bin ich wie ich bin? Plötzlich strömen Fragen auf mich ein, die ich mir vorher nie gestellt habe – nie stellen musste. Ich fühle mich entwurzelt, als hätte jemand mit einer Axt den Stamm meines Körpers von meinen Wurzeln getrennt.

»Wer ist eigentlich die Verwandte, die Dich beerbt?« Sharons Worte unterbrechen den Wirrwarr an Gedanken, das sich in meinem Kopf bildet und sämtliche grauen Zellen in einen luftleeren Raum verwandelt.

»Irgendeine Tante. Renata Lloyd ist ihr Name. War ihr Name.«

»Und Du hast wirklich noch nie etwas von ihr gehört?«

Langsam schüttle ich den Kopf. Wie hätte ich denn, wenn ich erst heute von ihrer Existenz erfahren habe?

»Sharon, können wir bitte schweigen? Ich möchte nicht mehr reden. Halt mich einfach nur fest, bitte.«

Sharon zieht mich vom Sofa hoch und führt mich ins Schlafzimmer, ein Stockwerk höher. Ich bekomme nur am Rande mit, dass sie mich entkleidet und aufs Bett gleiten lässt. Erst als sie sich neben mich legt und ihren Arm unter meinen Kopf schiebt, fange ich langsam an, sie wieder wahrzunehmen. Ihre Hand streicht über meinen Körper. Ihr Atem beschleunigt sich. Ich rolle mit den Augen. Können wir nicht einfach nebeneinander liegen, ohne, dass sie sofort Sex will?

Seit ich mit Sharon zusammen bin, besteht mein Privatleben fast ausschließlich aus Sex. Sicher keine schlechte Art, das Leben zu gestalten. Aber eben … Ich bin doch so viel mehr als Sex. Tiefgründiger und vielschichtiger. Manchmal möchte ich mit ihr reden oder mit ihr zusammen schweigen. Wie immer verhallt dieser Wunsch auch jetzt ungehört.

Kann ich nicht doch mitkommen?« Sharon steht mir am Flughafen gegenüber und lässt die Arme hängen. Ihre Augenränder leuchten rot.

Verunsichert wende ich mich ab. Ehrlich gesagt wäre mir viel lieber, sie würde ihre Tränen vor mir verstecken, dann würde ich mich vielleicht nicht ganz so schlecht fühlen. Seit mehr als drei Jahren teilen Sharon und ich alles miteinander. Glück und Unglück, Freude und Schmerz, aber vor allem mein Bett, meine Wohnung und mein Geld. Es macht mir nichts aus, dass sie sich immer mehr in meinem Leben ausbreitet. So ist das nun mal in einer Beziehung. Man lernt sich kennen und wächst immer mehr zusammen, bis man sich irgendwann ein Leben ohne diese eine Person nicht mehr vorstellen kann. Außerdem will ich, dass Sharon glücklich ist. Um ihre und meine Wünsche zu erfüllen, reiße ich mir jeden Tag den Arsch auf – wenn es notwendig wäre auch vierundzwanzig Stunden.

Ich will nicht. Aber ich muss. Diesen Schritt in meine ganz eigene Vergangenheit muss ich ohne sie gehen. Vergangene Nacht habe ich mich bestimmt hundert Mal von einer Seite auf die andere gewälzt. So unsicher habe ich mich lange nicht mehr gefühlt, vielleicht sogar noch nie. Die Eröffnung meiner Eltern traf mich völlig unvorbereitet. Ich und adoptiert. Niemals wäre ich darauf gekommen. Meine Eltern sind die besten Eltern, die ich mir nur wünschen kann. Sie haben mir nie das Gefühl gegeben, einen geringeren Wert als meine Geschwister zu haben. Trotzdem fühle ich mich im Moment einfach nur leer. Leer und ausgelaugt. Aber allem voran spüre ich eine tiefe Enttäuschung, die in mir hoch krabbelt und sich in meinem Herz ausbreitet. Wie konnten sie dieses *winzige* Detail meiner Lebensgeschichte nur so lange vor mir verbergen?

Ich bin nicht die, die ich glaubte zu sein. Ich werde nie wieder die sein, die ich war. Ich bin entwurzelt. Völlig getrennt von allem, was ich als mein Leben betrachtete.

»Sharon, ich kann nicht. Ich muss das alleine machen. Bitte versteh mich doch.«, flüstere ich kaum hörbar.

Warum macht sie es mir noch schwerer, als es sowieso schon ist? Sie kennt mich doch. Sie muss doch wissen, wie schwer es mir fällt, ihr einen Wunsch abzuschlagen. Wie ein Häufchen Elend steht sie vor mir und wölbt ihre Unterlippe über die Oberlippe – so wie sie es immer macht, wenn sie ihrem Missfallen Ausdruck verleihen möchte. Ich könnte ihre Unterstützung brauchen. Ihren Rückhalt. Die Sicherheit, dass ich, wenn ich nach Hause komme, in ihre Arme sinken und alles um mich herum ausblenden kann. Warum demonstriert mir ihre Körperhaltung, dass ich der größte Egoist bin, den diese Welt jemals gesehen hat?

»Bitte lass uns nicht so auseinandergehen.«, flehe ich und bin von der Zerbrechlichkeit in meinen Worten selbst noch überraschter als sie. Sie hebt den Kopf. Schaut mich an. Mein Blick verliert sich in ihrem. Raum und Zeit verlieren jegliche Bedeutung, sobald sie mich so anschaut. Dann verwandeln sich meine Knie in Zuckerwatte und mein Herz fängt an zu flattern. Ich will, dass sie mich hält. Mich in ihre Arme schließt und mir ins Ohr flüstert, dass alles gut wird. Für einen kurzen Augenblick will ich nicht das Alpha-Tier sein, das ich sonst immer bin. Ich will mich an sie anlehnen und ihre Kraft spüren. Ich will … Verdammt! Ich bin wirklich ein Egoist.

Sie leidet mindestens genauso wie ich und ich denke nur an das, was ich will.

»Ich liebe Dich, Sharon. Ich werde Dich vermissen. In spätestens vier Tagen bin ich wieder da.«

Ich suche den Blick meiner Partnerin, aber sie wendet sich ab. Ihre Schultern zucken. Leises Schluchzen ist zu hören.

Lautsprecher knacken. Mein Flug wird aufgerufen. Ich muss gehen. Sanft lege ich meine Hand auf ihre Schulter und drehe Sharon zu mir um. Mein Daumen streicht über ihre Wange. Eine einzelne Träne glitzert auf meiner Haut. Wie eine Perle in der Sonne leuchtet sie.

»Du musst wohl tun, was Du tun musst.«, flüstert sie so leise, dass ich sie im Gewirr aus tausenden Stimmen kaum verstehen kann. »Pass auf Dich auf und komm gesund wieder.«

Sie reißt sich aus meinen Armen und eilt mit großen Schritten auf den Ausgang zu. Ich folge ihr mit meinen Augen. Sie wird immer kleiner. Die Masse verschluckt sie förmlich. Ohne sich noch einmal nach mir umzudrehen, verschwindet sie hinter der Eingangstür des Terminals.

Ich bin allein. Mit mir und meinen widersprüchlichen Gedanken. Ich hätte sie mitnehmen sollen. Nicht alleine reisen. Sie gehört an meine Seite, genauso, wie ich an ihre Seite gehöre.

Wenn ich nach Hause komme, werden wir uns über unsere Zukunft unterhalten. Ich will, dass Sharon glücklich ist. Ist sie glücklich, bin ich es auch. Diese Hoffnung begleitet mich, als ich mit hängenden Schultern auf das Gate zugehe, hinter dem der Jet, der mich nach Dublin bringen soll, wartet. Das dumpfe Gefühl, dass die letzten Monate mir mehr als deutlich vor Augen hätten führen sollen, wie sehr ich mit dieser Hoffnung auf dem Holzweg bin, schiebe ich mit einem unwirschen Wisch beiseite.

Ich starre aus dem Fenster. Die Stadt unter mir wird immer kleiner. Selbst das Empire State Building ist kaum noch größer als eine kleine 3-D Nachbildung aus Puzzleteilen.

Die Motoren vibrieren. Ich fliege nicht besonders gern. Das Gefühl, irgendwo zwischen Himmel und Erde dem guten Willen des Flugkapitäns ausgeliefert zu sein, behagt mir nicht. Unglücklicherweise muss ich für meinen Job regelmäßig in eine dieser Blechkisten steigen.

Ich habe mich schon oft gefragt, ob es einen Grund für meine Flugangst gibt. Seit Jahren fliege ich nur noch Business-Klasse und könnte den Flug in vollen Zügen genießen. Das ist nicht die Ursache meines Problems. Es muss also eine andere geben. Vielleicht liegt es daran, dass ich nur im äußersten Notfall die Kontrolle abgebe?

Wieder fällt mein Blick aus dem Fenster. Wasser. Jede Menge Wasser. Mein Auge verliert sich in der endlosen Weite aus dem dunklen Blau des Meeres und dem helleren Blau des Himmels. Die Sonne kitzelt meine Nase. Ich niese.

»Gesundheit.«, sagt eine freundliche Stimme. »Kann ich Ihnen etwas zum trinken anbieten? Oder einen kleinen Snack?«

Die zuvorkommende Stewardess stellt ein gefülltes Glas vor mir ab. Einer der Vorteile der Business-Klasse. Ich muss weder aus einem Plastikbecher trinken, noch mit Plastikbesteck aus Plastikgeschirr essen. Diesen Luxus gönne ich mir auf jedem meiner Flüge. Wenn ich schon fliegen muss, dann wenigstens anständig. Mit einem zufriedenen Seufzen lasse ich mich in den weichen Sitz sinken. Ich bin nicht besonders groß. Trotzdem lege ich lieber mehr Geld für das Ticket hin, statt meine Knochen in der Holzklasse zusammenfalten zu müssen. Keine besonders schöne Vorstellung.

Wenn ich doch nur wüsste, was mich in Irland erwartet. Irgendeine ominöse Tante, von deren Existenz ich bis vor ein paar Stunden nichts wusste. Was hat sie mir schon zu vererben? Ein paar alte Fotos, zu denen ich keinen Bezug habe, vielleicht? Aber hätte jemand sich die Mühe gemacht, mich zu finden, nur wegen ein paar Fotos?

Wüsste ich etwas mehr, würde ich vielleicht nicht so unsicher aus dem Fenster starren. Dann würde ich auch nicht so sehr meinen Gedanken nachhängen, sondern die Blicke der Frau, die nicht weit von mir entfernt sitzt und mich beobachtet, wahrnehmen.

»Ladies and Gentlemen, in den nächsten Minuten fliegen wir durch eine Schlechtwetterfront. Klappen Sie bitte die Tische hoch und legen Sie Ihre Gurte an.«

Mich fröstelt. Auch das noch. Eine Schlechtwetterfront. Wie kann das sein? Gerade hat doch noch die Sonne geschienen. Mein Blick fällt aus dem Fenster. Vor uns türmen sich Wolkenberge, größer als ich sie jemals gesehen habe, auf. Blitze zucken. Das Flugzeug sackt ab. Ein Schrei. Kriecht durch meine Kehle und über meine Lippen. Meine Stimme ist das nicht. Sie klingt ängstlich. Fast fanatisch. Eisige Kälte krabbelt über meinen Rücken. Ich will aussteigen! Sofort und auf der Stelle! Ich will nicht nach Irland. Ich will heim. In meine schöne Wohnung in Manhattan. In die Arme von Sharon. Ich bin so eine richtig blöde Kuh. Warum habe ich sie nicht mitgenommen?

Ihre sanften Finger würden über die weißen Knöchelchen meiner verkrampften Hand streichen. Sie würde ihre Hand auf meine legen und mich so lange streicheln und beruhigend auf mich einreden, bis ich mich entspanne – oder das Flugzeug abgestürzt ist.

Wie lange dauert es eigentlich, wenn ein Flugzeug aus dieser Höhe auf die Erde kracht? Eine Minute oder zwei?

Fünf Minuten? Meine Gedanken jagen sich gegenseitig. Sie nehmen eine surreale Richtung ein, die ich nicht mehr kontrollieren kann. Kalter Schweiß steht auf meiner Stirn. Und meiner Oberlippe. Mein Hemd fühlt sich feucht an. Ich zittere. Meine Zähne klappen aufeinander. Ich will hier raus. Ich muss hier raus.

Eine Erschütterung lässt das Flugzeug wackeln. Ich bin nicht die einzige, die schreit. Wie ferngesteuert dreht sich mein Kopf von rechts nach links. Die Frau, die im Sitz schräg neben mir sitzt, schaut genauso weiß aus wie ich mich fühle.

Ein kleiner Hüpfer. Und noch einer. Wie viele Höhenmeter haben wir schon verloren? Bestimmt dringt gleich Wasser ein. Wir werden ertrinken! Ich öffne meinen Mund. Mein Schrei erstirbt auf dem Weg über meine Lippen. Das muss das Ende sein.

Kein Wasser. Kein Absturz. Und auch kein Ende. Das Flugzeug stabilisiert sich. Die Lautsprecher knarzen.

»Ladies and Gentlemen, wir haben die Schlechtwetterfront hinter uns gebracht. Entschuldigen Sie bitte die Unannehmlichkeiten. Wir wünschen Ihnen noch einen angenehmen Flug.«

Ich stöhne erleichtert auf. Selbst wenn ich von Irland nach New York schwimmen muss, steige ich nicht noch einmal in so eine Teufelsmaschine. Kehliges Lachen findet den Weg über meine Lippen. Schockiert von meinen völlig abstrusen Gedanken, neige ich den Kopf und studiere den

Boden unter meinen Füßen. Karomuster. In grün, blau und rot. Fast wie bei einem Schottenrock.

2. Tara

»Tara! Du musst los! Wo treibst Du Dich nur herum?« Ich rolle mit den Augen. Für meinen Geschmack klingt die Stimme meiner Mutter viel zu ungeduldig. Ich schiebe mich unter dem Landrover heraus und schenke ihr ein Lächeln. Normalerweise kann ich sie immer damit einwickeln. Heute nicht.

»Wie schaust Du denn aus? So kannst Du auf keinen Fall nach Dublin fahren. Du weißt doch, was wir Renata versprochen haben.«

»Dass wir uns um ihr kleines Mädchen kümmern? Blaa blaa blaa. Mum, ich habe wirklich keine Lust, nach Dublin zu fahren und Babysitter zu spielen. Wie Du siehst, habe ich genug zu tun. Du könntest doch auch Jeff … «

»Tara Máiréad O`Neill!« Ohne mein Zutun zuckt meine Augenbraue nach oben. Nicht diese Leier. Bitte nicht. Meine Mutter nennt mich nie bei meinem vollen Namen, außer sie ist auf dem Kriegspfad. Beschwichtigend hebe ich die Hände.

»Gib mir zehn Minuten. Ich muss noch zwei Schrauben festziehen, dann springe ich unter die Dusche und ehe Du

Dich versiehst, siehst Du von mir und meinem Auto nur noch die Rücklichter.«

»Du willst Elisabeth doch nicht etwa mit dem Rover abholen. Tara Máir … «

»Doch. Eigentlich schon. Oder hast Du eine bessere Idee? Ich könnte auch die Maschine nehmen, wenn Dir das lieber wäre.«

»Duuuuu … Reiz mich nicht!« Meine Mutter ist mindestens genauso temperamentvoll wie ich. Wir stehen uns gegenüber und starren uns gegenseitig an. Wie immer, wenn wir unsere Kämpfe miteinander ausfechten, ist nicht klar, wer von uns beiden als Siegerin hervorgeht. Ich stemme meine Hände in die Seiten und baue mich vor ihr auf. Sollte jemand auf die Idee kommen, dass kleinere Leute weniger beeindruckend sind, kennt er meine Mutter nicht. Wenn sie zu Hochtouren auffährt, ist sie weit größer als ihre Gestalt vermuten lässt. So wie jetzt. Sie hebt ihre Hand und kommt auf mich zu. Es klatscht.

»Leichte Schläge auf den Hinterkopf fördern das Denkvermögen. Also los jetzt. Zieh Dich an und dann sieh zu, dass Du Land gewinnst.«

»Aye, aye, Ma´am. Wird gemacht Ma´am.« Ich schlage die Hacken zusammen und salutiere vor ihr. Meine Mutter ist eine Frau, der man nicht widerspricht. Eine Máire O`Neill, ein Wort. Sie hat ihrer alten Freundin auf dem Sterbebett ihr Wort gegeben und wer darf dafür bluten? Ich natürlich. Wie immer. Leise grunze ich vor mich hin.

Dabei steht der Wind heute so günstig. Mir fallen ungefähr hundert Sachen ein, die ich lieber täte, als nach Dublin zu fahren und für die kleine verwöhnte Elisabeth Babysitter zu spielen. Den Rover zusammenpacken, Surfbrett aufs Dach und ans Wasser fahren zum Beispiel. Das erste Mal seit Wochen zeigt sich die Sonne ausnahmsweise nicht nur als Dekoration für den grauen Himmel. Ich seufze ergeben. Meine Mutter ist ein Fall für sich. Mit ihr streiten kann herrlich komisch, aber auch furchtbar anstrengend sein. Es nervt mich, dass ich mich – wieder einmal – nicht gegen sie durchsetzen kann.

Ich könnte jetzt auf dem Weg ans Wasser sein, aber nein... Dublin heißt das Ziel meiner Fahrt. Wer will schon nach Dublin, wenn die Sonne ihre warmen Strahlen schickt und die Wellen des Atlantik jedes Surferherz höher schlagen lassen? In Gedanken versunken schiebe ich mein Brett in den Rover.

»Tara! Dein Brett bleibt hier! Du sollst Elisabeth abholen und nicht ... «

Ich zucke mit den Schultern, hole das Brett wieder heraus und setze meine verspiegelte Sonnenbrille auf. Dann erst gehe ich auf meine Mutter zu, lege meinen Arm um ihre Schulter und neige meinen Kopf.

»Das bekommst Du zurück!«, meckere ich lachend und heimse mir ein schiefes Grinsen ein. Sie ist mindestens einen Kopf kleiner als ich und ich frage mich einmal mehr, wie ich zu einer Körpergröße von fast einsfünfundsiebzig komme.

»Sag mal, Mum … « Meine Mutter schaut mich fragend an. In ihren Augen erkenne ich, dass sie mit einer dummen Frage rechnet. Ich grinse und neige meinen Kopf so weit herunter, dass meine Lippen ihrem Ohr gefährlich nahe kommen. »Kann das sein, dass ich im Krankenhaus vertauscht worden bin?« Es klatscht wieder. Dieses Mal mit der flachen Hand auf meinem Hintern. Die Augen meiner Mutter blitzen. Nicht zornig. Eher belustigt.

»Das hättest Du wohl gerne, was?«

»Klar! Dann könnte ich jetzt surfen gehen.«

»Mach, dass Du los kommst. Und fahr vorsichtig.«

Mein Lachen mischt sich mit ihrem. Sie schaut mich liebevoll an. Egal wie hitzig wir miteinander streiten und wie sehr die Fetzen fliegen, wir lieben uns. Abgöttisch. Und wir meinen es niemals böse. Wir brauchen diese kleinen Kabbeleien einfach. Ich bin ihre einzige Tochter. Außer mir haben mein Vater und sie fünf Jungs bekommen. Wir sehen uns jeden Tag mit der Testosteron-Übermacht konfrontiert. Da müssen wir zusammenhalten. Und uns behaupten.

Die Tür meines alten Rover springt mit geräuschvollem Knarzen auf. Ich lasse mich in den durchgesessenen Sitz fallen und starte den Motor. Er hustet und pupst. Aus dem Auspuff springt eine dunkle Wolke.

»Schatz, was ist mit dem Rover? Er ist doch nicht kaputt, oder?«

»Alles gut. Er wird schon noch bis Dublin durchhalten. Mach Dir keine Gedanken. Ich werde Deine Elisabeth schon abgeholt bekommen.« Bevor meine Mutter noch etwas erwidert, was mir nicht gefallen könnte, ziehe ich die Tür zu, lege meine Hand an die Stirn und trete ins Gaspedal. Steinchen spritzen in alle Richtungen. Ich schaue in den Rückspiegel.

Meine Mutter, sowieso nicht besonders groß, schrumpft auf die Größe eines überdurchschnittlich großen Gartenzwerges. Sie hebt ihre Hand. »Fahr vorsichtig!«, schreit sie mir hinterher. Ihre Stimme hat ein Volumen, das selbst versierte Sänger vor Neid erblassen lässt. Ich schüttle den Kopf und versuche, meine Konzentration auf den vor mir liegenden Weg zu lenken.

Aus den Lautsprechern dröhnt die Stimme des Sängers einer lokalen Band. Er singt von Wellen und Sonnenschein. Von Fischern und von rauer See. Genervt rolle ich mit den Augen. Wenn ich auf die Worte meiner Mutter gehört hätte, die mir schon seit Jahren mit der Anschaffung eines neuen Wagens in den Ohren liegt, hätte ich meine alte Karre schon vor langer Zeit verschrottet. Dann müsste ich jetzt auch nicht die knarzende Stimme des Sängers hören und mir vorstellen, wie schön es wäre, mich mit meinem Brett in die Wellen zu stürzen.

Um mich herum Wasser, die Sonne im Gesicht und der Geschmack des Salzes auf meinen Lippen. So fühlt sich Freiheit für mich an. Ich seufze frustriert und werfe die freie Hand in die Luft.

Ich bin schon fast fünfzehn Minuten unterwegs. Es wird Zeit. Mum, Du enttäuschst mich. Langsam zähle ich von zehn abwärts. Das Handy klingelt. Meine Mundwinkel zucken gen Norden. Habe ich es doch gewusst. Die Stimme meiner Mutter flötet durch die Freisprecheinrichtung.

»Du bist ein Kindskopf, Tara. Manchmal frage ich mich wirklich, wie alt Du bist.«

»Vierunddreißig. Warum?«

»Du weißt schon warum. Pass auf Dich auf. Ich hab Dich lieb.«

»Ich hab Dich auch lieb, Mum.« Meine Finger trommeln auf dem Lenkrad den Takt zu *Boys of Killybegs*, während ich auf das Tuten, das üblicherweise nach unserer Verabschiedung eintritt, warte.

»Ach … und Tara … Sei nett zu Elisabeth.«

»Bin ich doch sowieso. Vor allem, wenn sie gut aussieht.« Drei, zwei, eins …

»Tara Máiréad O`Neill! Du musst Deinen Brüdern nicht nacheifern! Benimm Dich anständig! Elisabeth ist tabu. Haben wir uns verstanden?«

»Klar doch. Wenn sie sich nicht extrem verändert hat, ist sie bestimmt sowieso so hässlich wie die Nacht finster. Ein hübsches Baby war sie ja nun wirklich nicht. Bis auf die Haare vielleicht. Ich fahre jetzt in ein Funkloch. Bis später, Mum.«

Das Babyfoto von der kleinen Elisabeth vor Augen drücke ich den roten Knopf meines Smartphone, bevor meine Mutter noch etwas erwidern kann. Bestimmt runzelt sie jetzt wieder die Stirn und schimpft lautstark vor sich hin. Ich sehe sie förmlich vor mir, wie sie durchs Haus rauscht und »Ich will doch nur, dass Tara glücklich ist.« vor sich hin murmelt.

Ich kann mich noch gut an mein Outing vor ein paar Jahren erinnern. Für meine Mutter brach eine Welt zusammen. Sie hatte klare Vorstellungen von meiner Zukunft an der Seite eines attraktiven Mannes, der mich und meine Qualitäten zu schätzen weiß und mir die Flausen, die ich gelegentlich im Kopf habe, austreibt.

Es fiel mir nicht leicht, ihr diese Illusion rauben zu müssen. Sie jammerte und weinte, schrie und packte ihr gesamtes Repertoire an Schimpfwörtern und Flüchen aus. Es dauerte Wochen, bis sie sich wieder einigermaßen beruhigte. Die härteste und schwierigste Zeit unseres Lebens.

Seit sie beschlossen hat, dass es doch nicht so verkehrt ist, mich trotz meiner Vorliebe für attraktive Frauen so zu akzeptieren wie ich bin, wünscht sie sich, dass ich eine Frau finde, mit der ich eine Familie gründen will. Dummerweise interessiere ich mich für diese Art Frauen überhaupt nicht. Ich will meinen Spaß haben und mein Leben genießen und mich nicht von einer Frau mit einem Ring am Finger ködern lassen.

Eine oder zwei Nächte, eine kurze Affäre, oder wenn sie mich nicht einengt vielleicht auch etwas länger. Mehr will ich nicht. Beziehungen sind mir viel zu stressig. Das führen mir meine Brüder mit ihren Familien in schönen regelmäßigen Abständen vor Augen. Es tut mir leid, dass ich den Wunsch meiner Mutter, ihr Enkel zu schenken, nicht erfüllen kann. Aber ich bin nicht der Typ für intensivere Familienplanung.

In diesem Punkt bin ich wie eine Biene. Es gibt einfach viel zu viele hübsche und duftende Blüten auf der Blumenwiese. Warum also sollte ich mich auf eine festlegen?

Ich bin flexibel, was meinen Frauengeschmack betrifft. Dunkle Haare sind Pflicht und ein Äußeres, das meine Phantasie beflügelt. Sie sollte Grips im Oberstübchen haben und nicht komplett die Bodenhaftung verlieren. Wenn sie dann noch eine ansprechende Stimme hat, stehen die Chancen ziemlich gut, dass ich einen Eroberungsfeldzug starte und wir ein paar schöne Stunden miteinander verbringen.

Trotzdem geht mir meine Freiheit über alles. Es ist mir egal, wie sehr meine Mutter sich eine feste Beziehung für mich wünscht. Ich will und werde mich nicht binden lassen. Von niemandem.

Was kann ich für Sie tun, Miss?« »Papier ... Stift... «, japse ich abgehackt und starre die Frau an der Flughafeninformation mit großen Augen an. Ich bin den ganzen Weg vom Parkplatz bis zum Informationsschalter gerannt. Schweiß steht auf meiner Stirn. Auf meinen Armen. Und befeuchtet mein Oberteil, dass es an mir klebt wie eine zweite Haut. Schrilles Pfeifen in meinem Rücken. Ich drehe mich um.

»Na Süße, wie wäre es mit uns?«, fragt der Verursacher des Pfiffs und streicht sich durchs Haar. Ich verdrehe die Augen, während der Stift über das Papier kritzelt. Ich habe eine Sauklaue. Das kann doch niemand lesen. Der Typ in meinem Rücken schnalzt mit der Zunge.

»Dich würde ich nicht von der Bettkante stoßen.«

»Kann ich bitte noch ein Blatt haben?«, frage ich so ruhig wie möglich. Ich gratuliere mir selbst für meine äußerliche Gelassenheit. In mir tobt ein Orkan. Die Frau an der Information schaut mich mitleidig an.

»Ganz schön nervig, manche Typen.«, raunt sie und schenkt mir ein freudloses Lächeln. Für kein Geld der Welt würde ich ihren Job machen wollen. Wenn ich ihren Gesichtsausdruck richtig interpretiere, ist sie häufiger solchen Landeanflügen ausgesetzt. Sie rollt mit den Augen.

Während der Stift die Buchstaben, die munter durch meinen Kopf wirbeln, so verbindet, dass *Elisabeth Montanaro* auf dem Blatt erscheint, betrachte ich sie unauffällig aus dem Augenwinkel. Hoch gewachsen. Schon mal gut. Leuchtende graue Augen. Ungewöhnlich, aber nicht schlecht. *Verdammt, Tara, Du bist nicht hier, um Frauen abzuchecken.* Ich lege meine Stirn in Falten und versuche, meine Konzentration auf das bevorstehende Zusammentreffen mit Elisabeth zu lenken.

»Ist die Maschine aus New York schon gelandet?«, frage ich.

»Ja. Vor ungefähr dreißig Minuten. Sie sind spät dran. Wenn Sie jemanden abholen wollen, sollten Sie sich beeilen.«

Dreißig Minuten. Ach Du scheiße. Meine Mutter reißt mir den Kopf ab, wenn sie davon erfährt, dass Elisabeth wegen mir warten muss. Ich könnte einen Stau vorschieben, aber wie ich sie kenne, hat sie in den letzten Stunden nichts anderes getan, als die Verkehrsdurchsagen zu überwachen. Ich wage sogar, eine Wette abzuschließen. Garantiert sitzt sie, seit ich losgefahren bin, am Rechner und frischt die Seite mit den Staumeldungen alle paar Sekunden auf. Sie weiß auch so, dass ich nie ganz pünktlich bin. Wenn dann noch – so wie heute – ein kleiner Zwischenstopp bei McDonald´s dazwischen kommt … Lassen wir das.

»Kann ich Deine Nummer haben?« Ich wirble herum. Der Typ kommt mir gerade recht. In meinem Kopf braut sich ein Gewitter zusammen. Eines der heftigeren Sorte. Mit vielen Blitzen. Würde mich nicht mal wundern, wenn Qualm aus meinen Ohren käme, so wütend bin ich. Eigentlich wollte ich mich mit meinem Surfbrett den Wellen zum Fraß vorwerfen. Stattdessen musste ich nach Dublin fahren – und dann baggert mich auch noch dieser Typ an. Kein Gewitter. Ein Unwetter. Ein richtig starkes. Mit hohen Schäden ist zu rechnen. Ich grinse angesäuert.

»Natürlich kannst Du meine Nummer haben.«, säusle ich und fahre mit der Zungenspitze über meine Lippen. Der Typ schnauft hektisch. Es ist nicht zu übersehen, dass er sich bereits auf der Siegerstraße wähnt. »Allerdings müsstest Du vorher eine Kleinigkeit abschneiden.«

»Sind Dir meine Haare zu lang? Kein Problem. Ich kann zum Friseur … «

»Ein Friseur wird nicht nötig sein.«, stelle ich fest und drücke das Lachen, das in meiner Brust gurgelt, zurück. Er strahlt Selbstbewusstsein aus, das muss ich ihm lassen. Immerhin. »Ein Metzger wäre besser. Oder ein Chirurg.« Ich gluckse und schiebe schnell die Hand vor meinen Mund.

»Ein Metzger? Ein Chirurg? Du sprichst in Rätseln.«

»Du hast eine Kleinigkeit zu viel in Deiner Hose. Sorry. Ich muss dann auch.«, sage ich ernst und zeige mit Daumen und Zeigefinger eine Entfernung von maximal einem Zentimeter. Lautes Lachen weht zu mir herüber. Die Frau von der Flughafeninformation. Der Typ flucht und schimpft ungehalten.

»Hättest Du auch gleich sagen können, dass Du ne verdammte Lesbe bist!«, schreit er. Ich drehe mich zu ihm um, zucke mit den Schultern und sage mit ruhiger Stimme und breitem Grinsen im Gesicht: »Du hast mich nicht danach gefragt. Bis dann.«

Die junge Frau an der Information lacht so sehr, dass Tränen über ihre Wangen laufen. Ich verneige mich kurz, hebe dann die Hand und laufe los. Der Zettel, auf den ich Elisabeths Namen gekritzelt habe, flattert im Wind. Ein Lächeln huscht über mein Gesicht. Wenigstens konnte ich der netten Dame von der Flughafeninformation den Tag ein wenig versüßen. Insgeheim feiert sie mich und meine flotten Sprüche bestimmt. Wer weiß, vielleicht erzählt sie sogar irgendwann ihren Enkeln von der kessen Blonden mit dem lockeren Mundwerk. Dann hat dieser Tag wenigstens etwas gutes.

Während der letzten Stunden hatte ich mehr als genügend Zeit, mir den Kopf darüber zu zerbrechen, wie die ominöse Erbin von Renatas Anwesen wohl aussieht. Das einzige Bild, das wir von ihr haben, ist fast neununddreißig Jahre alt. So runzelig wie damals wird sie ja wohl hoffentlich nicht mehr aussehen. Wahrscheinlich hat sie auch ein paar Haare mehr auf ihrem Kopf. Ob sie wohl immer noch so schön braun und seidig leuchten? Elisabeth war ein süßes Baby. Nicht hübsch, aber trotzdem süß, irgendwie – auf ihre ganz eigene runzelige Art. Ihr Haar war bei ihrer Geburt so lang, dass die Schwestern schon kleine Zöpfchen machen konnten. Ein Baby zum lieb haben. Ich kann immer noch nicht nachvollziehen, wie Renatas Schwester es übers Herz bringen konnte, die Kleine zur Adoption frei zu gegeben. Und dann noch in ein fremdes Land. Wie muss sie sich fühlen? Bestimmt ist eine Welt für sie zusammengebrochen, als sie von ihrer Adoption erfahren hat. Ob sie wohl immer noch langes Haar hat?

Ich lasse meinen Blick durch die Ankunftshalle gleiten. Sie ist voll. Übervoll. Es ist Hauptreisezeit. Tausende Touristen treffen jeden Tag in Dublin ein oder verlassen die Insel wieder. Wie soll ich Elisabeth da nur finden? Oder schaut hier irgendjemand nach verwöhnter New Yorker Großstadtgöre aus? Ich muss zugeben, dass ich insgeheim gehofft habe, dass nicht mehr so viel los ist. Die meisten Maschinen treffen früher ein. So dachte ich. Ich stöhne unterdrückt und reihe mich zwischen den Wartenden ein. Mein Zettel wirkt etwas windig. Und lieblos. Aber das ist mir egal. Soll sie ruhig merken, dass ich alles andere als begeistert davon bin, Fahrdienst und Babysitter für sie spielen zu müssen.

Ich drehe mich im Kreis. Theoretisch könnte die Beschreibung – achtunddreißigjährige Frau – auf fast die Hälfte aller anwesenden Frauen zutreffen. Verdammt. Die Hoffnung, heute noch eine Welle unter mein Brett zu bekommen, schwindet wie Eis in der Sonne. Ich bin so bescheuert. Warum habe ich mich nicht einfach krank gestellt?

Eine hoch gewachsene Frau steuert selbstbewusst auf mich zu. Ich hole tief Luft und öffne meinen Mund. Will etwas sagen, aber nicht eines meiner sauber zurechtgelegten Worte findet den Weg über meine Lippen. Ich bin geblendet. Elisabeth ist umwerfend. Der Traum meiner schlaflosen Nächte. Warum in aller Welt biegt sie ab? Sie wird mein Schild doch wohl nicht übersehen haben.

»Miss … Hey, Miss … Warten Sie.«, rufe ich und laufe wie ein Hündchen hinter ihr her. Sie dreht sich zu mir um. Ihr dunkles Haar wippt verführerisch. Ich schlucke hart. Mein Mund ist trocken. Ihr Blick fällt auf das Regenbogenschlüsselband, das aus meiner Hosentasche baumelt. Ein Lächeln umspielt ihre Lippen.

»Kann ich Ihnen irgendwie helfen?«, fragt sie mit astreinem irischen Akzent. Verwirrt lege ich meine Stirn in Falten.

»Sie sind nicht zufällig Elisabeth Montanaro, oder?«, frage ich unsicher und trete von einem Fuß auf den anderen.

»Leider nicht.«, erwidert sie so leise, dass ich sie kaum verstehe. Sie lehnt sich lässig an eine Wand und betrachtet mich aufmerksam. »Und Sie sind dann wahrscheinlich auch nicht Susan Connelly, oder?« Enttäuscht schüttle ich den Kopf. Schade eigentlich.

»Wenn wir das geklärt haben, würden Sie mir dann sagen, wer Sie sind?«, fragt sie jetzt tatsächlich. Sie kneift ihr Auge zusammen und zwinkert mir zu.

»Tara O`Neill.«, sage ich und halte irritiert inne. Was in aller Welt ist in den letzten paar Minuten mit meiner Stimme passiert? Warum klingt sie so tief? Und warum kratzt sie so komisch in meinem Hals?

»Tara also. Schöner Name. Ich bin Róisín Johnson. Ich freue mich, Sie kennenzulernen.« Oh ja. Und ich erst. Was für ein Lächeln. Was für eine Frau. Sie reicht mir die Hand. Eine zarte Hand. Ihre Augen blitzen vergnügt. Schade, dass sie nicht Elisabeth ist.

»Sollen wir uns die Wartezeit mit einem Kaffee versüßen?« Hat sie das jetzt wirklich gefragt? Natürlich. Sofort. Wenn ich nur Wartezeit hätte. Träge schüttle ich den Kopf.

»Tut mir leid. Meine Mutter reißt mir den Arsch auf, wenn ich Elisabeth nicht pünktlich abhole. Elisabeth kommt aus New York.«

»Der Flieger aus New York ist doch schon vor mehr als einer halben Stunde gelandet. Da sind Sie sowieso zu spät. Also, was ist …? Kaffee?« Resigniertes Seufzen huscht über meine Lippen. Ihr Blick … ist so … besonders. Sie flirtet mit mir. Eindeutig. Verdammt. Warum ausgerechnet jetzt? Das habe ich nicht verdient. Wäre ich ein kleines Kind, würde ich jetzt mit den Füßen auf den Boden stampfen. Ich bin aber kein kleines Kind mehr. Stampfen ist also nicht. Obwohl Róisíns Blick mich herausfordert, muss ich Ruhe bewahren.

»Es tut mir wirklich leid, aber ich kann nicht. Vielleicht ein andermal?«, frage ich hoffnungsvoll.

»Natürlich. Warten Sie, Tara, ich gebe Ihnen meine Karte.« Sie kramt in ihrer Tasche und zaubert ein kleines zerknittertes Kärtchen hervor. Unsere Finger berühren sich. An den Spitzen nur, aber das reicht schon. Mein Herz hüpft. Nein. Es rennt. Und springt. Und dreht eigenartige Saltos in meiner Brust. Meine Brustwarzen drücken hart gegen den verschwitzten Stoff meines T-Shirts. Kann denn nicht endlich jemand die Heizung ausmachen? Mir ist so heiß. Ich zerfließe gleich. Ich schlucke. Und hüstle. Und gebe einen Kauderwelsch von mir, der nicht im entferntesten mit einem reichen Wortschatz zu tun hat. Von wegen die Insel der Dichter. Ganz dicht kann ich nicht mehr sein. Wenn ich vorhin geflasht von ihr war, bin ich jetzt eine Stufe weiter. Mindestens. So muss sich ein Baum fühlen, nachdem ein Blitz eingeschlagen hat. Totally destroyed. Der Bordcomputer in meinem Kopf zeigt nur noch Error an. Vollkommen überhitzt und wegen geistiger Umnachtung auf stand by gestellt.

»Haben Sie auch eine Karte?« Langsam bewege ich meinen Kopf hin und her. Ich lasse sie nicht aus den Augen. Ich will mit ihr Kaffee trinken gehen. Sie küssen. Mich in ihren Armen fallen lassen. Wenn das so weitergeht, bin ich ein klarer Fall für die Klapse. Sie hat gefragt, ob ich einen Kaffee mit ihr trinken will – und ich denke an … Sex. Muss ich ausgehungert sein.

»Kann ich dann wenigstens Ihre Nummer haben?« Mittlerweile klingt sie spöttisch und funkelt mich mit ihren großen Augen an. Warum hilft mir denn niemand? Ich bin verzweifelt. Am Ende. Diese Frau könnte die Erfüllung meiner tiefsten Sehnsüchte sein und ich muss auf Elisabeth warten. So ein Mist.

Mein Handy klingelt. »Handy.«, brummle ich überflüssigerweise und zeige auf das Telefon in meiner Hand. Ihre Augenbrauen zucken spöttisch. Als ob sie nicht wüsste, dass es sich bei dem Ding in meiner Hand um ein Handy handelt. *Tara, Du bist komplett bescheuert.*, schimpfe ich mich in Gedanken.

»O`Neill!«, poltere ich los.

»Wo bist Du? Warum hast Du Elisabeth nicht abgeholt?«

»Aber … ich … bin doch am Flughafen. Sie ist nicht da.«

»Sie hat mittlerweile dreimal angerufen. Schwing Deinen Hintern zum Taxistand. Sie wartet dort auf Dich.«

Taxistand. Oh nein. Noch einmal quer durch das ganze Flughafengebäude. Ich stöhne ergeben und schüttle verzweifelt den Kopf. Ich liebe Sport. Beachvolleyball,

Surfen, Motorrad fahren und was weiß ich noch alles. Wie ein wild gewordener Affe durch völlig überfüllte Flughafengebäude hetzen gehört eindeutig nicht zu den Beschäftigungen, für die ich mich begeistern kann.

»Sorry, Mum. Ich habe es nicht früher geschafft. Stau. Weißt Du?«

»Musstest wohl an der Kasse von McDonald´s zu lange warten? Verkauf mich nicht für blöd, Tara. Sie wartet. Also beweg Dich. Läufst Du schon?«

»Ja ja. Gleich.«, japse ich hektisch. Meine Ohren färben sich rot. Ich mag es nicht, wenn meine Mutter so tut, als wäre ich ihr Laufbursche. Ich bin vierunddreißig und keine vierzehn. Meine Mutter ist eine typische irische Mutter. Eine Familienmatrona. Sie führt ein strenges Regiment. Wenn sie etwas sagt oder anordnet, dann wird das so gemacht. Und zwar sofort. Und ohne Widerrede. Vermutlich wird sich daran nie etwas ändern, egal wie alt ich bin.

»Sorry, ich muss los.«, entschuldige ich mich bei meiner neuen Bekanntschaft und drehe mich auf dem Absatz um.

»Moment! Warten Sie! Sie wollten mir doch Ihre Nummer geben!« Eine warme Hand legt sich auf meine Schulter. Die kurze Berührung reicht aus, um mich in einen willenlosen Zombie zu verwandeln. Meine Schulter brennt. Die Flammen breiten sich immer weiter in meinem Körper aus. Sie reicht mir einen Stift und einen Zettel und verfolgt jede meiner Bewegungen, während ich meine

Nummer auf ihren Zettel zittere. Als schreiben kann ich das, was ich mache, nicht bezeichnen. Dafür habe ich die Kontrolle über meine Hände schon viel zu sehr verloren.

Die Frau gefällt mir. Ihre direkte Art. Sie eiert nicht lange um den heißen Brei, sondern kommt direkt zum Punkt. Außerdem schaut sie verdammt gut aus. Wenn sie jetzt noch sagt, dass sie mich will, ist mein Tag gerettet. Aber natürlich tut sie das nicht. Sie lächelt nur. Und streicht sich eine Strähne aus der Stirn.

»Also dann, Tara, wir sehen uns.«, haucht sie und schiebt ein noch leiseres »Bald.« hinterher. Ich nicke schweigend und versinke im unergründlichen Grün ihrer Augen. Ihr Blick … tief wie das Weltall. Und leuchtend. Voller Sterne. Und ich bin das Mondkalb.

Würde sie mich in ein paar Stunden anrufen und darum bitten, nach Dublin zurückzukommen, würde ich mich sofort hinters Steuer meines Landrover schwingen und losfahren. So wahr ich hier stehe und Tara O`Neill heiße.

Ich werde dieser Frau geben wonach sie verlangt. Ich werde sie glücklich machen. Sie wird mir gehören. Und dann werde ich ihr das Herz brechen. So wie immer. Ich bin beziehungsunfähig. Halt! Stopp! Bin ich nicht. Ich will nur keine Beziehung. Das ist etwas völlig anderes. Ich will meinen Spaß! Nicht mehr und nicht weniger. Mitnehmen, was ich bekommen kann – ohne Verpflichtungen. Ich kann nichts dafür, wenn sich die Frauen in mich verlieben.

Schließlich spiele ich immer mit offenen Karten. Jede weiß, worauf sie sich einlässt, wenn sie mit mir schläft.

Mag sein, dass die eine oder andere, die ich in den letzten Jahren in meinem Bett hatte, mich für arrogant hält. Vielleicht bin ich das auch. Aber hey, ich bin gut. Da darf ich doch wohl auch ein bisschen arrogant sein. Oder zumindest so tun als ob.

»Mrs. O`Neill bitte zum Taxistand. Mrs. O`Neill.« Mein Kopf färbt sich rot. Wie eine Tomate leuchte ich. Die Hitze, die sich in meinem Körper ausbreitet, lässt mich eher wie eine gekochte Tomate fühlen.

»Ich muss los! Sorry! Bis dann!«, rufe ich, drehe mich um und laufe los. Ich spüre ihren Blick in meinem Rücken. Diese Mischung aus Spott und Verlangen. Heiß und kalt gleichzeitig läuft der Schweiß über meinen Rücken. Tausende Stimmen schlagen über mir zusammen. Wie Wellen im Ozean, wenn ich das Gleichgewicht auf meinem Brett verloren habe.

Ich laufe los. Nein. Ich renne. Als ob der Teufel hinter mir her wäre und mit einer Peitsche auf mich einschlägt. Mit langen Schritten umrunde ich Kinder, die mir in den Weg geraten und springe über herumstehende Taschen und Koffer. Endlich am Ausgang angekommen, fühle ich mich wie ein lahmer Esel. Ich brauche ein Sauerstoffzelt.

Japsend hebe ich die Reste des Zettels, auf dem Elisabeths Name steht, hoch. Wie glücklich wäre ich, wenn sich Irland nicht ausgerechnet jetzt von seiner heißesten

Seite zeigen würde. Regen wäre gut. Viel Regen. Dann würde ich wenigstens nicht mehr so schwitzen. Mittlerweile gleicht mein Shirt eher einem nassen Lappen und hängt hilflos an mir herunter. Es klebt an meinem Rücken und zeigt mehr als es verbirgt. Ich fühle mich eingeengt. Meine Brustwarzen scheuern über den Stoff, was sie zusätzlich reizt und das flaue Gefühl in meinem Bauch verstärkt.

»Sind Sie Tara O`Neill?« Eine warme Stimme und doch jagt sie einen eiskalten Schauer über meinen Rücken. Ich drehe mich um und hebe meinen Kopf. Eine topp gepflegte und gestylte dunkelhaarige Frau, deren etwas zu klein geratener Körper in einem modischen – und wahrscheinlich sündhaft teuren – Nadelstreifenanzug steckt, baut sich vor mir auf. Trotz Überseeflug wirkt sie kein bisschen müde. Sie schaut mich an. Von oben herab. Und das, obwohl sie mindestens einen Kopf kleiner ist als ich. Ihr Blick ist eiskalt. Wie kann jemand, der so gut aussieht wie sie, nur so eiskalt sein? Ich straffe meine Schultern und atme langsam ein und aus. *Tief Luft holen, Tara, tief Luft holen. Du musst zwei Stunden oder mehr mit ihr in einem Auto aushalten. Das schaffst Du nur, wenn Du ruhig bleibst.*

»Live und in Farbe.«, antworte ich übertrieben lässig und grinse sie an. »Und Sie sind?«

»Ich bin Ella.« Was für eine Stimme. Weicher und warmer Timbre. Die Welt um mich herum dreht sich.

»Ella? Ich kenne keine Ella. Es muss eine Verwechslung vorliegen.«, stottere ich und merke selbst, wie bescheuert ich mich anhöre.

»Aber auf Ihrem Schild steht doch, dass Sie Elisabeth Montanaro suchen. Ich bin Ella Montanaro. Und wenn Sie Tara O`Neill sind, dann suche ich genau Sie. Seit fast einer Stunde.« Ihre Stimme klingt überhaupt nicht mehr warm. Eher herablassend und vor allem ziemlich ungehalten.

Oh Renata. Warum kannst Du es mir nicht ein bisschen leichter machen?, jammere ich in Gedanken. *Deine verwöhnte Nichte denkt tatsächlich, dass sich alles nur um sie dreht! Wärst Du doch hier, dann würde ich Dir was erzählen! Nein. In Deinen kleinen knochigen Hintern würde ich Dir treten.*

Ich schnaube.

»Können wir dann jetzt? Wo steht denn Ihr Auto?« Ich nicke zaghaft und zeige mit dem Finger in die entsprechende Richtung. Sie läuft einfach los. Hallo? Was ist mit Deinem Gepäck? Ich bin kein Maultier, das Deine Lasten überall hin schleppt. Vor mich hin brabbelnd zerre ich das Monstrum von einem Koffer hinter mir her. Er rumpelt über die Straße. Hätte sie nicht einfach einen Rucksack haben können? Den hätte ich mir lässig über die Schulter geschwungen und gut. Aber nein. Das wäre ja viel zu einfach gewesen. Ein Taxifahrer dreht sich nach mir um und schaut mich mitleidig an. Er nickt mir zu und schenkt mir ein aufmunterndes Lächeln. Als ob mir das irgendwie helfen würde. Ich bin verloren. Zwei oder drei

Stunden mit diesem Eisklotz im Auto. Ein Urlaub in der Arktis kann nicht kälter sein. Ich bin nicht zu beneiden. Überhaupt nicht.

Ich bin so ein Esel. Wie konnte ich nur erwarten, dass sie mir positiv gesinnt ist, nachdem ich sie fast eine Stunde habe warten lassen? Wenigstens hat es sich für mich gelohnt. Die Karte, die Róisín mir gegeben hat, steckt in meiner hinteren Hosentasche. Ein leichtes Ziehen geht von ihr aus. Mein Herz klopft hektisch, wenn ich nur an ihre Augen denke. Und die schönen Arme. Die Brüste. Oh wow. Was für eine Frau.

»Wo ist denn nun Ihr Auto?«, brummt der Eisklotz und dreht sich zu mir um. Ihre Augen blitzen und funkeln. Allerdings nicht vor Begeisterung sondern vor Ärger.

»Wir sind gleich da.«, keuche ich. »Haben Sie Steine in Ihrem Koffer, oder warum ist das Ding so schwer?«

»Es geht Sie überhaupt nichts an, was in meinem Koffer ist.«, knurrt sie. *Zicke!*, denke ich. Wie kann ein Apfel nur so weit vom Birnbaum fallen? Und noch weiter davon rollen? Renata ist das komplette Gegenteil von dieser … dieser … arroganten und aufgeblasenen Großstadt-Schreckschraube.

»Das war ein Scherz.«, brumme ich, auch wenn es nicht ganz der Wahrheit entspricht. Der Koffer ist wirklich schwer. Und unhandlich. Aber vor allem sind seine Rollen ziemlich laut. Wahrscheinlich ist er nur für glatte New

Yorker Straßenbeläge konzipiert. Die Bodenwellen und der grobe Teer hier machen ihm zu schaffen. Und mir auch.

»Wir sind da!«, keuche ich und bleibe vor meinem Landrover stehen.

»Sie wollen allen Ernstes sagen, dass ich in diese Dreckschleuder einsteigen soll? Niemals!«

»Von mir aus können Sie auch laufen!«, knurre ich. Sie plustert sich auf, wie ein Truthahn, wenn er kurz davor ist, einen Kontrahenten ungespitzt in den Boden zu rammen. Ihr Hals leuchtet rötlich. »Was haben Sie denn erwartet? Eine Limousine? Sorry, aber wir sind hier in Irland. Der Limousinen-Service hat Urlaub. Wenn Sie heute noch nach Donegal wollen, sollten Sie einsteigen. Steigen Sie ein, oder lassen Sie es bleiben. Es ist mir völlig egal. Ich fahre auch ohne Sie zurück.« Ich bin auf hundertachtzig. Mindestens. Was bildet diese Frau sich eigentlich ein?

Sie ist eine Schönheit und wahrscheinlich wäre ich geblendet von ihrer Ausstrahlung, wenn sie mich nicht so herablassend behandeln würde. Ihr Blick streicht über meinen Körper. Sie nickt unsicher.

»Es … tut … mir … leid.«, stammelt sie und versucht sich an einem Lächeln. »Ich … ähm … Normalerweise bin ich nicht so … nicht so zickig, meine ich.« Überrascht ziehe ich die Augenbraue hoch. Es kann sprechen. Und sich sogar artikulieren wie ein normaler Mensch. Kaum zu glauben.

»War wohl einfach etwas viel für mich. Ich weiß erst seit knapp zwei Tagen … Egal. Nehmen Sie meine Entschuldigung an? Vielleicht können wir von vorne anfangen?«

Sie reicht mir ihre Hand. Eine kleine zarte Hand. Ein Blitz zuckt durch meinen Körper. Hektisch japse ich nach Luft. Was ist denn nun schon wieder mit mir los? Sämtliche Härchen stellen sich auf, ein klares Zeichen dafür, dass meine Hormone Salsa tanzen. Tiefes Seufzen klopft von innen gegen meine Zähne, doch ich schlucke es hinunter, bevor es eine Katastrophe unvorstellbaren Ausmaßes erzeugen kann.

»Tara O`Neill. Ich freue mich. Können wir dann?«

3. Ella

Ella Montanaro. Ich freue mich auch, Dich … äh … Sie kennenzulernen.«, stottere ich. Meine Stimme klingt belegt. Sie grinst mich an.

»Das Du ist schon okay.« Taras Lippen verziehen sich zu einem Lächeln. Wie schade, dass sie ihre Augen hinter ihrer verspiegelten Sonnenbrille verborgen hält. Ich wüsste wirklich zu gerne, welche Farbe sie haben. Bestimmt blau. Oder grün. Haben nicht alle Iren grüne Augen? Garantiert sind sie grün. Und bestimmt leuchten sie auch, wie ein Smaragd in der Sonne, so schön.

Ich ertappe mich dabei, dass meine Blicke sie vom Kopf bis zu den Füßen abtasten. Sie hat einen attraktiven Körper. Hätte sie mich nicht so lange warten lassen. Hätte sich die Temperatur meines Körpers deswegen nicht so hochgeschraubt. Hätte ich Zuhause in New York keine Partnerin. Wenn die vielen hättes nicht wären, wäre sie genau mein Typ. Natürlich ist mir das Regenbogenschlüsselband, das lässig aus der Tasche ihrer Hosen baumelt, sofort aufgefallen. Noch bevor ich ihr Gesicht gesehen habe.

»Ach. Willst Du etwa fahren? Kein Problem. Mein Landy findet den Weg auch ohne meine Hilfe.« Sie schaut mich an und zieht spöttisch die Augenbraue hoch. Süß. Meine Ohren färben sich rot.

»Äh. Häh? Warum sollte ich fahren wollen?«

»Weil Du auf der Fahrerseite stehst. Wir sind hier auf der Insel. Bei uns ist alles etwas anders.«, spöttelt sie und schmeißt mir den Schlüssel zu. Verlegen trete ich von einem Bein auf das andere und schüttle den Kopf.

»So sorry.«, brummle ich und setze mich langsam in Bewegung. Ist mir das peinlich. Wie konnte ich nur vergessen, dass die Insulaner auf der linken Seite fahren? Bestimmt hält sie mich jetzt für vollkommen dämlich, womit sie wahrscheinlich nicht mal ganz verkehrt liegt. Ich bin dämlich. In solchen Dingen jedenfalls. Meine Qualitäten liegen eindeutig in anderen Bereichen, wobei ich jetzt lieber nicht darüber nachdenke, um welche Bereiche es sich handelt. Besser ist das. Mir ist sowieso schon so heiß. Ich hätte Sharon mitnehmen sollen.

Tara hält die Tür für mich auf. Ich nicke ihr freundlich zu und lasse mich in den durchgesessenen Beifahrersitz fallen. Mein Atem beschleunigt sich. Eine kurze Berührung nur, aber die hat es in sich. Die Tür klappt zu. Ich atme tief durch. *Ganz ruhig, Ella, ganz ruhig. Du musst ein paar Stunden mit ihr allein aushalten, ohne durchzudrehen.* Ich hätte Sharon mitnehmen sollen.

Bevor ich mich noch weiter in meinen Gedanken verheddern kann, klappt auch die Fahrertür ins Schloss. Wir sind allein. Tara und ich. Was für ein schöner Name für eine wunderschöne Frau. Er passt perfekt zu ihr.

Ihre Hand legt sich um den Schaltknüppel. Ich hole tief Luft und versuche wirklich alles, um meinen Blick von ihrer Hand abzuwenden. Sie hat schöne Hände. Künstlerhände. Lange und schlanke Finger. Die Adern auf ihrem Handrücken sind klar definiert. Bei Frauen mit so schönen Händen und so klar definierten Adern muss ich immer aufpassen, dass ich mich nicht in meinen Phantasien verliere. Was für schöne Dinge sie wohl mit ihren Händen anstellen kann?

Die Frau an ihrer Seite kann sich glücklich schätzen. Bestimmt trägt sie sie auf Händen. Ich bin mir ganz sicher, dass sie alles dafür tut, um ihre Frau glücklich zu machen.

Oh, mein Gott. Sie hat meine Blicke bemerkt. Und zieht ihre Hand zurück. Ein Lächeln huscht über ihr Gesicht.

»Dann wollen wir mal.«, haucht sie und tritt aufs Gas. Der Motor heult auf. Und hustet. Eine schwarze Rauchwolke schießt aus dem Auspuff in die Luft. Der Landrover macht einen kleinen Satz. Tara stöhnt gequält.

»Sorry. Zu viel Gas.«, brummelt sie und stiert aus dem Fenster. Während die Sonne den Himmel in glutrote Farbe taucht, setzt sich der Landrover langsam in Bewegung. Was für ein Empfang.

»Machst Du sowas öfter?«

»Was denn?«

»Zu viel Gas geben.«

»Äh … «

Mein Bauch kitzelt. Lachen, so laut, wie ich es schon lange nicht mehr von mir gehört habe, verlangt danach, aus mir herauszuströmen. Ich kann es nicht zurückhalten. Will es auch gar nicht. Was raus muss muss raus. So ist es doch, oder? Ich drehe meinen Kopf zur Seite. Taras Ohr leuchtet rot. Genauso wie ihre Wange. Sie weiß, dass ich weiß, dass meine Frage nach dem Gas geben genauso gemein wie zweideutig war. Aus dem Augenwinkel erkenne ich, dass ihre Hand zittert.

»Alles okay?«, frage ich und gebe wirklich alles dafür, mich zu beruhigen. Was mache ich hier eigentlich? Flirte ich etwa? Das kann nicht sein. Ich bin doch glücklich – mit Sharon. Liegt bestimmt nur an meiner Aufregung.

»Ja. Ja, alles okay. Können wir vielleicht über etwas anderes reden?« Ich lege meine Stirn in Falten. Täusche ich mich, oder bebt ihre Stimme? Mein Herz macht einen kleinen Hüpfer. Sie schweigt. Ich schweige auch. Worüber spricht man mit einer Frau, die man nicht kennt und dennoch irgendwie anziehend findet?

Ich schlucke. Während der letzten Minuten hat sich in meinem Hals offensichtlich ein Knoten gebildet, der sich zwischen Schilddrüse und Luftröhre erstaunlich wohl zu fühlen scheint. Ich krächze Worte, die ich selbst nicht verstehe, vor mich hin.

Tara schaut mich nicht an. Sie richtet ihre volle Konzentration auf den Dubliner Feierabendverkehr. Wie bekommt sie das nur hin, so entspannt auf der falschen Seite zu fahren? *Oh man, Ella, Du bist so eine Idiotin. Sie lebt hier. Sie kennt es gar nicht anders.*

Ich seufze und wage es endlich, mich entspannter hinzusetzen.

»Ella! Nicht!«, schreit Tara. Es knackt. Laut. Und unheilvoll. Ich zucke zusammen. Und befinde mich keine zehn Sekunden später in liegender Position.

»Sorry, die Lehne ist kaputt. Die Zeit war zu knapp, um sie zu reparieren.«, brummt Tara. Sie schaut nicht sehr glücklich aus. Was soll ich tun? Was soll ich sagen? Wenn das so weitergeht werden die nächsten Stunden die längsten meines Lebens. Ich hätte Sharon mitnehmen sollen. Sie würde Tara bestimmt ganz entspannt in ein Gespräch verwickeln und bei der Gelegenheit aus ihr herauskitzeln, ob sie Single ist oder vergeben. Sharon ist ein sehr direkter Mensch. Sie nimmt kein Blatt vor den Mund. Wenn sie etwas wissen will, fragt sie. In ihren Augen ist es das Problem der anderen, wenn sie mit ihrer manchmal etwas zu direkten, fast distanzlosen, Art nicht klarkommen. Worüber zerbreche ich mir hier eigentlich den Kopf? Es ist doch völlig egal, ob sie Single ist oder nicht. *Tara ist tabu für Dich,* ermahne ich mich selbst.

»Habt Ihr schon länger so schönes Wetter?«, frage ich, immer noch in liegender Position. Sie dreht ihren Kopf zu mir herum und betrachtet mich von oben herab. Ich bin in einer blöden Position. Das wird mir schlagartig klar.

»Nein. Heute ist der erste schöne Tag seit langem. Ich hätte surfen gehen können. Aber nöööö … « Obwohl sie es offensichtlich zu unterdrücken versucht, höre ich doch den Ärger in ihrer Stimme. Ich schlucke hart. Der Knoten sitzt fest und wird von Sekunde zu Sekunde größer. Sie ist ärgerlich. Deswegen der harte Tritt auf das Gaspedal. Es liegt nicht daran, dass sie wegen meiner Anwesenheit aufgeregt ist. Enttäuschung macht sich in mir breit. Ich bin es gewohnt, dass Männer und Frauen mit mir flirten, wenn sie mich kennenlernen. Ich bin ein Alpha-Tier. Bis jetzt ist mir noch kein Mensch begegnet, den es nicht gereizt hätte, mich zu knacken. Bei den meisten reicht ein Blick, ein kurzer Augenaufschlag und schon liegen sie mir zu Füßen und würden alles dafür tun, um Zeit mit mir verbringen zu dürfen.

Tara ist anders. Sie zeigt mir die kalte Schulter. Jetzt, wo ich weiß, warum sie sich so eigenartig verhält, fühle ich mich zunehmend unwohl in ihrer Nähe. Ein heißer Schauer rinnt über meinen Rücken. Die Luft ist zum zerschneiden. Unauffällig nesteln meine Hände an den verschiedenen Hebeln des Sitzes herum. Die Lehne rührt sich nicht. Ich möchte wenigstens sitzen. In meiner unglücklichen Position fühle ich mich ihr gleich noch stärker unterlegen.

»Ich habe Dich nicht darum gebeten, mich abzuholen.«, knurre ich.

»Du vielleicht nicht. Aber … Egal. Der Tag ist sowieso gelaufen. Schauen wir, dass wir schnell nach Donegal kommen.«

»Damit Du mich wieder los bist?«

»Richtig. Nichts für ungut, ich habe nur nicht viel übrig für kleine Prinzessinnen, die alles auf dem Silbertablett präsentiert bekommen.« Ihre Stimme ist schneidend. Und eiskalt. Der Unmut über den Verlauf des Tages, der sich so ganz anders entwickelt, als sie es sich gewünscht hat, trieft aus ihren Worten. Ich fühle einen Stich in meinem Herz. Was habe ich ihr getan, dass sie mir so offen feindselig begegnet? Mein Kampfgeist ist geweckt. Ich stütze mich mit den Händen ab und schiebe mich in eine sitzende Position.

»Und ich habe nicht viel übrig für Leute, die über andere urteilen, ohne sie zu kennen. Du weißt nichts über mich.« Meine Stimme ist laut und bebt vor Zorn. Ich schreie fast. Wie kann sie es wagen?

»Ach ja? Willst Du mir damit sagen, dass Du keine Prinzessin bist, die nur mit dem Finger zu schnippen braucht und alle Welt erfüllt ihr ihre Wünsche?« Mist verdammter. Mit ihrer Einschätzung liegt sie gar nicht mal so verkehrt. Bis auf das Prinzessin. Sie dreht sich zu mir um und lacht. Tief und warm ist ihr Lachen. Der heiße Schauer auf meinem Rücken versiegt nicht. Im Gegenteil.

Er wird angeheizt. Auch wenn ihre Worte hart und direkt sind und sie nicht darauf achtet, meine Gefühle nicht zu verletzen, ist ihre Stimme warm. Fast weich. Wie es wohl ist, wenn sie im Bett den Namen ihrer Liebsten haucht? Erschüttert über die Richtung, die meine Gedanken schon wieder einnehmen, halte ich die Hand vor den Mund. Wie kann es sein, dass ich so ausgehungert bin, dass ich sogar eine Frau, die mir so offen feindselig begegnet, als Objekt meiner sexuellen Begierde betrachte? Taras Blick liegt auf mir. Sie lacht spöttisch.

»Siehst Du? Habe ich es doch gewusst. Jeder Depp zwischen hier und Timbuktu rollt den roten Teppich für Dich aus, wenn Du darauf zeigst. Ich kenne Frauen wie Dich. Euch ist nichts heilig.«

Meine Augen kitzeln. Tränen steigen in mir auf. Ich bin erfolgreich. Na und? Meine Eltern haben mir ein kleines Startkapital zur Verfügung gestellt. Na und? Was geht es sie an?

Sie setzt den Blinker und verlässt die Autobahn. Was hat sie denn jetzt wieder vor? Wir fahren doch noch gar nicht so lang. Mir wird mulmig zumute. Mein Herzschlag beschleunigt sich. Eine eigenartige Schwäche überfällt meinen Körper. Sie bremst scharf.

»Aussteigen!«, ordnet sie mit scharfen Befehlston an. Ich schüttle den Kopf. Ich werde ganz bestimmt nicht aussteigen. Nicht in diesem Leben und auch in keinem anderen. Nicht mitten im Nirgendwo, irgendwo zwischen Dublin und …

»Steig aus!« Zum harten Befehlston liegt diesmal noch eine große Portion Ungeduld in ihren Worten. Sie springt vom Beifahrersitz und reißt die Tür auf.

»Steig endlich aus! Ich muss die Lehne irgendwie fest bekommen. So können wir nicht weiterfahren. Oder willst Du auf die Rückbank?«

Rückbank? Gute Idee. Die Erinnerung an das eine oder andere heiße Erlebnis auf der Rückbank eines Autos schiebt sich in mein Bewusstsein. Warum muss ich eigentlich ständig an Sex denken? Ich hebe den Kopf und starre sie an. Sie starrt zurück. Ihre Augen schießen Pfeile. Meine auch. Jeder Pfeil trifft. Direkt ins Ziel. Ich fühle mich schwach. Unendlich schwach. Sie muss mich halten. Dass meine Zungenspitze unbewusst über meine Lippe fährt, bemerke ich erst, als es zu spät ist. Sie kneift die Augen zusammen, sagt aber nichts. Ich bin mir nicht sicher, ob sie meinen Fauxpas bemerkt hat. Mittlerweile hat sie ihre Sonnenbrille abgenommen.

Ihre Augen sind braun. Wie ein Tigerauge. Ich habe eine besondere Vorliebe für Edelsteine. Kein Wunder also, dass mir sofort ein passender Vergleich durch den Kopf schießt. Ich hole tief Luft und versuche mich zu sammeln. Was für ein interessantes Gesicht. Dunkle Augen, blondes Haar und sonnengebräunte Haut, die so weich aussieht, dass ich am liebsten über ihre Wangen streicheln würde. Natürlich nur, um mich zu vergewissern, ob ihre Haut wirklich so weich ist, wie meine Phantasie mir vorgaukeln möchte. Ich schlage die Hand vor den Mund. *Mensch, Ella. Was soll das hier werden? Du bist hier, um einen kurzen Blick auf Dein Erbe zu werfen. In ein paar Tagen bist Du wieder weg. Außerdem bist Du doch glücklich.*

Welch eigenartige Wege Gedanken und Gefühle doch manchmal einnehmen. Mein Herz klopft hektisch in meiner Brust. Die Fähigkeit, mich zu bewegen, ist stark eingeschränkt.

»Würden Sie bitte so freundlich sein und aussteigen, Mylady?«, spöttelt Tara. »Ich möchte nämlich gerne den Sitz reparieren.« Sie streckt die Hand aus und scheint auf irgendetwas zu warten. Dass ich nach ihr greife vielleicht? Ich bin mir nicht hundertprozentig sicher. Trotzdem greife ich nach ihrer Hand und … zucke zurück. Ein spitzer Schrei hängt irgendwo in meinem Hals fest. Er möchte raus, aber irgendetwas blockiert ihn. Mein Blick fällt auf Tara. Ist sie genauso verwirrt wie ich? Was geht hier eigentlich vor? Warum kann nicht endlich jemand die Heizung ausschalten? Es ist so warm hier, dass ich fast zerfließe. Außerdem habe ich eindeutig die falsche Kleidung eingepackt. Meine kurze Recherche im Internet wies mich darauf hin, dass in Irland jederzeit mit Kälteeinbrüchen und Regen zu rechnen ist. Ich weiß nicht, was ich erwartet habe. Wahrscheinlich eine klimatische

Mischung aus Arktis und Alaska. Also habe ich überwiegend warme Sachen eingepackt.

Tara streicht sich eine Strähne aus der Stirn. Wie gerne würde ich diese Aufgabe für sie übernehmen. Einen kleinen Augenblick nicht stark sein. Und vor allem nicht an morgen denken.

»Komm schon. Lass Dich doch nicht so lange betteln. Oder möchtest Du hier übernachten?« Sie lächelt geheimnisvoll. Und wirkt auf einmal überhaupt nicht mehr so übermenschlich groß und stark. Ich nicke mechanisch. Wohl wieder ein Streich meines Unterbewusstseins. Natürlich will ich nicht hier übernachten. Obwohl …? Nein!

Sie zieht eine Augenbraue hoch, sagt aber weiterhin nichts. Die Hitze, die über meinen Rücken zieht, entwickelt sich langsam zu einer Plage. Vielleicht sollte ich die Zeit lieber sinnvoll nutzen und Sharon anrufen?

»Ich gehe ein paar Meter.«, sage ich tonlos und hoffe inständig, dass sie das leise Krächzen nicht bemerkt. Ich entferne mich mit langen Schritten – insofern man bei einer Körpergröße von knapp unter einssechzig von lang reden kann. Tara verfolgt mich mit ihren Blicken. Ich spüre es. Ich weiß es einfach. Was ist nur mit dieser Frau los, dass sie mein Denken und Fühlen so schnell auf den Kopf stellt und mir das Gefühl gibt, nicht mehr Herrin meiner Sinne zu sein? Mein Verhalten hat nichts mit dem Verhalten einer erwachsenen Frau zu tun. Vielmehr benehme ich mich wie ein Teenager, der ausnahmslos von seinen Hormonen regiert wird. Nicht besonders sexy. Eher das Gegenteil davon.

Als ich aus dem Landrover, den sie so liebevoll Landy nennt, geklettert bin, stießen wir zusammen, weil sie sich gleichzeitig bückte, um irgendetwas zu suchen. Die Berührung war nur kurz. Viel zu kurz. Sie richtete sich schnell wieder auf und stammelte eine Entschuldigung. Ja. Genau. Sie stammelte.

Ich darf nicht darüber nachdenken. In New York wartet meine Partnerin auf meine Rückkehr. Die Frau, die ich über alles liebe. Mein Finger streicht hektisch über das Display meines Smartphones.

»Ella? Bist Du´s?«, Sharons Stimme klingt abgehetzt. Ich rolle mit den Augen. Natürlich bin ich die Anruferin, oder kennst Du sonst noch jemanden, der mit meiner Nummer anruft?

»Ja, Baby. Ich bin´s.«, antworte ich und gebe mich betont ruhig.

»Bist Du gut angekommen? Wie war Dein Flug? Bist Du schon auf dem Weg zu Deinem Erbe?«

»Ja. Fast gut. Ja. Tara hat mich abgeholt. Wir haben eine kleine Panne und stehen auf einem Parkplatz irgendwo in der Pampas.«

»Wer ist Tara?«

»Wohl eine Bekannte von meiner Tante.« Es fällt mir gar nicht so ganz leicht, die Bezeichnung Tante für eine Frau, die ich nicht kannte, in den Mund zu nehmen. Eine Tante war für mich immer jemand, der für mich da ist. Ein Mensch, mit dem ich mich treffen konnte, wenn mir danach war. Trotzdem scheint diese Renata ja so etwas wie eine Tante gewesen zu sein. Also stimmt die Bezeichnung zumindest in der Theorie.

»Wie sieht sie aus?« Täusche ich mich, oder liegt schon wieder so ein eigenartiges Kreischen in der Luft? Ich weiß, dass Sharon eifersüchtig ist. Aber so …

»Ziemlich leblos, denke ich mal.« Oh, ein Hoch auf den schwarzen Humor, der manchmal so dunkel ist, dass nicht einmal mehr Kreide hilft, um ihn aufzuhellen.

»Verkauf mich nicht für blöd. Natürlich nicht Deine Tante, sondern die Tussi, mit der Du Dich auf dem Parkplatz vergnügst. Schaut sie gut aus?« Oh ja. Meine Ohren färben sich rötlich. Ein kalter Schauer jagt über meinen Rücken. Ich seufze genervt und zähle langsam von zehn abwärts. Warum streiten Sharon und ich in der letzten Zeit eigentlich so viel?

Ich drehe mich um und wende mein Gesicht Tara zu. Meine Blicke gleiten über ihren Körper. Athletischer Körperbau mit klar definierten Muskeln. Wirklich hübsch. Das Hemd, das sie bei meiner Ankunft und während der ersten Kilometer noch getragen hat, hat sie mittlerweile ausgezogen. Die Muskeln ihrer Oberarme zeichnen sich deutlich unter den Trägern des schwarzen Tanktop ab. Mein Atem beschleunigt sich.

»Schatz?«

»Äh … Was hast Du gesagt?«

»Ich habe Dich gefragt, ob sie gut aussieht.«

»Sie kann auf keinen Fall mit Dir mithalten. Außerdem ist sie nicht mein Typ.«, flunkere ich und hoffe, dass Sharon durch die Entfernung und die schlechte Verbindung das Beben in meiner Stimme nicht bemerkt. »Mach Dir keine Gedanken, Baby. Dir kann sowieso niemand das Wasser reichen.«

Offensichtlich habe ich die richtigen Worte gewählt. Sharon schlägt versöhnlichere Töne an und säuselt mir zärtliche Liebkosungen ins Ohr.

Sie kann ihre Stimmung so schnell wechseln, wie andere Leute ihre Socken, vielleicht sogar noch schneller. Von kalt und schneidend zu liebevoll und warm. Sie hätte Schauspielerin werden sollen. Die Leute in Hollywood würden sich die Hände reiben, wenn sie sie kennen würden. Vielleicht sollte ich ihr diese Idee unterbreiten, wenn ich wieder Zuhause bin. Sie könnte maßlos übertreiben und damit sogar Geld verdienen. Viel Geld sogar, wenn sie gut ist. Dann könnte sie spielend für ihren Unterhalt sorgen und ich könnte kürzer treten. Außerdem bekäme sie jede Menge Aufmerksamkeit. Ein Lächeln schiebt meine Mundwinkel ein großes Stück weiter Richtung Norden. Meine Idee gefällt mir von Sekunde zu Sekunde besser.

Ich hebe den Kopf und lausche ihren Worten, während ich aus sicherer Entfernung jeden von Taras Schritten und Handgriffen verfolge. Tara richtet sich auf und dreht sich zu mir um. Ich wende mich ab. Hoffentlich hat sie nicht bemerkt, dass ich nichts besseres zu tun habe, als sie anzugaffen, während ich eigentlich meine ungeteilte Aufmerksamkeit der Frau widmen sollte, die seit mehr als drei Jahren zu meinem Leben gehört. Der Frau, die ich liebe.

»Alles okay bei Dir, Ella?«

»Klar. Ich bin nur ein bisschen müde. Muss am Jetlag liegen.« Meine Lippen verziehen sich zu einem Grinsen. Oh ja. Endlich habe ich den Grund für meine wirren Gedanken gefunden. Ich muss mir also überhaupt keine Sorgen machen. Alles völlig normal. Bestimmt kommt auch das Ziehen in meinem Bauch vom Jetlag. So ein Überseeflug ist ja auch nicht ganz ohne. Da kann es schon mal passieren, dass die Gedanken und Gefühle irrationale Formen annehmen.

»Lass uns morgen telefonieren, wenn Du ausgeschlafen bist. Ich liebe Dich.« Bevor ich noch etwas erwidern kann, tutet die Leitung und ich bin wieder allein mit mir und meinem rebellischen Körper – und mit Tara.

Langsam setze ich mich in Bewegung. Mit kleinen Schritten. Mit sehr kleinen Schritten. Je näher ich komme, desto besser kann ich sie beobachten. Sie steht mit dem Kopf ins Auto gebeugt vor mir, was bedeutet, dass ich die

Aussicht auf ihre athletische Rückseite in aller Ruhe aufnehmen kann. Süßer Po. Kalter Schweiß steht auf meiner Stirn. Und über meiner Oberlippe.

Es kracht. Sie flucht und schimpft. Ein Repertoire, von dem ich größtenteils noch nie etwas gehört habe. Ein Klischee stimmt schon mal. Die Iren sind Weltmeister im Fluchen. Wenn man von Tara auf den Rest der Insulaner schließen kann zumindest.

Ich unterdrücke ein Lachen. Sie schiebt sich aus dem Landrover und dreht sich zu mir um. Jeder Schuss aus ihren leuchtenden Augen ein Volltreffer.

»Brauchst Du Hilfe?«

»Nein. Das Mistding sträubt sich nur ein bisschen. Kann sich also nur noch um Stunden handeln. Kannst Du bitte Deine Tasche nehmen? Die ist im Weg.« Sie drückt mir die Tasche in die Hand. Unsere Fingerspitzen berühren sich. Ich zucke zusammen.

Ich hebe meinen Kopf. Tara senkt ihren. Meine Augen versinken im tiefen Braun des Tigerauges. Es zieht mich förmlich in sich hinein. Unendliche Tiefen. Ich atme hektisch.

Meine Hände zucken vor, greifen nach ihren Schultern. Sie macht einen Schritt zurück. Der Landrover in ihrem Rücken verhindert, dass sie mir entkommt. Sie schaut mich an. Atemlos. Studiert den Ausdruck in meinen Augen. Ich weiß, was sie sieht. Mich. Rein und pur. Aber vor allem sieht sie Hunger. Und Verlangen. Nach ihr. Ich will sie.

Ich stelle mich auf die Zehenspitzen und recke mich ihr entgegen. Meine Augen irren ziellos zwischen ihren Augen und Lippen. Leises Seufzen entweicht meiner Kehle.

Meine Lippen pressen sich auf ihre. Ich fordere Einlass. Mein Kuss ist hart und wild. Ich bin ein Alpha-Tier. Ich nehme mir, was ich will. Und im Moment will ich SIE. Heiseres Stöhnen mischt sich mit tiefem Seufzen. Ist es von ihr? Oder doch eher von mir? So genau kann ich es nicht sagen. Sie erwidert meinen Kuss, presst ihren Körper an meinen und kommt mir entgegen. Ihre Arme legen sich um meinen Oberkörper, ziehen mich noch fester an sich. Sie ist mir ausgeliefert. Hilflos windet sie sich in meinen Armen. Das Spiel unserer Lippen und Zungen dauert ewig. Tara ist eine trainierte Frau. Sie hat Luft für mindestens zwei. Mein Herz galoppiert, läuft ihr entgegen. Einer fremden Frau.

Atemlos löst sie sich von meinen Lippen und schnappt nach Luft. Ihre Hände greifen nach meinen Schultern, schieben mich weg. Der Bann ist gebrochen. Mein Hirn ist wieder da. Mit voller Wucht. Was habe ich getan? Wie soll ich ihr jemals wieder unter die Augen treten? Und Sharon?

»So sorry.«, stammle ich. Sie sagt nichts. Also schweige ich auch und schaue ihr dabei zu, wie sie so tut, als wäre nichts geschehen. Mit ihren kraftvollen Händen bringt sie die Lehne des Beifahrersitzes in die Ursprungsposition. Die Muskeln ihrer Oberarme treten hart hervor. Ihre Arme sind ölverschmiert. Ich kann nicht mehr. Game over. Mein Herz steht in Flammen. Allerdings nicht für die Frau, für die es eigentlich brennen sollte.

Keine Ahnung, welcher Wahnsinn mich in den letzten Minuten geritten hat, aber er soll bitte nicht so schnell wieder aufhören. Halt! Stopp! Irgendetwas läuft hier völlig aus dem Ruder. Natürlich soll er aufhören. Sofort! Ich muss mich schützen. Vor den Reizen dieser Frau. Ich kenne sie nicht und doch treibt sie mich so weit, dass die Barrieren fallen und ich mich und das Versprechen, das ich Sharon gegeben habe, völlig vergesse.

Mein Atem will sich nicht beruhigen. Tara wirkt völlig entspannt. Und konzentriert. Auf den Autositz. Sie gluckst leise. Was sie jedoch nicht verbergen kann, ist das nervöse Zittern ihrer Arme.

Zwei bis drei Stunden Fahrt liegen noch vor uns. Tara schweigt. Seit meinem Kuss hat sie nichts mehr gesagt. Ich halte es kaum noch aus. Mein Herz klopft so schnell, dass das Gefühl, es würde aus meiner Brust direkt in ihre Arme hüpfen wollen, die Kraft aus meinem Körper zieht.

Ich fühle mich kraftlos. Und haltlos. Ich will gehalten werden. Ich will, dass sie mich hält.

»Äh … Es tut mir leid. Ich dachte … Ich wollte nicht …«, stammle ich und komme mir wie auf die Größe eines Zwerges geschrumpft vor. Sie schweigt. Eisern. Und stiert konzentriert aus der Frontscheibe auf die Straße. Der Abend taucht die Welt um uns in sein schummriges Licht. Außer uns ist fast niemand unterwegs. Nur sie. Und ich. Und der Highway, der schier endlos vor uns liegt.

Ich möchte mit ihr reden. Über den Kuss. Über das, was zwischen uns passiert. Die Gründe für meine durcheinander geratenen Gefühle herausfinden. Außerdem will ich wissen, was sie denkt. Was sie fühlt.

Ich bin nicht auf den Mund gefallen. Normalerweise weiß ich genau, was ich sagen muss, damit ich bekomme, was ich will. Normalerweise war allerdings gestern. Nicht heute. Heute ist alles so ganz anders als normal.

»Der Ku … «, versuche ich ein Gespräch anzufangen. Sie hebt die Hand.

»Nicht.«, flüstert sie so leise, dass ich sie kaum verstehe.

Gut. Okay. Du willst also nicht über den Kuss reden. Und Du willst mir auch nicht sagen, warum ich mich so von Dir angezogen fühle. Wir werden reden. Vielleicht nicht heute. Aber ein anderes Mal. Verlass Dich drauf.

»Ich hatte Angst, dass Du mich einfach auf dem Parkplatz aussetzt.« Stolz, das Gespräch, das eigentlich keines ist, auf sichereres Terrain gelenkt zu haben, lehne ich mich im frisch reparierten Beifahrersitz zurück.

»Ich habe darüber nachgedacht.«, antwortet sie und verzieht ihre sanft geschwungenen Lippen zu einem Grinsen. Sie legt ihre Hand um die Gangschaltung und schaltet einen Gang höher. Der Motor brummt tief und gleichmäßig. Wenn ich so etwas ähnliches doch nur von meinem Herz sagen könnte. Es hüpft und tanzt immer noch munter durch meine Brust und tut nicht einmal so, als würde es sich auf den Deal, endlich Ruhe zu geben, einlassen wollen.

Meine Hand liegt auf meinem Oberschenkel. Wie von selbst bewegt sie sich zur Seite. Ihr Handrücken. Meine Fingerspitzen. Sie zuckt zusammen, zieht ihre Hand aber nicht weg. Heiseres Seufzen huscht über meine Lippen.

»Wie lange noch?«, hauche ich und hoffe, dass ich die einzige bin, die den brüchigen Klang meiner Stimme bemerkt.

»Hmh?« Tara dreht ihren Kopf zu mir, schaut mich irritiert an. Ihr Blick fällt auf meine Hand. Sie zieht die Augenbraue hoch. Ich liebe Frauen, die das können. Es hat etwas neckisches, verführerisches. Aber vor allem ist es heiß.

»Die Strecke … Wie lang … ist sie noch?«

»Ach so. Eine Stunde ungefähr.« Ihre Stimme klingt so tief. Die Muskeln in meinem Bauch ziehen sich zusammen. Ich stöhne unterdrückt. Diese Frau ist eine Versuchung. Für jeden, der Augen im Kopf hat. Ich BIN im Besitz funktionierender Augen. Ihre Mundwinkel verziehen sich zu einem Lächeln.

»Wieso? Bist Du froh, wenn Du … « Den Rest ihrer Frage lässt sie unausgesprochen in der Luft hängen. Trotzdem weiß ich, was sie meint. Ich schüttle den Kopf, nicke dann aber so schnell, dass es auf mich so wirkt, als hätte jemand die Kontrolle über mich und meine körperlichen Reaktionen übernommen. Sie schafft mich. Wie sie schaut. Dieses engelsgleiche Lächeln. Als könnte sie kein Wässerchen trüben. Dabei bin ich mir sicher, dass sie sich ihrer Wirkung auf die Menschen um sich herum im Allgemeinen sehr bewusst ist – und der Wirkung auf mich im Besonderen. Bestimmt lässt sie nichts anbrennen. Wer würde eine Frau wie sie auch schon von der Bettkante schubsen? Ich! Natürlich. Nie würde ich etwas mit einer Frau wie ihr anfangen. Frauen wie Tara könnten an jeder Hand zehn Frauen haben und bestimmt hat sie das auch. Ich reihe mich nicht gerne in einen Harem ein. Außerdem habe ich eine Partnerin. Eine wunderschöne Partnerin. Und sie wartet auf mich, zuhause in New York.

Der Landrover, den ich auf den ersten Blick als riesig eingestuft habe, wird immer kleiner. Die Wände rücken näher und näher, während sich die Luft bis ins unerträgliche aufheizt. Schweiß rinnt über meinen Rücken.

Meine Hand nestelt am Griff für das Fenster. Ich kurble und drehe. Kühle Abendluft strömt herein. Mehr davon. Ich brauche mehr. Mein Kopf schiebt sich Richtung Fenster. Ich keuche und reiße den Mund weit auf, wie ein Fisch, der aus Versehen an Land geraten ist. Ihr Blick brennt in meinem Rücken. Wie eine Feuersbrunst. *Hör auf, mich so anzuschauen!*, flehe ich in Gedanken. Mein Körper windet sich unter ihren Blicken.

Wie kann es sein, dass ich mich nicht schäbig fühle? Mein Körper verlangt nach ihr. Sehnt sich nach ihr und ihren Berührungen. Hitze staut sich in meinem Bauch. Wenn wir nicht endlich da sind, schreie ich. Oder ich falle über sie her. Bettle sie an, dass sie mich nimmt. Hey, Alpha-Tier, wo versteckst Du Dich? Komm endlich wieder raus. Genau jetzt könnte ich Dich nämlich wirklich richtig gut gebrauchen. Du bist doch sonst zu jeder möglichen und unmöglichen Zeit da. Warum machst Du Dich ausgerechnet jetzt aus dem Staub und verwandelst mich in einen willenlosen und hirnlosen Zombie?

Tara gluckst leise. Sie beobachtet mich. Ich weiß es. Bestimmt kennt sie hier jede Straße und jeden noch so kleinen Feldweg so gut, dass der Landrover den Weg auch ohne ihre Hilfe findet. Sie muss sich nicht auf die Straße konzentrieren.

In meinem Bauch mischen sich Verlangen und Wut zu einem festen Knoten. Wie kann sie es wagen, mich so anzustarren? Sie braucht mir nicht zu erzählen, dass sie nicht merkt, wie sehr sie mir damit zusetzt. Abrupt drehe ich mich zu ihr um.

»Gefällt Dir, was Du siehst?«, keife ich sie an. Meine Stimme will mir nicht so gehorchen, wie ich es gerne hätte. Sie klingt ungewöhnlich krächzend. Taras Blicke gleiten über meinen Körper.

»Schon ganz okay.«, sagt sie und kneift ein Auge zusammen. Mein Mund klappt auf und wieder zu. Ich starre sie an. Mit weit geöffneten Augen.

»Willst Du damit sagen, dass ich dick bin?«

»Quatsch. Du bist nicht dick. Allerdings würden Dir ein paar Muskeln nicht schaden. Aber keine Sorge, die bekommst Du hier. Dafür werden wir schon sorgen.«

Ich zucke zusammen. Was in aller Welt soll diese Andeutung jetzt wieder? Ihr Lachen ist laut. Sie wischt sich Tränen aus den Augen.

»Du müsstest Dein Gesicht sehen. Kann das sein, dass Du keine Ahnung hast, was Dich hier erwartet?«

Ich schüttle den Kopf. Natürlich nicht. Woher auch? Bis vor ein paar Stunden wusste ich nicht einmal … Egal. Was die überraschende Erbschaft in mir auslöst, geht niemanden etwas an – und am allerwenigsten Tara. Unverschämt grinst sie mich an.

»Was soll´s? Du wirst es schon noch früh genug erfahren. Wir sind übrigens in fünf Minuten da.« Täusche ich mich, oder schwingt Erleichterung in Taras Stimme? Auch ich atme erleichtert auf. Noch fünf Minuten. Dann kann ich endlich den Landrover verlassen und den größtmöglichen Abstand zwischen sie und mich bringen. Besser ist das. Wer weiß, was passiert, wenn wir noch länger aufeinander hocken? Vielleicht kratzen wir uns gegenseitig die Augen aus. Oder brüllen uns an. Vielleicht fallen wir aber auch übereinander her und reißen uns gegenseitig die Kleider vom Leib. Ich beginne schon wieder zu schwitzen. Habe ich jemals so viel an Sex gedacht wie in den letzten zwei Stunden?

»Du schläfst während der nächsten Nächte bei uns. Meine Mutter hat ein Zimmer für Dich hergerichtet. So … wir sind da.«

Ich nicke mechanisch. Zu mehr fühle ich mich nicht mehr in der Lage. Mein Hirn arbeitet auf Sparflamme. Bestenfalls.

4. Tara

Da seid Ihr ja endlich! Hallo Elisabeth. Ich bin Máire. Herzlich willkommen.« Meine Mutter, eine kleine Frau von unter einsechzig, läuft mit offenen Armen auf uns zu. Sie zieht Ella in ihre Arme und drückt sie an ihre Brust. »Ich freue mich so sehr, dass Du hier bist.«, sagt sie leise, schiebt sie von sich weg und betrachtet sie aufmerksam. Ich beobachte die Szene aus sicherer Entfernung und unterdrücke ein Lachen.

Ella schaut panisch aus. Meine Mutter ist eine herzliche Frau und begrüßt Fremde grundsätzlich wie ein enges Familienmitglied. Nicht jeder mag diese Art von Begrüßung. Und nicht jeder kommt mit dem einnehmenden Wesen meiner Mutter auf Anhieb klar. Ella gehört dazu. Sie kneift ihre Augen zusammen.

»Hallo. Ich bin Ella. Ich freue mich auch hier zu sein.«, stammelt sie und fächelt sich Luft zu.

»Du bist bestimmt hungrig. Komm. Das Essen wartet in der Küche auf Dich. Wenn Du Dich gestärkt hast, kann Tara Dir Dein Zimmer zeigen. Hattest Du einen guten Flug? Hat sich Tara anständig benommen?«

Ich lege meine Stirn in Falten. Vielleicht sollte meine Mutter eher mich fragen, ob Ella sich anständig benommen hat. Was denkt sie nur von mir?

»Ich bin so froh, dass wir Dich endlich gefunden haben. Es wird wirklich Zeit, dass Renatas Anwesen übernommen wird. Du hast doch Hunger mitgebracht?« Ella zuckt hilflos mit den Schultern. Die Fragen und Informationen prasseln wie ein Regenguss auf sie ein. Mit der Dominanz meiner Mutter überfordert, zieht sie den Kopf ein und schleicht mit kleinen Schritten hinter ihr her.

Mein Blick wechselt von Unglauben in Ärger. Die denken doch jetzt nicht etwa, dass ich dieses Monstrum von einem Koffer ins Haus – und am besten gleich noch in das Zimmer, das meine Mutter für Ella hergerichtet hat – schleppe? Bis unters Dach?!? Doch. Offensichtlich tun sie genau das.

Keine von beiden nimmt noch Notiz von mir und dem Monsterkoffer, der im hinteren Teil meines Landrover darauf wartet, dass starke Hände ihn heraus wuchten.

Ich stöhne unterdrückt. Sollte jemals wieder jemand irgendwo abgeholt werden, bin ich krank. Definitiv. Ich bin doch kein Taxiunternehmen und ein Packesel bin ich schon gar nicht, selbst wenn ich mir im Moment genau so vorkomme. Taxiunternehmen Packesel und Co KG. Das wäre doch ein toller Name für ein Unternehmen. Wenn ich nicht so verärgert wäre, müsste ich glatt lachen. Dreckskoffer!

»Komm her Du Mistding!«, fluche ich und zerre ihn von der Ladefläche meiner alten Klapperkiste. Meine Blicke gleiten über das glänzende Material. »Du passt schon zu Ella!«, knurre ich. »Genauso leuchtend und glatt! Ohne echte Ecken und Kanten. Na komm schon!«

Ich greife den riesigen blauen Schalenkoffer und schleppe ihn Richtung Haus. Durch die offenen Fenster der hellerleuchteten Küche meiner Mutter weht fröhliches Lachen zu mir herüber. Na, da haben sich aber zwei gesucht und gefunden. Und was ist mit mir? Normalerweise kommt meine Mutter, sobald ich nach längeren Strecken nach Hause komme, aus dem Haus gelaufen und schließt MICH in ihre Arme. Dann fragt sie, ob ich eine gute Fahrt hatte, begleitet mich ins Haus und setzt sich mit mir in die Küche. Zum Kaffeetrinken. In dieser Beziehung ist meine Mutter keine typische irische Mutter. Sie liebt Kaffee und hasst Tee. Um ihr Lieblingsgetränk richtig genießen zu können, hat sie sich vor ein paar Jahren extra einen Kaffeevollautomaten geleistet. Ihr *Heiligtum*, wie sie die scheppernde Maschine nennt.

Ich will auch einen Kaffee. Aber sie sitzt mit Ella in der Küche und ich bin abgeschrieben. Mit beiden Händen packe ich den Koffer und schleife ihn die Treppe hinauf, bis in den Eingangsbereich unseres Hauses. Dort lasse ich ihn einfach fallen und reiße schwungvoll die Küchentür auf.

In trauter Zweisamkeit sitzen Ella und meine Mutter am Küchentisch und drehen gleichzeitig den Kopf zu mir um.

»Der Koffer steht im Gang. Kann ich auch einen Kaffee haben?«

»Blöde Frage! Natürlich. Bedien Dich. Du weißt ja, wo alles ist.«

Meine Mutter wendet sich wieder ab. Ella hält meinem Blick stand. Sie funkelt mich an. In ihrem Blick steht ... Ja, was steht da eigentlich? Neugier? Hunger? Verlangen? Sehnsucht? Nach MIR?!? Ich kann kaum glauben was ich sehe. Irritiert wende ich mich ab. Eine Frau wie Ella könnte an jeder Hand zehn Frauen haben und bestimmt hat sie das auch. Ich reihe mich nicht gerne in einem Harem ein. Das überlasse ich anderen. Außerdem habe ich die Nummer von der süßen Dunkelhaarigen vom Flughafen in der Tasche.

Mit geräuschvollem Ächzen lasse ich mich auf den letzten freien Stuhl in der Küche fallen.

»Wo ist eigentlich Dad?«, frage ich.

»Im Pub. Wo sonst?« Ich ziehe die Augenbraue hoch. Meine Mutter tut so, als wäre es das normalste der Welt, dass mein Vater ausgerechnet an dem Abend, an dem Besuch erwartet wird, im Pub verschwindet.

»Und Jeff? Und John? Und Jason?«

»Deine Brüder sind auch im Pub. Männerabend, weißt Du?«

Ich nicke schwerfällig. Natürlich. Im Pub. So sehr meine Brüder und mein Vater sich oft in den Haaren haben, wenn es darum geht, einem Besucher aus dem Weg zu gehen, sind sie ein Herz und eine Seele. Es gibt einfach Dinge, die ändern sich nie.

Morgen wird sich einer meiner Brüder um die Betreuung von Ella kümmern. Und wenn ich ihn an den Haaren hinter mir her aus dem Pub zerren muss.

»Werde ich morgen mein Erbe bekommen?«, fragt Ella und gähnt herzhaft. Meine Mutter schüttelt den Kopf.

»In den nächsten Tagen wird Tara Dir erst mal einen Teil der Gegend zeigen. Meine alte Freundin Renata hat es so vorgesehen, dass Du erst Deine Wurzeln kennenlernst und dann das Anwesen.«

»Habe ich etwa ein Haus geerbt?«

»So ungefähr. Wie gesagt, in ein paar Tagen … «

»Aber ich kann nicht lange bleiben. Ich führe ein erfolgreiches Cateringunternehmen in New York.« Ich wende mich ab und rolle mit den Augen. Bestimmt ist sie eine Sterne-Köchin. So hoch wie sie die Nase trägt, könnte man es jedenfalls meinen.

»Ein paar Wochen wirst Du schon bleiben müssen.«, klärt meine Mutter Ella auf und ich bewundere sie für ihre Geduld. Ich wäre schon lange aufgesprungen und hätte ihr sonst was an ihren überheblichen und wunderschönen Kopf geknallt.

»Ein paar Wochen gleich?«, kiekst Ella und sinkt in sich zusammen. »Aber mein Geschäft … «

»Wird ein paar Wochen ohne Dich auskommen. Wie ich hörte, hast Du mehrere Angestellte, die die Verantwortung übernehmen, wenn Du nicht da bist.«

Dieser Blick. Einfach Gold wert. Den werde ich tief in meinen Kopf einbrennen und wenn sie mir auf die Nerven geht, rufe ich ihn auf – und schon ist alles nur noch halb so schlimm.

»Woher weißt Du das?«, fragt Ella, mittlerweile leicht blass geworden, mit dünner Stimme. Lautes Lachen gurgelt in meiner Brust, aber ich – großzügig wie ich nun mal bin – schlucke es hinunter.

»Was glaubst Du, wie wir es geschafft haben, Dich zu finden. War kein leichtes Unterfangen, das kannst Du mir glauben. Aber unser Privatdetektiv hat ganze Arbeit geleistet. Du bist hier und das ist doch sowieso alles was zählt.«

Ella gibt Geräusche von sich, die für mich eher wie Grunzen klingen. Sie schaut nicht besonders begeistert aus. Bestimmt behagt ihr der Gedanke, von einem Privatdetektiv verfolgt worden zu sein, nicht besonders. In diesem Punkt kann ich sie sogar verstehen.

»Gut. Dann soll es so sein. Du kannst Deinen Jetlag ausschlafen und morgen Mittag geht es los. Tara wird mit Dir auf Tour gehen.« Die Aussage meiner Mutter ist klar und ihre Stimme noch bestimmender. Ich habe jede Menge

Brüder, einen Vater und eine Mutter und wer ist wieder der letzte, den alle Hunde beißen? Ich!

»Aber Mum, morgen wollte ich doch surfen gehen.«

»Dann nimm Ella mit.«

»Ella, kannst Du bitte kurz raus gehen? Ich muss mit meiner Mutter sprechen. Allein!« Ich dulde keinen Widerspruch. Das merkt nicht nur meine Mutter. Ella hat ihre Stirn in Falten gelegt und steht auf. Sie greift nach ihrem Kaffeebecher und verlässt die Küche.

5. Ella

Mum! Was soll der Mist? Du hast mich gezwungen, sie abzuholen. Gut, okay. Das habe ich getan. Ich habe sie auch in einem Stück hierher gebracht. Dass ich jetzt auch noch Babysitter für sie spielen soll, geht zu weit. Hast Du sie mal angeschaut? Bestimmt nicht. Sonst hättest Du gesehen, dass sie ihre Nase so hoch trägt, dass es einregnet, sobald das Wetter umschlägt.«

Seufzend lasse ich mich auf der Treppe vor dem Haus nieder. Die Stufen sind kalt. Doch das stört mich nicht. Viel mehr stören mich Taras Worte. Sie regt sich so auf, dass ihr Schreien laut genug ist, um auch vor der Tür jedes Wort zu verstehen.

Ich stütze meinen Kopf in meine Hände. Die Anspannung der letzten Stunden bricht durch den Wall, den ich um mich gezogen habe. Tränen kullern über meine Wangen. Ich hätte nicht kommen sollen. Einfach in New York bleiben und mein Leben so weiterleben wie bisher. Ich bin einsam und verlassen. Aber vor allem bin ich nicht erwünscht. Tara ist total genervt von mir. Sie will nichts mit mir zu tun haben. Die ganze Welt hat sich gegen mich verschworen. Vor zwei Tagen war mein Leben doch noch völlig in Ordnung – wenn man von den kleineren und größeren Auseinandersetzungen mit Sharon absieht. Dann kommt dieser Notar und alles steht Kopf. Und jetzt sitze ich hier und würde am liebsten meinen Koffer packen und nach Dublin zurück laufen. Den nächsten Flieger nehmen und ab nach Hause.

Das Erbe, das mich erwartet und vor allem diese ominöse Tante Renata können mich gerne haben. Mein Leben ist in New York. Nicht hier. Und so wird es auch bleiben. Lautes Schluchzen krabbelt über meine Lippen. Meine Schultern zucken und beben.

»Tara Máiréad O`Neill! Ich glaube, Du kommst jetzt ganz schnell wieder runter und mäßigst Deinen Ton. Versetz Dich doch mal in Ellas Lage. Bis vor zwei Tagen wusste sie nicht einmal, dass sie irisches Blut in sich trägt. Und auch jetzt weiß sie nicht viel mehr. Sie hat keine Ahnung, was sie erwartet. Du solltest ein bisschen mehr Verständnis für sie aufbringen. Das Ross, auf dem Du sitzt, ist verdammt hoch. Also reiß Dich zusammen.« Ich hätte nicht gedacht, dass Taras Mutter das Gebrüll ihrer Tochter übertönen kann. Aber sie tut es. Und es fällt ihr offensichtlich nicht einmal schwer. Respekt, Màire. Respekt.

Mühsam erhebe ich mich und gehe ein paar Schritte. Nun habe ich einen besseren Blick in die Küche. Mutter und Tochter stehen sich gegenüber. Nur einen oder zwei

Schritte voneinander entfernt. Sie streiten miteinander. Aber so richtig. Ein Wort jagt das andere. Und ich bin der Grund dafür. Wäre ich nicht hier …

Ich kann meinen Blick nicht abwenden. Tara fuchtelt, wie wild geworden, mit den Armen durch die Luft. Ihre Muskeln zeichnen sich deutlich unter ihrem Tanktop ab. Sie ist eine hoch gewachsene Frau. Mindestens einen Kopf größer als ihre Mutter. Sie und ihre Mutter schreien sich an. Hut ab, dass sie beide den Kampf offen austragen. Ich hätte Tara eigentlich so eingeschätzt, dass sie irgendwann aufsteht und geht. Aber sie hält es aus. Was für eine faszinierende Frau.

Dass sie mich für arrogant hält, tut mir so weh wie schon lange nichts mehr. Es fällt mir schwer, meine Tränen zurückzudrängen. Sie hat mich verletzt. Mehr als ich erwartet hätte. Vielleicht, weil sie die Wahrheit sagt? Wirkt mein Auftreten auf Fremde wirklich so arrogant und von oben herab wie sie behauptet? Tiefes Stöhnen krabbelt in meinem Bauch nach oben und bahnt sich seinen Weg an die Oberfläche.

Was habe ich erwartet? Schließlich habe ich mich nicht gerade mit Ruhm bekleckert. Vom ersten Augenblick an ließ ich sie merken, dass ich überzeugt davon bin, über ihr zu stehen. Ich bin eben ein Alpha-Tier. Und ich habe schon viel erreicht in meinem Leben. Warum sollte ich mein Licht unter den Scheffel stellen?

Achtunddreißig Jahre musste ich werden, bis ich erfuhr, dass ich adoptiert bin, und genauso lang, bis ich mitbekomme, dass mein Auftreten arrogant wirkt. Mit hängenden Schultern und kleinen Schritten gehe ich zum Haus zurück und lasse mich wieder auf der Treppe nieder. Der Kaffee ist mittlerweile kalt geworden. Genauso kalt, wie sich mein Herz anfühlt. Ich nehme einen großen Schluck.

Die Stimmen von Tara und ihrer Mutter werden leiser. Scheinbar beruhigen sich die Gemüter allmählich. Wie lange sitze ich eigentlich schon hier draußen? Eine halbe Stunde? Länger? Oder kürzer? Ich hebe meinen Kopf und schaue in den Himmel. Der große Wagen parkt direkt über dem Haus. Wenn er doch hinunter kommen und mich abholen könnte. Ich will hier weg. Spätestens morgen erkläre ich, dass ich das Erbe ausschlagen werde. Mein ganzes Leben lang hat sich meine leibliche Familie nicht für mich interessiert. Warum sollte ich also das Erbe antreten? Schon der Flug hierher war eine Schnapsidee. Endlich gibt es mal wieder etwas, in dem ich Sharon zu hundert Prozent zustimmen muss.

Ich wollte meine Wurzeln kennenlernen. Herausfinden, wer ich wirklich bin. Doch jetzt ist alles so ganz anders, als ich es mir während des langen Fluges in schillernden Farben ausgemalt habe. Ich schließe meine Augen. Die Stimmen in der Küche sind verstummt und auch die Grillen zirpen nicht mehr. Alles ist ruhig.

Wer weiß, wenn ich es mir ganz fest wünsche … vielleicht ist dann doch alles nur ein böser Traum und ich liege in meinem Bett in New York, von Sharons Küssen geweckt?

Eine weiche Hand legt sich auf meine Schulter. Ich zucke zusammen. Tara. Kein Traum. Kein New York. Nein. Irland. Die Wirklichkeit.

»Meine Mutter und ich haben alles geklärt. Du kannst wieder reinkommen.« Sie reicht mir die Hand und hilft mir auf die Füße. Mein Bein ist eingeschlafen. Wie ein nasser Kartoffelsack knicke ich ein. Tara greift nach mir. Ich lande in ihren Armen. Ihr Gesicht ist meinem so nah. Maximal zehn Zentimeter trennen unsere Lippen. Mein Atem beschleunigt sich. Unsere Blicke treffen aufeinander. Obwohl ich mich dagegen wehren sollte, versinke ich im unergründlichen Braun ihrer Augen.

»Du hast geweint. Wegen mir. Das tut mir leid.«, flüstert sie und streicht über meine Wange. »Ich wollte Dich nicht verletzen. Ach Mensch. Du musst mich für völlig unterbelichtet halten. Manchmal bin ich aber auch echt ein Trampel. Ich habe nichts gegen Dich. Wirklich nicht. Ich hoffe, Du kannst mir glauben.«

Auch wenn ich weiß, dass ihre Lippen vor ein paar Minuten so eindrucksvoll etwas völlig anderes in die Dunkelheit der Nacht gebrüllt haben, nicke ich zaghaft.

»Geht´s wieder?«, fragt sie und bringt vorsichtig einen größeren Abstand zwischen unsere Gesichter. Meinen

Blick hält sie fest. Ich darf mich nicht in Dich verlieben, Tara. Ich darf einfach nicht. Bitte sieh das doch ein. Ein paar Wochen nur, dann trennt uns wieder die Weite des Atlantik und Du bist unerreichbar weit weg.

Ich. Darf. Mich. Nicht. In. Dich. Verlieben. Punkt.

Wie praktisch, dass Kopf und Herz zur Abwechslung nicht die gleiche Sprache sprechen. Meine Beine zittern. Mein Herz stolpert. Sie ist mir immer noch viel zu nahe. Jetzt streckt Tara auch noch die Hand aus und wartet, dass ich danach greife. So tu doch jemand was!

»Nur zur Sicherheit, falls Dein Bein noch nicht richtig will.«, erklärt sie und grinst. Warum fällt mir eigentlich erst jetzt auf, dass sie einen Ring am Daumen ihrer rechten Hand trägt? Und ein Lederarmband, das locker um ihren Unterarm geschlungen ist? Frauen mit sexy Armen und Händen sind an sich schon eine Herausforderung für mich. Tragen sie dann noch Ringe und Armbänder … Ich halte die Luft an und bemühe mich, woanders hinzuschauen. Wenn das so weitergeht, bin ich bald nur noch ein Schatten meiner selbst. Ich muss runter kommen. Ganz dringend und vor allem ganz schnell. Langsam atme ich ein und aus und versuche meine Atmung zu kontrollieren. Ich greife nach ihr. Es fühlt sich großartig an, an ihrer Hand langsam ins Innere des Hauses zurückzukehren.

»Das Essen meiner Mutter wartet noch auf uns. Wenn Du also Hunger hast … « Ohne auf eine Reaktion von mir zu warten, zieht sie mich hinter sich her in die Küche. Drei dampfende Teller stehen auf dem kleinen Tisch. Es duftet lecker.

Das zweite Vorurteil über Irland muss ich revidieren. So schlecht wie ich dachte, kann die irische Küche gar nicht sein. Mein Magen knurrt. Tara verzieht ihren Mund zu einem breiten Grinsen. Ihre Mutter lacht. Herzhaft und laut. Ich kann mich nicht dagegen wehren. Ich muss einfach mit ihr zusammen lachen.

»Das Plastikessen aus dem Flieger ist wohl doch nicht so der Hit.«, stellt Máire lachend fest und setzt sich zu Tara und mir an den Tisch. Doch. Eigentlich schon. Nur liegt das letzte Essen schon eine gefühlte Ewigkeit zurück. So lange, dass meine Erinnerung an das, was ich gegessen habe, verblasst ist.

»Was ist das?«, frage ich und sauge den herrlichen Duft auf.

»Bandnudeln kennst Du, oder?«, neckt Tara und schaut mir in die Augen.

»Der Rest ist Chicken Stir-fry mit Paprika. Stir-fry heißt so viel wie kurz gebraten.«

Mir läuft das Wasser im Mund zusammen. Die frischen Kräuter und Gewürze. Wenn Máires Essen so lecker ist, wie es aussieht und riecht, muss ich ihr irgendwie das Rezept abschwatzen. Dieses Chicken Stir-fry würde perfekt in unser Programm passen.

»Nun iss schon, Mädchen, bevor es kalt wird.«

Beherzt greife ich nach meiner Gabel und spieße ein Fleischstückchen auf. Mein Blick fällt auf Tara. Die Gabel stockt kurz vor meinem Mund, als hätte jemand den Aus-Knopf gedrückt. Ich kann meinen Blick nicht von ihr lösen. Bei dieser Frau ist selbst essen eine erotische Angelegenheit. Die Gabel in meiner Hand wackelt. Kühle Luft dringt in meinen halb geöffneten Mund.

Tara hat die Augen geschlossen und kaut genüsslich. Meine Augen hängen an ihren Lippen. Sanft geschwungen sind sie. Fast so, als hätte sich ein Maler etwas besonderes dabei gedacht, als er sie entwarf.

Die ganze Frau Tara O`Neill ist wie eine Komposition aus Farben und Formen. Ein Kunstwerk, bei dessen Erschaffung der Künstler sich selbst übertroffen hat. Okay… Bis auf die wenig künstlerischen Worte, die von Zeit zu Zeit ihren Weg über ihre Lippen finden. Versonnen beobachte ich sie, während das nächste Fleischstückchen zwischen ihren Lippen verschwindet. Was sie mit diesen Lippen wohl noch alles anstellen kann? Wie oft werde ich mich in der nächsten Zeit wohl noch dabei ertappen, dass meine Gedanken eine Richtung einnehmen, die ich nicht haben will? Nicht haben darf?

»Das Essen ist der Hammer, Mum. Das beste Stir-fry, das Du jemals gemacht hast. Wahnsinn.«, murmelt Tara in sich versunken. Es ist nicht zu übersehen, dass sie ihren Fokus komplett auf das Essen lenkt und alles andere um sich herum ausblendet. Ich habe noch nicht einen Bissen angerührt. Mein Atem stockt. Mein Magen knurrt.

»Schmeckt es Dir auch, Ella?«, fragt ihre Mutter und holt mich mit einem Schlag zurück in die Realität.

»Danke. Ja. Das Stir-fry ist sehr lecker.«, antworte ich leise und schiebe in Gedanken *Aber Tara ist noch leckerer* hinterher. Máire schaut von Tara zu mir und wieder zurück. Sie kneift ihre Augen zusammen und lächelt wissend. Ertappt senke ich den Kopf und widme meine volle Aufmerksamkeit dem Teller, der nur noch minimal hin dampfend vor meiner Nase steht.

Eine halbe Stunde später sind alle Teller leer und mein Bauch zum bersten voll. Gedankenverloren streichle ich das Röllchen über dem Bund meiner Hosen. In den nächsten Tagen muss ich mich bewegen – sehr viel bewegen – wenn ich nach der Zeit in Irland nicht wie eine Tonne nach New York zurückkehren will.

»Komm. Ich zeige Dir Dein Zimmer.« Tara steht auf, schnappt unsere Teller und räumt sie in die Spülmaschine.

»Moment noch, Tara. Geh ruhig schon mal voraus, Ella. Ich muss noch kurz etwas mit Tara besprechen.« Tara schaut verwirrt aus, sagt aber nichts. Abwartend lehnt sie sich an die rustikale Küchenzeile. Im Gegensatz zu ihr habe ich einen leisen Verdacht, was ihre Mutter von ihr will. So unauffällig wie möglich schleiche ich durch die Tür und setze mich wieder auf die Treppe.

Erleichtert stelle ich fest, dass dieses Mal die Stimmen ruhig bleiben. Ich will nicht lauschen. Wirklich nicht. Genervt stöhne ich auf. Hätte ich mir auch gleich denken können, dass dieser Versuch von Anfang an zum scheitern verurteilt ist. Ich bin viel zu neugierig, um nicht zu lauschen. Neugierde ist sozusagen mein zweiter Vorname.

»Habe ich Dir nicht gesagt, dass Ella tabu für Dich ist?«

»Klar. Warum fragst Du?«

»Oh man, Tara … Jetzt weiß ich, warum Du Dich vorhin so aufgeregt hast. Sie gefällt Dir.«

»Und wenn schon? Wir würden sowieso nie zusammenpassen. Lass gut sein, Mum. Du weißt doch, dass die Frau, die mich in Ketten legt, erst noch erschaffen werden muss.«

»Kommt Ella dem, was Du Dir wünschst, nicht schon ziemlich nahe?« Hoch konzentriert beuge ich mich vor und versuche, Taras Antwort aufzuschnappen. Sie ist so leise, dass ich sie leider nicht verstehen kann. Máire fragt erneut nach. Scheinbar versteht auch sie nicht, was Tara vor sich hin brummelt.

»Tara?«

»Ja! Ja verdammt!«

Mein Herzschlag setzt aus. Für einen kurzen Augenblick. Dann legt er wieder los. Hart und schnell. Die Ader an meinem Hals pulsiert. Täusche ich mich, oder hat sie tatsächlich zugegeben, dass sie mich gut findet? Meine

Beine fangen an zu zittern. Oh mein Gott. Sie findet mich wirklich gut.

Die Stimmen der O`Neill-Frauen werden immer leiser, bis ich schlussendlich gar nichts mehr verstehe. Langsam erhebe ich mich und gehe ein paar Schritte. Máire hat ihren Arm um ihre Tochter gelegt. Sie streicht zärtlich über ihren Kopf.

»Komm, lass uns schlafen gehen. Morgen wird ein langer Tag.«, höre ich sie etwas lauter sagen. Die Haustür öffnet sich. Tara taucht auf und winkt mir zu.

»Das Bett ruft.«, ruft sie und kommt mir entgegen.

Mein großer Koffer, den sie – nicht ganz zu Unrecht – als Monster bezeichnet hat, steht immer noch mitten im Flur und wartet darauf, dass er in mein Zimmer getragen wird.

»Dann mal los.«, stöhnt sie und greift danach.

»Wir können doch auch zusammen … «, schlage ich vor und schenke ihr ein freundliches Lächeln. Mit ihrer Hilfe schleife ich den Koffer Stufe für Stufe nach oben. Bis unters Dach. Máire hat ein schönes Zimmer für mich hergerichtet. Für die nächsten Wochen werde ich mit Tara in ihrer, vom Rest des Hauses abgetrennten, Wohnung zusammen leben. Mein Herz zieht sich schmerzhaft in meiner Brust zusammen.

»Die linke Tür führt ins Bad.«, kommentiert Tara japsend und verschwindet grußlos in ihrem Schlafzimmer. Obwohl die Tür schon lange verschlossen ist, bleibe ich unbeweglich stehen und starre auf das weiß lasierte Holz.

Tara hat nicht abgesperrt. Ich könnte einfach hingehen, die Tür öffnen und dann ... Schon wieder überfällt mich unerträgliche Hitze. Ich schließe meine Augen. Warum sehe ich Tara, wenn sich doch eigentlich Sharon in den Vordergrund schieben müsste? Tara, wie sie lässig die verspiegelte Sonnenbrille in ihr blondes Haar schiebt? Tara, wie sie mich aus ihren leuchtend braunen Augen anschaut? Tara, wie sie giftige Pfeile nach mir schießt? Taras Hände, die meine Phantasien in Gegenden drängen, die ich bis jetzt nicht einmal kannte? Ihre trainierten Arme, die mich so locker auffangen, wenn ich das Gleichgewicht verliere? Tara. Sie ist omnipräsent. Wo ich gehe und wo ich stehe taucht ihr Gesicht vor meinen Augen auf. Und ihr attraktiver und athletischer Körper. Ein Hochgenuss für meine Sinne.

Wie ein Computer ein neues Programm aufruft, versuche ich, Sharons Gesicht aufzurufen. Das einzige, an was ich mich erinnere, sind die Streitigkeiten der letzten Zeit und ihre herablassenden Sprüche, mit denen sie mich immer wieder aus der Reserve lockte. Sharons attraktiver Körper gerät immer mehr in eine beträchtliche Schieflage. Eine schöne Hülle. Und sonst? Nichts.

Aber Sharon liebt mich doch? Wenn sie nicht gerade wütend auf mich ist, tut sie alles, um mich glücklich zu machen. Sie unterstützt mich und steht wie ein Fels hinter mir. Immer. So sollte es sein, aber leider sieht die Realität doch geringfügig anders aus, wie mir während des Fluges immer klarer geworden ist. Ich stehe hinter ihr. Unterstütze sie, so gut ich kann. Ich gebe alles, damit sie glücklich ist. Und was macht sie? Sie meckert an mir herum und versucht, mich zu verändern. Einen Menschen aus mir zu machen, der ich nicht bin. Sobald ich einen freien Abend habe, schleift sie mich in Szene-Bars und genießt den Luxus, in der VIP-Lounge der Bars wie eine Königin behandelt zu werden. Sharon liebt das Jet-Set-Life, das wir führen. Im Gegensatz zu ihr gehe ich lieber zum kleinen Italiener um die Ecke und in Lokale, in denen man ganz normale Menschen trifft. Menschen wie Tara.

Ich könnte die Tür öffnen, Tara in die Ecke drängen und mir nehmen, was ich will. Immer und immer wieder. Ihr zeigen, wer von uns beiden das Sagen hat. Es wäre mir ein leichtes, sie dazu zu bringen, meinen Namen zu schreien. Heißer Schweiß jagt über meinen Rücken. Irgendjemand muss mir während des Fluges Drogen, die mein Denken aushebeln, verabreicht haben. Anders kann ich mir nicht erklären, warum ich so extrem auf eine mir völlig fremde Frau reagiere, dass ich an nichts anderes als an Sex mit ihr denken kann.

6. Tara

Seit etwas mehr als einer Viertelstunde liege ich im Bett und starre an die Decke. Bis jetzt habe ich weder Schritte, noch das Knarzen der Tür zu Ellas Zimmer gehört. Steht Ella noch im Flur? Was treibt sie so lange? Warum geht sie nicht einfach schlafen?

Mein Herzschlag beschleunigt sich. Sie wird doch nicht…? Allein der Gedanke, dass sich die Tür zu meinem Schlafzimmer öffnen könnte und Ella hereinkommt, jagt meinen Puls noch weiter in die Höhe. Ich kann mich nicht erinnern, wann mich eine Frau das letzte Mal so aus der Fassung gebracht hat.

Sie geht mir auf die Nerven. Mit diesem arroganten Getue. Mit ihrer erhabenen Art. Als ob sie nichts aus der Ruhe bringen könnte. Aber hallo. ICH kann sie aus der Ruhe bringen. Und sie mich. Viel schneller, als ich es für möglich gehalten hätte. Wenn sie wütend ist, kann sie es mit jedem Boxer aufnehmen. Ohne mit der Wimper zu zucken walzt sie alles nieder. Sie geht mir wirklich auf die Nerven. Mit diesem herausfordernden Blick. Ihrer Überlegenheit ausstrahlenden Körperhaltung. *Ha! Du willst mir zeigen, dass Du der Chef bist. Warte es nur ab. Dann werden wir ja sehen, wer hier das Heft in der Hand hat.*

Sie zieht mich an. Geschockt kneife ich die Augen zusammen. Bestimmt leuchtet meine Birne jetzt wieder wie eine überreife Tomate. Ihr Kuss … Wahnsinn. Mein Körper ist jetzt noch in heller Aufregung deswegen. Als ihre Lippen meine berührten, dachte ich, dass sich der Boden unter mir öffnet und mich verschlingt. Mit Haut und Haaren. Ihr Kuss war hart. Ihr Kuss war fordernd. Normalerweise stehe ich nicht so sehr auf harte Küsse, aber sie … Wow. Dann ihr Blick. Ging mir durch und durch. Berührte mich an Stellen, an denen mich noch nie ein Blick berührt hat.

Ich bin hin und her gerissen. Auf der einen Seite könnte ich sie ungespitzt in den Boden rammen, sobald sie den Mund aufmacht, oder mich mit ihrer überheblichen Art anschaut. Andererseits weckt sie Sehnsüchte in mir. Ich kann an nichts anderes mehr denken, als an sie. Wie es wäre, sie zu küssen. Ihr nahe zu sein. Sie zu riechen. Sie zu berühren. Sie zu schmecken.

Sie hat einen Stein in mir losgetreten und jetzt rollt die Lawine und ist nicht mehr aufzuhalten. Stellt sich nur die Frage, wohin sie rollt und wen sie unter sich begräbt.

Ich lasse mich in die weichen Federn meines Bettes sinken und schließe die Augen. Sofort schiebt sich ein Gesicht in mein Bewusstsein. Markante Wangenknochen, kleine Nase, blaue Augen und langes, seidiges Haar.

Geschwungene Lippen, meistens leicht geöffnet. Ella. Sie ist so dominant, so präsent, dass sie mich nicht mal dann in Ruhe lässt, wenn ich die Augen geschlossen habe. Eine Tür knarzt. Ich halte die Luft an. Sie wird doch nicht … Erstarrt halte ich inne, wage es nicht einmal zu atmen. Eine Minute lang. Schritte im Zimmer neben mir. Mit tiefem Seufzen entweicht die Luft wieder. Ich schnaufe hektisch. Mein Hirn scheint eine neue Lieblingsbeschäftigung gefunden zu haben. Statt seinen Job zu übernehmen und klare Gedanken zu produzieren, bringt es mich neuerdings in Situationen, die sich vollständig meiner Kontrolle entziehen. Meine körperlichen Reaktionen auf Ella zum Beispiel. Seit ihrem Kuss reagiere ich so völlig anders als normal.

Ich sehe eine Frau. Ich finde sie anziehend. Ich treffe mich mit ihr. Schlafe mit ihr. Einmal. Zweimal. Oder auch etwas häufiger. Wenn ich genug habe, gehe ich wieder und schaue, was der Markt sonst noch zu bieten hat. Obwohl meine Heimat nur eine kleine Insel ist, finden sich ausreichend Möglichkeiten. So war es bisher. Aber jetzt … Kein Vergleich. Ganz unrecht hat meine Mutter nicht mit ihrer Behauptung, Ella könnte meinem Idealbild einer potenziellen Partnerin ziemlich nahe kommen. Irgendwie beängstigend. Ich will keine Beziehung. Mit niemandem. Ich will frei sein. Mein Leben gestalten – so wie ich es immer gemacht habe. Daran wird auch Ellas Anwesenheit nichts ändern. Das wäre ja wohl gelacht.

Mein Bauch fühlt sich an, als hätte ich zum Abendessen eine Wärmflasche verspeist. Alles verzehrende Hitze breitet sich in mir aus und überflutet in einer mitreißenden Welle meinen Körper. Mein Atem geht flach. Und hektisch. Wie so oft in den letzten Stunden bin ich nicht mehr Herrin meiner Sinne. Ich brauche Erleichterung. Jetzt sofort. Soll ich Ella einen kurzen Besuch abstatten? Die ständig steigende Spannung abbauen? Ich richte mich auf und seufze laut.

Keine gute Idee. Vielleicht sollte ich doch eher Róisín anrufen und mich mit ihr treffen. Sie ist mir bestimmt gerne dabei behilflich, den Druck im Inneren meines Körpers abzubauen. Mein Blick fällt auf die Uhr. Mist zu spät. Gleich morgen rufe ich sie an.

Meine Mundwinkel verziehen sich zu einem Lächeln. Endlich eine brauchbare Idee. Dankeschön, liebes Hirn.

Mein Handy klingelt. Natürlich ist der Klingelton auf volle Lautstärke eingestellt. Bevor er das ganze Haus aus dem Schlaf reißt, springe ich mit einem Satz aus dem Bett und hechte zu meiner Tasche, die ich vor einer halben Stunde achtlos auf den Boden geschmissen habe.

»O`Neill!«, blaffe ich ungehalten.

»Na, das ist ja mal eine Begrüßung. Habe ich Dich etwa geweckt?«

»Oh. Hallo Róisín.«, hauche ich.

»Ich wollte Dich eigentlich schon vor drei Stunden anrufen.«, erklärt sie und klingt, für mein Empfinden, eindeutig außer Atem.

»Warum hast Du es nicht getan?«

»Ich hatte Schiss. Dass Du mich für durchgeknallt hältst.«

Meine Augenbraue schießt hoch. Dieses Gespräch könnte interessant werden. Mit dem Handy zwischen Ohr und Kinn gehe ich zum Fenster und reiße es auf. Kühle Nachtluft strömt herein.

»Was machst Du gerade?«

»Ich telefoniere mit Dir.«

»Ha ha ha. Ich wollte wissen, was Du sonst machst.«

»Ich stehe am Fenster und schaue mir die Sterne an. Aber mal im Ernst. Du willst doch nicht mit mir über die Sterne reden, oder? Róisín, was willst Du?«

»Ich will mich mit Dir treffen. Wann können wir uns sehen?« Mein Herz klopft laut und hektisch. Die Ader an meinem Hals pulsiert. Ich schlucke. Mein Mund fühlt sich trocken an. Vielen Dank, liebes Hirn, dass Du mich schon wieder im Stich lässt. Ich wäre Dir wirklich dankbar, wenn Du das in Zukunft unterlassen könntest.

»Wenn Du willst sofort.«, platze ich heraus.

»Jetzt?!?«, fragt sie mit quietschender Stimme.

»Warum nicht? Du bist wach. Ich bin wach. Wo ist das Problem?«

»Es ist fast mitten in der Nacht.«

»Na und? Hat Dich dieses kleine Detail abgehalten, mich anzurufen?« Ich schlage meinen Kopf gegen eine imaginäre Wand. *Tara, Du musst wirklich Notstand haben.* Gerade war ich noch froh, im Bett liegen zu dürfen und kaum telefoniere ich mit einer attraktiven Frau kommen mir schon wieder die dümmsten Ideen in Sinn.

»Wo wohnst Du?«, fragt die Frau am anderen Ende der Leitung. Sie scheint atemlos. Als ob sie durch das Haus rennt und währenddessen ein paar Sachen zusammensucht.

»Nicht weit von Donegal Town.«

»Perfekt. Zu Dir oder zu mir?«

Meine Augenbraue schießt hoch. Offensichtlich meint sie es wirklich ernst. Sie will sich mit mir treffen. Jetzt. Die Erlösung für meinen verrückt spielenden Körper ist so gut wie greifbar. Ich muss nur *Ja* sagen. Warum fühlt es sich dann so falsch an?

Ich schlage mit der flachen Hand auf meine Stirn.

»Róisín, das war ein Scherz.«, erkläre ich und versuche, meinen Kopf aus der Schlinge zu ziehen.

»Schade. Ich wäre gerne vorbei gekommen.«

»Hör zu ... Ich bin keine Frau für Dich.«, erkläre ich schnell.

»Aha. Und woher willst Du das wissen?« Ihre Stimme ist leiser geworden. Nicht mehr ganz so aufgedreht wie vor ein paar Sekunden noch. Ich lege meine Stirn in Falten und überlege fieberhaft, wie ich die Situation retten könnte, ohne Róisín das Gefühl zu vermitteln, meine Abfuhr läge an ihr. Normalerweise wäre ich sofort in meine Klamotten gesprungen, die Treppe hinter gerannt und mit durchdrehenden Reifen losgefahren. Aber was ist heute schon normal? So gut wie überhaupt nichts.

»Du hast keine Lust mehr auf mich.«, kommt sie mir zuvor. Prinzipiell hat sie recht, auch wenn ich es nicht so hart ausdrücken würde. Ich hätte Lust auf sie gehabt, wäre da nicht Ella, die einfach nicht aus meinem Kopf verschwinden will.

»Das stimmt so nicht. Róisín, Du bist eine faszinierende Frau … «, setze ich auf Diplomatie und hoffe, dass sie nicht weiter nachhakt.

»Wir können uns gerne auf einen Kaffee treffen … Irgendwann.«

»Warum baggerst Du mich erst an und lässt mich dann fallen wie eine heiße Kartoffel?« Mittlerweile klingt sie ziemlich angefressen, was ich nur zu gut nachvollziehen kann. Enttäuschung und verletzte Gefühle bringen uns nicht selten dazu, Situationen falsch zu bewerten und dann angeschossen zu reagieren. Róisín ist nicht die erste Frau, die sich auf diese Weise mir gegenüber Luft macht.

»Ich bin keine Frau für eine Beziehung. Ich würde mit Dir schlafen und dann … «

»Wenn Du das doch wenigstens tun würdest. Dann müsste ich mir nicht die ganze Zeit vorstellen, wie es wäre mit Dir zu schlafen.«, knurrt sie. Sie schnieft geräuschvoll.

Na klasse. Ganz großes Kino, Tara. Das hast Du ja mal wieder toll hinbekommen. Wenn es anatomisch möglich wäre, würde ich mir jetzt selbst in den Hintern treten. Ich habe sie verletzt. Diese wunderschöne Frau. Ich bin so blöd. Warum kann nicht einfach alles so sein wie immer? Dann wäre ich befriedigt und sie auch. Ella. Aaaaah. Wenn das so weitergeht, bekomme ich einen an der Waffel. Wieso muss sich ihr Gesicht immer wieder in mein Bewusstsein drängen und meine Sinne trüben?

Es wäre ein leichtes gewesen, die Nacht mit Róisín zu verbringen. Aber nein. Neuerdings muss sich ja schlechtes Gewissen einstellen.

»Ich finde Dich wirklich sympathisch und es liegt auch nicht an Dir.«

»Mensch Tara, die lahme Entschuldigung kannst Du echt stecken lassen. Sowas braucht kein Mensch. Ich wünsche Dir ein gutes Leben. Machs gut.«

»Róisín! Warte! Leg nicht auf. Nicht so.«

»Was willst Du denn noch? Und komm mir jetzt nicht mit *Wir können ja Freunde werden*. Darauf habe ich echt keine Lust. Ich wollte meinen Spaß mit Dir haben. Nichts anderes. Aber wer nicht will, der hat schon.«

»Ich möchte Dich kennenlernen. Aber ich will nicht, dass Du Dich in mich verliebst. Verstehst Du?«

»Warum sollte ich mich gleich in Dich verlieben? Oh Mann. Jetzt verstehe ich es erst. Bisschen zu sehr von Dir überzeugt bist Du aber schon, oder? Weißt Du was, probieren wir es einfach aus. Ich verspreche Dir, dass ich mich nicht in Dich verliebe.«

Warum habe ich ihr nur meine Nummer gegeben? Ich hätte ihre Karte nehmen sollen, mich bedanken und gut wäre es gewesen. Da sieht man mal wieder, wohin Notstand führen kann. Kaum eine tolle Frau erspäht, renne ich mit ausgestreckten Armen in die Kreissäge. Ich bin so ein Held. Ohne Schild und Hammer. Ist schlechtes Gewissen eigentlich auch eine Superhelden-Fähigkeit? Was erzähle ich ihr denn jetzt, damit sich die Gemüter langsam wieder beruhigen?

Hilflos hebe ich den Kopf und starre aus dem Fenster, als hätten die Sterne jemals eine perfekte Antwort für mich parat gehabt. Ich will Róisín nicht vergraulen. Dafür ist sie mir auch zu sympathisch, aber das, was sie will kann ich ihr im Moment nicht geben. Nicht so.

Mein Herz wummert so laut, dass ich mir nicht sicher bin, ob sie es nicht sogar hört. Sie ist leise geworden.

»Bist Du noch da?«, frage ich vorsichtig.

»Ja. Was würdest Du machen, wenn ich einfach vorbeikommen und Dich vor vollendete Tatsachen stellen würde?«

»Das ist keine gute Idee. Ich lebe hier nicht allein. Meine Eltern … Außerdem ist Ella auch da.«

»Ella? Die Tussi, die Du abholen solltest?«

»Ja.«, erwidere ich zaghaft und ahne schon jetzt, dass es keine gute Idee war, Ella ins Spiel zu bringen.

»Du willst SIE. Gib es zu.«, poltert Róisín auch schon los.

»Ja. Nein. Ich weiß es nicht. Bitte, Róisín. Lass uns das Gespräch an dieser Stelle beenden. Im Moment kann ich Dir nicht sagen, was ich will. Ich weiß es schlicht nicht. Wenn Du willst, können wir uns gerne irgendwann auf einen Kaffee treffen und dann weiter schauen.«

»Dein letztes Wort?«

»Tut mir leid. Ja.«

»Tara, ich wünsche Dir nur das beste. Wirklich. Schade nur, dass ich für Dich offensichtlich nicht das beste bin. Wenn Du Dein Gefühlsleben geklärt hast, kannst Du Dich ja bei mir melden. Machs gut.«

Das Handy immer noch in der Hand lausche ich dem monotonen Tuten. Wie lange weiß ich nicht. Ich fühle mich außerstande, etwas anderes zu tun. Ist es tatsächlich möglich, dass ich Róisín gerade eine Abfuhr erteilt habe? Noch idiotischer geht eigentlich nicht.

Oh man, Ella, was machst Du mit mir? Warum tust Du mir das an? Warum kannst Du nicht einfach dahin verschwinden, wo Du hergekommen bist? Oder wenigstens hässlich sein? Dann wäre alles um ein Vielfaches einfacher. Aber nööö. Wer braucht schon einfach?

Ich stöhne und seufze und ächze. Wie eine alte Frau. Leises Summen neben meinem Ohr. Na wunderbar. Auch das noch. Wie praktisch, dass ich neben der kühlen

Nachtluft noch ein paar Mücken zu mir eingeladen habe. Na, wenigstens haben die ihren Spaß. Mein Arm juckt. Wie eine Wahnsinnige schlage ich auf die Stelle, die sich die Mücke für ihren Stich ausgesucht hat, ein, als könnte ich bei der Gelegenheit sämtliche Gedanken, die mich um mein seelisches Gleichgewicht bringen, aus meinem Kopf schlagen. Wäre es nicht schön, wenn es so einfach wäre?

Mit kleinen Schritten schlurfe ich zu meinem Bett und lasse mich in die weiche Matratze sinken. Der Tag hat mich so viel Kraft gekostet, dass mir augenblicklich die Augen zufallen. Leider gehen sie keine dreißig Sekunden später wieder auf und ich bin hellwach. Ich sitze im Bett. Ich gehe ans Fenster. Ich schalte den kleinen Fernseher ein. Mein Magen knurrt. Eine Kleinigkeit zu essen wäre auch nicht schlecht. Also öffne ich so leise wie möglich meine Tür und schleiche auf Zehenspitzen durch den Gang in meine kleine Küche.

Mit Joghurt, Brot und einem dampfenden Kaffeebecher stehe ich ein paar Minuten später wieder in meinem Schlafzimmer und weiß nicht so recht, was ich mit dem kläglichen Rest der verbleibenden Nacht anfangen soll. Mücken jagen wäre eine Option, wenn die Gefahr, Ella damit zu wecken, nicht so groß wäre.

Der gemütliche Sessel vor dem Fernseher gibt nach unter meinem Gewicht. Ziellos zappe ich mich durch die verschiedenen Kanäle und lande schließlich bei einer Serie. Als ich vor ein paar Monaten zufällig darauf gestoßen bin, hat sie mich so fasziniert, dass ich eine Folge nach der anderen regelrecht gesuchtet habe. Dabei ist Science Fiction nicht mein Ding, aber in diesem besonderen Fall habe ich eine Ausnahme gemacht. Ich fand die Idee dahinter genauso gut, wie den Cast und die Gestaltung. Und auch jetzt bin ich von den Bildern, die über den flachen Bildschirm flimmern, hellauf begeistert. Während sich Aliens und Menschen gegenseitig die Köpfe einschlagen, schaufle ich Joghurt und Brot in mich hinein.

Leises Zwitschern schiebt sich in mein Bewusstsein. Bestimmt eine Amsel, die sich für ihr Morgenkonzert rüstet. Mit der Unterstützung von Finken, Spatzen und Meisen schraubt sie ihre Stimme so hoch, dass es sich für mich so anfühlt, als würde ich in einem riesigen Konzertsaal sitzen.

Ein Fortissimo und ein geräuschvoller Tusch. Fehlt eigentlich nur noch das nervige Gruuu Gruuu, mit dem sich sogar die Tauben am morgendlichen Vogelkonzert beteiligen.

Ich sitze immer noch in meinem Sessel, wobei sitzen das falsche Wort ist. Hängen beschreibt das, was ich hier mache, eindeutig um Längen besser.

Wieder und wieder schieben sich Bilder von gestern zwischen meine Augen und den Fernseher. Dass ich Róisín einen Korb gegeben habe, fühlt sich nicht besonders gut an. Ich habe eine Frau enttäuscht. Wieder einmal. Meine Spezialität. Ich glaube, es gibt nichts, in dem ich so gut bin.

Die Titelmelodie der fünften Folge mischt sich mit dem Zwitschern der Vögel. Ungnädig schrauben sie die Lautstärke ihrer Stimmen immer höher, als würden sie mir sagen wollen, dass es an der Zeit ist, endlich in den Tag zu starten. Um vier Uhr in der Früh. Ich habe noch nicht eine Stunde geschlafen.

Dafür bin ich immer wieder wie ein aufgescheuchtes Huhn durch mein Zimmer gelaufen, von dort in die Küche und wieder zurück. Sogar im Bad war ich das eine oder andere Mal. Nur Wohnzimmer und Büro, in dem Ella während der nächsten Wochen wohnen wird, habe ich gemieden wie der Teufel das Weihwasser.

Ich hole tief Luft und hebe die Arme. Es ist mir unerklärlich, warum meine Mutter so sehr darauf bestanden hat, Ella ausgerechnet in meinem privaten Bereich des Hauses unterzubringen. In MEINEM Büro. Zwischen Aktenordnern und Arbeitsblättern.

Seit dem Tag, an dem wir von ihrer Ankunft erfuhren, lag ich meiner Mutter in den Ohren und versuchte, sie zu überzeugen, Ella in unserem Gästezimmer im Erdgeschoss unterzubringen. Aber nein. Wenn meine Mutter sich einmal auf etwas eingeschossen hat, bleibt sie standhaft bei ihrer Meinung, ohne auch nur einen Millimeter abzuweichen. Das war schon immer so und daran wird sich auch nichts mehr ändern.

Sie weiß, dass mich Ellas Anwesenheit einengt und mein Sex-Leben gehörig einschränkt. Obwohl ich es nicht extra betonen hätte müssen, tat ich es doch. In meiner Wohnung gehen normalerweise verschiedene Frauen ein und aus und ich fresse einen Besen, wenn ihre Idee, Ella bei mir unterzubringen, nichts damit zu tun hat.

Meine Mutter wünscht sich eine feste Beziehung für mich. Da kommt ihr jemand, der meinem Frauenverschleiß einen Dämpfer verpassen könnte, gerade recht. Sie hat ihre Chance gewittert und zugegriffen.

Genervt rolle ich mit den Augen. Wenn es wenigstens nur das wäre. Dass Ella genau in mein Beuteschema passen würde, hat sie definitiv nicht in ihren Plan einkalkuliert, dabei müsste sie doch wissen … Egal.

Irgendwie muss ich die Wochen jetzt durchstehen, ob ich will oder nicht. Und vor allem muss ich meine Finger bei mir behalten – und meine Lippen. Nicht ganz einfach, was sie da von mir verlangt. Ella ist tabu für mich. Aber bin ich auch tabu für sie?

Ich kneife meine Augen zusammen und versuche das Bild, das sich schon wieder ungefragt in mein Bewusstsein drängt, wegzuschieben. So weit weg wie möglich. Wie praktisch wäre es, wenn Will Smith vor der Tür stehen und all meine Gedanken einfach blitzdingsen könnte. Dann hätte ich endlich wieder meine Ruhe und könnte so weitermachen wie bisher.

Vielleicht sollte ich an etwas besonders ekliges denken. Bohneneintopf zum Beispiel. Oder Rosenkohl. Linsen! Noch besser. Linsen sind für mich der perfekte Lustkiller. Die schauen aus wie schon einmal gegessen und halb verdaut. Außerdem riechen sie so grauenhaft, dass ich zu würgen anfange, wenn ich nur kurz den Deckel vom Topf hebe.

Meine Mutter liebt Linsen.

Seit sie und mein Vater in meinem Haus leben, komme ich regelmäßig in den Genuss dieses speziellen Geruchs, den sie als angenehmen Duft bezeichnet. Gut, okay, manche empfinden auch Gülle als angenehm. Wie gut, dass meine Wohnung vom Rest des Hauses getrennt ist und ich die Tür schließen kann. Es wäre nicht auszuhalten, wenn dieser Gestank …

Für einen kurzen Augenblick gelingt es mir tatsächlich, meine Gedanken auf ein anderes Thema zu lenken. Wenn ich die nächsten Wochen einigermaßen unbeschadet überleben will, wird mir wohl nichts anderes übrigbleiben, als mich intensiv mit dem Geruch von Linsen auseinanderzusetzen.

Gequältes Stöhnen findet den Weg über meine Lippen. Was für eine blöde Situation.

Ich liege am Strand. Unter mir der weiche Sand, über mir der strahlend blaue Himmel. Vor meinen Füßen rollen sich die Wellen gemächlich aus. Nichts stört sie in ihrer einförmigen Ruhe. Dann und wann kreischt eine Möwe. Ich bin allein, als ob ich der einzige Mensch auf Erden wäre.

Tiefes Seufzen krabbelt über meine Lippen. Wohlig strecke ich meine langen Beine weit von mir.

Lautes Wummern. Eine Hand, die auf Holz trifft. Ich schrecke auf.

»Tara! Es wird Zeit!«, ruft meine Mutter und reißt die Tür auf. Obwohl ich mit dem Rücken zu ihr in meinem gemütlichen Sessel hänge, weiß ich, dass ihr erster Blick meinem leeren Bett gilt.

»Tara? Warum sitzt Du vor dem Fernseher?«

»Konnte nicht schlafen.«, brumme ich und versuche meine Augen offenzuhalten, was gar nicht so ganz einfach ist, da die Oberlider alles unternehmen, um sich der Schwerkraft zu beugen.

»Hast Du eine Ahnung, wie spät es ist?«

Ich schüttle den Kopf. Ein riesiger Fehler. Stechender Schmerz zieht von meinem Nacken über die Schädeldecke bis nach vorn zu meiner Stirn. Ich stöhne gequält und fasse mir an den Kopf.

»Es ist nach zwölf Uhr. Ella ist schon lange wach.«

Schön für sie. Bestimmt hat die liebe Ella auch gut geschlafen, was ich von mir nicht behaupten kann. Mit lautem Ächzen stütze ich mich mit beiden Armen an den Lehnen meines Fernsehsessels ab und schiebe mich langsam in eine aufrechte Position.

Meine Mutter steht immer noch an der Tür und fixiert mich mit ihren Blicken. Könnte sie damit Menschen töten, würde sie garantiert zur Massenmörderin. Ihr Blick lässt mich in meiner Bewegung innehalten.

»Du könntest ruhig etwas gewissenhafter sein, Tara.«, schimpft sie weiter auf mich ein. »Schlimm genug, dass ich Dich wecken muss, damit Du überhaupt aus den Federn kommst.«

»Ich war nicht mal in den Federn. Bin vor der Glotze eingeschlafen. Deine süße kleine Ella wird schon nicht sterben, wenn sie noch eine Stunde auf mich warten muss.«, murmle ich so leise, dass ich überzeugt bin, nicht gehört zu werden, aber offensichtlich täusche ich mich. Ohne ein weiteres Wort zu verlieren dreht meine Mutter sich um und verlässt mein Schlafzimmer. Erst als sie die Treppe hinuntergeht höre ich sie wieder, was weniger an den knarzenden Stufen, als an den Worten, die sie vor sich hin schimpft, liegt.

Zwei Stufen auf einmal nehmend springe ich die Treppe hinunter. Kurz vor der Küchentür stoppe ich abrupt. Wie jeden Morgen führt mir der bodentiefe Spiegel im Flur die Realität gnadenlos vor Augen. Ein Wunder eigentlich, dass meine Mutter dieses Monstrum nicht direkt neben dem Kühlschrank platziert hat. Manchmal kommt es mir sogar so vor, als würde das Bild, das er projiziert, mich hämisch auslachen und fragen, ob ich mir sicher bin, dass das Frühstück wirklich nötig ist. Das Gesicht, das mich heute empfängt, zieht eine Fratze. Meine Augenringe wachsen unaufhaltsam Richtung Süden, mein Gesicht schaut aus, als hätte ich letzte Nacht mit einem Fass Guinness im Arm mit einem Barhocker gekuschelt.

Frustriert schüttle ich den Kopf. Ich sollte mir das mit dem surfen gehen gut überlegen. Nicht, dass mich mein Board abwirft und ich untergehe. Sollte jemand mich dann retten wollen, wird er mich sofort wieder zurück ins Meer werfen, weil er denkt, er hätte ein Seeungeheuer an der Angel. Ich seufze resigniert, hebe den Kopf und straffe die Schultern. Auf in den Kampf.

Mit zitternden Händen umfasse ich den Türgriff. Bestimmt schaut Ella, im Gegensatz zu mir, aus wie das blühende Leben – und das trotz Transatlantikflug und

Jetlag. Sie könnte mir gerne eine Portion von ihren Genen, die sich von nichts beeindrucken lassen, abgeben. Selbst gestern Abend, als sie behauptete, bleiern müde zu sein, sah sie aus, wie frisch aus dem Ei gepellt.

Mit langen Schritten betrete ich die Küche und pflanze ein gewinnendes Lächeln in mein Gesicht.

»Guten Morgen.«, flöte ich übertrieben gut gelaunt. Meine Mutter wirft mir einen vernichtenden Blick zu und schüttelt den Kopf. Erst jetzt bemerke ich Ella. Sie sitzt in gebückter Haltung am Küchentisch und jagt ihren Löffel gedankenverloren durch ihren Kaffeebecher. Ein Lächeln schiebt meine Mundwinkel Richtung Norden. Entweder ist sie genauso unausgeschlafen wie ich, oder sie ist in Gedanken meilenweit weg.

»Guten Morgen Ella.«, flöte ich und setze mich auf den Stuhl ihr gegenüber. Zaghaft hebt sie den Kopf und nickt mir, ohne mich anzuschauen, zu.

»Guten Morgen.«, brummelt sie.

Schnell wende ich mich ab. Meine Schultern zucken. Lautes Lachen kitzelt meine Brust. Nur mit Mühe kann ich mich davon abhalten, einfach lauthals loszuprusten.

»Bist Du fertig? Können wir los?«, frage ich eine halbe Stunde später und vermeide weiterhin, sie anzuschauen. Mehrere Wochen nur Ella und ich liegen vor mir, was mein Herz offensichtlich als Anlass ansieht, seinen Rhythmus zu beschleunigen.

»Mhm … «, ächzt sie und nickt vorsichtig. Ihr Löffel jagt immer noch durch den Kaffeebecher. Ich unterdrücke ein Schmunzeln.

»Was hast Du heute vor?«

»Ich dachte, wir schnappen uns die Maschine und fahren einfach ein bisschen an der Küste entlang.«, murmle ich. Ellas Gesicht wird blass.

»Was für eine Maschine?«, fragt sie mit verräterisch leiser Stimme. »Du willst jetzt aber nicht sagen, dass wir Motorrad fahren, oder?«

»Doch. Eigentlich schon. Ich fahre auch vorsichtig.«

»Nein! Als Du mir gestern den Landrover präsentiert hast, dachte ich *Okay*. Aber ein Motorrad … No way. Sorry.« Vehement schüttelt sie den Kopf. Blind müsste ich sein, wenn ich die Abneigung in ihren Augen übersehen würde. Angst spiegelt sich in ihnen.

»Aber Du willst doch Deine Wurzeln kennenlernen, oder?«

»Nicht wirklich. Eigentlich wollte ich nur wissen, was ich geerbt habe und dann wieder nach Hause fliegen. Wie Ihr wisst trage ich eine hohe Verantwortung. Ich kann es mir nicht leisten, mehrere Wochen wegzubleiben.« Da ist sie wieder, die arrogante Schnepfe, die ihre Nase einen halben Meter zu hoch trägt. Wie konnte ich mir nur einbilden, dass sie diese in der Nacht ablegt? Ihr Körper zieht mich an. Aber ihr Charakter? Nein. Nichts für mich. In meinen schlimmsten Alpträumen nicht.

7. Ella

Letzte Nacht habe ich kein Auge zugemacht. Wieder einmal. Seit fünf Tagen bin ich nun hier und kann mich nicht an diesen seltsamen Geruch, der über der ganzen Insel zu hängen scheint, gewöhnen. Seitdem ich hier bin, habe ich ständig Kopfschmerzen, meine Nase ist zu und ich fühle mich wie ausrangiert.

Ob es für alte Schachteln auch ein Verfallsdatum gibt? Oder eine Abwrackprämie? Wundern würde es mich nicht.

Ich versuche wirklich jeden Tag, mich auf das Land meiner Wurzeln einzulassen, aber das ist leichter gesagt, als getan. Wie soll ich mich auf etwas einlassen, was ich nicht kenne? Máire und Tara hüllen sich in Schweigen, sobald ich nach meinem Erbe frage. Oder sie lenken ab und erklären mir, dass das Testament meiner Tante vorsieht, dass ich mich erst auf Land und Leute einlassen soll, bevor ich erfahre, was ich geerbt habe.

Langsam aber sicher kommt mir alles so sonderbar vor, dass mich das Gefühl beschleicht, dass jemand seine Scherze mit mir macht. Was, wenn alles ein Spiel ist, in dem ich die Hauptrolle einzunehmen habe? Für Hauptrollen bin ich nicht gemacht. Das überlasse ich lieber anderen. Sharon zum Beispiel.

Apropos Sharon. Seit ich hier bin, haben wir jeden Tag kurz telefoniert. Sogar äußerst prickelnden Telefonsex hatten wir. So intensiv, dass ich tatsächlich glaubte, Hände auf meinem Körper zu spüren. Kraftvolle Hände mit klar definierten Adern. Ein Schauer jagte durch meinen Körper, als ich mir dessen bewusst wurde. Selbst wenn ich Single wäre und Tara statt in Irland in New York leben würde, würden sie und ich nicht zusammenpassen. Wir sind wie zwei Pole, die sich gegenseitig abstoßen.

Tara ist so ganz anders als ich. Sie liebt es, stundenlang mit dem Landrover an der Küste entlangzufahren, oder mit dem Motorrad durch die Dünen zu cruisen, wie sie es nennt. Ich kann nicht nachvollziehen, was daran so schön sein soll. Ich liebe Zahlen. Und gutes Essen. Gepflegte Gespräche in netter Runde, während sie lieber mit dem Surfbrett durch die Wellen jagt oder mit ihren Freunden am Strand Beachvolleyball spielt.

Natürlich kann ich nicht behaupten, dass ich ihr nicht gerne dabei zusehe. Schließlich bietet ihr Körper mehr als ausreichend Möglichkeiten, meine Phantasien auf die Reise zu schicken. Manchmal schaut sie mich so an, als würde sie in meinen Augen lesen können, wie andere Leute in einem offenen Buch. Dann schaue ich schnell zur Seite. Ich will nicht, dass sie meine Zerrissenheit bemerkt.

Mir ist bewusst, dass ich mir keine Gedanken über sie machen sollte. Ich habe eine Partnerin, der ich meine Treue versprochen habe. Trotzdem erwische ich mich immer wieder dabei, dass ich die Aussicht auf Taras Körper genieße und mir vorstelle, wie es wäre, wenn sie in meinen Armen läge. Ob sie eine zärtliche Liebhaberin ist? Gefühlvoll und stark? Oder steht sie eher auf harten Sex?

Mein Herz klopft bis zum Hals. Ich drehe mich im Bett um und starre an die Decke. *Nein, Ella. Diese Gedanken darfst Du nicht haben*, versuche ich mich selbst zur Ruhe zu bringen. Ihr heißer Körper presst sich an meinen. Ihr Stöhnen tief und animalisch. Meine Hände zucken über erhitzte Haut. IHRE erhitzte Haut. Oh nein. Kopfkino aus. Bitte. SO kann ich nicht mehr weitermachen.

Ich schlage mit der flachen Hand gegen meine Stirn. Wo ich gehe, wo ich stehe, ständig habe ich ihr Gesicht und ihren Körper vor Augen. Es ist zum aus der Haut fahren. Ich kann nicht mehr. Mein Atem geht schnell. Und abgehackt.

Vor ein paar Stunden tänzelte sie in knappen Shorts und Bikinioberteil vor mir herum. Beachvolleyball nannte sie das, was sie und ihre Freunde am Strand veranstalteten. Es gibt einige Worte, die das, was sie mit mir anrichtete, besser beschreiben. Heiß. Völliger Blackout. Versuchung pur. Um nur ein paar Beispiele zu nennen.

Entweder bemerkt sie das Chaos, das sie in mir anrichtet, tatsächlich nicht, oder sie spielt bewusst mit mir.

Kurz die Shorts über ihren süßen knackigen Hintern ziehen und dann … Mhmmmm … *Tief einatmen und ausatmen, Ella. Du hast eine Partnerin.* Mittlerweile langweilt mich dieses ewige innere hin und her schon selbst, aber ich kann nicht anders. Ich habe Sharon meine Treue versprochen und rücke jeden Tag ein bisschen weiter davon ab. Wüsste sie, was ich hier mache, würde sie sich in den nächsten Flieger setzen, hierher kommen und mich zur Rede stellen.

Sollte Tara heute wieder mit mir an den Strand fahren wollen, werde ich passen. Ich muss einen Cut machen, sonst drehe ich noch durch. In den letzten Tagen habe ich doch schon genug von Land und Leuten gesehen. Es wird Zeit, dass ich etwas über mein Erbe erfahre und dann nach Hause fliege. In den sicheren Hafen, den die Beziehung mit Sharon mir bietet. Gleich heute werde ich mit Máire reden. Sie kann mich nicht noch länger auf die Folter spannen.

Mit geräuschvollem Ächzen schiebe ich mich aus dem bequemen Bett und tappe, lediglich mit Jogginghosen und Shirt bekleidet, ins Erdgeschoss. Máire tänzelt pfeifend durch die Küche.

»Ach, hallo Ella.«, sagt sie und zieht mich zur Begrüßung an ihre üppige Brust. Bei meiner Ankunft schockte mich die Innigkeit, mit der sie mir begegnete, mittlerweile habe ich mich daran gewöhnt. Ich lächle sie liebevoll an. Ob meine leibliche Mutter auch so ähnlich war wie sie?

»Na, ausgeschlafen?«, fragt sie mit diesem schelmischen Ausdruck in ihren Augen.

»Nicht wirklich. Eher aufgehört. Wie spät ist es eigentlich? Was steht heute an?«

»Och, erst vierzehn Uhr. Heute steht nicht so viel an. Du kannst Dir einen Tag Pause gönnen. Tara ist nicht da.«

Tara ist nicht da? Etwa bei einer anderen Frau? Máire hat schon ein paar Mal Andeutungen in diese Richtung gemacht, bis jetzt habe ich aber noch nicht mitbekommen, dass Tara das Haus verlässt, um sich mit anderen Frauen zu treffen. Warum zerbreche ich mir darüber eigentlich den Kopf? Es geht mich doch überhaupt nichts an, mit wem sie ihr Bett teilt. Ich habe genauso wenig einen Anspruch auf sie wie sie auf mich.

»Wo ist sie denn? Wann kommt sie wieder?«, frage ich trotzdem und bemerke den Klang in meiner Stimme, der mehr Ähnlichkeit mit dem Piepsen eines verschreckten kleinen Vogels, als mit einer selbstbewussten und erfolgreichen jungen Frau hat.

»Heute Abend. Sie hilft Freunden beim Ausbau ihres Hauses.« Máire zieht die Augenbrauen hoch und schaut mich prüfend an.

»Ella … Darf ich Dich etwas fragen?« Ich rolle mit den Augen. Der vorsichtige Unterton, der prüfende Blick … Ich wappne mich innerlich und gehe in hab-acht-Stellung.

Zaghaft nicke ich und straffe meine Schultern. Was auch immer sie will, ich werde versuchen, ehrlich zu antworten.

»Ich weiß nicht genau, ob ich das fragen darf … «, fängt sie an und eiert so herum, dass ich den Eindruck habe, sie würde das Zielgebiet weiträumig umfahren. Ich hebe die Hand. Wenn ich etwas nicht leiden kann, ist es, wenn andere den heißen Brei umkreisen, ohne auf den Punkt zu kommen.

»Ich glaube, ich weiß, worauf Du hinaus willst.«, brumme ich wenig angetan. Ich schätze Taras Mutter, aber was zwischen Tara und mir ist oder nicht ist, geht sie in meinen Augen nichts an. »Ich möchte aber nicht darüber sprechen.« Máire nickt und wendet sich ab. Offensichtlich hat sie sich bereits auf eine Abfuhr eingestellt. Ich rechne ihr hoch an, dass sie nicht weiter bohrt.

»Warum wohnt Tara eigentlich noch bei Euch? Hat sie keinen Job?«

»Natürlich hat Tara einen Job. Sie ist selbständige Grafikdesignerin. Sogar ziemlich erfolgreich. Sie hat einige größere Firmen im In- und Ausland an der Angel. Solange Du da bist, arbeitet sie teilweise in der Nacht.« Meine Augenbrauen zucken. Sie arbeitet nachts? Wegen mir?

»Wenn sie heimkommt, sage ich ihr, dass sie Dir ein paar ihrer Arbeiten zeigen soll. Ihre Internetseiten und ihre Fotos sind toll.«

»Aber … warum wohnt sie dann noch bei Euch?« Máire lacht leise vor sich hin, steht auf und kommt mit einem dampfenden Becher in der Hand zurück.

»Sie wohnt nicht bei uns.«

»Oh man, Máire. Sprich doch nicht so in Rätseln.«

»Wir leben bei IHR. Als mein Mann seinen Job verloren hat, hat sie uns spontan aufgenommen. Seitdem leben wir hier.«

»WAS?!? Echt jetzt? Das ist ja … wow.«

»So ähnlich haben wir auch reagiert, als sie uns das Angebot gemacht hat. Wir konnten die Miete für unser Haus nicht mehr bezahlen und hätten irgendwo eine kleine Wohnung nehmen müssen. Obwohl wir Tara und ihren Brüdern nichts davon erzählt haben, bekamen sie doch irgendwie Wind davon. Wir leben anders als Ihr in New York. Hier kennt jeder jeden. Da bleibt es nicht aus, dass Gerüchte schneller die Runde machen, als der Wind über den Atlantik weht.«

Ich nicke bedächtig und bin von dem, was ich höre, erschlagen. Und peinlich berührt. Wie selbstverständlich habe ich Tara in die Schublade Lebenskünstlerin gesteckt, eine Frau, die entweder arbeitslos ist, oder sich mit wechselnden Gelegenheitsjobs über Wasser hält. Sie schaut so nach Lebemensch aus, eben wie ein Mensch, der sich treiben lässt, in den Tag lebt und weder Verantwortung für sich, noch für sein Leben übernimmt. Sie surft und spielt Beachvolleyball, fährt Motorrad und einen alten klapprigen Landrover. In meinen kühnsten Träumen wäre ich nicht darauf gekommen, dass sich hinter dem, was sie nach außen zeigt, eine erfolgreiche Geschäftsfrau verbirgt.

Sie ist so geerdet und nimmt ihren Erfolg mit einem Augenzwinkern zur Kenntnis und hängt ihn nicht – wie ich – an die große Glocke. Ich würde gerne etwas sagen, oder wenigstens irgendeine Reaktion zeigen, aber … Nicht so leicht, wenn die Erkenntnis, wieder einmal auf dem Holzweg gewesen zu sein, einen wie die berühmte Faust in die Magengrube trifft. Tara hat nicht ganz unrecht, wenn sie mich als arrogante Prinzessin bezeichnet.

»Ich wusste ja nicht … «, murmle ich und ernte ein verständnisvolles Lächeln.

»Wie solltest Du auch? Tara gehört nicht zu den Menschen, die ihr Herz auf der Zunge tragen. Sprich mit ihr, Du wirst sehen, es lohnt sich. Sie ist völlig anders, als Du denkst.«

»Woher weißt Du …, was ich denke?«

»Ach Mädchen, einer alten Frau wie mir verkauft man nicht mehr so leicht Fisch für Fleisch, glaub mir. Ich habe Augen im Kopf. Und die sehen auch auf meine alten Tage noch ziemlich gut.«

Ich lege meine Stirn in Falten und weiß nicht, wohin ich als erstes schauen soll. Was sieht Taras Mutter, oder besser, was glaubt sie zu sehen? Soll ich sie fragen? Oder doch lieber nicht? Während Máire durch die Küche läuft, Kartoffeln schält und auf den Herd stellt, pfeift sie munter vor sich hin. Und falsch. Noch schiefer und der Turm von Pisa fällt um.

»Du kannst gerne fragen, wenn Du noch etwas wissen willst.«, sagt sie plötzlich und bleibt unvermittelt stehen.

»Nur zu, ich beiße nicht.« Sie bricht in lautes Gelächter aus und setzt sich auf den Stuhl mir gegenüber.

»Ich habe noch nie einen Menschen gesehen, der so schnell zwischen Kopf schütteln, nicken und mit den Schultern zucken wechseln kann, wie Du. Was beschäftigt Dich?«

Ich würde gerne mit Taras Mutter reden und sie mit Fragen löchern, wenn ich nur wüsste, womit ich anfangen soll. Zu viele Gedanken jagen gleichzeitig durch meinen Kopf. Sie zu sortieren ist ein Unternehmen für sich.

»Ist Tara Single?«, platzt es einfach so aus mir heraus. Geschockt studiere ich die Tischplatte und untersuche sie nach eventuellen Schäden. Eine warme Hand legt sich auf meine.

»Das fragst Du sie am besten selbst.« *Was für eine diplomatische Antwort,* denke ich und grummle still vor mich hin. So genau wollte ich es dann tatsächlich nicht wissen.

»Gibt es sonst irgendetwas, was Du wissen möchtest?« Wenn ich wieder so eine schwammige Antwort bekomme, lieber nicht. Aber es gibt noch so viel, was mich beschäftigt, unabhängig von Tara. Wenn ich irgendwann Antworten bekommen möchte, sollte ich vielleicht langsam anfangen, die richtigen Fragen zu stellen. Ich schlucke, hole tief Luft und …

»Kanntest Du meine Tante eigentlich gut?« Máire nickt und schaut mich ernst an. Ihre fröhlich funkelnden Augen sind plötzlich traurig und leer.

»Oh ja, ich kannte Renata sehr gut. Wir sind zusammen aufgewachsen. Sie war eine sehr besondere Frau, musst Du wissen. Du hättest sie bestimmt gemocht – und sie Dich auch. Ich wünschte, Ihr hättet Euch kennengelernt. Sie wäre stolz, wenn sie wüsste, was aus Dir geworden ist. Leider musste sie ihr Geheimnis mit ins Grab nehmen. Außer meiner Familie weiß niemand von Deiner Existenz.«

»Aber … «

»Ella, bist Du Dir sicher, dass Du dazu bereit bist, mehr über Deine Familie zu erfahren?« Obwohl ich mir alles andere als sicher bin, nicke ich vorsichtig.

»Okay. Renata hatte eine Zwillingsschwester. Ihr Name war Gertie. Wir waren ein unzertrennliches Trio, Renata, Gertie und ich. Ich traue mich zu behaupten, dass wir die besten Freundinnen waren. Gertie war die ältere der beiden und so sollte sie auch als erste heiraten. Ihre Eltern hatten einen Mann für sie ausgewählt, aber Gertie wollte ihn nicht heiraten. Sie wollte ihr Leben genießen, wollte frei sein und die Welt kennenlernen. Also packte sie kurz vor der geplanten Hochzeit in einer Nacht- und Nebelaktion ein paar Sachen und verschwand spurlos. Wochenlang stellte die Polizei die Insel auf den Kopf, aber sie blieb verschollen. Ein oder zwei Jahre später meldete sie sich vom Festland. Sie hatte in Deutschland einen jungen GI kennengelernt und wollte mit ihm in die Staaten gehen. Für Gerties Familie brach eine Welt zusammen. Mit diesem Tag durfte ihr Name nicht mehr in den Mund genommen werden. Renata durfte keinen Kontakt mit ihr aufnehmen und so kam es, dass sie mir regelmäßig schrieb. Auf diesem Weg erfuhren wir, dass sie von dem GI schwanger war. Er war Amerikaner mit irischen Vorfahren. Aber sie fühlte sich zu jung und zu unreif. Deshalb entschied sie, das Kind zur Adoption freizugeben. Dieses Kind bist Du.«

Máire gibt mir Zeit, ihre Worte auf mich wirken zu lassen. Vorsichtig hebe ich den Kopf und schaue sie an. In ihren Augen schimmern Tränen. So viel Traurigkeit liegt in ihrem Blick. Ich weiß, dass ihre Worte mich eigentlich berühren sollten, geht es doch schließlich um mich und die Geschichte meiner Wurzeln. Trotzdem fühle ich eine eigenartige Distanz, als würde sie über walisische Dörfer referieren, deren Namen ich nicht aussprechen und mir schon gar nicht merken kann. Ich kann keine Nähe zu dieser Gertie und ihrer Zwillingsschwester aufbauen. Wahrscheinlich ist das auch der Grund, warum meine Augen trocken bleiben. Ich lege meine Hand auf die von Taras Mutter und streiche zärtlich über die runzelige Haut. Máire berührt mich. Wie sie dasitzt und mich anschaut. Mit dieser tiefen Traurigkeit und Enttäuschung im Blick.

Sie öffnet ihren Mund, aber ich schüttle den Kopf. *Nicht jetzt,* sagt mein Blick, was sie offensichtlich dankbar zur Kenntnis nimmt.

Während der letzten Tage habe ich mir oft den Kopf darüber zerbrochen, wie es wohl sein wird, wenn ich etwas über meine Mutter erfahre. Ich dachte, dass es mir wehtun würde, weil ich keine Chance hatte, sie kennenzulernen. Es ist auch nicht so, dass ich keinen Schmerz verspüre, nur eben subtiler, dumpfer. Wie ein Grollen, das in weiter Ferne ein Gewitter ankündigt.

Wirklich sicher, woran das liegt, bin ich mir nicht. Es kommen tatsächlich mehrere Gründe in Betracht. In den letzten Jahren habe ich gelernt, meine Grenzen so zu ziehen, dass es mir nicht mehr so weh tut, wenn jemand sie – bewusst oder unbewusst – überschreitet, oder versucht, mir nahe zu kommen. Ich empfinde tiefes Mitleid für Máire, die erst die eine und dann die andere Freundin verloren hat. Ihr Leid berührt mich. Zu ihr habe ich aber auch einen Bezug hergestellt. Sie hat mich eingeladen, Teil ihres Lebens zu sein. Damit tut sie sehr viel mehr für mich als der Rest meiner leiblichen Familie jemals getan hat. Die Menschen, die Máire als meine Familie bezeichnet, sind mir fremd. Daran wird auch das Erbe, egal wie monströs es vielleicht ist, nichts ändern.

Seufzend stehe ich auf und verlasse die Küche. Vor meiner Abreise nach Irland habe ich extra ein paar alte Fotos abfotografiert. Die möchte ich ihr gerne zeigen.

Bilder, auf denen ich als glückliches kleines Kind zu sehen bin, später als Schulkind und zum Schluss Fotos von meinem Leben in New York. Vielleicht hadert sie, wenn sie sieht, dass ich ein schönes Leben hatte und habe, nicht mehr so sehr mit dem Schicksal und kann irgendwann mit der Vergangenheit abschließen.

So selten wie hier habe ich mein Handy noch nie gebraucht. Deshalb habe ich es auch vor ein paar Stunden einfach achtlos aufs Bett geschmissen. Keine gute Idee. Zehn Anrufe in Abwesenheit. Sharon. Und meine Eltern. Während ich langsam die Treppe wieder hinuntergehe, höre ich die Mailbox ab. Meine Mutter klingt besorgt. Sie möchte nach Irland kommen, um mit mir zu reden und mir beizustehen. Sharon klingt weniger besorgt. Wütend trifft es besser. Ihre Stimme keift mir ins Ohr. Wo ich denn stecke und was ich treibe und warum ich sie nicht zurückrufe, wenn sie mir schon so oft hinterher telefoniert. Ich runzle die Stirn. Manchmal hat sie das Gemüt eines … keine Ahnung was eine wirklich passende Bezeichnung wäre. Manchmal benimmt sie sich einfach wie ein unreifer Teenager in Trampeltierverkleidung. Vor allem, wenn sie eifersüchtig ist.

Ich stöhne laut und reiße mit der freien Hand die Küchentür wieder auf.

»Máire, ich habe Fotos … «, rufe ich, halte aber sofort in meiner Bewegung inne. Ein mir fremder Mann steht am Küchentisch und streichelt der älteren Dame über den

Rücken. Er hat graumeliertes Haar, das in sanften Locken bis auf seine Schultern fällt. Er dreht sich zu mir um.

»Hallo. Du musst Ella sein. Ich habe schon viel von Dir gehört. Schön, Dich kennenzulernen.«, brummt er. Seine Stimme ist warm und tief. Obwohl er bestimmt schon siebzig ist, blitzen seine Augen jugendlich und fröhlich.

»Ich bin Caleb, der Oldie in diesem Haus.« Er zwinkert mir zu und gibt mir zu verstehen, dass ich näher treten soll.

»Schau doch nur, Máire, sie sieht ihr so ähnlich. Wie aus dem Gesicht geschnitten.«, sagt er leise, nachdem er mich einer oder zwei Minuten aufmerksamer Betrachtung unterzogen hat.

»Findest Du? Ich weiß nicht. Gertie hatte dunkle Augen. Und eine höhere Stirn.«

»Mag sein, aber sonst. Schau sie Dir genau an. Diese junge Dame hier ist eine waschechte Lloyd.« Obwohl er meine Schulter tätschelt, kann er mich nicht so weit ablenken, dass ich die Blässe, die über die Wangen seiner Frau zieht, nicht bemerke.

»Mach Dir keine Gedanken, Ella. Es ist nur immer wieder schwer für uns, über Gertie und Renata zu reden. Sie hatten es nicht immer leicht. Ihre Eltern waren strenge Menschen, die ihre Kinder mit harter Hand erzogen. Erst lange nach ihrem Tod war Renata in der Lage, ihr Leben so zu gestalten, wie sie es sich wünschte. Für Gertie kam das leider zu spät.«

»Was meinst Du mit zu spät?«

»Weißt Du, Ella, wir haben Gertie angeboten, Dich zu adoptieren und Dir bei uns ein Zuhause anzubieten, aber Renata und Gertie hatten Angst, dass die Ähnlichkeit zu ihnen nicht zu übersehen ist. Wie wir jetzt wissen, lagen sie mit ihren Bedenken nicht so falsch. Wir hätten Dich niemals als unser Kind ausgeben können.«

Máire und Caleb versuchen sich an einem Lächeln, während ich mir ausmale, wie es gewesen wäre, meine Kindheit mit Tara zu verbringen. So viele Informationen prasseln auf mich ein und das einzige, woran ich denken kann, ist Tara. Ganz abgesehen davon, dass die Reaktionen meines Körpers völlig unangebracht sind, erleichtert es mich doch irgendwie, dass wir nicht wie Schwestern aufgewachsen sind.

»Gertie hat nie verkraftet, dass sie Dich zur Adoption freigegeben hat. Sie hat diesen Fehler ihr Leben lang bereut. Zwei Jahre nach Deiner Geburt kam sie nach Irland zurück, brach aber mit ihren Eltern, weswegen sie enterbt wurde. Renata erbte alles. Das Anwesen, die Ländereien und alles, was dazugehörte.«

»Anwesen? Ländereien?«

»Hast Du ihr nicht erzählt, was die Lloyds für Menschen waren? Mensch, Máire … Ich war doch extra ein paar Tage unterwegs, damit Du in Ruhe alles mit Ella besprechen konntest. Was soll das?«

Máire schluchzt leise. Es fällt ihr offensichtlich schwer, die Vergangenheit loszulassen. Hat sie deshalb meine Fragerei so geduldig über sich ergehen lassen, ohne mir eine brauchbare Antwort zu geben?

»Ich konnte nicht, Caleb. Seit Ella hier ist, fühlt es sich tatsächlich fast wieder ein bisschen so an wie früher. Sie ist Gertie so ähnlich. Da habe ich es nicht übers Herz gebracht. Ich dachte, wenn ich ein paar Tage warte, verliebt sie sich vielleicht in unsere Insel und will nicht mehr weg, weißt Du? Dann habe ich Tara den Auftrag gegeben, ihr unser Land mit den schönsten Orten schmackhaft zu machen. Aber so richtig viel gebracht hat es nicht, denke ich. Der Funke will einfach nicht überspringen.«

Ich mag es nicht, wenn jemand in meiner Anwesenheit über mich spricht, statt mit mir. Unglücklicherweise muss ich Máires Verdacht allerdings bestätigen. Obwohl durch meine Adern irisches Blut fließt, fühle ich mich alles andere als irisch. Der würzige Torfgeruch, der hier in sämtlichen Wiesen und Tälern hängt, verwandelt meinen Schädel in ein schmerzendes Etwas. Außerdem fehlen mir die Menschen, das laute und quirlige Leben der Großstadt. Sogar die Sirenen der Polizei- und Feuerwehrautos vermisse ich.

»Gib ihr Zeit, Máire. Sie wird das Land ihrer Vorfahren noch schätzen lernen.«

»Glaubst Du an Wunder, Caleb? Siehst Du? Ich auch nicht. Wir hätten es nicht zulassen sollen, dass Gertie sie zur Adoption freigibt. Wie soll sie sich mit ihrer Familie identifizieren, wenn das, was sie weiß, nur von unseren Erzählungen kommt?«

»Mach Dir nicht so viele Sorgen, Schatz. Ella wird schon das richtige tun.«

Ich runzle die Stirn und baue mich mit in die Seiten gestemmten Händen vor Caleb und Máire auf.

»Hallo? Ich wollte nur sagen, dass ich auch noch da bin.«

»Das ist uns bewusst, Ella. Willst Du uns denn widersprechen?«

»Nicht wirklich. Mir ist alles so fremd hier. Ihr lebt so ganz anders, als ich es gewohnt bin. Ich brauche den Stress und die Hektik der Großstadt. Hier ist alles so ruhig, dass es mich manchmal richtig erdrückt. Außerdem muss ich wirklich bald zurück. Mein Geschäft … «

»Ich weiß. Du betreibst ein erfolgreiches Catering-Unternehmen. Ella, ich verspreche Dir, dass wir uns in ein paar Tagen alle zusammen auf den Weg machen. Wir werden Dir alles zeigen, damit Du überhaupt einen Eindruck bekommst, worüber wir reden.«

»Aber ich muss doch … «

»Ich sage doch, Caleb, das macht keinen Sinn. Alles, was Gerties Großeltern geschaffen haben, wird in Vergessenheit geraten und verfallen, weil sich niemand mehr dafür interessiert. Wieder ein paar verlassene Orte mehr auf der Karte.« Máire wischt Tränen aus ihrem Gesicht. Ihr Leid ist nicht mein Leid. Ich kann und will mich dem nicht länger aussetzen. Deshalb lege ich mit den Worten »Ich habe einen Ordner mit Bilder geöffnet. Falls es Euch interessiert.« mein Handy auf den Tisch, drehe mich um und verlasse die Küche. Ich brauche Luft. Und Bewegung.

Ich laufe los, einfach der Nase nach und achte weder auf den Weg, noch nehme ich Notiz von der Landschaft um mich herum. Erst, als das kalte Wasser des Atlantik meine Schuhe und die Beine meiner Jeans überflutet, merke ich langsam wieder, wo ich bin. Ich hebe den Kopf und schaue in den Himmel. Dunkle Wolken ziehen so rasch über mir hinweg, als hätten sie ein bestimmtes Ziel, das sie unbedingt in einer vorgegebenen Zeit erreichen müssen.

Warum kann ich so wenig Bezug zur Heimat meiner leiblichen Eltern herstellen, wenn doch irisches Blut durch meine Adern fließt? Ein lauter Schrei mischt sich mit dem Rauschen der Wellen. Obwohl er meiner eigenen Kehle entspringt, erkenne ich meine Stimme nicht. Sie klingt fremd. So frustriert und enttäuscht. Ich kam hierher, um etwas über mein Erbe zu erfahren, aber alles, was ich bisher bekommen habe, war ein Dämpfer nach dem anderen. Lautlos gehe ich in die Knie und sinke in den feuchten Sand. Meine Hände ballen sich zur Faust. Hätte mich dieser verdammte Privatdetektiv, oder Notar, oder was auch immer dieser Mister Miller noch alles ist, doch bloß nie gefunden.

Bis zu dem Tag, an dem er vor dem Haus, in dem mein Apartment liegt, aufgetaucht ist, war mein Leben in Ordnung. Ich spürte zwar ab und zu, dass etwas fehlte, trotzdem kann ich sagen, dass ich zufrieden war. Von Zufriedenheit spüre ich, seit ich hier bin, so gut wie nichts mehr, außer vielleicht in den wenigen Minuten, die ich am Abend mit Tara verbringe. Sie nimmt ihren Auftrag sehr ernst und jagt mich tagsüber von touristischem Highlight zu touristischem Highlight und das in einem Tempo, dass ich kaum zum durchatmen komme. Sobald wir am Abend die Tür zu ihrem privaten Wohnbereich schließen, fährt sie herunter und nimmt sich Zeit, um mit mir zu reden, oder Kaffee zu trinken und nichts zu tun.

Ich habe schon so oft gelesen, dass viele Menschen sich irisch fühlen, oder einen besonderen Bezug zur grünen Insel haben. Leider kann ich das absolut nicht bestätigen, so sehr ich es vielleicht auch möchte. Kann durchaus sein, dass ich gerne von mir behaupten würde, dass das Blut, das durch meine Adern fließt, braun ist und auffallende Ähnlichkeit mit Guinness hat. So bin ich aber nicht. Ich bin kein Biertrinker. Ein Fan irischer Pubs bin ich auch nicht.

Ich hatte mir alles so viel einfacher vorgestellt, aber – wie Máire immer so schön sagt – es steht nirgends geschrieben, dass das Leben einfach sein muss. Tiefes Seufzen huscht über meine Lippen. Sobald Tara heute

Nacht zurück kommt, werde ich mit ihr reden. Wenn jemand mich versteht und mir vielleicht helfen kann, dann sie.

Eisige Kälte zieht von meinen Füßen über die Hosenbeine durch meinen Körper. Die dünnen Härchen an meinen Armen und Beinen stellen sich auf und piksen von innen gegen den Stoff meiner Kleidung. Meine Zähne klappen hart aufeinander.

Zitternd richte ich mich wieder auf und mache mich auf wackligen Beinen auf den Weg. Jeder Meter zieht sich endlos. Von Westen zieht kühler Wind auf und peitscht die Wellen an den Strand. Außer mir ist niemand unterwegs. Wie kann jemand freiwillig an so einem verlassenen Ort leben wollen und dann noch behaupten, er würde es lieben? Ich bin mir sicher, dass jeder, der so etwas behauptet, lügt oder nicht weiß, wie schön die Welt jenseits irischer Schafherden, Steinmauern und Sanddünen ist. Die Geräusche, die der Wind und die Wellen erzeugen, klingen so fremd in meinen Ohren, dass mich ein Gefühl der Einsamkeit überfällt, wie ich es noch nie erlebt habe.

Die endlose Weite, die ich normalerweise so sehr liebe, kommt mir auf einmal erschlagend vor. Dunkle Wolken, dunkle See und in meiner Brust ein dunkler Strudel, der mich in die Tiefe reißt. Mein Herz klopft schneller.

»Was wollt Ihr von mir?«, schreie ich, aber meine Worte verhallen ungehört, als würde der Wind jede Silbe in eine andere Himmelsrichtung tragen. Ich war noch nie so unsortiert und durcheinander wie jetzt. Würziger Salzgeruch streicht mir um die Nase. Es riecht nach Fisch. Und Seetang. Und natürlich nach Salz.

Einen Moment innehalten. Nur ein paar Minuten. Ich öffne meine Arme und strecke sie dem Himmel entgegen. Meine Augen streifen über die weite See. Wenn ich jetzt ins Wasser gehe und ein paar tausend Meilen nach Westen schwimme, komme ich irgendwann an die Ostküste von Kanada. Natürlich nur, wenn ich vorher nicht untergehe und absaufe oder von einem Hai für das Abendessen in Stücke gerissen werde. Hatte ich eigentlich schon immer so absurde Gedanken und Ideen?

Ich schließe meine Augen. Die Welt um mich herum dreht sich weiter, aber für einen kurzen Augenblick kommt es mir so vor, als würde sie stehenbleiben. Über mir kreischen Möwen. In weiter Ferne hupt ein Kutter. Fischer, die von ihrer Arbeit nach Hause zurückkehren.

Tiefer Frieden zieht in mein Herz. Ich hole Luft und sauge sie tief in meine Lungen. Wann hatte ich das letzte Mal so viel Ruhe, dass ich einfach am Meer stehen und die Welt um mich herum vergessen konnte? Ich kann mich nicht erinnern. Es muss lange her sein. So lange, dass ich keinerlei Erinnerung an diesen Moment mehr habe. Ist das jetzt das Gefühl, das so viele beschreiben, wenn sie über Irland reden?

Ein Ort, an dem Raum und Zeit unwichtig erscheinen? Ein Land, dessen Regenbogen und Sonnenuntergänge so atemberaubend schön sind, dass man meinen könnte, jemand hätte sich bewusst die Zeit genommen, um sie ans Firmament zu malen? Ein kleiner Tropfen fällt auf meine Nase. Ich hebe den Kopf. Die Sonne ist kurz davor, ihre Reise für diesen Tag zu beenden. Glutrot steht sie über dem Horizont und taucht den Himmel und die Wolken in ein buntes Farbenmeer. Wie ein flammendes Schwert, reißen ihre Strahlen Lücken zwischen die Wolken. Vor meinen Augen springt ein Regenbogen aus der unruhigen See.

Das ist nicht real. Kann nicht real sein. Ich kneife die Augen zusammen und öffne sie wieder. Der Regenbogen, der Sonnenuntergang, die flammenden Farbtöne, alles ist immer noch da. So viel Kitsch auf einmal kann doch kein Mensch ertragen. Und ich schon gar nicht. Ich stehe nicht auf Kitsch. Dafür bin ich zu sehr Realistin.

Trotzdem nimmt mich die Schönheit dieses Augenblicks so sehr ein, dass sich mein hektisches Atmen langsam beruhigt. Klare Luft strömt in die Tiefen meiner Lungen.

»Jihaaaaa!«, schreie ich und klatsche in die Hände. Ich drehe mich im Kreis. Meine Füße platschen durch knöcheltiefes Wasser. Über den Wellen steigen weiße Nebelschwaden auf. Ich glaube, jetzt weiß ich, was all die Touristen, die Irland jedes Jahr besuchen, meinen, wenn sie davon reden, dass die Seele ihren Ort findet. Den Ort, an dem sie ankern und zur Ruhe kommen kann. Den Ort, den sie nie wieder verlassen möchte.

Laut jauchzend springe ich wie ein kleines Kind durch den Sand.

8. Tara

Wo ist Ella?« »Wir wissen es nicht. Sie hat vor ein paar Stunden das Haus verlassen. Wir wollten noch eine halbe Stunde warten und uns dann auf die Suche nach ihr machen.«

»Passt schon. Bleibt Ihr mal da. Ich schnappe mir die Maschine. Wäre ja wohl gelacht, wenn ich sie nicht irgendwo auftreiben kann. Hat sie wenigstens ihr Handy mitgenommen?«

Einträchtig schütteln meine Eltern den Kopf. Mein Vater hält das Handy in seiner Hand und wedelt damit durch die Luft. Warum frage ich eigentlich? Ich hätte zumindest ahnen müssen, dass Ella ihr Handy hier lässt. Das passt zu ihr. Manchmal ist sie so zerstreut, dass ich mich frage, wie sie es auf die Reihe bekommt, ihr Unternehmen in der rauen Umgebung der New Yorker Geschäftswelt über Wasser zu halten.

Dass sie ihr Telefon an einem Ort, an dem sie sich nicht auskennt, einfach liegen lässt ist nicht nur leichtsinnig, sondern fahrlässig. Sobald die Dunkelheit heran bricht, gleicht eine Steinmauer der anderen. Für jemanden, der sich nicht auskennt, kann die Gegend um mein Haus bei Dunkelheit oder Nebel schnell gefährlich werden. Kleine Straßen, die man schnell verfehlt oder hohe Klippen, die steil ins Meer abfallen. Ich will mir nicht einmal ansatzweise vorstellen, was alles passieren könnte. Besser ich schwinge mich jetzt auf meine Maschine und fahre los, statt mir sämtliche möglichen Horrorszenarien vor Augen zu führen.

»Scheiß Ding, spring endlich an!«, schimpfe ich keine zwei Minuten später vor mich hin und stoße Flüche aus, über die Ella bestimmt wieder die Stirn runzeln würde, wenn sie sie hören könnte. Ich verfluche den Tag, an dem ich mich für die Geländemaschine mit Kickstarter entschieden habe. Ich wollte cool sein und nicht einfach auf ein Knöpfchen drücken. Und nun trete ich und trete und trete und nichts rührt sich. Mein linkes Bein fühlt sich so an, als hätte ich wie Popeye sieben Tage lang ausschließlich Spinat gegessen.

»Au! Verdammte Scheiße!«, fluche ich, schwinge mich vom Sitz und springe auf einem Bein im Kreis. Ein kleiner Tritt und die Maschine liegt im Gras. Ich habe die Schnauze sowas von gestrichen voll. Hundert Euro in die Kasse von einem sozialen Projekt, wenn ich kein blaues Schienbein davontrage. Und alles wegen dieser …, dieser New Yorker Miss Oberschlau Montanaro. Die kann sich auf was gefasst machen, wenn sie mir unter die Augen tritt.

In den letzten Tagen hat sie sich fast ausschließlich von ihrer Schokoladenseite gezeigt, war charmant und umgarnte mich mit ihren Reizen. Es grenzt an ein Wunder, dass ich nicht schwach geworden bin. Dass sie jetzt ohne Handy losgezogen ist, ärgert mich so richtig. Wenn ich sie finde darf sie mir gerne bis auf weiteres zu Kreuze kriechen. Und selbst wenn jemand sie nackt auf meinen Bauch schnallen würde, würde ich standhaft bleiben. Jede Wette. Sie ist so eine Egoistin, dass sie nicht mal auf die Idee kommt, dass es Menschen gibt, die sich um sie sorgen. Was mache ich denn, wenn ich sie nicht finde? *Nicht dran denken, Tara. Du musst sie finden. So einfach ist das.* Meine Eltern würden durchdrehen und sich mit Vorwürfen quälen, wenn ich sie nicht heil wieder zurück bringe.

Mit geräuschvollem Ächzen hebe ich mein Motorrad wieder auf. Ein Tritt auf den Kickstarter. Aaaah. Warum denn nicht gleich so? Muss ich immer erst rohe Gewalt anwenden? Der Motor meiner Geländemaschine brummt. Ich lächle zufrieden und gebe Gas. Das Hinterrad schlingert etwas, doch das bin ich ja nicht anders gewöhnt. Steinchen fliegen in alle Richtungen.

Wo könnte jemand hingehen, der Ruhe sucht, sich aber nicht auskennt? Ich setze den Blinker und biege in den schmalen Weg, der direkt zum Strand führt, ein.

Meine Blicke gleiten von links nach rechts. Wenn ich nur wüsste, was Ella heute anhat. Zu dumm, dass ich schon lange bevor sie aufgestanden ist, das Haus verlassen habe. Irgendeine dunkle Gestalt mit langem dunklen Haar. Ich stehe auf und fahre ein paar hundert Meter im Stehen. *Verdammt! Wo steckst Du nur?*, stöhne ich in Gedanken und rufe so laut es geht: »Ellaaaaaa!«

Außer dem Rauschen der Wellen und dem Pfeifen des Windes bleibt es absolut still.

Selbst wenn sie sich verlaufen hätte, bräuchte sie nur an einem der Häuser klingeln und nach uns fragen. Die Chance, dass sie einen meiner Brüder erwischt, wäre nicht so gering. Außerdem sind wir in der Gegend bekannt wie bunte Hunde. Jeder im Umkreis von fünf bis sieben Meilen wüsste, wo er sie hinbringen müsste.

Meine Blicke gleiten über den menschenleeren Strand. Kilometerweit nur Sand und Wasser. Aus den Wellen steigt weißer Nebel und legt sich über Gräser und Steine. Ich bremse vorsichtig und stelle die Maschine ab.

»Mum? Ist Ella mittlerweile angekommen?«, rufe ich atemlos ins Handy.

Das Schluchzen meiner Mutter genügt mir als Antwort. Mist. Wäre ja auch zu schön gewesen. Aber warum einfach, wenn es kompliziert auch geht? Der Schmerz in meinem Schienbein wird nur noch von den Schmerzen im unteren Rücken und in meinen Schultern übertroffen. Einen ganzen Tag körperliche Schwerstarbeit merke sogar ich irgendwann in den Muskeln. Die Baustelle von meinen Freunden verlangt sämtlichen Helfern viel ab und ich hatte mich auf einen ruhigen Abend gefreut. Statt Badewanne und Fernseher fahre ich wie eine Irre durch die Gegend und suche nach einer verlorengegangenen Frau.

Ich traue ihr zu, dass sie wie eine kleine Prinzessin irgendwo sitzt und darauf wartet, dass eine Ritterin mit ihrem glänzenden Ross sie findet und mit auf ihr Schloss nimmt. Unglücklicherweise bin ich keine Ritterin. Mein Ross ist eine stinkende Maschine, bei der bestenfalls der Dreck glänzt. Besitzerin eines Schlosses bin ich auch nicht. Allerdings weiß ich, wie ich eines an einer Tür anbringen kann. Aber ob ihr das reicht?

Wenn ich weiter so effektiv suche, sitze ich morgen noch im Sattel meines Motorrades. Ich brauche einen Plan. Wo würde ICH hingehen, wenn ich meine Ruhe haben will? Spontan fällt mir genau ein Ort ein, den Ella zu Fuß jedoch niemals erreichen wird. Wo würde ich hingehen, wenn ich eine verwöhnte kleine Prinzessin wäre und trocken bleiben wollte? Genervt schüttle ich den Kopf. So wird das nichts. Im Prinzip kann sie überall stecken.

»Ella!«, schreie ich wieder und wieder gegen den Wind an und hoffe, dass sie mich irgendwann hört. Egal wie oft ich schreie, eine Antwort bekomme ich nicht. Nicht mal das leiseste Wehklagen. Langsam aber sicher werde ich unruhig. Wo steckt sie nur? Wenn ich sie in einer halben Stunde nicht gefunden habe, fahre ich nach Hause und stelle einen Suchtrupp zusammen. Obwohl sie es in meinen Augen verdient hätte, bringe ich es nicht übers Herz, sie der Dunkelheit der Nacht auszusetzen. Ich MUSS sie finden.

Das Motorrad rollt langsam und fast geräuschlos über die unbefestigte Straße. Ein paar hundert Meter noch, dann endet das Land und das endlose Wasser beginnt. Ich schüttle meine Arme aus. Leises Knacken in meinen Schultern. Ich stöhne unterdrückt. Was auch immer meine Eltern für morgen geplant haben, wird ohne mich stattfinden. Ich bin ein Wrack, das ausschließlich aus schmerzenden Muskeln, Gelenken und Knochen besteht.

Verdammt! Ella! Wo steckst Du?

Mit zusammengekniffenen Augen folge ich dem Lichtkegel. Spinne ich, oder läuft keine dreihundert Meter entfernt tatsächlich jemand? Ah, jetzt bleibt er stehen. Und streckt die Arme in die Luft. Ich schüttle den Kopf. Manchmal zweifle ich wirklich am Verstand der Menschen. Wie ich jedes Jahr aufs neue beobachten darf, sind Touristen ein eigenartiges Volk und solche, die bei uns ihre Ferien verbringen sind noch eigenartiger. Gibt es nicht überall Himmel, Wolken und Regen? Manchmal kommt es mir so vor, als ob bei manchen Menschen ein Schalter umgelegt wird, sobald sie irischen Boden betreten. Regen, dem sie im normalen Leben entfliehen, nehmen sie hier als Segen wahr. Der Wind, der ihre Haare zerzaust und in alle Richtungen schleudert, wird als laues Lüftchen empfunden, während sie ihn in ihrer Heimat für seine Fähigkeit ihre Frisur zu zerstören verfluchen würden.

Diese Touristin benimmt sich allerdings besonders eigenartig. Mit weit ausgestreckten Armen steht sie da und hebt ihren Kopf Richtung Himmel. Wenn ich es nicht besser wüsste, könnte ich glatt meinen, dass … Aber nein. So doof ist Ella dann doch nicht. Bringt ja doch alles nichts. Ich werde jetzt nach Hause fahren und meinen Suchtrupp zusammenstellen. Ein Kick und noch einer. Verdammte Karre, wenn Du nicht sofort anspringst, verschrotte ich Dich. Versprochen. Mittlerweile bin ich nicht mehr genervt, sondern mindestens einen Schritt weiter. Auf hundertachtzig. Aber hallo. Langsam kann Ella mich kreuzweise. Ich wüsste wirklich zu gern, welcher Esel mir in den letzten Tagen ständig in den Allerwertesten tritt. So bescheuert und hormongesteuert, dass ich mich von so einer Frau angezogen fühle, kann doch eigentlich nicht mal ich sein.

Ein weiterer Tritt auf den Kickstarter. Endlich. Der Motor tut gerade so, als wären seine Zickereien reinstes

Entertainment und nur dazu da, meine Beinmuskeln zu trainieren. Ein letzter Blick Richtung Strand, dann wende ich mich ab. Halt! Stopp! Warum hebt diese Touristin jetzt auch noch die Hand und winkt mir zu? Vielleicht hat sie sich auch verlaufen und braucht jemanden, der sie zum richtigen Bed & Breakfast bringt? Bestimmt ist sie schon bis auf die Haut durchnässt. Ich kann sie doch jetzt nicht einfach hier draußen lassen. Muss die Suche nach Ella eben noch warten. Erst die Touristin und dann unser nerviger Gast, der immer noch keine Ahnung hat, wie glücklich er sich schätzen kann.

Ich hole tief Luft und fahre langsam auf die Frau zu. Je näher ich komme, desto mehr erkenne ich im Schein des Lichtkegels. Die Frau hat dunkles Haar, das in feuchten Strähnen an den Seiten ihres Kopfes herunter hängt.

»Fuck! Sie ist doch so doof!«, knurre ich, als mein Hirn Haare, Gestalt und Gesicht der *Touristin* identifiziert. Wie gerne würde ich jetzt einfach umkehren und in die Richtung fahren, aus der ich gekommen bin. Allein. Dieses selbstherrliche Grinsen. Ich könnte ihr … Aaaaah! Ella! Du regst mich so auf!

Hat sich jemals jemand die Behauptung erlaubt, dass Angst und Sorge um einen Menschen rationales Denken ausschalten? Verdammt recht hat er. Und zwar zu einhundert Prozent. Statt mich zu freuen, dass ich sie endlich gefunden habe, könnte ich sie in der Luft zerreißen. Na warte, Ella Montanaro. Wir sprechen uns noch! Ich gurke hier zwei Stunden durch den Fieselregen und schreie mir die Seele aus dem Leib. Und Du kommst in einer Seelenruhe daher gelatscht und tust, als wäre Dein Verhalten völlig normal.

»Steig auf!«, knurre ich und halte ihr meinen Helm hin.

»So bestimmt nicht! Da bekomme ich ja Angst! Ich freue mich übrigens auch, Dich zu sehen.« Dieses Lächeln. Von einem Ohr zum anderen. Als hätte sie in den letzten Stunden eine neue Bewusstseinsebene erreicht. Dass dem nicht so sein kann, zeigt ihre Körperhaltung mehr als deutlich. Ihr Haar hängt genauso feucht an ihr herunter wie ihre Kleidung. Trotzdem strahlt sie diese gewisse Würde aus, die sie immer umgibt.

Jeder andere Mensch würde sie vermutlich bewundern. Allerdings bin ich nicht jeder. Ich könnte platzen! Sie in der Luft zerreißen! Ihr eine riesige Szene machen! Oder sie einfach ignorieren und umkehren. Heim fahren, mich dumm stellen und behaupten, ich hätte sie nicht gefunden.

»Tut mir leid, Prinzessin, dass ich den roten Teppich ausnahmsweise vergessen habe. Sonst habe ich ihn immer dabei, wenn ich mich in der Nacht auf die Suche nach verlorengegangenen Frauen machen muss.«

»Hat doch niemand gesagt, dass Du mich suchen sollst.«

»Wenn Du meine Eltern als *niemand* ansiehst, hast Du recht. Schwing Dich jetzt endlich auf das verdammte Motorrad!«

»Nicht in DEM Ton! So mache ich überhaupt nichts!«, knurrt sie und funkelt mich wütend an. Ich runzle die Stirn. Diese Frau … Warum hilft mir denn niemand?

»Wie alt bist Du? Drei Jahre?«

»Achtunddreißig. Was willst Du überhaupt von mir?«

»Was ich von Dir will?«

Ich schalte den Motor aus, springe von der Maschine und schmeiße sie mit Schwung in den Sand. Mir egal, ob sie nachher noch anspringt. Zu voller Größe aufgerichtet, baue ich mich vor ihr auf. Meine Augen schießen Pfeile. Sie duckt sich und lässt mich nicht aus den Augen. Scheinbar jagt meine drohende Haltung ihr einen Schreck ein. Obwohl uns die Dunkelheit mittlerweile fast vollkommen verschluckt, sehe ich, dass die Farbe aus ihrem Gesicht weicht. Ihre Wangen sind weiß wie der Vollmond, wenn er hoch am Himmel seiner Bahn folgt.

»Du willst wissen, was ich von Dir will?«, knurre ich und hebe meine Hand. Sie zieht den Kopf ein und starrt mich aus weit aufgerissenen Augen an. Ihre Haare wackeln. Ein eindeutiges Zeichen, dass sie zittert. Mein Herz klopft bis zum Hals. Wut und Sorge, Angst und … Mist … Verdammte Axt, Herz gib endlich Ruhe. Zärtlich lege ich meine Hand um ihren Nacken. Ich komme ihr immer näher. Sie weicht zurück, bis eine Mauer aus Feldsteinen in ihrem Rücken eine weitere Flucht unmöglich macht. Meine Lippen pressen sich auf ihre. Sie öffnet ihren Mund, empfängt meine Zunge, kämpft mit mir. Tiefes Seufzen. Lautes Stöhnen. Hektisch fahren ihre Hände über meinen Rücken. Sie stöhnt. Und presst sich an mich.

Meine Hand schiebt sich unter ihr Oberteil. Heißer Schweiß, vom Regen feuchte Haut, was für eine Kombination. Lautes Stöhnen huscht über meine Lippen, als ihre Hand meine Brust berührt. Ich schiebe mein Bein zwischen ihre Schenkel und dränge mich noch enger an sie. Sie keucht. Abgehackt und atemlos.

Mit einem schnellen Ruck schiebt sie ihre Hand unter den Bund meiner Jeans. Ich stöhne und jammere. Nicht aufhören. Bitte nicht.

Die Musik von Michael Flatley hämmert ihren Weg von meiner Tasche in meinen Kopf. Zitternd japse ich nach Luft und weiche zurück. Meine Wangen fühlen sich heiß an. Bestimmt leuchte ich wie eine Tomate kurz vor dem explodieren.

»S … So sorry.«, keuche ich. Meine Hände zittern. Ihre Mundwinkel verziehen sich zu einem Grinsen. Wie ich dieses Grinsen liebe. Liebe? Moooment. Irgendetwas läuft hier … Ich spüre ihre Hand an meinem Po. Keine zehn Sekunden später wackelt sie mit meinem Handy vor meinen Augen.

»Telefon.«, seufzt sie und schaut mich an. Ihr Blick eine Herausforderung. Ihre Augen kämpfen mit meinen. Noch ist unklar, wer von uns beiden als Siegerin den Ring verlassen wird.

»Mum!«

»Ella ist immer noch nicht da! Was machen wir denn jetzt?«

»Beruhige Dich, Mum. Ich habe sie gefunden. Wir sind gleich daheim.«

»Na Gott sei Dank. Beeil Dich, Tara. Bei dem Wetter holt Ihr Euch da draußen noch den Tod.«

Es klickt in der Leitung.

»Und jetzt?«, fragt Ella atemlos. Ihr Blick bohrt sich in meinen. Ihre Augen sind mindestens eine Nuance dunkler als sonst.

»Jetzt fahren wir heim.«

»Und wenn ich nicht will?«

»Ella … Bitte … Was willst Du denn dann?«

»Da weitermachen, wo wir gerade aufgehört haben.«, antwortet sie mit krächzender Stimme. Mein Herzschlag rast. Und hämmert in meiner Brust.

»Tara … Ich will Dich … unbedingt. Bitte … «

Oh mein Gott. Wie soll ich ihr standhalten, wenn sie mich so anschaut – und mich anfleht, mit ihr zu schlafen? Ihre Kiefermuskeln arbeiten. Sie lässt mich nicht aus den Augen. Keine Sekunde.

»Meine Eltern warten.«, stottere ich überflüssigerweise.

»Sie werden es schon überleben, wenn wir ein paar Minuten später aufkreuzen. Du kannst doch erzählen, dass Dein Motorrad nicht angesprungen ist.«

Ihre Lippen legen sich auf meine. Erst jetzt spüre ich ihre Weichheit. Ihre Zartheit und die Wärme in ihrem Blick. Die Spitze ihrer Zunge streicht über meine Lippen. Meine Augen fallen zu. Ich will nur noch fühlen und mich fallen lassen. In ihren Armen.

»Komm.«, keuche ich abgehackt und greife nach Ellas Hand. Vorsichtig schiebe ich meinen Helm über ihr nasses Haar.

»Ich fahre vorsichtig, versprochen.«, flüstere ich leise. »Halt Dich einfach an mir fest, dann kann Dir nichts passieren.«

Kaum sitze ich auf dem Motorrad, fühle ich ihren Körper in meinem Rücken. Ihre Arme legen sich um meinen Bauch und schieben sich höher. Unterdrücktes Stöhnen huscht über meine Lippen.

»Äääh … «

»Schschsch.«, flüstert sie und fängt nun auch noch an, mich zu streicheln.

Ein lässiger Tritt auf den Kickstarter. War ja klar, dass das wieder nichts wird. Noch dazu mit Vorführeffekt. Ein weiterer Tritt und noch einer. Mein gellender Schrei zerreißt die Stille der Nacht. Sie zuckt zusammen.

»Was … was ist denn los?«

»Kickstarter … Schienbein …!«, jammere und stöhne ich. »Ich bin abgerutscht und der Starter ist gegen mein Schienbein geknallt.« Tränen treten in meine Augen.

»Soll ich es mal versuchen?«, fragt sie und schiebt sich vom Sattel.

»Ich denke, Du kannst nicht fahren.« Ich schaue die Frau, die nun vor mir steht und mich herausfordernd anschaut, mit wahrscheinlich tausend Fragezeichen in den Augen an.

»Ich will ja auch nicht fahren. Nur starten. Das kann doch wohl nicht so schwer sein. Mach Platz!«

»Wenn Du meinst.«, murmle ich und rutsche ebenfalls vom Sitz. Innerlich reibe ich mir schon die Hände. Der Kickstarter ist ein bockiges Teil und macht so gut wie nie, was ich von ihm erwarte. Soll sie sich doch abkämpfen, wenn sie meint, dass sie alles besser kann.

»Hier ist der Starter. Du musst treten, bis die Karre anspringt.«

Sie nickt. Und tritt. Tiefes Brummen. Lautes Lachen. Und mein blödes Gesicht.

»Siehst Du? Geht doch! Komm schon, Tara, lass uns fahren.«

Sie schiebt sich auf dem Sitz nach hinten und gibt den Platz für mich frei. Ihr Körper presst sich an meinen und ich bin mir ihrer Brüste in meinem Rücken mehr als bewusst. Heißer Schweiß strömt in Sturzbächen über meinen Rücken. Ich atme flach. Ich atme abgehackt. Und gebe Gas. Die Maschine macht einen kleinen Satz.

»Nennst Du das vorsichtig?«, schreit sie.

»Sorry. War keine Absicht.«

»Gibst Du immer so viel Gas?«, neckt sie und obwohl ich sie nicht sehe, weiß ich, dass sie lacht. Bilder von unserem ersten Aufeinandertreffen tauchen in meiner Erinnerung auf.

»Äh … «, brumme ich und falle in ihr Lachen ein.

Etwas weniger Gas gebend setze ich uns langsam in Bewegung.

9. Ella

Mein Körper sendet widersprüchliche Signale. Ich genieße Taras Nähe – ihren kraftvollen Körper an meinem. Gleichzeitig zittern meine Arme und Beine. Dieses wackelige Motorrad. Meine Hand tastet nach meiner Wange. Sie ist kalt. Bestimmt bin ich blass, wie immer, wenn ich Angst habe, oder mich vor etwas erschrecke. Taras Lippen auf meinen. Obwohl ihr Kuss am Anfang alles andere als zärtlich war, hat er mich so tief berührt, dass ich mehr davon will.

»Nur noch ein paar hundert Meter. Dann haben wir es geschafft.«, schreit Tara gegen den lauten Motor an. Dicke Regentropfen platschen auf das Visier des Helms. Sie legt sich in eine Kurve, während ich mich bemühe, sie nachzuahmen. Meine Bewegungen sind nicht rund. Eher ungelenk. Als wäre ich ein kleines Kind, das gerade seine erste Lektion auf dem Fahrrad erhält. *So viel anders als Radfahren ist das Motorradfahren nicht,* versuche ich mir einzureden. *Nur schneller.* Ich kann nicht sagen, wie froh ich bin, dass Tara so langsam fährt. Ganz allmählich kommt mir die Gegend wieder bekannt vor. Noch eine

Kurve, dann sind wir da. Ich hole tief Luft und lasse sie erleichtert wieder entweichen. Gott sei Dank. Heil angekommen.

»Da seid Ihr ja endlich!« Kaum hat Tara die Maschine abgestellt, reißt Máire die Tür auf, eilt auf uns zu und zieht erst Tara und dann mich an ihre üppige Brust. Als sie mich, gefühlte zehn Minuten später, endlich frei gibt, sehe ich die Erleichterung in ihren Augen.

»Tut mir leid. Ich wollte Euch nicht erschrecken.«, hauche ich mit zitternder Stimme. Und ich meine jedes Wort so wie ich es sage. Es tut mir wirklich leid. Als ich losgelaufen bin, habe ich nicht nachgedacht. Ich brauchte Luft und Zeit für mich. Musste in mich gehen und nachdenken. Was ich damit anrichten könnte, war mir keine Sekunde lang bewusst. Vielleicht hat Tara mit ihrer Behauptung, dass ich eine verwöhnte und egoistische Prinzessin bin, nicht so unrecht, wie ich mir selbst seit Tagen einzureden versuche.

Mein Verhalten war egoistisch. Und verantwortungslos. Tara hat den ganzen Tag Freunden auf ihrer Baustelle geholfen und statt sich ein warmes Bad gönnen zu können, musste sie in der Gegend herum fahren und mich suchen. Ich sollte langsam wirklich anfangen, mir ein paar Gedanken über mich selbst zu machen. Will ich wirklich so weitermachen? Mit den Fingern schnippen und warten, dass mir meine Wünsche von den Augen abgelesen werden? Oder sollte ich nicht doch lieber langsam lernen,

Verantwortung für mich und mein Handeln zu übernehmen?

»Du musst Dich nicht entschuldigen. Wir machen alle manchmal Sachen, die für andere nicht so einfach zu verstehen sind. Komm rein. Ich habe heiße Suppe auf dem Ofen.« Máire legt ihren Arm um meine Schulter und führt mich ins Haus. Meine Beine zittern, was weniger an der Kälte, als an Taras Blicken, die ich in meinem Rücken fühle, liegt. Sie folgt uns langsamer.

»Sorry, Mum. Ich bin nicht hungrig. Ich springe schnell unter die Dusche und gehe dann schlafen.«, sagt sie leise. Ihre Augen fangen meine Blicke auf und spielen mit mir. Sie zwinkert mir zu. Ist das jetzt eine Aufforderung, mich kurz zu fassen und ihr so schnell wie möglich zu folgen?

Ich kenne sie nicht gut genug, um ihre Gesten und ihre Mimik richtig zu interpretieren. Vielleicht will sie auch ihre Ruhe haben und ihr Kuss am Strand war nichts anderes als umgelenkte Aggression? Mein Herz wummert. Laut und hektisch.

»Okay, Schatz. Dann wärm Dich auf. Hab Dich lieb.« Máire zieht Tara an sich und haucht einen sanften Kuss auf ihre Stirn. Ich fühle mich wie benommen. Wann hat mich das letzte Mal jemand so innig geküsst und so viel Liebe und Wärme in einen Kuss gelegt? Der Anblick erinnert mich an meine Mutter. Als ich noch klein war, hat sie mich auch immer so geküsst. Mit der gleichen Sanftheit und Innigkeit. Gleich morgen rufe ich sie an. Ich muss sie sehen. Und mit ihr reden. Ihr sagen, dass ich sie liebe. Und ihr zeigen, wie dankbar ich bin, dass sie immer für mich da ist.

Máire wendet sich mir zu und fordert mich auf ihr zu folgen. Ich schaue von ihr zu Tara. Mein Blick verfängt sich mit ihrem. Ob sie die unausgesprochene Frage versteht? Sanftes Lächeln huscht über ihre Lippen. Sie deutet ein Nicken an, dreht sich dann aber um und geht langsam die Treppe hinauf. Etwa extra langsam? Das Blut rauscht durch meine Adern. Meine Blicke heften sich an ihren Körper, streichen über ihren athletischen Rücken und den knackigen Hintern. *Tief durchatmen, Ella. Ganz tief durchatmen.*

»Sie gefällt Dir, was?«, murmelt Taras Mutter dicht an meinem Ohr.

»Äh. Hmh?« Ich schlucke hart und starre ertappt zu Boden.

»Tara.«, erklärt sie überflüssigerweise und folgt meinen Blicken.

»Hmh.«

»Du musst nichts sagen. Manchmal sagen Blicke sowieso viel mehr als jedes Wort. Gib ihr ein paar Minuten. Sie hat einen harten Tag hinter sich.«

Máire öffnet die Küchentür und lässt mich vor ihr eintreten. Mein Po hat noch nicht einmal richtig den Stuhl berührt, als sie schon einen dampfenden Teller auf dem

Tisch abstellt. Sie setzt sich zu mir und legt ihre Hand auf meine.

»Iss. Das wird Dir gut tun. Und dann schlüpfst Du aus den nassen Kleidern.«

»Máire, darf ich Dich was fragen?«

»Willst Du wissen, ob ich Dir mein okay gebe? Solange Du Tara nicht das Herz brichst … «

»So … Das … meinte ich eigentlich nicht. Ich wollte Dich fragen, ob ich meine Mutter … Ich hätte sie gerne hier.«

»Ach so. Ruf sie ruhig an.« Sie schaut mich an. Mit ihren großen dunklen Augen. Bilde ich es mir nur ein, oder grinst sie tatsächlich ein bisschen?

»Hat Dir die Zeit nur für Dich gut getan?«

»Ja.«, antworte ich vorsichtig. Wie soll ich ihr erklären, was ich gefühlt habe und immer noch fühle? Sie muss mich doch für bekloppt halten, wenn ich ihr sage, dass ich plötzlich so etwas wie inneres Ankommen gefühlt habe. Und Ruhe, wie ich sie noch nie zuvor erleben durfte.

»Das freut mich. Wenn Du willst, kannst Du bei Gelegenheit gerne auf mich zukommen. Möchtest Du noch einen Teller?«

Ich schüttle den Kopf und obwohl ich mir sicher bin, dass ich nur ganz unauffällig zur Tür schiele, lächelt sie wissend und tätschelt meine Hand.

Mit dem Duschtuch unterm Arm gehe ich ins Bad. Kurz duschen und dann … Erstaunlich, wie schnell man warm wird, wenn die Gedanken die richtige Richtung einnehmen. Während der heiße Strahl der Dusche über meinen Rücken plätschert, ziehen vor meinen Augen Bilder vorbei, die mich erschauern lassen. Tara nackt. Sie windet sich. Unter mir. Und fleht um Erlösung. Sie presst ihren heißen Körper an meinen und …

Hektisch wasche ich Shampoo und Duschgel ab, springe mit einem Satz aus der großen Duschkabine und rubble mich trocken. Meine Haare sind noch feucht. Soweit ich mitbekommen habe hat Tara ein Faible für langes Haar, das das Gesicht mit feuchten Strähnen einrahmt. Voller Vorfreude verlasse ich das Bad. Vor ihrer Tür bleibe ich stehen.

Alles dunkel? Alles still? Schläft Tara etwa schon? Enttäuschung steigt in mir auf und kratzt an meinem Ego. Es ist mir noch nie passiert, dass eine Frau, kurz bevor sie die Möglichkeit hat mit mir zu schlafen, einfach einschläft.

»Aaaaaah!«, höre ich Taras Stimme aus ihrem Zimmer. »Au! Verdammt … e Axt!«

Sie stöhnt und ächzt. Soll ich oder soll ich lieber nicht? Tara will immer stark sein. Ich bin mir nicht sicher, ob sie möchte, dass ich sie mit schmerzverzerrtem Gesicht sehe.

Deshalb überlege ich hin und her, ob ich klopfen oder doch lieber in mein Zimmer gehen soll.

»Tara?«, frage ich leise. »Brauchst Du Hilfe?«

»Aaaaaah!« Hilflos starre ich die Tür an. Ihr Stöhnen geht mir durch und durch. Ich will nicht, dass sie leidet – und noch weniger will ich, dass ich einer der Gründe dafür bin.

»Tara! Ich komme jetzt rein.«, rufe ich, sammle meinen Mut zusammen und finde mich in einem gemütlichen Schlafzimmer wieder. Okay, das ist mal ein Bett. Locker fünf mal zwei Meter. Wahnsinn. Beeindruckt bleibe ich stehen.

»Tara?«

»Hier! Hier bin ich. Hinter dem Paravent am Fenster. Ich wollte das Fenster schließen und … Aaaaauaaa!«

»Bist Du angezogen?«

»Nicht so richtig.«

»Kann ich trotzdem … ?«

»Ja Mann! Bitte! Ich komme nicht mehr hoch.« Sie stöhnt und ächzt. Zarte Röte streicht über meine Wangen. Tara leidet und ich denke an … Sex?!? Sie braucht Hilfe und keinen Karnickel, der über sie herfällt. Ich fächle mir Luft zu und springe mit wenigen Schritten hinter den Paravent. Wie ein Schlückchen Wasser in der Kurve hängt Tara über einem niedrigen Regal. Ihr Gesicht ist schmerzverzerrt. Trotzdem versucht sie sich an einem Lächeln.

»Bin halt doch keine zwanzig mehr.«, murmelt sie vor sich hin. Sie schaut mich nicht an, was wahrscheinlich auch besser ist. Ein kurzer Blick in meine Augen würde mich verraten. Ich will sie. Seit Tagen kann ich an nichts anderes mehr denken. Meine Wangen glühen. Sie trägt nur leichte Shorts, ihr Oberkörper ist nackt.

»W … Wie … kann ich Dir … äh … helfen?«, stottere ich und weiß nicht, wohin ich als erstes schauen soll. In ihre schmerzvoll aufgerissenen Augen? Auf die rötlichen Wangen? Ihre Brü … *Nein. Ella. Schau woanders hin! Sofort!* Ich mahne mich selbst zur Ruhe, was mit Lambada tanzenden Hormonen nicht wirklich einfach ist. Ihre festen Brüste springen mir förmlich entgegen. Ich unterdrücke ein tiefes Stöhnen, das sich langsam den Weg von meinem Bauch nach außen sucht.

»Du musst mich stützen, bitte.«, jammert sie und schaut mich hilflos an.

Okay, Ella. Nur helfen. Nicht mehr. Nur helfen. Wie ein Mantra bete ich die immer gleichen Worte still vor mich hin. *Nur helfen.*

Mit aller Macht reiße ich mich von den nackten Tatsachen los und überwinde den letzten Schritt, der uns noch trennt. Meine Hand zittert. Nackte Haut unter meiner Hand. Sie stöhnt und dreht mir ihr Gesicht zu.

»Ganz langsam, Tara.«, flüstere ich und führe sie mit kleinen Schritten Richtung Spielwiese.

»Aaaaaah! Ooooooh! Fuck!«, schimpft sie. Obwohl sie mir leid tut, gurgelt lautes Lachen in meinem Hals. Da soll noch mal jemand behaupten, ich wäre eine schwierige Patientin. Im Vergleich zu Tara bin ich ein liebes Mädchen – jedenfalls wenn ich krank bin oder Schmerzen habe.

»Nur noch ein paar Schritte, dann hast Du es geschafft.« *Und ich auch,* führe ich den Satz in Gedanken fort. Je früher ich sie loslasse, desto besser. Meine Hormone tanzen sowieso schon wie Rumpelstilzchen ums Feuer.

»Möchtest Du eine Massage?«, fragt mein Mund völlig losgelöst von meinem Hirn. Entsetzt schlage ich die Hand vor meinen Mund. Meine Wangen fühlen sich heiß an.

»Äh … Warum nicht? Kannst Du denn massieren?«

»Klar. Hast Du irgendwo Öl? Dann gleiten die Hände besser.«

Tara verzieht ihre Mundwinkel zu einem schiefen Grinsen. Ich weiß, dass sie weiß, dass ich an etwas völlig anderes als reines Muskelkneten denke.

»Ist aber nicht so wichtig. Geht auch ohne.«

»Neee, passt schon. Im Schränkchen neben dem Bett stehen ein paar Flaschen. Such Dir was aus.«

Meine Augenbrauen zucken. Mehrere Flaschen gleich. Madame steht also auf Massagen. Gut zu wissen.

Unentschlossen hole ich ein Fläschchen nach dem anderen aus dem Schränkchen. Unter den meisten Bezeichnungen kann ich mir nicht viel vorstellen. Wie riecht Sandelholz? Ylang Ylang klingt reizvoll. Das Fläschchen in meiner Hand zittert.

»Hast Du was gefunden?«

»Ylang Ylang.«

Erstaunt stelle ich fest, dass Tara tief Luft holt.

»Magst Du das?«

»Mögen? Machst Du Witze? Ich liebe es. Kennst Du Ylang Ylang?«

»Nicht wirklich. Warum?«

»Och … Nur so.«

»Tara O`Neill!«

»Wenn Du ärgerlich bist, musst Du schon Tara Máiréad O`Neill zu mir sagen.«

»Okay, Tara Máiréad O`Neill, warum fragst Du?«

»Weil Ylang Ylang eine besondere Fähigkeit nachgesagt wird.« Wenn ich Taras bebende und tiefe Stimme richtig interpretiere, beschleicht mich eine leise Ahnung. Trotzdem frage ich nach.

»Aha. Und sagst Du mir auch welche?«

»Bist Du sicher, dass du es wissen willst? Gut, okay … Leute, die Ahnung von ätherischen Ölen haben, bringen Ylang Ylang mit … ähm … Erotik in Verbindung.«, erklärt sie leise, während die Hitze gnadenlos über meine Wangen streicht. Mein Herz pumpt das Blut so schnell durch meinen Körper, dass ich das Gefühl habe, in meinem Kopf statt Hirnzellen nur noch Watte zu haben. Und Hormone. Jede Menge verrückt spielender Hormone.

Wie lange dauert es eigentlich, bis Blut kocht und was passiert dann?

Sobald ich wieder Zuhause in New York bin, werde ich einen Arzt konsultieren. Irgendetwas passt mit mir nicht. Seit ein paar Tagen erröte ich so oft, wie noch nie zuvor. Vielleicht passt irgendetwas mit meinem Blutdruck nicht? Vielleicht spinnt auch die Wärmeregulierung meiner Haut? Könnte natürlich auch sein, dass meine Hormone sich schuldig für mein Dilemma bekennen müssen.

In Taras Schränkchen befanden sich rund fünfzehn Ölfläschchen und ich Glückskind erwische – natürlich – ausgerechnet das richtige. Das ist wieder so typisch für mich.

»Hinlegen!«, kommandiere ich, bevor Tara merkt, was ihre Worte mit mir anrichten.

»Auf den Bauch.« Tara kichert leise und dreht sich mit einem dumpfen Stöhnen um. Der kurze Blick auf ihren flachen Bauch und die süßen Brüste hat trotzdem ausgereicht, um dem letzten Funken Verstand, der in meinem Kopf noch für so etwas ähnliches wie Klarheit hätte sorgen können, den Garaus zu machen. Ich bin mir sicher, dass in meinen Augen ein Feuer lodert. Und Tara hat es bemerkt. Jede Wette. Schließlich hat sie Rückenschmerzen und keine Verletzung an den Augen. Was mache ich denn jetzt? Eine flüchtige Entschuldigung stammeln und versuchen, hoch erhobenen Hauptes ihr Schlafzimmer zu verlassen? Kommt ja überhaupt nicht in

Frage. Ich bin ein Alpha-Tier und Alpha-Tiere lassen sich doch von so einer Kleinigkeit nicht aus der Ruhe bringen. Ich muss nur versuchen, die Kontrolle über meine Hormone zu bekommen. Doch genau da liegt der Hase begraben. Wie kontrolliert man Hormone, wenn das Herz macht was es will und den Zugriff auf das Gehirn verwehrt?

»Wo tuts denn überall weh?«, frage ich und bemühe mich um eine möglichst unbeteiligt klingende Stimme.

»Frag lieber, wo es nicht weh tut.«

»Also, wo tuts nicht weh?«

»Mein kleiner Zeh ist okay, denke ich.«, murmelt sie, während sie versucht eine einigermaßen bequeme Position zu finden. Meine Blicke gleiten über ihre Rückseite, tasten jedes Fleckchen Haut ab. Natürlich nur, um sicher zu stellen, dass sie keine äußeren Verletzungen hat.

»Liegst Du bequem?« Meine Stimme bebt und zittert. Mein Herz legt kleine Sprünge ein. Und mein Hirn? Ist wegen Überhitzung abgeschmiert.

»Mhmmmm … «, brummelt sie und saugt hörbar die Luft in ihre Lungen. Meine Hände zittern immer noch. Wie in aller Welt soll ich sie richtig massieren, wenn sich meine Augen ständig Richtung Po bewegen?

Todesmutig halte ich die Flasche über ihren Rücken. Mein Brustkorb hebt und senkt sich hektisch. Wie gut, dass sie mich nicht sieht. Tara ist nicht blöd. Bestimmt ahnt sie zumindest etwas von den verrückten Gedanken und Ideen, die mir durch den Kopf schießen.

»Kalt!«, quiekt sie und zuckt zusammen.

»Bleib liegen!«, ordne ich an. »Sonst kann ich Dich nicht massieren.«

Wie ferngesteuert verteilen meine Hände das Öl über Taras Rücken. Mir ist schleierhaft, wozu sie dieses Öl braucht. Ihr nackter Körper strahlt allein schon so viel Erotik aus, dass ich, wäre ich die Frau an ihrer Seite, garantiert keine Hilfsmittelchen wie Ylang Ylang benötigen würde.

»Mhmmm … «, seufzt sie. Mein Herz macht einen Hüpfer. Wie atemberaubend schön muss es erst sein, wenn sie aus einem anderen Grund seufzt.

»Ähm … Ella … Da tut es eigentlich nicht wirklich weh.«, brummt sie mit tiefer Stimme. Vorsichtig öffne ich die Augen, die ich für einen kurzen Augenblick geschlossen hatte, und halte inne. Meine rechte Hand hat sich doch tatsächlich zwischen ihre Beine gemogelt, während meine linke über ihren Po streichelt.

Ihr Seufzen mischt sich mit meinem.

»Am meisten schmerzen meine Schultern.«

»Und wie soll ich die anständig erreichen?«, frage ich und bemühe mich, das Stöhnen nicht über meine Lippen schlüpfen zu lassen.

»Du kannst Dich auf meinen Po setzen. Dann erreichst Du die Schultern besser.«, erklärt sie und klingt dabei völlig neutral. Wie macht sie das nur? Ihr Blut muss doch auch durch ihren Körper jagen. Wie schafft sie es da, so ruhig und abgeklärt zu bleiben?

»Äh … «

»Ich beiße nicht.«

Das Stöhnen, das nun doch den Weg über meine Lippen findet, klingt tief und animalisch. Überhaupt nicht nach mir. Es ist nicht so, dass ich prüde bin oder so. Ganz bestimmt nicht. Aber das, was ich hier gerade empfinde, geht weit über das, was ich normalerweise zulasse, hinaus. Taras Worte berühren mich tiefer, als jede Frau, mit der ich jemals geschlafen habe, es vermochte.

»Bist Du sicher?«

»Dass ich nicht beiße? Nein.«

»Ääh.«

»Probiere es doch einfach aus, dann wirst Du es schon merken.«

Sie fordert mich heraus. Mit ihrem nackten Körper und mit dem, was sie sagt – und vor allem, wie sie es sagt. Jedes ihrer Worte wird von tiefem Seufzen begleitet.

Ich schwinge erst ein Bein auf das Bett und dann das andere. Heiße Feuchtigkeit breitet sich zwischen meinen Schenkeln aus. Die Luft um mich herum steht in Flammen. Anders kann ich mir die Hitze in meinem Körper nicht erklären. Wenn ich nicht aufpasse, komme ich, obwohl ich Tara nur massiere.

Bevor sie noch einen schnippischen Kommentar fallenlässt, greife ich kraftvoll in ihre linke Schulter. Sie stöhnt. Vor Schmerzen? Vor Lust? Wahrscheinlich eine Kombination aus beidem. Natürlich lässt mich das nicht kalt.

Ich will gerade noch ein paar Tropfen des Ylang Ylang Wunderöls auf ihrem Rücken verteilen, als ich mich plötzlich nicht mehr in sitzender Position vorfinde. Ich liege. Auf der Matratze und sie hockt auf meinem Bauch. Ihre Augen funkeln. Ihre nackten Brüste recken sich mir entgegen.

»Wenn Du nicht gleich Deine Klamotten ausziehst, helfe ich nach.«, brummt sie. Meine Augen versinken in ihren. Ich fühle mich hilflos. Kontrollverlust auf ganzer Linie. Ausgeliefert fühle ich mich auch.

Tara beugt sich über mich.

Ich schwitze. Ich friere. Ich löse mich auf unter ihren Händen. Ihr Gesicht kommt meinem immer näher.

Weiche Lippen berühren meine. Ich bin verloren. Für alles, was jetzt noch kommt, kann mich niemand zur Rechenschaft ziehen. Ich kann nichts dafür, wenn mein Körper die Regie übernimmt und sich nimmt, wonach ihm ist. Meine Lippen öffnen sich und als ihre Zungenspitze meine berührt, bin ich es, die am lautesten stöhnt.

»Du bist so sexy. Und athletisch. Und … «, brumme ich in einer Stimmlage, die mich dann doch eher an das Grunzen eines kleinen Schweinchens erinnert. Tara hat tatsächlich einen angedeuteten Sixpack. Nicht so ausgeprägt, dass er übertrainiert aussieht, sondern klar definiert und einfach … wunderschön.

Ich strecke meine Hand aus und streiche ihr eine Strähne aus der Stirn.

»Was ist mit Deinen Rückenschmerzen?«

»Die habe ich vergessen. Zieh Dich bitte aus.«

Zaghaft nickend schiebe ich mich unter ihr hervor. Von wegen arrogant. Sobald es darum geht, mich nackt zu präsentieren, schrumpft mein Selbstbewusstsein auf die Größe eines Reiskorns.

Gefällt ihr, was sie sieht? Oder dreht sie sich angewidert ab? Vielleicht lacht sie mich auch aus? Sie hat einen klar definierten und wunderschönen athletischen Körper. Meiner schaut minimal anders aus. Statt klar definierter Muskeln ziert meinen Körper ein klar definiertes Röllchen um meinen Bauchnabel, das, wenn ich länger hier bleibe und Máires hervorragende Küche weiterhin so ausgiebig genieße, bald kein Röllchen mehr, sondern eine Ganzkörperrolle ist. Im Gegensatz zu ihren wachsen meine Brüste unaufhaltsam immer weiter Richtung Boden. Mein Po ist auch nicht so wohlgeformt wie ihrer. Ich weiß, dass es nicht gut für mein Selbstbewusstsein ist, wenn ich mich mit ihr vergleiche. Aber … hallo? Wie soll ich mich mit so einem Körper nicht vergleichen?

Früher habe ich immer so lustige Bauch-Weg-Hosen getragen, aber spätestens beim Auspacken kommt ja sowieso die Wahrheit in Form einer heraus hüpfenden Speckrolle ans Licht. Also habe ich andere Möglichkeiten gesucht und gefunden. Ich schlucke und scharre mit dem Fuß über den Boden.

»Brauchst Du Hilfe?«, neckt sie mich. »Oder hast Du es Dir anders überlegt?«

Zaghaft schüttle ich den Kopf. Natürlich nicht. Es wäre mir nur wesentlich angenehmer, wenn jemand das Licht ausmachen würde. Dann würde sie mein Röllchen und meine etwas zu groß geratenen Brüste zwar fühlen, aber nicht sehen.

Als hätte sie meine unausgesprochenen Wünsche gehört, springt sie splitterfasernackt durch ihr Schlafzimmer, löscht das Licht und zündet in aller Seelenruhe mindestens zwanzig Kerzen an.

Ich drehe mich um und wende ihr den Rücken zu. Langsam ziehe ich das Shirt über meinen Kopf. Sie bleibt stehen. Und betrachtet mich. Ihr Atem beschleunigt sich. Meiner setzt aus. Meine Beine zittern. Ebenso meine Arme. Langsam setzt sie sich in Bewegung und kommt auf mich zu. Ich schnappe nach Luft. Gleich ist sie da. Gleich berührt sie mich. Gleich … küsst sie mich. Gleich … schmeckt sie mich. Gleich schläft sie mit mir.

Ich fühle mich so unsicher, als hätte ich noch nie mit einer Frau geschlafen. Habe ich auch nicht. Jedenfalls mit keiner wie Tara.

Ich zucke zusammen. Sie hat kalte Hände. Ihre Lippen berühren meine Schulter. Heißer Atem auf meiner Haut. Meine Muskeln zucken. Kleine Pünktchen verteilen sich über meinem Körper. Ich wimmere. Und seufze. Und stöhne. Ihre Brüste streifen meinen nackten Rücken.

»Was ist mit den Hosen?«, fragt sie mit bebender Stimme. Ich kann mich nicht bewegen. Nicht sprechen. Und am allerwenigsten kann ich selbst meine Hosen ausziehen. Als ob es nicht reicht, dass mein Hirn sich verabschiedet hat, hat es auch gleich noch die Muskeln mitgenommen. In meinen Armen und Beinen befindet sich nur noch Wackelpudding.

Wie von Geisterhand geführt, gleiten meine Hosen über meinen Po. Kalte Luft strömt über meine Haut. Ich erschauere. Und zittere. Und bin wie Wachs in ihren Händen.

»Du riechst gut.«, raunt sie.

Fahrig streichen ihre Hände über meinen Bauch, berühren meine Brüste. Lautes Stöhnen entweicht meiner Kehle. Wie auf Kommando recken sich meine Brustwarzen ihren Händen entgegen. Ich presse meinen Körper an ihren. Kein Blatt passt mehr zwischen uns. Heiße Schweißtropfen finden ihren Weg über meinen Rücken.

»Deine Haut ist so weich. Wie Seide. Oh, Ella … «

Es reicht. Ich kann nicht mehr. Nicht so. Ihre Hand krabbelt zwischen meine Schenkel. Streichelt mich ungestüm. Mit einem Ruck drehe ich mich um, greife nach ihr und schmeiße mich mit ihr in das breite Bett.

Ich bin ein Alpha-Tier und Alpha-Tiere liegen niemals unten.

10. Tara

Sie ist wild. Sie ist fordernd. Sie presst sich an mich. Ihre Hände … Ihre Zunge … Sie nimmt mich ein. Mit allen ihr zur Verfügung stehenden Mitteln. Sie ist ein Alpha-Tier. Ich bin auch ein Alpha-Tier und Alpha-Tiere liegen niemals unten. *Das könnte spannend werden,* ist das letzte, was ich denke.

Stechender Schmerz zuckt durch meinen Rücken. Ich stöhne. Vor Schmerzen. Und Lust. Ihre Hände sind überall gleichzeitig. Schalten den Schmerz aus.

Ihr Po. Meine Hände. Mit einem Ruck drehe ich uns um – und liege oben. Alpha-Tier, sag ich doch.

Sie wehrt sich, fängt an, mit mir zu rangeln. Wir wälzen uns über das Bett. Atemlos. Seufzend. Und laut stöhnend. Mein Knie berührt ihre Mitte. Sie hält inne. Reißt die Augen weit auf und schaut mich an. Hektisches Nicken. Süß, wie ihre Wangen rot anlaufen. Meine Hände sind überall gleichzeitig. Ich werde sie einnehmen. Bis sie vergisst, dass sie ein Alpha-Tier ist.

Ihre Zähne knabbern an meiner Haut. Ich seufze wohlig. Meine Hand gleitet zwischen ihre Schenkel, schiebt sie etwas weiter auseinander. Die Spitzen meiner Finger berühren weiche Haut, heiße Haut. Sie biegt ihren Rücken durch und hebt ihren Po.

Schon komisch, wie schnell der Wille, sich Zeit zu lassen, sich in Luft auflöst, wenn die Frau, die ich will, sich unter mir windet. Ich liebe es, wenn Frauen sich unter mir winden.

Mein Kuss ist hart. Und fordernd. Meine Finger sehr direkt. Zarte Weichheit empfängt mich. Und Feuchtigkeit. Sie ist bereit. Für mich. Sie wird mich in sich aufnehmen. Mir entgegen kommen. Für einen kurzen Augenblick öffne ich die Augen. Schaue sie an. Wie schön sie ist. Wie weich. Wie anschmiegsam. So ganz anders, als sie sich sonst immer gibt. Sie ist rein. Und pur. Ohne Schnörkel oder Maskeraden.

»Alles okay?«, flüstere ich.

»Mach weiter. Bitte.«, bettelt sie. In ihren Augen unausgesprochenes Flehen.

Von ihren Worten und ihrem Stöhnen angespornt schiebe ich meine Hand noch etwas weiter. Sie öffnet sich. Für mich. Lautes Stöhnen schlüpft aus meiner Kehle. Ich will sie so sehr. Seit ich sie das erste Mal gesehen habe will ich sie. Nackt und pur. Und ich will hören, wie sie meinen Namen haucht.

»Tara. Bitte. Tara.«

Da ist es. Das Signal, auf das ich gewartet habe. Aus ihrem Mund klingt mein Name wie eine Verheißung, wie ein Schwur an die Dunkelheit der Nacht. Sie wird mich nicht enttäuschen und ich werde sie auch nicht enttäuschen. Ich werde ihr geben, wonach sie verlangt. Und ich werde ihr zeigen, dass auch Alpha-Tiere unten liegen und sich dabei wohlfühlen können.

Meine Hand liegt in ihrem Schritt. Ruhig. Bewegungslos. Ich warte ab. Sanftes Lächeln huscht über meine Lippen. Ich wusste es. Sie kann nicht warten.

Mit einem Ruck bäumt sie sich mir entgegen. Mein Finger gleitet in sie, tiefer als ich jemals eine Frau berührt habe.

»Mehr!«, stöhnt sie. Sie wartet nicht. Ihre Hand greift nach meiner. Schiebt einen zweiten Finger in sich hinein. Ihre Bewegungen sind schnell. Ich atme abgehackt.

Sie bäumt sich auf, rutscht mir entgegen. Meine Zunge in ihrem Mund, meine Finger in ihrem Schoß. Ich passe mich ihrem Rhythmus an. Immer schneller. Immer fester. Sie treibt mich zu Höchstleistungen an. Ihre Nägel krallen sich in meine Schultern. Schweiß rinnt über meinen Rücken. Zwischen meinen Beinen heiße Feuchtigkeit.

»Ich komme gleich.«, stöhnt sie. Wie nett, dass sie mich darauf hinweist. Ich liebe es, Frauen dabei zuzuschauen.

Sie stöhnt hektisch. Presst ihren Körper noch enger an meinen. Meine Brustwarzen reiben auf ihren. Ich öffne meine Augen.

Sie keucht. Und flüstert meinen Namen. Ein spitzer Schrei. Sie bäumt sich unter mir auf, wirft mich fast ab.

Dann sackt sie in sich zusammen. Ich lächle sie liebevoll an.

»Du bist wunderschön, wenn Du kommst.«, flüstere ich atemlos.

»Ach ja? Bin ich das? Jetzt will ich aber auch sehen, wie DU kommst.«

Sie greift nach meinem Po und rollt mich unter ihren heißen Körper. Ich bin so scharf, dass ich garantiert nur ein paar Sekunden brauche. Sie ist gut. Und sie weiß, was gut tut. Mit einem harten Ruck drückt sie meine Schenkel auseinander. Sie nimmt drei Finger auf einmal. Und dringt in mich. Ich schreie. Und japse. Und dränge mich an sie.

Meine Lippen pulsieren. Sie ist nicht besonders sanft. Lässt mich spüren, dass sie ein Alpha-Tier ist – genauso wie ich. Ihre Finger gleiten tief in mich, ihre Zunge in meinen Mund. Ich stöhne. Und bäume mich auf.

Sie lächelt liebevoll.

»Wow. Das ging ja flott.«, neckt sie mich. »Und ich dachte schon, ich wäre rekordverdächtig.«

Schon erstaunlich, wie schnell eine Nacht vergeht. Ella treibt mich an. Ich treibe sie an. Wir tragen uns gegenseitig, werfen uns über die Klippe und fangen uns auf.

Wann hatte ich eigentlich das letzte Mal so guten Sex?, frage ich mich, als ich kurz vor Sonnenaufgang in ihren Armen liege und die Ruhe ihrer Nähe genieße.

Die Sonne startet schon in den neuen Tag, als ich mit einem breiten Grinsen im Gesicht einschlafe.

Guten Morgen, Ella.«, flüstere ich, gefühlte zehn Stunden später. Ein Lächeln huscht über meine Lippen. Was für eine Frau. Was für eine wundervolle und besondere Frau. Und ich durfte sie haben. Sie genießen. Mich in ihren Armen fallen lassen und sie auffangen, als sie sich fallen ließ.

Ich bin ein Glückskind.

Meine Fingerspitzen streicheln über weiche Haut. Wie schön sie ist. Ihr Gesicht ist wie gemalt. Das dunkle Haar, die blauen Augen. Zufrieden und weich schaut sie aus. Und überhaupt nicht mehr arrogant.

»Tara! Du musst aufstehen! Tara!« Ich rolle mit den Augen. Meine Mutter hatte schon immer das Talent, die schönsten und perfektesten Momente mit einem Wisch zu zerstören.

Ich zähle von zehn abwärts. Bei fünf rüttelt meine Mutter an der Tür. Äätsch. Abgesperrt. Zufrieden lehne ich mich zurück. Was auch immer sie von mir will kann warten. Ein paar Stunden mindestens. Ich bin beschäftigt.

»Tara! Aufstehen! Wir haben Besuch! Ich gehe Ella wecken!«

Mit lautem Ächzen und schmerzendem Rücken schiebe ich mich aus dem Bett. Die plötzliche Kälte auf meiner Haut lässt mich aufstöhnen.

Ich drehe den Schlüssel im Schloss um und öffne die Tür einen Spalt.

»Guten Morgen, Mum.«

»Du bist ja nackt.«

»Ja.«, sage ich und schüttle den Kopf. Ich kann mich nicht erinnern, wann ich das letzte Mal angezogen geschlafen habe. Außerdem liegt eine wunderschöne Frau in meinem Bett. Sie weiß es vielleicht noch nicht, aber ich weiß, dass sie schon jetzt darauf wartet, dass ich sie zum Frühstück vernasche. Und zum Mittagessen. Und Abendessen. Zum Mitternachtsmahl wäre auch nicht schlecht. Mein Herzschlag beschleunigt sich. Keine gute Idee, an Sex mit Ella zu denken, während meine Mutter vor der Tür steht und mit mir spricht. Jedenfalls versucht sie es. Ihre Worte erreichen vielleicht meine Ohren, was aber noch lange nicht heißt, dass ich ihren Sinn verstehe.

»Hörst Du mir überhaupt zu?«, fragt sie ärgerlich.

»Natürlich. Äh, was hast Du gesagt?«

»Tara Máiréad O`Neill.«, schimpft sie ungehalten.

»Mach Dich fertig. Ich gehe Ella wecken.«

»Äh … Nicht nötig. Das übernehme ich schon.«

»Aber Du bist nackt.«

Na und? Ich zucke mit den Schultern. Ungefähr genauso nackt wie Ella, die sich langsam unter der Decke regt. Ihr zufriedenes Seufzen jagt meinen Puls augenblicklich in die Höhe. Ich werde sie vernaschen. Jetzt gleich – und dann werden wir brav den Besuch empfangen. Solange wird, wer auch immer sich spontan entschieden hat, bei uns vorbeizuschauen, wohl noch warten müssen.

»Du hast zehn Minuten. Und zieh Dir was ordentliches an. Nicht die Gammelhosen, die Du sonst immer trägst.«

Meine Mutter dreht sich um und trampelt leise und grazil wie ein Elefant die Treppe hinunter. Warum ist sie eigentlich so sauer? Vor allem schon so früh am Tag? Ich kann mir keinen Reim darauf bilden, zucke lediglich mit den Schultern und gehe zum Bett.

Ich hauche einen sanften Kuss auf Ellas Lippen.

»Guten Morgen. Zeit zum aufstehen.«, flüstere ich.

Aus den zehn Minuten wird wohl nichts werden. Dafür sorgen Ellas Hände auf meiner nackten Haut.

Da bist Du ja endlich!«, schimpft meine Mutter und greift nach meinem Arm. Meine Schulter knackt. Stechender Schmerz zieht über den Nacken in meinen Kopf. Wie ein Hammer, der auf einen Amboss trifft und einfach nicht aufhören will, auf mich einzuschlagen.

»Haben wir es geschafft?«

»Was denn geschafft?«, knurrt sie.

»Na, die zehn Minuten. Du hast doch gesagt, dass wir zehn Minuten haben.«

»Von sechs mal zehn Minuten war nicht die Rede. Tara, ich glaube, Du solltest wissen, dass … «

»Oh, guten Morgen, Máire. Ich freue mich, Dich zu sehen.«, flötet Ella fröhlich. Ihre Augen leuchten mit meinen um die Wette. Auch ihr Grinsen ist mindestens so breit wie meines.

»Ella, Du hast Besuch.«, brummelt meine Mutter.

»Besuch? Ich? Aber ich kenne hier doch niemanden. Außer Euch, meine ich.«

»Geh schon mal vor ins Wohnzimmer. Tara und ich kommen gleich.«

Ich bin viel zu neugierig, um Ella allein vorgehen zu lassen. Wenn ich mich dem Besuch schon stellen muss, dann sofort.

Schwungvoll reiße ich die Tür auf und überlasse Ella, so wie es sich gehört, den Vortritt. So bin ich eben.

»Mum!«, ruft sie und läuft los. Ich reiße meine Augen weit auf. Na, das ist ja mal eine Nummer. Da kommt ihre Mutter – ihre Adoptivmutter besser gesagt – einfach vorbei und überrascht sie. Coole Frau. Sie ist mir schon jetzt sympathisch.

»Mum, das ist Tara.«, stellt Ella mich nach einer Umarmung vor.

»Wir … äh … Sie … äh … Ich … Egal. Jedenfalls ist das Tara. Tara, meine Mum.«

»Hallo Tara, schön, Dich kennenzulernen. Ich darf doch Du sagen?« Ich nicke schnell und reiche Ellas Mutter die Hand. Sie hat einen festen Händedruck. Und eine stolze Körperhaltung. Wüsste ich es nicht besser, könnte ich sie und Ella tatsächlich für Mutter und Tochter halten. Der Apfel fällt eben nicht weit vom Birnbaum. Die Augen von Ellas Mutter blitzen fröhlich. Sie schaut zufrieden aus. Überraschung geglückt, würde ich sagen.

Die Tür hinter mir öffnet sich. Erst als ich die Stimme einer jungen Frau höre, fahre ich herum.

»Ella!«, schreit die sündhaft junge Frau und rennt mich fast über den Haufen.

Wer ist das? Und was will sie hier? Was will sie von Ella?

Sie fällt um Ellas Hals, schmiegt sich an sie. Ich bin nicht blöd. Blind auch nicht. Aber vor allem kann ich eins und eins zusammenzählen.

Meine Gesichtszüge entgleiten.

11. Ella

Meine Gesichtszüge entgleiten. Ach Du scheiße. Wie kommt DIE denn hierher?

»Sh … Sh … Sharon! Was machst Du denn hier, Sharon?«

»Ich dachte mir, ich überrasche Dich einfach. Cool, oder?« Ja. Total cool. Noch blöder ist eigentlich nur, wenn man in einem Termin sitzt, seine Tage bekommt und merkt, dass man kein Tampon dabei hat.

Mein Kopf fährt herum. Meine Augen versinken in Taras. Sie schaut mich an. Das Blitzen und Glänzen ist schlagartig aus ihnen verschwunden. Ich könnte Sharon gerade … Vierteilen. Sie aufspießen, oder aus dem Fenster werfen. Mist verdammter.

Ich hätte Tara von ihr erzählen sollen. Und ihr überlassen, ob sie trotzdem mit mir schlafen will. Stattdessen habe ich mir genommen, wonach mir war. Ohne Rücksicht auf sie oder meine eigenen Gefühle zu nehmen.

Mein Herz pocht hektisch. Sharon hängt sich an meinen Hals. Presst ihre Lippen auf meine. Ich liebe es, wenn weiche Frauenlippen mich berühren und mich so küssen, dass mein Verstand sich in Luft auflöst.

Die falsche Frau an meinen Lippen ist allerdings eine Katastrophe. Ich muss mit Tara reden. Und dann mit Sharon. Und dann muss jemand Sharon zum Flughafen bringen, damit sie ihre Sachen aus meiner Wohnung holen und sich in einem Hotel einmieten kann. Auf meine Kosten natürlich.

Sharon klebt förmlich an meinen Lippen. Ich schaue Tara an. Versuche, mich ihr mit Blicken zu erklären und ihr zu sagen, dass sie die Situation nur teilweise richtig interpretiert. Natürlich merkt Sharon, dass ich nicht bei der Sache bin. Sie rückt von mir ab und folgt meinen Blicken.

»Warum hast Du nicht gesagt, dass Du vorhast, mich zu besuchen?«, frage ich tonlos.

»Nun denn, ich dachte mir, ich überrasche Dich und wie ich sehe, hätte ich keinen Tag später kommen dürfen.« Sharons Augen schießen Pfeile in Taras Richtung. Tara zuckt mit den Schultern, dreht sich um und geht. Wortlos. Und ohne Regung im Gesicht. Sie geht einfach. Hat ihr die letzte Nacht etwa doch nicht so viel bedeutet wie mir?

Sie ist ein Alpha-Tier. Alpha-Tiere geben doch nicht gleich auf, wenn ihnen der Wind den Sand ins Gesicht bläst. Hilflos starre ich die geschlossene Tür an. Ich schiebe Sharon von mir.

»Es wäre besser gewesen, Du hättest vorher angerufen.«

Meine Mutter schaut von Sharon zu mir und wieder zurück. Sie schüttelt den Kopf und lässt mich ebenfalls allein in meiner Not. Draußen höre ich sie mit Máire und Tara reden.

»Es tut mir so leid. Ich habe nicht gewusst, dass Du und Ella … Ich habe Sharon zufällig am Flughafen getroffen und da hat es sich angeboten, sie gleich mitzunehmen. Muss ja nicht sein, dass wir doppelt Taxi bezahlen. Aber wenn ich gewusst hätte … Tara, es tut mir leid. Wirklich.«

Eine Tür kracht – und ich fresse einen Besen, wenn das nicht Tara war. Lautes Fluchen und Schimpfen vor dem Fenster. Ihr Kickstarter scheint wieder andere Pläne zu haben als sie. Das ist meine Chance. Ich muss mit ihr reden. Sofort.

Sharon packt nach meiner Hand und zerrt mich in ihre Arme. Ihre Lippen auf meinen sind heiß. Meine eiskalt. Und bestimmt auch blau. Blutleer. Genauso fühle ich mich gerade. Leer. Als ob statt einer Frau ein Vampir an meinem Hals hängt und das letzte Schlückchen Lebensenergie aus meinen Adern saugt.

»Ich verzeihe Dir, mein Schatz.«, sagt sie und schaut mich gönnerhaft an. »Weil ich Dich über alles liebe.«

Mit einem Ruck schiebe ich sie zur Seite – und stürme zur Tür hinaus.

»Tara! Warte!«, rufe ich.

»Ich kann Dich nicht verstehen!«, schreit sie zurück und gibt extra so viel Gas, dass der Motor jedes Wort übertönt.

»Lass mich doch erklären!«, flehe ich verzweifelt.

»Da gibt es nichts zu erklären. Letzte Nacht hatten wir ein paar Stunden Spaß zusammen. Heute ist SIE da. Freu Dich doch. Und jetzt lass mich. Ich habe zu tun.«

Tara gibt Gas. Wie immer ein bisschen zu viel. Ihre Maschine macht einen kleinen Satz. Steinchen fliegen in alle Richtungen. Das Hinterrad schlingert. Und dann sehe ich nur noch das Rücklicht.

Mit hängenden Schultern schleiche ich zum Haus zurück. Ich will mich verkriechen. Niemanden sehen. Mich meinem Trübsal hingeben. Mein Fuß tritt mit voller Wucht gegen einen Stein. Stechender Schmerz zuckt durch meinen Zeh. Na toll, gebrochener Zeh, gebrochenes Herz. Und alles nur, weil ich nicht in der Lage war, mir einzugestehen, dass Tara mein Denken und Fühlen eingenommen hat.

Ich habe sie tief in mein Herz schauen lassen und sie mich in ihres. Normalerweise gehöre ich in Gefühlsdingen nicht zur schnellen Truppe, aber mit Tara ist es so ganz anders als sonst. So wie alles anders ist mit ihr. Mein Herz wummert, wenn ich an sie denke. Ich will an keinen anderen Menschen mehr denken. Ich will SIE. Verdammt!

»Na, Schatz? Hast Du Deine kleine Schlampe gebührend verabschiedet?«, schnappt Sharon und grinst süffisant. Mist verdammter! Ich war so auf Tara fixiert, dass ich ihr Kommen nicht bemerkt habe. Sharons überraschende Nähe lässt mich erschrocken zusammenzucken. »Oooch.

Habe ich Dir etwa Dein nettes kleines Techtelmechtel versaut? Das tut mir aber leid. Obwohl … Du kannst sie ja mal fragen, vielleicht hat sie ja Bock auf einen Dreier. Oder was meinst Du? Wäre doch bestimmt anreg … «

Es klatscht. Meine Hand auf Sharons Wange. Ich verabscheue Gewalt, aber …

»Sprich nicht so über Tara.«

»Tara heißt sie also. Blöder Name. Aber Geschmack hast Du ja, das muss ich Dir lassen. Vielleicht sollte ich auch mit ihr schlafen, dann sind wir quasi quitt. Was für ein heißer Feger. Kann ich schon verstehen, dass Du sie nicht von der Bettkante schubsen konntest. Aber was sie von Dir will … Das ist mir schleierhaft.«

Verärgert rolle ich mit den Augen. Das ist so typisch für Sharon. Wenn ich nicht mache, was sie will, fährt sie ihre Krallen aus und wird zur Hyäne. Und natürlich spart sie nicht an Beleidigungen und tut alles, um mich zu verletzen.

Gut, okay. Ich habe sie betrogen. Aber hätte das passieren können, wenn ich mit Sharon wirklich richtig glücklich wäre? Ich glaube nicht. Dafür kenne ich mich zu gut. Keinen einzigen Gedanken an eine andere Frau hätte ich verschwendet, wenn sie mich die Liebe, von der sie immer spricht, auch hätte spüren lassen.

Dass die Gedanken, die ich jetzt habe, gemein sind, ist mir bewusst. Ich habe während der letzten Tage oft über Sharon und mich nachgedacht und eigentlich wollte ich sie heute anrufen und darum bitten, in ein Hotel zu ziehen. Hätte ich das doch nur mal früher gemacht. Jetzt steht sie da und erdolcht mich mit ihren Blicken. Dafür ist Tara weg. Verdrehte Welt. Alles ist so ganz anders, als ich es gerne hätte.

»Wo wir schon mal so schön reden, kann ich Dir auch sagen, dass ich schwanger bin. Ella, wir bekommen ein Baby.«

»Ein B …, ein B …, ein Baby?!? Das ist nicht Dein Ernst.«

»Doch. Ich wollte es Dir persönlich sagen. Einer der Gründe, warum ich Dich besuchen wollte.«

»Du warst in der Samenbank?«

»So würde ich es jetzt nicht ausdrücken. Ich würde sagen, wir sind quitt. Ich verzeihe Dir Deinen Fehltritt und Du mir meine. Okay?«

Ich schüttle den Kopf. Nichts ist okay. Schon lange nicht mehr. Warum wird mir das jetzt erst so richtig bewusst?

»Ich dachte, Du liebst mich?«, flüstere ich atemlos.

»Natürlich liebe ich Dich. Trotzdem brauche ich ab und zu meinen Spaß. Lass uns reingehen. Deine Mutter klebt bestimmt schon am Fenster und wartet auf uns. Lächeln, Ella.«

Für Sharon ist damit offensichtlich alles geklärt. Ohne ein weiteres Wort zu verlieren greift sie nach meiner Hand und drückt so fest zu, dass ich entsetzt aufschreie.

»Wann fliegst Du wieder heim?«

»Ich dachte, ich bleibe ein paar Wochen und dann fliegen wir zusammen zurück. Das hier ist doch alles Mist. Das bist nicht Du. Du bist eine New Yorkerin. Das Landleben ist doch nichts für Dich. Außerdem ist es hier arschkalt. Spätestens in ein paar Wochen nervt Dich diese scheiß Insel. Aber jetzt bin ich ja da. Und ich werde Dir zeigen, wie sehr ich Dich liebe. Komm schon, Schatz.«

Ich öffne meinen Mund und will etwas sagen, was nicht einfach ist, wenn sich just in dem Moment eine Zunge zwischen die Lippen schiebt. Ich bin außer Gefecht gesetzt. Sharons Kuss ist genauso hart, wie ihre Zunge spitz sein kann, sobald sie nicht bekommt, wonach sie verlangt. Heiseres Röcheln und Knurren. Mehr ist von mir nicht zu hören. Obwohl ich sie und ihren Körper spüre bin ich doch meilenweit weg. Wo fährt Tara hin? Was macht sie jetzt? Fühlt sie sich genauso elend wie ich? Sharon lässt von mir ab und wischt sich mit der Hand über den Mund.

Ich bin erstaunt, wie schnell ein Absturz aus höchsten Höhen sein kann. Und hart. Und brutal. Die Nacht mit Tara war ein Traum, mein Traum. Das hier ist die Realität. Und genau die funkelt mich eiskalt an.

»Komm jetzt. Wir werden erwartet. Morgen kümmern wir uns um Dein Erbe. Dann ziehen wir einen Strich unter dieses kleine Schmierentheater und fliegen wieder heim.« Warum kann ich nicht wenigstens jetzt den Mund aufmachen und sagen, dass ich das, was sie von mir verlangt, nicht mehr mitmachen will? Ich bin doch ein

Alpha-Tier. Aber sobald Sharon zu Höchstformen aufläuft bin ich verloren. Sie ist größer und muskulöser als ich und sie nutzt meine Angst vor körperlicher Gewalt schamlos aus.

Außerdem manipuliert sie sehr gekonnt. Klar weiß ich, dass sie jedes ihrer bösen Worte wohl dosiert einsetzt. Wie lauter kleine Nadelstiche. Sie will mich verletzen. Mir den Boden unter den Füßen wegreißen und mir zeigen, wie wenig Achtung ich in ihren Augen verdiene. Allein schon die Tatsache, dass sie sich einfach über meinen Kopf für ein Kind entscheidet, fühlt sich unangenehm und alles andere als richtig an.

Sie kennt mich lange genug, um zu wissen, dass ich eine verantwortungsbewusste Frau bin, auf die sie sich jederzeit verlassen kann. Natürlich werde ich immer für sie und das Kind, das sie unter ihrem Herzen trägt, da sein – selbst wenn ich dafür meine eigenen Wünsche zurückstecken muss.

Sharon ist kein Kind von Traurigkeit. Ich traue ihr sehr wohl zu, dass sie meine Abwesenheit ausgenutzt hat, sich ein Kind machen zu lassen. Vielleicht war sie aber auch schon vor meiner Abreise schwanger. So genau will ich mich mit dem Gedanken an die Entstehung *unseres* Kindes aber lieber nicht auseinandersetzen.

Sie hätte warten sollen. Bis ich bereit für ein Kind bin, oder einen Cut machen und sich nach einer Frau – oder einem Mann – umschauen, die sich genauso nach einem

Kind sehnt wie sie. Aber so ein Mensch ist Sharon nicht. Dafür schätzt sie die Bequemlichkeit, die ein Leben an meiner Seite ihr bietet, viel zu sehr. Sie bekommt immer, wonach sie verlangt – und wenn nicht, hilft sie eben nach. Ich bin mir nicht ganz sicher, ob sie sich der Verantwortung, die sie jetzt trägt, bewusst ist. Wer weiß, vielleicht gibt ein Kind unserer Beziehung auch einen Kick, dass wir wieder enger zusammen wachsen. Daran glauben kann ich nicht so richtig, aber es soll bekanntlich schon seltsamere Sachen gegeben haben.

In Gedanken versunken betrete ich an ihrer Seite das Haus. Die Hand, die sie mit ihrer wie ein Schraubstock umklammert, schmerzt. Ich seufze innerlich.

Máire, hat mich von Anfang an mit offenen Armen empfangen. Jetzt erdolchen mich ihre Blicke. Sie weiß, was vergangene Nacht zwischen Tara und mir gelaufen ist und es fällt ihr schwer, den Mund zu halten. Ich rechne ihr hoch an, dass sie trotzdem den Mantel des Stillschweigens ausbreitet.

Ella, Du bist so eine verdammte Egoistin, schimpfe ich mich selbst. Während Sharon auf Máire und meine Mutter einredet und die Worte wie ein Wasserfall aus ihrem Mund blubbern, schalte ich, wie so oft in letzter Zeit, ab. Ihre Worte berühren mich nicht. Nicht mehr. Langsam hebe ich meinen Kopf und schaue sie an. Vor mir steht eine wunderschöne und eiskalte junge Frau, die mir auf einmal nur noch fremd vorkommt.

Ihr hübsches Gesicht verwandelt sich vor meinen Augen in eine grauenhafte Fratze. Ich schüttle über mich selbst den Kopf. Schönheit kann tatsächlich blenden. Mit etwas Abstand erscheint alles in einem anderen Licht und von der augenscheinlichen Schönheit bleibt nichts als eine leblose Hülle.

Hätte ich doch bloß mit Tara gesprochen.

Erst als Sharon wie zufällig mein Erbe ins Spiel bringt, bin ich wieder voll da. Und hellwach.

»Erbe? Was ist mit meinem Erbe?«

»Schatz, wo bist Du nur mit Deinen Gedanken?«, flötet Sharon betont liebevoll und schenkt Máire, meiner Mutter und mir ein einnehmendes Lächeln. Nur ich weiß, welche Kälte sich hinter diesem Lächeln verbirgt. »Wir haben gerade darüber gesprochen, dass Tara uns morgen Dein Erbe zeigen will. Dann kannst Du entscheiden, ob Du es antreten oder lieber verzichten willst. Sobald alles geklärt ist, ziehen wir einen Strich unter diese Episode und fliegen wieder nach Hause.«

Was für eine Lüge. Was für eine Farce. Tara *will* uns bestimmt *nicht* mein Erbe zeigen. Mir vielleicht schon. Zumindest bevor Sharon ihren filmreifen Auftritt hingelegt hat.

Wie konnte ich mich nur so von Sharon blenden lassen? Ihr mein Ja-Wort geben, ohne auch nur ansatzweise an die Konsequenzen zu denken?

»Ich glaube nicht, dass Tara in den nächsten Tagen Zeit findet, Sharon. Sie ist sehr beschäftigt.« Oh, Máire, ich könnte Dich knutschen, wenn ich nicht Angst haben müsste, dass Du mir eine klebst, sobald ich Dich in meine Arme schließe. Zaghaft versuche ich mich an einem Lächeln.

Meine Mutter steht wie eine Statistin zwischen Máire und Sharon und mir. Wie ein Ringrichter in einem Boxkampf. Sie fühlt sich sichtlich unwohl.

»Ella, kann ich bitte kurz mit Dir reden?«

»Natürlich kannst Du mit Ella reden. Dafür sind wir doch alle hier.«, flötet Sharon, bevor ich überhaupt den Mund öffnen kann.

»Allein.«

Sharons Gesicht verfinstert sich. Ihre Augen blitzen ärgerlich. Ihrer Meinung nach ist alles, was mein ist, automatisch auch ihres. Sogar Gespräche mit meiner Mutter sind davon nicht ausgeschlossen, selbst wenn sie nur uns beide betreffen.

Ich hole tief Luft. Sie riecht verbrannt. Panischer Ausdruck schleicht sich in Máires Gesicht.

»Mist, ich habe das Essen auf dem Herd vergessen.«, murmelt sie und eilt mit großen Schritten in die Küche. Wie gerne würde ich ihr einfach folgen. Mich ihr erklären. Ihr sagen, dass alles nicht so einfach ist, wie es manchmal scheint. Aber vor allem möchte ich gerne, dass sie versteht, dass ich Tara nicht ausgenutzt habe, jedenfalls nicht direkt.

Tara hat mich herausgefordert – und Frauen, die mich herausfordern, reizen mich nun mal. Hat Tara mich nicht genauso für die Befriedigung ihrer körperlichen Bedürfnisse ausgenutzt wie ich sie?

»Máire warte!«, rufe ich in Gedanken, doch mein Mund schweigt. Ich presse meine Lippen so hart aufeinander, dass von meiner geschwungenen Oberlippe nur noch ein schmaler Streifen übrig bleibt.

»Mum, ich frage Máire kurz, ob ich Sharon in ihrem Gästezimmer unterbringen kann, dann können wir gerne ein paar Schritte gehen. Der Strand hier ist wunderschön.«

Mit in die Seiten gestemmten Händen steht Máire vor dem Herd und starrt aus dem Fenster und obwohl sie mich kommen hört, bewegt sie sich nicht. Wie ferngesteuert greift sie nach einem hölzernen Kochlöffel und jagt ihn durch den Topf.

»Máire.«, flüstere ich kaum hörbar. »Es tut mir leid.«

Sie fährt herum. Schaut mich feindselig an. Ihre Augen sprühen Funken. Gefährliche Funken. Die alles um sich herum versengen, sobald sie es berühren.

»Warum hast Du mit Tara geschlafen, obwohl Du eine Partnerin hast? Du brauchst nichts sagen. Ich nehme alles zurück, was ich über Deine Ähnlichkeit mit Gertie und Renata gesagt habe. Du bist nicht so wie sie. So etwas hätten SIE niemals gemacht.«

Betroffen zucke ich mit den Schultern. Tara ist eine wunderschöne Frau. Mit ihr zu schlafen war wahrscheinlich das beste, was mir je passiert ist und in Zukunft noch passieren wird.

»Ich habe nicht an die Konsequenzen gedacht.«, erkläre ich leise.

»Wie alt bist Du? Drei? Du bist eine erwachsene Frau, Ella. Und ich habe Dir extra gesagt, dass Du sie nicht verletzen sollst. Spätestens da hättest Du aufwachen und Dich an Deine Partnerin erinnern müssen!«

»Sharon ist nicht meine Partnerin. Sie ist meine Ehefrau.«, murmle ich leise und erröte bis zu den Haarspitzen.

»Na, das macht das Kraut jetzt schon auch nicht mehr fett. Ob Partnerin oder Ehefrau, Du warst nicht ehrlich.« Máires Augen schicken giftige Pfeile in meine Richtung.

»Es tut mir leid. Wirklich.«

»Dass Du Tara ausgenutzt hast? Oder dass Deine Ehefrau hier auftaucht und Dein sauberes Kartenhaus zum Einsturz bringt? Weißt Du was, Ella, im Prinzip ist es mir egal. Caleb wird sich darum kümmern, dass Du Dein Erbe bekommst. Dann entscheidest Du, wie es damit weitergehen soll. Sobald alles geklärt ist, möchte ich, dass Ihr uns verlasst.«

»Máire ... Tara hat mir vorhin gesagt, dass ich mir nichts einbilden brauche. Sie wollte ihren Spaß haben, nicht mehr und nicht weniger.«

»Zu viele Informationen, Ella. Es interessiert mich nicht, was sie gesagt hat. Tara ist meine Tochter. Wie würdest DU reagieren, wenn Du an meiner Stelle wärst? Wie ich die Dinge sehe, wirst Du das in ein paar Jahren selbst wissen und dann hoffe ich, dass Du Dich hinter Dein Kind stellst. Oder am besten davor, um alles Unheil von ihm abzuwenden. Außerdem kennst Du Tara nicht. Sie würde nie zugeben, wie sehr Du sie verletzt hast.«

Ich nicke zaghaft. Máire hat recht. Wäre ich an ihrer Stelle, würde ich genauso reagieren. Ich würde alles dafür tun, um mein Kind zu schützen. Trotzdem verletzen mich ihre Worte und hinterlassen ein dumpfes Gefühl in meinem Bauch. So einen Schmerz, der die ganze Zeit da ist und einfach nicht mehr weggeht.

Ich habe Bockmist gebaut. Und zwar so richtig.

»Eigentlich wollte ich Dich fragen, ob ich Sharon in Eurem Gästezimmer unterbringen darf. Ich will nicht, dass sie Tür an Tür mit Tara schläft.«

»Und was ist mit Deiner Mutter?«

»Ich frage sie, ob sie bei mir schläft. Wenn nicht, suchen wir ein Bed and Breakfast.«

Máire zieht die Augenbraue hoch. Wie Tara. Ihre Gesichtszüge werden langsam weicher.

»Erwachsen sein ist nicht immer leicht. Du hast einen Fehler gemacht. Die Konsequenzen dafür wirst Du tragen müssen. Aber ich bin mir sicher, dass Du Deinen Weg schon finden wirst. Und Tara ihren. Ich wünsche Dir, dass Du glücklich wirst.«

»Danke.«, flüstere ich. Meine Stimme bricht. Wie kann sie so schnell umschalten und so lieb und verständnisvoll sein, nach allem, was ich angerichtet habe? Ich sammle jedes Fitzelchen Mut, das ich irgendwo in mir auftreiben kann, zusammen und gehe mit kleinen Schritten auf sie zu. Als ich meine Arme um sie lege, spüre ich die Tränen, die über ihre Wangen laufen.

»Ich hatte mir wirklich gewünscht, dass Du hier bei uns bleibst und Dein Erbe antrittst. So schade, dass nun alles anders kommt.«

»Ihr redet ständig alle über mein Erbe und ich weiß noch gar nicht, um was es geht.«

»Es ist ein sehr besonderes Erbe, Ella. Sobald Caleb morgen da ist, wird er sich mit Euch auf den Weg machen. Er wird Dir alles zeigen und dann bleibt mir nur noch die Hoffnung, dass Du die richtige Entscheidung triffst.«

Mit diesen Worten wendet sie sich von mir ab.

»Geh Du ruhig ein paar Meter mit Deiner Mutter. Ich werde Sharon das Zimmer zeigen. Jetzt schaust Du wie ein verschrecktes Schaf. Du brauchst keine Angst um Deine Sharon haben. Ausnahmsweise werde ich sie weder erdolchen, noch irgendwie anders unter die Gänseblümchen befördern. Ich werde sie auch nicht foltern. Wenn Du willst, lasse ich sie einfach in Ruhe.«

Dankbares Lächeln huscht über mein Gesicht. Sharon ist meine Sache. Ich will nicht, dass Máire oder meine Mutter sich meiner Probleme annehmen und die Situation damit vielleicht sogar noch mehr verkomplizieren.

»Für die nächsten Tage kannst Du hier wohnen.«, sage ich, an Sharon gewandt, und öffne die Tür zum Gästezimmer. Das Zimmer ist viel größer als ich dachte. An den hellen Wänden hängen, gleichmäßig verteilt, mehrere schwarz-weiß Fotografien.

»Und wo wohnst Du?« In Sharons Stimme schwingt eine Mischung aus Verwunderung, Zweifel und Argwohn. Sie funkelt mich an.

»Ich bleibe in meinem Zimmer.«, antworte ich ruhig und übergehe bewusst sämtliche Anspielungen auf heiße Nächte, die – wie immer – in ihren Worten mitschwingen.

»In *Deinem* Zimmer? Hört hört. Bist wohl schon fest hier eingezogen? Und was ist mit Deiner Mutter?«

»Hör zu, Sharon. Meine Mutter sehe ich nicht sehr oft. Ich möchte die Zeit gerne auch mit ihr verbringen.« Ich wähle meine Worte mit Bedacht. Diplomatie war schon immer meine Stärke, vor allem, wenn es darum geht, Wogen zu glätten, die Sharon mit ihrer Impulsivität erzeugt. Viel lieber würde ich etwas ganz anderes sagen, aber dafür ist weder die richtige Zeit, noch der richtige Ort. Außerdem muss ich erst Klarheit in meine Gedanken bringen. Wenn das geschehen ist, sehen wir weiter.

»Schau. Hier kannst Du Dich in Ruhe ausbreiten. Niemand stört sich daran, wenn Deine Klamotten herumliegen oder wenn Du Deinen Teller für ein paar

Tage einfach vergisst. Richte Dich ruhig ein, ich gehe jetzt ein paar Meter mit meiner Mutter. Bis dann.«

12. Tara

Bist Du sicher, dass Du das wirklich willst?« Ich nicke und lächle siegessicher. Was Ella kann, kann ich schon lange. Róisín ist die perfekte Frau. Sie wird mir helfen, den Plan, den ich während der letzten Stunden entwickelt habe, in die Tat umzusetzen. Ungefähr fünf Minuten habe ich damit gehadert, ausgerechnet sie anzurufen und um Hilfe zu bitten.

»Aber vor ein paar Tagen hast Du doch noch gesagt, dass Du Dich lieber nicht mit mir treffen willst.« Sie schaut mich unsicher an.

»Manchmal ändern sich die Dinge in ein paar Tagen. Manchmal braucht es sogar nur ein paar Stunden oder Minuten. Und manchmal reichen ein paar Sekunden. Oder eine einzige.«

»Du sprichst in Rätseln, Tara.«

Ich schenke ihr ein liebevolles Lächeln.

»Sagen wir mal so. Ich habe mich getäuscht und fange jetzt an, meinen Fehler zu korrigieren. Danke, dass Du mir dabei hilfst.«

»Schon okay. Wann soll ich zu Dir kommen?«

»Wir treffen uns im Pub. Ich will erst dann nach Hause kommen, wenn alles ruhig ist.«

»Und Du willst wirklich das ganze Programm?«

»Das ganze Programm.«

»Okay. Wie Du meinst. Ist Deine Verantwortung. Dir ist hoffentlich bewusst, dass Dich das richtig was kostet.«

»Ein Abendessen? Bei Sammy´s in Westport.« Ein Lächeln erhellt ihr Gesicht. »Deal.«, sagt sie und schlägt ein. Das Sammy´s ist ein sündhaft teurer und edler Fünf-Sterne-Schuppen mit strengen Kleidervorschriften. Unter Cocktailkleid und Anzug geht dort überhaupt nichts. Ich kenne niemanden, der eine Einladung in dieses Restaurant ausschlagen würde.

»Und wie stellst Du Dir das ganze vor?«

So ein Tag, so wunderschön wie heute … «, grölt Róisín und stolpert an meiner Seite die Treppe hinauf.

»Wie weit ist es denn noch?«, jammert sie unüberhörbar. Breites Grinsen huscht über meine Lippen. Sie macht ihre Sache richtig gut. Viel besser als geplant. Die alte Holztreppe knarzt unter unseren Schritten.

Mit Schwung reißt sie die erste Tür auf und erstarrt in ihrer Bewegung. Mit weit aufgerissenen Augen starrt sie das Bett an, in dem Ella und ihre … ihre Mutter?!? liegen.

»Die hat ja eine alte Freundin.«, lallt Róisín absichtlich überspitzt und lacht laut. Dass sie stocknüchtern ist, muss außer uns beiden niemand wissen.

»Das ist ihre Mutter.«

»Mu … Mutter?!?« Ihre Stimme quietscht vor Überraschung.

»Und wo ist die Tussi?«

Ich habe keine Ahnung. Wahrscheinlich hat meine Mutter Sharon spontan im Gästezimmer einquartiert. Zuzutrauen wäre es ihr. Wie sie Sharon angestarrt hat. So einen Blick habe ich bei meiner Mutter noch nie gesehen. Voller Hass und Zorn. Recht hat sie. Ich kann es ihr nicht verdenken. Wäre ich an ihrer Stelle, hätte ich Sharon nicht nur mit meinen Blicken erdolcht. Ich hätte ein paar sehr passende Worte gefunden – und zwar so lange, bis diese Sharon freiwillig das Weite gesucht hätte.

Ich weiß, dass meine Mutter weiß, dass mir die Existenz und das Auftauchen von Ellas Partnerin mehr weh tut, als ich alle glauben lassen möchte. Das schlimmste ist, dass ich mir nicht mal erklären kann, wie es dazu kommen konnte. Noch dazu Ella. Sie und ich, das kann sowieso nicht klappen. Wir sind in den entscheidenden Dingen viel zu verschieden, wie Feuer und Wasser. Das laute Grummeln in meinem Bauch straft meine Gedanken genauso Lügen wie das aufgeregte Hüpfen meines Herzens, das sich sofort einstellte, als mein Blick auf die friedlich schlafende Ella fiel. Für einen kurzen Moment zweifle ich an meiner Idee. Aber wirklich nur für einen ganz kurzen. Sie hat mich einer äußerst unangenehmen Situation ausgesetzt. Wenigstens eine kleine Quittung hat sie dafür doch verdient.

Ich kenne Ella noch nicht lange. Wir machen es uns gegenseitig auch nicht leicht. Trotzdem kann ich die Verantwortung nicht länger meinen Hormonen und der körperlichen Anziehung zuschreiben. Auch, wenn es mir nicht gefällt, muss ich mir langsam eingestehen, dass ich auf dem besten Weg bin, mich in Ella zu verlieben. Ich kann meine Gefühle für sie nicht länger verleugnen. Wenn ich morgens aufwache, ist sie mein erster Gedanke und wenn ich am Abend die Augen schließe mein letzter.

Ich kann die Frauen, mit denen ich in den letzten Jahren Sex hatte, kaum noch zählen, aber so etwas wie mit Ella ist mir noch nie passiert. Sie zieht mich an. Macht mich wahnsinnig, wenn sie die arrogante Schnepfe raus hängen lässt. Sie fordert mich heraus. Ich liebe Frauen, die mich herausfordern. Ihre Augen … so schön, wenn sie strahlen und glücklich leuchten. Ihre weiche Haut. Ich habe sie gesehen und zoooom, war es um mich geschehen.

Bis zu diesem Moment war ich felsenfest davon überzeugt, dass die Liebe eine Erfindung aus Hollywood ist. Geeignet für Leute, die mit sich allein nichts anfangen können. *Für mich wird es so etwas nie geben*, dachte ich immer. Ihre samtweichen Lippen auf meinen. Allein die Erinnerung an ihre Küsse jagt einen heißen Schauer über meinen Rücken.

»Darf ich Dich was fragen?«, fragt Róisín ein paar Minuten später. Ich nicke, bin mir aber nicht sicher, ob ich die Frage, die ich erwarte, wirklich beantworten will. Es mir selbst einzugestehen ist schon schwierig. Aber ihr?!?

»Du hast Dich in Ella verliebt. Deshalb hast Du das Date mit mir auch abgelehnt. Richtig?«

Mein Kopf wackelt hin und her.

»Ich weiß es nicht, Róisín. Vielleicht. Ich habe so etwas noch nie erlebt.«

»Du warst noch nie verliebt?«

»Das sind jetzt aber schon zwei Fragen.«

»Nein. Das erste war eine Feststellung. Also?«

»Umpf. Pffff. Kann schon sein.« Es ist mir nicht besonders angenehm, ihr einzugestehen, dass sie richtig liegt. Seit über dreißig Jahren bin ich nun schon zu Gast auf unserer schönen Erde und bis vor ein paar Tagen ist es mir noch nie gelungen, mein Herz an einen Menschen zu verlieren. Dann kommt diese Frau daher und mogelt sich mit ihrer Arroganz, ihrer schnippischen und direkten Art und dieser speziellen Aura, die sie umgibt, hinterrücks in mein Herz.

»Ist das süß.«

»Von wegen süß. Scheiße trifft es besser! Was soll ich denn jetzt machen?«

»Ist sie es wert? Hat sie sich auch in Dich verliebt?«

»Nein. Ja. Vielleicht. Ich weiß es nicht. Das ist ja das Problem.«

»Dann finde es heraus.«

»Wie denn? Schon vergessen? Sie hat eine Partnerin und die ist seit ein paar Stunden Gast in meinem Haus. Mann, Róisín, es tut so weh. Muss sich mein bekloptes Herz denn ausgerechnet SIE aussuchen?«

Tränen brennen in meinen Augen. Róisín steht auf und kommt langsam auf mich zu. Sie legt ihre Arme um mich und zieht mich fest an sich. Ihre Hand streichelt über meinen Kopf.

»Dein Herz ist nicht bekloppt. Es weiß einfach, was es will. Vielleicht hat es extra so lange gewartet.«

»Glaubst Du, dass es DEN einen Menschen gibt?«

»Ich glaube es nicht nur, ich weiß es sogar.«

»Hast Du … hast Du gedacht, dass ICH dieser EINE Mensch für Dich bin?«

»Ehrliche Antwort? Nein. Ich wollte wirklich nur meinen Spaß mit Dir haben.«

Erleichtert seufze ich auf. Eine bessere Antwort hätte sie mir nicht geben können. Was habe ich mir in den letzten Tagen den Kopf zerbrochen wegen ihr. Seltsamerweise war sie trotzdem diejenige, die ich wenige Minuten nach meinem überstürzten Aufbruch vor ein paar Stunden angerufen habe.

»Ich habe übrigens auch jemanden kennengelernt.«

»Wie heißt sie? Wie schaut sie aus? Wie alt ist sie? Kenne ich sie? Erzähl, Róisín.« Meine Stimme klingt aufgeregt. Ich bin auch aufgeregt. DESWEGEN leuchten ihre Augen so glücklich. Zarte Röte färbt ihre Wangen wie die Sonne morgens den Himmel.

»Sie heißt Carla. Ich habe sie bei einem Konzert kennengelernt. Sie ist Eventfotografin.«

»Wow.«

»Kennst Du sie etwa?«, fragt sie und runzelt die Stirn. Sie kneift die Augen so sehr zusammen, dass sie nur noch zwei schmale Schlitze sind.

»Hey, Róisín, mach Dir keinen Kopf. Ich hatte noch nicht jede lesbische Frau auf der Insel, okay?«

»Danke. Ich will mir nicht vorstellen, dass Du schon mit ihr … geschlafen hast.«

»Musst Du auch nicht. Habe ich nämlich nicht.«

Angenehme Stille breitet sich zwischen uns aus. Zufrieden lehne ich mich zurück und betrachte Róisíns Profil. Diese Carla hat wirklich Glück. Róisín ist eine attraktive Frau. Außerdem hat sie ein riesengroßes Herz. Ich bin froh, dass ich ausgerechnet SIE für die Umsetzung meines Plans angerufen habe. Wenn die Dinge sich weiter so entwickeln habe ich in ihr sicher eine neue Freundin gewonnen.

Schon erstaunlich, wie schnell Menschen sich verändern können. Bis vor wenigen Tagen wäre eine Freundschaft mit einer attraktiven Lesbe so ziemlich das letzte gewesen, was ich gewollt hätte. Tiefe Dankbarkeit zieht in mein Herz. Ich lächle sie zufrieden an. Sie gähnt unterdrückt.

»Sollen wir nicht langsam anfangen?«, fragt sie und unterbricht meine Gedanken. Ihr Grinsen reicht von einem Ohr zum anderen. »Sonst schlafe ich vorher ein. Ich bin fix und fertig.«

Jetzt oder nie., denke ich.

13. Ella

Oh. Mein. Gott. SIE ist tatsächlich hier. Und sie stand in meinem Zimmer. Mit einer anderen Frau.

Heiße Tränen brennen in meinen Augen. Ich schluchze unterdrückt. Einer attraktiven anderen Frau. Die Frau, die jetzt mit ihr in ihrem Zimmer ist, hätte ICH sein können, wenn ich nicht so dumm gewesen wäre, ihr nichts von Sharon zu erzählen.

Verzweiflung macht sich in mir breit. Mein Herz will gar nicht mehr aufhören, so schnell zu klopfen und aufgeregt in meiner Brust herum zu springen. Bei ihrem Anblick hat es lauter kleine Saltos geschlagen, um sich dann mit hartem Aufschlag auf dem Boden der Tatsachen wiederzufinden. Wie schnell manche Menschen vergessen können, erstaunt mich nicht. Es schockiert mich.

SIE hat vergessen, was letzte Nacht war. Auch das Knistern, das sich seit meiner Ankunft zwischen uns entwickelt hat, hat sie vergessen. Die heißen Küsse, von denen ich dachte, sie würden uns für immer verbinden, hat sie auch vergessen. Sie hat mich vergessen. Und alles, was zwischen uns sein könnte, wenn wir doch nur ein wenig mehr Zeit gehabt hätten. Sie hat UNS vergessen.

Meine Hände zucken und legen sich vor meine Augen. Obwohl meine Mutter tief und fest schläft, habe ich Angst, dass sie mitbekommt, wie sehr ich leide. In den letzten Stunden haben wir so viel miteinander gesprochen, wie seit Jahren nicht.

Ein kurzer Blick auf Tara und mich hatte gereicht und sie wusste Bescheid. Sie hat mich in den Arm genommen und gewiegt wie ein kleines Kind. Kein einziges Wort des Vorwurfs, was wahrscheinlich auch daran liegt, dass sie mit Sharon nicht wirklich viel anfangen kann. Tara hingegen kommt ihrer Vorstellung von einer Traumschwiegertochter schon ziemlich nahe.

Sie hat keine drei Worte mit Tara gewechselt und doch ist der Funke sofort übergesprungen. Wie hat sie gesagt? Das Herz findet immer einen Weg, um zu bekommen, wonach es sich sehnt. Wollen wir hoffen, dass sie recht behält. Unglücklicherweise muss mein Herz erst herausfinden, was es wirklich will und wonach es sich sehnt.

Leises Lachen weht aus Taras Zimmer zu mir herüber. Diese andere Frau … Ich könnte sie … Oh, was mir nicht alles einfällt, was ich mit ihr tun könnte. Nicht eine meiner Ideen ist nett.

Ich will nicht, dass jemand anderes mit Tara das Bett teilt. Ich will nicht, dass jemand anderes Taras Körper berührt. Und noch weniger will ich, dass jemand ihre Seele berührt.

Ich will diejenige sein, welche … Würden Sharon und diese andere Frau nicht existieren, würde ich aufstehen, an Taras Tür klopfen und sie bitten, mich zu lieben. Aber sie sind nun mal da, egal, wie sehr ich mich dagegen wehre.

Sharon und ich sind schon ein paar Jahre zusammen. Am Anfang war auch alles wunderschön und der Himmel hing voller rosa Wölkchen. Was, wenn es sich mit Tara in eine ähnliche Richtung entwickeln würde? Dann wäre sie unglücklich und ich auch.

Vielleicht ist ein Ende mit Schrecken doch besser als ein Schrecken ohne Ende? Eine Katastrophe reicht mir für die nächsten Jahre.

Die Nacht, die ich mit Tara verbracht habe, hat einen Vorteil. Ich kann davon zehren und mich daran erinnern – so oft und so lange ich will. Ist es nicht immer der Alltag, der die anfängliche Euphorie im Keim erstickt? Tara und ich werden nie einen Alltag zusammen haben. Dafür sind wir zu verschieden und leben auch in zu verschiedenen Welten. Wir passen nicht zusammen. Sie weiß das und ich weiß es auch.

Warum klopft mein Herz trotzdem so aufgeregt, wenn ich an sie denke? Warum taucht ständig ihr hübsches Gesicht vor meinen Augen auf? Warum?

Taras Bett knarzt. Eine Frau stöhnt. Tief. Und animalisch. Ist das Tara? Oder die andere Frau? Ich will es nicht hören. Ich will auch gar nicht wissen, was sie miteinander treiben. Das Bett knarzt und quietscht. »Oh ja, Róisín. Fester!«, stöhnt Tara so laut, dass ich sie nicht überhören kann.

Tara ist eine leidenschaftliche Frau. Eine Frau, die weiß, was sie will und die bereit ist, alles zu geben, um die Frau, mit der sie schläft, glücklich zu machen.

Unwirsch wische ich mir über die Augen. Die Tränen rollen wie ein Sturzbach über meine Wangen. Ich hätte sie haben können. Aber ich habe es versaut. Die Quittung für mein Versagen presst sich wahrscheinlich gerade an Tara und wartet darauf, dass sie in sie eindringt.

Ich bin so blöd. Wie konnte ich nur davon ausgehen, dass sie auf Sex verzichtet, nur weil ich mir bis auf weiteres sexuelle Abstinenz aufgebrummt habe? Sharons Blick war unbezahlbar. Ich glaube, dass sie sich verarscht fühlte, als ich ihr sagte, dass ich nicht mit ihr schlafen werde. Sie dachte wohl, dass mir der Sex mit ihr als Liebesbeweis reicht. Tja, Irrtum. Seit ich Tara kenne weiß ich, dass ich mehr brauche. Ich brauche eine Frau, die mich herausfordert, mir meine Grenzen zeigt und mich trotz meiner Macken liebt. Eine Frau wie Tara.

Aber Sharon ist nicht Tara. Nicht einmal in Ansätzen kommt sie an sie heran. Kaum fünf Minuten alleine wollte sie sofort zum Nahkampf übergehen. Ich musste sie mit aller Gewalt von mir wegschieben, sonst hätte sie mich flach gelegt, während nebenan meine Mutter mit Taras

Mutter bei Kaffee und Kuchen saß. So etwas wie Respekt für andere Menschen kennt sie nicht. Dafür ist sie zu … Ja… Was eigentlich? Egoistisch? Verrückt? Oder einfach nur zu sehr Sharon?

Mit einem tiefen Stöhnen lasse ich mich in die Matratze fallen und drücke das Kissen über meinen Kopf. Ich will nichts mehr sehen. Ich will nichts mehr hören. Und fühlen will ich erst recht nichts mehr. Mein Herz schmerzt. Als hätte eine Bombe es in tausend kleine Stücke zerfetzt. Ich will hier weg. Sobald Caleb mir mein Erbe gezeigt hat, packe ich meine Sachen und fliege mit Sharon zurück nach New York.

Die Entfernung wird mir helfen, Tara zu vergessen. Ich werde mich in Arbeit stürzen, meinen Alltag wieder aufnehmen und irgendwann wird sich meine Zeit in Irland nur noch wie eine Erinnerung an ein nettes Abenteuer anfühlen.

14. Tara

Sie hörten Tara und Róisín, ein Liebesakt in drei Teilen. Glaubst Du, Deine Ella hat den Köder gefressen?«

»Keine Ahnung. Spätestens beim Frühstück werden wir es wissen.«, erwidere ich ausweichend.

»Moment, Lovergirl. So haben wir nicht gewettet. Du weißt schon, dass Dich das mindestens ein zweites Abendessen kostet.«

»Ich bin mir nicht mehr so richtig sicher, ob die Idee, Ella eine heiße Liebesnacht vorzuspielen, wirklich so gut war. Ich will nicht, dass sie denkt, dass ich ein Arschloch bin.«

»Du bist ein Arschloch, Tara. Aber ein liebenswertes. Hey, mach nicht so ein Gesicht. Lass uns runter gehen. Ich kann nicht erwarten, Deine Ella kennenzulernen.«

Róisín greift nach meiner Hand und zieht mich hinter sich her. Vor der Küchentür hält sie mich auf. Sie legt ihre Lippen auf meine.

»Nur für den Fall, dass wir uns küssen müssen. Es fällt auf, wenn das unser erster Kuss wäre.«

Früher hätte das zärtliche Spiel weicher Frauenlippen meinen Blutdruck sofort in ungekannte Höhen katapultiert. Róisín ist eine attraktive Frau. Sie küsst gut. Ihre Zunge gleitet sanft in meinen Mund, spielt mit meiner. Sie seufzt unterdrückt.

Trotzdem lässt mich ihr Kuss kalt. Nicht das leiseste Hüpfen und Springen meines Herzens. Nicht das geringste Kribbeln in meinem Bauch – und das, obwohl Róisín genau der Typ Frau ist, der mein Blut normalerweise ohne großes Zutun innerhalb weniger Sekunden in Wallung bringen kann.

»Ich dachte, Du hast jemanden kennengelernt.«

»Habe ich ja auch. Ich wollte nur einmal Deine Lippen auf meinen spüren. Sorry. Sind wir trotzdem Freunde?«

»Klar. Komm. Lass uns frühstücken.«

Róisín greift nach meiner Hand. Unsere Finger verflechten sich ineinander. Ich pflanze ein breites Lächeln in mein Gesicht und öffne die Tür zum Esszimmer. Die Gespräche am Tisch verstummen. Sämtliche Köpfe drehen sich zu uns um. Meine Mutter springt auf.

»Herzlich willkommen. Ich freue mich, Dich endlich wiederzusehen.« Überrascht reiße ich die Augen weit auf. Meine Mutter weiß nichts von dem Drama in drei Akten, das Róisín und ich letzte Nacht uraufgeführt haben. Trotzdem greift sie den Ball auf und tut so, als ob sie und meine vermeintliche Freundin sich schon lange kennen und natürlich bestens verstehen.

»Wie heißt Du?«, flüstert sie nahezu unhörbar und zwinkert uns zu.

»Róisín.«

Überschwänglich legt meine Mutter ihre Arme um Róisín und zieht sie an ihre Brust. Mit den Worten »Setzt Euch zu uns.« lotst sie sie zu einem der zwei freien Plätze.

»Róisín, das ist Ella. Du weißt doch, die Erbin, über die wir uns kürzlich unterhalten haben. Und das sind ihre Mutter und ihre *Lebensgefährtin*.« Was für ein Geniestreich. Die Augen meiner Mutter funkeln. Ein breites Grinsen umspielt ihre Lippen.

»Ach ja. Natürlich. Ich erinnere mich. Schön, Dich kennenzulernen, Ella.«, sagt Róisín und reicht ihr die Hand.

»Die Freude ist ganz auf meiner Seite.«, erwidert Ella tonlos. Ihre Stimme klingt hölzern, während ihre Augen Róisín förmlich aufspießen. Erst jetzt wage ich, Ella anzuschauen. Die Ränder um ihre Augen sind gerötet. Dunkle Tränensäcke zieren ihr hübsches Gesicht. Was habe ich getan?

»Weißt Du Ella, Tara und Róisín waren bis vor einem halben Jahr ein Paar und wenn eins und eins immer noch zwei sind, sind sie jetzt wieder zusammen. Ich freue mich, Róisín. Wirklich.« Meine Mutter wirbelt wie ein munterer Irrwisch durch das Esszimmer. Ihre Augen blitzen vergnügt.

Ella weicht meinem Blick aus und obwohl sie das Essen meiner Mutter während der letzten Tage mit großem Appetit genossen hat, stochert sie lustlos herum und jagt Rührei und Speck von einer Seite des Tellers auf die andere. Sie starrt vor sich hin. Wahrscheinlich ist das auch der Grund, warum sie nicht mitbekommt, dass ihre Partnerin keine Sekunde ungenutzt lässt. Ich will und kann nicht glauben, was sich vor meinen Augen abspielt. Sharon versucht zu flirten. Mit Róisín. Unglaublich, diese Frau. Kommt hier an und betrachtet nicht nur Ella als ihren persönlichen Besitz. Jetzt fängt sie auch noch an zu reden und merkt nicht einmal, dass sich keiner für ihr Geblubber interessiert.

»So geht das nicht!«, schimpft Ella und springt auf.

»Tara, wir müssen reden! Jetzt!« Von Ellas spontanem Ausbruch überrascht, zucken wir alle zusammen. Was für eine Überraschung, dass Wut und Enttäuschung ihren Worten diese spezielle Würze verleihen, die einen sofort dazu bringt, den Kopf einzuziehen und sich wie das letzte Sünderlein zu fühlen. Ich nicke und erhebe mich langsam. Sharon, gerade noch in ihren Monolog vertieft, springt ebenfalls auf.

»Ich komme mit!«

»Du bleibst hier!«, kommandieren Ella und ich wie aus einem Mund. Die Luft ist so aufgeladen, dass ich kaum wage, in die Gesichter unserer Gäste zu schauen. Zieht hier jemand heimlich die Strippen, oder warum setzen sich meine Füße einfach so in Bewegung und bewegen sich dann auch noch auf die Tür zu?

Na toll. Ich bin ein Alpha-Tier – mit Kontrollverlust.

»Wohin?«, frage ich tonlos, nachdem Ella die Esszimmertür hinter uns geschlossen hat.

»Strand.« Noch einsilbiger geht nicht, oder? Ich lege meine Stirn in Falten. Meine Augenlider pressen sich zu zwei schmalen Schlitzen zusammen. Sie schaut mich nicht an, zeigt auch sonst keine Regung. Als hätte sie, statt Rührei und Speck, einen Stock gefrühstückt, schreitet sie hoch erhobenen Hauptes an meiner Seite über den Vorplatz vor meinem Haus. Ihr Haar wippt bei jedem Schritt und obwohl sie unübersehbar wütend ist, strahlt ihre Körperhaltung Würde aus. Wow. So kontrolliert wäre ich auch gerne.

Ich habe das Gefühl, dass sich mein Innerstes nach außen kehrt. Ella müsste blind sein, wenn sie meine Unruhe nicht bemerken würde. Was für eine beschissene Idee, ihr eine heiße Liebesnacht vorzuspielen.

15. Ella

Nur noch ein paar Schritte, dann sind Tara und ich um die Kurve und niemand kann uns mehr sehen – vor allem Sharon nicht. Ich biete meinen Hintern als Wetteinsatz, wenn sie nicht mit der Nase am Fenster klebt und jeden unserer Schritte verfolgt. Bestimmt platzt sie innerlich. Sie hasst es, wenn sie die Kontrolle über mich verliert.

Mein Herz klopft viel zu schnell. Und viel zu heftig.

Tara ist so entspannt. Ganz im Gegensatz zu mir. Wie gerne hätte ich jetzt eine kleine Portion ihrer Ausgeglichenheit. Die Luft riecht nach Salz. Möwen kreisen laut kreischend über unseren Köpfen.

»Was soll das, Ella?«, fragt Tara und bleibt so abrupt stehen, dass ich fast in sie hinein laufe. Ihre Worte sind so schneidend, dass sogar die Wellen kurz innehalten.

»Das gleiche könnte ich Dich fragen!« In mir tobt ein Sturm. Nein. Kein Sturm. Ein Orkan der höchsten jemals verzeichneten Kategorie. »Warum hast Du Róisín angeschleppt?«

Tara baut sich vor mir auf. Ihre Blicke kämpfen mit meinen. Mein Brustkorb hebt und senkt sich hektisch. Ich halte die Luft an. Einundzwanzig, zweiundzwanzig, dreiundzwanzig. Immer noch nicht ruhiger. Vierundzwanzig, fünfundzwanzig, sechsundzwanzig.

»Jetzt hör mir mal gut zu, Ella. Mein Haus! Meine Entscheidung, wen ich einlade! In meinem Haus hast Du nicht das Recht, Dich wie eine kleine verwöhnte Prinzessin aufzuspielen!«, poltert sie so laut, dass ich kurz zusammenzucke. Ihre Augen sind so voller Hass. Keine Liebe. Kein Verlangen. Nur Hass. Tränen brennen in meinen Augen. Meine Beine zittern. Verzweifelt hebe ich die Arme und lasse sie wieder sinken.

Was für ein Tag. Vierundzwanzig Stunden. Ein Wechselbad der Gefühle. Meiner Gefühle. Heiße Küsse, eine mindestens genauso heiße Nacht. Die unbändige Hoffnung in meinem Herzen, auf ein kleines bisschen privates Glück. Und dann der harte Absturz in die eiskalte Realität. Wie soll ich das alles so schnell verkraften?

»Ich habe keine Lust mehr auf Deinen Kindergarten. Pack Deine Tussi und verschwinde aus meinem Leben!«

»Ist das wirklich das, was Du willst?« Meine Stimme bebt. Meine Stimme zittert. Erstaunlich, dass ich überhaupt einen zusammenhängenden Satz konstruieren kann.

»Ja. Aber vorher will ich noch eines wissen … Und ich erwarte eine ehrliche Antwort. Warum hast Du mich geküsst und mit mir geschlafen, obwohl Du eine Partnerin hast?«

»Du hast doch auch mit mir geschlafen.«

»Das ist etwas anderes.«

»Ach ja? Machst Du es Dir da nicht etwas leicht, Tara? Mit zweierlei Maß messen und auf diese Weise Deine Weste rein waschen? Du hast auch eine Partnerin!«

»Eben nicht. Ich bin Single.«

»Und was ist mit Róisín? Sie ist doch Deine Partnerin. Du hast es letzte Nacht mit ihr getrieben – und das nach unserer gemeinsamen Nacht. Hat Dir das alles überhaupt nichts bedeutet?«

Tara öffnet ihren Mund und starrt mich feindselig an. In ihren Augen sehe ich jedoch noch etwas anderes. Verzweiflung. Hilflosigkeit. Und … Ich schlucke hart. Ich muss mich täuschen. Wahrscheinlich treiben nur meine überdrehten Sinne ihre Scherze mit mir. Es kann doch nicht sein, dass Tara sich tatsächlich nach mir sehnt.

»Tara … Hat Dir unsere Nacht überhaupt nichts bedeutet?« Ich schaue sie an. Lasse sie nicht aus den Augen. Ich muss einfach wissen, ob sie wenigstens ansatzweise das gleiche wie ich empfunden hat.

»Unsere Nacht hat mir ungefähr genauso viel bedeutet wie Dir. Du wolltest Sex. Ich wollte Sex. Lass es einfach gut sein, Ella. Geh Du zurück nach New York und lebe Dein Leben. Das ist das beste für uns alle.«

Tara wendet sich ab und geht weiter. Einfach so. Ohne sich noch einmal nach mir umzudrehen.

»Woher willst Du wissen, was das beste für mich ist?«, brülle ich und folge ihr mit großen Schritten. Sie ist so stur. So typisch irisch. »Aaaah!«, stöhne ich und muss schauen, dass ich ihr hinterher komme.

Ich greife nach ihrem Ärmel und zwinge sie, sich zu mir umzudrehen. Für ein paar lange Sekunden bleibt mein Herz stehen. Tränen laufen über Taras Wangen. Sie schaut so verletzlich aus.

»Nur, damit Du es weißt, ich habe nichts mit Róisín. Eigentlich kenne ich sie kaum.«, knurrt sie. Irritiert starre ich sie an. Verstehe den Sinn ihrer Worte nicht.

»Was?«

»Ella, Róisín hat mir nur einen Gefallen getan. Als Deine Tussi aufgetaucht ist, habe ich nur noch rot gesehen. Ich wollte, dass Du genau den gleichen Schmerz wie ich fühlst. Deswegen haben wir letzte Nacht so getan, als würden wir es richtig wild miteinander treiben.«

»Sie ist nicht Deine Partnerin?«

»Nein.«

»Du hast auch nicht mit ihr … geschlafen?«

»Nein. Ich wünschte, ich hätte es getan. Aber es wäre nicht gegangen. Nicht nach unserer Nacht.« Taras Stimme wird immer leiser. Sie studiert den Sand vor ihren Füßen. Ich folge ihrem Blick. Die Feuchtigkeit lässt den Sand dunkel erscheinen.

»Aber … Tara … Was willst Du mir damit sagen?«

»Tu nicht so, als ob Du Dir das nicht denken kannst. Ich kann Dir nicht sagen, wie leid es mir tut, dass es ausgerechnet bei Dir passiert ist. Du bist unerreichbar für mich. Selbst wenn Du nicht in New York leben würdest hätte ich keine Chance. Warum hast Du nicht gesagt, dass Du eine Partnerin hast? Glaubst Du nicht, es wäre mir gegenüber fairer gewesen, wenn ich von ihr gewusst hätte? Sie liebt Dich und Du liebst sie. Und ich bleibe übrig.«

»Tara, ich … Verdammt!« Ich hole Schwung und kicke den Sand in hohem Bogen weg. Ein paar Meter weiter fällt er platschend zu Boden. Taras Lachen klingt dumpf. Und traurig. Unendlich traurig. Ich will nicht, dass sie traurig ist. Und schon gar nicht will ich, dass sie wegen mir traurig ist. Sollte ein Herz tatsächlich zerreißen können, ist es genau das, was meines gerade macht. Ich fühle mich schrecklich – aber vor allem schrecklich egoistisch. Ich bin eine Ego-Kuh.

Langsam hebe ich meine Hand und streiche vorsichtig eine feuchte Strähne aus Taras Gesicht. Sie senkt den Kopf, sagt aber nichts. Lässt es einfach geschehen. Wortlos. Regungslos.

Die Wellen rollen hinter uns an Land. So still ist alles hier. So friedlich. So weit abgeschnitten von Stress und Großstadtlärm. Hier hat Zeit eine völlig andere Bedeutung. Es ist fast so, als würde jemand sie anhalten. Sie einfrieren, dass ich jeden Moment, den ich erlebe, bewusst wahrnehmen und in meinem Herzen bewahren kann. Jeden von Taras Blicken. Jede Geste. Jedes Wort, das sie sagt und auch die Worte, die unausgesprochen zwischen uns hängen.

»Tara, bitte sag es mir. Sag mir, was Du fühlst.«, flehe ich leise.

»Und was soll das bringen? Du bist verheiratet. Du hast eine Frau. Ihr erwartet ein Kind. Spätestens in ein paar Tagen steigst Du ins Flugzeug und fliegst wieder in Dein Leben zurück. Es wird nicht lange dauern, dann hast Du mich vergessen.«

»Tara bitte. Ich muss wissen, was Du fühlst.« Ich fasse nach ihren Schultern. Meine Augen suchen ihre.

»Gut. Okay. Du willst es nicht anders. Ich hasse Dich, Ella. Du bist genau das Miststück, für das ich Dich vom ersten Moment an gehalten habe.« Meine Blicke treffen sich mit ihren. Sie starrt mich an. Tränen rinnen ungehindert über ihre Wangen. Sie lügt. Ich weiß, dass sie mich anlügt.

»Ich glaube Dir kein Wort. Sag die Wahrheit. Bitte.«, flehe ich. Sie strafft ihre Schultern und richtet sich auf, bis ihr Körper wie eine unüberwindbare Wand vor mir steht.

»Ich wollte nicht, dass es so kommt. Ich schwöre Dir, ich habe alles versucht, es zu verhindern. Aber es geht nicht. Ich kann mich nicht mehr länger dagegen wehren. Ich habe keine Kraft mehr. Verstehst Du?«

»Was fühlst Du für mich?« Es fällt mir schwer, hart zu bleiben. Aber ich will. Und ich muss. Nur die Ahnung reicht mir nicht. Ich muss es wissen. Ich muss es aus ihrem Mund hören.

»Ella, lass mich bitte. Es ändert doch sowieso nichts. Du verschwindest und ich bleibe. Du vögelst Sharon und ich weiß nicht, ob ich überhaupt noch einmal Lust habe, mit einer anderen Frau zu schlafen. Ständig sehe ich Dein Gesicht vor meinen Augen. Wie soll ich mich da auf andere Frauen einlassen? Du bist omnipräsent. DU stellst mich auf den Kopf. Seitdem DU da bist ist nichts mehr so wie es sein soll.«

»Was füh … «

»Lass mich aussprechen. Bitte. Ich hätte nie für möglich gehalten, dass mir so etwas jemals passiert. Ich habe mich in Dich verliebt, Ella, und zwar schon in dem Moment, als ich Dich am Flughafen gesehen habe.«

Ich schlucke. Und seufze. Weiß nicht, was ich tun soll. Oder sagen. Dass ich hier mit Tara stehe fühlt sich so richtig an. So vollkommen. Und doch ist nichts vollkommen. In Taras Haus wartet Sharon. Die Frau, mit der ich verheiratet bin. Die Frau, die ein Kind bekommt, das sie mit mir großziehen will. Die Frau, die ich lieben sollte.

Langsam komme ich mir immer mehr wie ein Teenager vor, der noch feucht hinter den Ohren ist und keine Ahnung vom Leben hat, dafür aber mit einer extra großen

Portion Selbstbewusstsein ausgestattet ist. Gut, das mit dem Selbstbewusstsein stimmt so nicht. Im Moment fühle ich mich überhaupt nicht selbstbewusst.

»Ich habe mich in Dich verliebt.« Taras Worte hämmern in meinem Kopf. Mein Herz hüpft und springt wie ein Känguru durch meine Brust.

»Denkst Du, dass der Sand weiter hinten etwas trockener ist?«

»Klar. Warum fragst Du?«

»Weil ich mit Dir schlafen möchte.« Entsetzt reiße ich die Augen weit auf. Das habe ich jetzt nicht gesagt, oder?

»Ich möchte Dich lieben, Tara. Ich möchte, dass Du fühlst, was ich fühle.«

»Was fühlst Du denn, Ella? Wir reden immer nur über mich. Was ist mit Dir? Was empfindest DU für mich?«

»Reicht Dir, wenn ich Dir sage, dass meine Gefühle nicht wirklich anders als Deine sind?«

Sie nickt. Und greift nach meiner Hand. Unsere Finger verflechten sich ineinander. Ein heißer Schauer jagt durch meinen Körper. Mein Bauch kitzelt, als ob sich tausende Schmetterlinge in mir zu einem Date verabredet hätten. Ich kann kaum erwarten, sie zu berühren. Ich werde sie lieben. Nicht hart und ungestüm, sondern langsam und zärtlich. Und ich werde alles tun, um sie glücklich zu machen. Für den Moment wenigstens.

»Nicht weit von hier ist ein kleiner Teich. Dorthin führt nur ein schmaler Pfad. Der Teich liegt hinter Felsen und

Büschen verborgen. Nur wer ihn kennt, findet ihn auch. Dort sind wir ungestört. Niemand wird uns sehen.«, flüstert Tara mit heiserer Stimme. Sie beschleunigt ihren Schritt. Wir gehen nicht. Wir laufen auch nicht. Wir rennen.

»Geh schon mal vor, ich komme gleich.«, flüstert sie leise. Der tiefe Klang ihrer Stimme lässt mein Herz vor Vorfreude und Aufregung hüpfen.

»Was machst Du?«

»Ich habe vor ein paar Tagen eine Kiste zwischen den Büschen versteckt, weil ich dachte, dass wir vielleicht ein Picknick machen könnten. Jetzt ist der perfekte Zeitpunkt, sie zu holen.«

Mit einem schelmischen Grinsen im Gesicht verschwindet sie. Meine Körpertemperatur steigt. Ich habe Fieber. Mindestens vierzig Grad. Und es steigt immer weiter, genauso wie meine Aufregung.

Und was machen wir jetzt?«, frage ich zwei Stunden später. Meine Stimme zittert immer noch. Ebenso meine Beine. Die Wogen des letzten Orgasmus sind noch nicht ganz abgeklungen. Ich will mehr von Tara. So viel mehr.

Ich will sie lieben. Und sie auf Händen tragen. Ich möchte ihr meine Welt zu Füßen legen und ein Teil von ihrer Welt sein.

Wir haben nicht nur miteinander geschlafen. So viel mehr ist zwischen uns passiert. Etwas viel größeres. Weltveränderndes.

»Ich wünsche mir, dass wir ein Foto miteinander machen. Dann habe ich wenigstens etwas, was ich jeden Tag anschauen kann. Wenn Du nicht mehr da bist, meine ich.«, flüstert Tara. Blaue Augen versinken in braunen. Ich wünschte, jemand würde wirklich die Zeit anhalten. Ich kann und will mich nicht von ihr lösen.

»Aber … «, erwidere ich lahm.

»Schschsch. Sag nichts. Lass uns einfach schweigen, okay?«

Ein paar Minuten später erhebt sie sich langsam und reicht mir ihre Hand.

»Lass uns gehen.«

»Und dann?«, frage ich mit unüberhörbarem Schmerz in der Stimme. Sie strafft ihre Schultern und reckt ihren Kopf.

»Ich werde mich darum kümmern, dass jemand Dein Erbe verwaltet und dafür sorgt, dass Du regelmäßig auf dem Laufenden gehalten wirst.«

»Was habe ich eigentlich geerbt? Warum macht Ihr da so ein Geheimnis draus?«

»Wir machen kein Geheimnis. Deine Tante hat darauf bestanden, dass wir dafür sorgen, dass Du Liebe und Verständnis für das Land Deiner Wurzeln bekommst. Das haben wir getan. Dein Erbe beinhaltet eine große Verantwortung. Du hast eine kleine Stadt geerbt, sozusagen. Vor vielen Jahren kamen Deine Urgroßeltern auf die Insel und haben angefangen aus Nichts etwas Großes zu machen. Sie haben eine Firma gegründet, die heute überall auf der Welt bekannt ist.«

»Eine Firma? Aber Du sagtest doch … «

»Ich weiß, was ich gesagt habe. Du hast deshalb eine kleine Stadt geerbt, weil ausnahmslos jeder Job in irgendeiner Weise mit der Firma in Zusammenhang steht. Die Leute sind abhängig von Dir und Deinen Entscheidungen. Wenn Du die falschen Entscheidungen triffst, geht die Firma ein und die Stadt wird von der Bildfläche verschwinden. Deshalb ist es auch so wichtig, dass Du verstehst, wie wir Iren ticken. Wir werden alles an einen Anwalt übergeben. Er wird sich mit Dir in Verbindung setzen.«

»Um was für ein Unternehmen geht es? Über welchen Umfang sprechen wir?«

»Wir sprechen über einen sehr großen, internationalen Umfang. Aber darum werden sich die Anwälte kümmern. Das ist nicht mehr unser Job. Wir haben unser möglichstes getan. Alles andere kann nur noch die Zeit regeln. Ich wünsche mir einfach, dass Du das Vermächtnis Deiner Familie weiter leben lässt.«

»Tara. Was für ein Unternehmen?«

»Lach jetzt nicht. Hey. Du lachst ja jetzt schon. Warte mal ab. Gleich kugelst Du Dich über den Boden. Es ist … ein … «

Genervt rolle ich mit den Augen. Diese Mimik. Die Gesten. Ihr Grinsen im Gesicht. Sie spielt mit mir. Und treibt mich in den Wahnsinn.

»Entstanden ist alles aus einer kleinen Catering-Firma. Siehst Du? Ich wusste, doch, dass Du lachst. Deine Tante hat in den vergangenen Jahren das Sortiment radikal verändert. Jetzt bietet Dein Unternehmen Tiefkühlprodukte für den globalen Markt an. Alles ausschließlich Bio und aus nachhaltigem Anbau. Erst kurz vor ihrem Tod hat Renata das Fair-Trade-Siegel für das Unternehmen erhalten.«

Dicke Tränen kullern über meine Wangen. Im ersten Moment dachte ich noch, dass Tara mich verarschen will. Ein kurzer Blick in ihre Augen überzeugte mich jedoch vom Gegenteil. Ein Catering-Unternehmen. Internationaler Markt. Bio-Produkte mit Fair-Trade-Siegel. Unglaublich. Meine Herkunftsfamilie hat tatsächlich auf ähnliche Weise ihr Geld verdient wie ich. Fassungslos starre ich Tara an. Tiefe Zärtlichkeit steht in ihrem Blick. Sie ruht in sich. Langsam hebt sie die Hand und streichelt über meinen Kopf.

»Hör zu, Ella. Egal, was passiert, vergiss nie, wer Du bist. Vergiss nie die Visionen und Ideen, die Dich zu dem Menschen machen, der Du sein willst. Du bist eine so großartige und wundervolle Frau. Lass Dich von nichts und niemandem verbiegen oder zu irgendetwas zwingen, was Du nicht willst. Versprichst Du mir das?«

Ich nicke zaghaft. Taras Worte klingen so endgültig. Und vor allem klingen sie nach Abschied. Nach einem Abschied für immer. Ich will mich aber nicht von ihr verabschieden.

»Was machen wir jetzt?«, wiederhole ich mit zitternder Stimme die Frage, die ich ihr vor ein paar Minuten schon gestellt habe.

»Sobald wir zurück sind wirst Du Deine Sachen packen. Dann wird mein Vater Deine Mutter, Dich und Sharon zum Flughafen fahren. Über Donegal kannst Du ja mal aus dem Fenster schauen. Wenn Du willst, hebe kurz die Hand und winke. Ich werde am Strand stehen und Euch so lange hinterher schauen, bis der Horizont die Maschine schluckt.« Taras Stimme wird von Wort zu Wort immer leiser, bis sie schließlich ganz bricht. Sie atmet hektisch.

Wie auf Bestellung öffnen die Wolken ihre Tore und schicken dünnen Fieselregen herunter. Es ist, als ob der

Himmel weint. Seine Tränen mischen sich mit Taras. Und mit meinen.

Ich kann nicht mehr. Alpha-Tier Ella braucht eine Pause. Wie ein nasser Sack sinke ich zu Boden. Tara hockt sich neben mich in den Sand.

Ich muss sie einfach noch einmal in den Arm nehmen. Mich an sie drücken, ihren Herzschlag an meinem spüren. Ihren Duft inhalieren und in mir aufnehmen. Meine Lippen auf ihre legen und sie schmecken. Ich weiß, dass ich es lieber lassen sollte, aber ich kann nicht. Ich muss es einfach tun. Zum allerletzten Mal.

»Ich werde Dich niemals vergessen.«, flüstere ich.

»Und ich werde jede Sekunde an Dich denken.«

16. Tara

Zwei kleine rote Punkte tanzen durch die undurchdringbare Wand aus Nebel, Fieselregen und meinen Tränen und werden von Sekunde zu Sekunde kleiner. Die Rücklichter vom Auto meines Vaters. Er hat kostbare Fracht an Bord. Vor seiner Abfahrt habe ich ihm das Versprechen, vorsichtig zu fahren, abgerungen.

Ich hebe meine Hand und hoffe so sehr, dass Ella mich noch sieht. Auch Minuten nachdem keine roten Rücklichter mehr zu erkennen sind, stehe ich an der gleichen Stelle und winke immer noch. Meine Tränen mischen sich mit den kalten Regentropfen, die der Himmel auf die Erde spuckt.

Wenn ich an mich und meine Bedürfnisse denke, war die Entscheidung, Ella ziehen zu lassen, falscher als falsch. Denke ich jedoch an sie und das ungeborene Kind unter Sharons Herz, hätte ich mich nicht anders entscheiden können. Nicht anders entscheiden dürfen. Ich darf das, was Ella mit Sharon hat nicht zerstören, selbst dann nicht, wenn mein Herz in tausend Teile bricht.

Mit hängenden Schultern trotte ich nach Hause. Die Haustür steht offen. Meine Mutter hält mir ein großes Duschtuch hin. Ellas Duft schwebt mir entgegen und steigt in meine Nase. Mein Herz wummert und schlägt bis zum Hals.

»Ist sie doch nicht mitgefahren?«, frage ich hoffnungsvoll.

»Doch. Aber ich soll Dir das hier von ihr geben.« Sie greift hinter sich und drückt mir ein Parfümfläschchen und einen weichen Kapuzenpulli in die Hand. Auch sie hat Tränen in den Augen. Ich vergrabe meine Nase im weichen Stoff. Ellas Duft umgibt mich. Ich spüre ihre Nähe so intensiv, dass es sich anfühlt, als bräuchte ich nur meine Hände nach ihr ausstrecken. Aber sie ist nicht da. Sie ist weg. Und als Abschiedsgeschenk hat sie mein Herz mitgenommen.

»Ich war so frei und habe ihr Deinen Lieblingspulli eingepackt. Ich hoffe, Du bist mir nicht böse.«

Wie sollte ich meiner Mutter böse sein? Wie immer meint sie es nur gut. Allerdings will ich mir nicht Sharons Reaktion vorstellen, wenn sie den Pulli entdeckt.

»Komm rein, Schatz. Lass uns Kaffee trinken. Und dann reden wir.«

Warum hast Du sie gehen lassen?«, fragt meine Mutter. Sie schaut mich traurig an.

»Weil sie eine Partnerin hat. Sie ist verheiratet, Mum. Und erwartet ein Kind. Was hätte ich denn tun sollen?«

»Um sie kämpfen. Du bist doch verliebt in sie. Glaubst Du nicht, dass sie es wert ist?«

»Doch. Schon. Aber sie liebt ihre Frau. Hast Du Dir Sharon mal angeschaut? Auf einer Skala auf eins bis zehn ist sie eine zwanzig. Da kann ich nicht mithalten.«

»Oh doch, das kannst Du. Du bist viel attraktiver als diese Sharon. Hast DU DICH mal genauer angeschaut? Wenn nicht, solltest Du das dringend nachholen. Du bist so eine gut aussehende Frau. Und Ella weiß das auch. Außerdem vergisst Du, dass diese Sharon einen eher zweifelhaften Charakter hat. Du bist ein guter Mensch, Tara. Du hättest sie nicht gehen lassen sollen. Nicht kampflos.«

»Aber Du predigst doch immer, dass man sich nicht in eine Beziehung einmischen darf.«

»Ach Tara. Ich würde mir wünschen, Du hättest mir nicht so genau zugehört. Ob Du es Dir eingestehen willst oder nicht … Du bist in Ella verliebt und sie in Dich. Weißt Du, Schatz, wenn ich eines in den letzten Tagen gelernt habe, ist das, dass im Krieg und in der Liebe alles erlaubt ist.«

»Ich bin aber nicht im Krieg.«

»Tara Máiréad O`Neill.« Ohne weiter zu sprechen schließt meine Mutter ihren Mund wieder und zieht mich in ihre Arme. Tränen steigen in meine Augen. So oft wie in den letzten Stunden habe ich mein ganzes Leben nicht geweint. Ich vermisse Ella. Schon jetzt.

»Schau mal, Mum, die haben wir zum Abschied gemacht.«

Ich angle nach meinem Handy und öffne den Ordner mit den Fotos, die ich von Ella und mir gemacht habe. Wir lächeln in die Kamera. Wir schauen uns an. Wir schauen miteinander in die gleiche Richtung. Wir küssen uns. Leises Seufzen huscht über meine Lippen. Ich spüre Ellas Lippen noch auf meinen, ihre Hände auf meiner Haut. Was auch immer das Leben noch mit mir vorhat, Ella wird immer einen festen Platz in meinem Herzen behalten.

»Die Fotos sind wunderschön. Ihr seid ein so schönes Paar. Ach Tara. Meine Kleine … «

17. Ella

Wie jeden Morgen stehe ich am Fenster und schaue über den Central Park. Ich liebe diese paar Minuten, die nur mir gehören. Mein dampfender Kaffeebecher, die herrliche Aussicht über den Park und ich.

Seufzend lege ich die Stirn in Falten. Früher fand ich während dieser paar Minuten innere Ruhe und konnte Kraft für den vor mir liegenden Tag tanken. Heute kommt es mir so falsch vor, dass ich hier stehe. Mein geliebtes New York ist auch nicht mehr so, wie ich es bis vor etwas mehr als zwei Jahren wahrgenommen habe. Alles ist noch viel hektischer und lauter geworden und immer öfter beschleicht mich das Gefühl, nicht mehr richtig mithalten zu können.

Obwohl der alte schlabbrige Kapuzenpulli nicht mehr nach ihr riecht, trage ich ihn jeden Tag. Ich kuschle mich in den verwaschenen Stoff und schlinge meine Arme um meinen Oberkörper. Wie jeden Morgen stelle ich mir vor, es wären IHRE Arme, die mich halten und nicht meine eigenen. Dann fühle ich ihre Nähe und glaube sogar, ihren

Duft noch wahrnehmen zu können. Ich weiß, dass das so nicht sein kann. Trotzdem hilft es mir.

Zwei kurze Ärmchen legen sich um meine Beine.

»Mommy Ella!«

Mit einem Lächeln im Gesicht strecke ich meine freie Hand aus und streichle liebevoll über weiches blondes Haar.

»Guten Morgen, mein Großer. Hast Du gut geschlafen?« Er nickt eifrig. Leuchtende Augen blitzen freudig. Langsam gehe ich in die Knie und ziehe ihn an mich. Sein kleiner Körper ist noch bettwarm. Während ich ihn aufmerksam betrachte reibt er sich die Augen und gähnt herzhaft.

Die Ähnlichkeit zu seiner Mutter ist so extrem, dass der Schmerz, den ich empfinde, kaum zu ertragen ist. Ich liebe dieses Kind, als wäre es mein eigenes. Ihn zu verlieren wäre das zweitschlimmste, was mir passieren könnte. Nicht nur einmal habe ich in der letzten Zeit darüber nachgedacht, endlich einen dicken Strich unter die Beziehung mit Sharon zu ziehen, sie gehen zu lassen und neu anzufangen. Weil seit seiner Geburt die Drohung, ihn mir wegzunehmen mehr oder weniger unausgesprochen in der Luft hängt, habe ich diesen Schritt immer wieder aufgeschoben.

Er ist der Grund, warum ich jeden Tag aufstehe, den Weg in die Firma antrete und mich durch Termine und Events quäle. Außerdem ist er der Grund, warum ich jeden Abend nach Hause kehre und mich Sharons Boshaftigkeiten und Erniedrigungen aussetze. ER ist der Grund, warum ich durchhalte.

Seit meiner Rückkehr aus Irland empfinde ich all das, was mir früher Spaß gemacht hat, nur noch als notwendiges Übel. Meine Arbeit finanziert uns ein gutes Leben, aber vor allem sichert sie seine Zukunft und ein Leben in Wohlstand und Sicherheit. Mehr ist da aber nicht mehr. Ich brenne nicht mehr. Ein ruhigerer Job mit weniger Verantwortung würde mir und meinen Bedürfnissen im Moment sehr viel mehr entsprechen, als mein Geschäft, das mir jeden Tag alles abverlangt. Aber leider kann man es sich nicht immer aussuchen.

Benny ist ein empathisches Kind. Er spürt, wenn etwas um ihn herum nicht passt. Sein kleines Herz pocht schneller. Traurige Augen suchen meine. Obwohl er noch nicht sagen kann, was in ihm vorgeht, sehe ich es ihm an. Ich muss ihn ablenken, dafür sorgen, dass er nicht unter meiner Weltuntergangsstimmung leidet.

Meine Finger zucken. Sein lautes Lachen erfüllt meine Wohnung. »Nein, Mommy.«, quäkt er und windet sich unter meinen Fingern, die immer wieder in sein kleines Bäuchlein piksen. Wir kugeln zusammen über den Boden. Lange Beine verknoten sich mit kurzen. Ein spitzes kleines Fingerchen trifft zwischen meine Rippen.

Er nutzt den kurzen Schmerz, windet sich mit einem Ruck aus meiner Umarmung und springt auf. Lautes

Lachen gurgelt in meinem Bauch. Seine süßen kleinen Füße hinterlassen platschende Geräusche auf dem Fußboden, während das Windelpaket in seiner Hose bei jedem seiner Schritte hin und her wackelt. Egal wie hart ich als Geschäftsfrau agieren kann, sobald ich diesen jungen Mann sehe, läuft mein Herz über. Dann werden meine Augen weich und mein Herz jagt das Blut in Rekordgeschwindigkeit durch meinen Körper. Ich hätte nie gedacht, dass es jemals ein Kind gibt, das die Fähigkeit hat, mich zu erobern – dann lernte ich den Kleinen kennen. Poff – verliebt.

»Bist Du nicht mal in der Lage, dafür zu sorgen, dass Benjamin leiser ist? Ich dachte eigentlich, ich hätte deutlich genug gesagt, dass ich heute ausschlafen will.« *Wie jeden Tag,* denke ich und rolle mit den Augen. Wie eine Rakete eilt Sharon auf uns zu. Bei jedem ihrer Schritte hüpft ihr langes Haar. Ihre Augen blitzen wütend. *Fehlt eigentlich nur noch, dass sie eine Feuerspur hinter sich herzieht,* denke ich und bemühe mich, ein breites Grinsen zu unterdrücken.

»Ella! Ich rede mit Dir!«, schimpft sie.

»Mommy ShaSha!«, quäkt der Kurze in höchsten Tönen und läuft, so schnell seine kleinen Füße ihn tragen, auf Sharon zu. Er streckt seine Ärmchen nach ihr aus. Mit giftigem Ausdruck in den Augen hebt sie ihn hoch und wirbelt ihn im Kreis. Er quietscht und kreischt. Ich wende mich ab. Kann das, was ich sehe, kaum ertragen. Benjamin liebt seine Mutter. Sie wird ihn enttäuschen und sein kleines Herz brechen. Wenn es soweit ist werde ich alle, mir zur Verfügung stehenden, Mittel brauchen, um ihn aufzufangen. Er ist noch so unschuldig. So liebevoll und zuckersüß. Es zerreißt mir das Herz, wenn ich an das denke, was noch auf ihn zukommen wird.

»Liebst Du mich?«, flüstert Sharon ein paar Minuten später. Sie tritt hinter mich und haucht mir ins Ohr. Ein unangenehm heißer Schauer jagt über meinen Rücken. In einem anderen Leben trieben sie und ihr Körper meinen Blutdruck in die Höhe. Ich habe sie geliebt. Dachte ich zumindest.

Aber dann lernte ich Tara kennen. Uns blieb nicht viel Zeit zusammen. Trotzdem fühlte ich mich frei und geborgen in ihrer Nähe. Obwohl die Tage, die wir miteinander verbracht haben, mittlerweile etwas mehr als zwei Jahre zurückliegen, erinnere ich mich an jede ihrer Gesten, an den leicht salzigen Geschmack ihrer Lippen, und an das Gefühl, das sie in mir erzeugte, wenn sie mich in ihre Arme schloss, oder mich aus ihren dunklen Augen anfunkelte. Der alte Kapuzenpulli, in den ich mich seitdem immer einkuschle, wenn die Sehnsucht nach ihr zu groß wird (was nahezu immer der Fall ist), und meine Erinnerungen an sie und die Zeit mit ihr, sind alles, was mir geblieben ist.

Ich hätte gerne mehr von ihr gehabt, sie in Ruhe kennengelernt. Vielleicht wäre sie tatsächlich DIE Frau gewesen, an deren Seite ich für den Rest meines Lebens glücklich gewesen wäre.

Leider sieht das Leben oft andere Wege vor. Der Moment unseres Abschieds hat sich für ewig in mein Herz gebrannt, oder besser in das, was von meinem Herzen noch übrig ist. Niemals werde ich vergessen, wie sie vor mir stand, mich aus leeren Augen anstarrte und mir sagte, dass ich gehen soll. Sie wollte sich nicht zwischen Sharon und mich drängen, wollte Sharons Kind den Start ins Leben nicht zerstören. Stattdessen zerstörte sie sich selbst. Und mich.

Seit ich Tara kennengelernt habe, bin ich nicht mehr die gleiche wie vorher. Ich habe mich verändert, bin ruhiger geworden und hechle nicht mehr so sehr mir selbst hinterher. Wäre Tara bei mir, wäre sie bestimmt stolz auf mich. Aber sie ist nicht bei mir. Tausende Meilen liegen zwischen uns.

Bestimmt hat sie sowieso schon seit langem eine andere Frau an ihrer Seite. Róisín vielleicht? Obwohl Tara und sie ihre Liebesnacht nur inszeniert haben, geben sie das perfekte Paar ab. Ich wäre so gerne die Frau an ihrer Seite gewesen. Die Frau, die glückliches Leuchten und Strahlen in ihre Augen zaubert und obwohl es nicht so ist, wünsche ich ihr nichts mehr als alles Glück dieser Welt.

Trotzdem möchte ich Tara wiedersehen. Unbedingt. Nur noch einmal in ihre schönen braunen Augen schauen. Sie noch einmal in meinen Armen wiegen. Ihre Lippen noch ein letztes Mal auf meinen spüren. Einzig die Hoffnung, dass ich irgendwann die Chance dazu bekomme, hält mich aufrecht.

Zweimal war ich noch in Donegal, um mit Máire, Caleb, und ein paar Anwälten zu besprechen, wie es mit meinem Erbe weitergehen soll. Wir entwickelten Pläne und feilten an deren Umsetzung – so lange, bis alle Parteien zufrieden waren. Sharon hasst Irland. Trotzdem begleitete sie mich auf beiden Reisen und wich nicht von meiner Seite. Sie ließ mir keine Möglichkeit, ein persönliches Gespräch mit Máire und Caleb zu führen, oder gar ein Treffen mit Tara zu arrangieren.

Tara ist und bleibt für mich nichts anderes als eine schöne Erinnerung. Sie hat nicht ein einziges Mal versucht, Kontakt mit mir aufzunehmen. Kein Brief, keine Mail, nicht einmal eine kurze Nachricht bei Whatsapp oder Facebook. Während der ersten Wochen nach meiner Rückkehr habe ich jeden Tag gehofft, dass sie sich bei mir meldet und mir sagt, dass sie um mich kämpfen will. Irgendwann musste ich die Realität akzeptieren und lernen damit umzugehen, dass ich sie verloren hatte. Ich versuche alles, um das tiefe Seufzen, das aus meiner Brust aufsteigen will, zurückzuhalten. Tränen brennen in meinen Augen.

»Reiß Dich zusammen, Ella. Haben wir nicht ausgemacht, dass Du den alten Lappen endlich wegwirfst?« Ihr Blick. Abfällig ist definitiv die

Untertreibung des Tages. Das Blut in meinen Adern kocht. Wäre ich nicht so ein netter Mensch, würde ich …

»Das ist kein alter Lappen. Außerdem weißt Du, was mir dieser Pulli bedeutet.«

»Blaa blaa blaa. Hör doch endlich mit diesem sentimentalen Dreck auf. Das nervt nur noch. Ich muss Dich doch hoffentlich nicht an unsere Absprache erinnern, oder?«

Nein. Natürlich nicht. Schließlich führst Du sie mir ja jeden Tag vor Augen. Ich schnaube vor Zorn.

»Lass mich in Ruhe, Sharon. Du hast doch sowieso schon alles, was Du immer wolltest. Was willst Du denn noch? Noch mehr Geld?«

»Ich will, dass Du Dich zu mir und unserer Liebe bekennst. Heirate mich noch einmal.«

»Liebe?« Ich spucke das Wort, das mir einmal so viel bedeutet hat, aus, als wäre Liebe das schlimmste, was einem Menschen passieren kann. »Du weißt doch überhaupt nicht, was Liebe ist.«

»Ach. Du aber schon, was? Tu nicht immer so, als ob Du so viel besser wärst als ich. Was hättest Du denn getan, wenn Du an meiner Stelle gewesen wärst?«

»Fragst Du mich jetzt ernsthaft, was ich getan hätte? Du kennst mich gut genug, um Dir die Frage selbst zu beantworten.«

»Das ist mir schon klar, dass Du jetzt *Arschbacken zusammenkneifen und durchstarten* sagst. Du vergisst nur leider, dass ich nicht so ein Tier bin wie Du. Ich bin nicht der Typ Mensch, der sein Leben damit verbringen möchte, sich den Arsch aufzureißen. Das überlasse ich lieber anderen. Als wir uns kennengelernt haben, habe ich meine Chance gewittert. Du hast Dich angeboten. Also habe ich zugegriffen. Und jetzt werden wir unser Ehegelübde erneuern.«

»Nein. Einen Teufel werde ich tun, Dich noch einmal zu heiraten. Im Gegenteil.«

»Was meinst Du dam … «

»Mommy Ella Piff-Paff.«, quäkt Benjamin und springt mit einem Satz auf meinen Schoß.

»Benny, geh spielen. Mommy Ella und Mommy ShaSha müssen sich unterhalten.«

»Mommy Ella Piff-Paff.«, versucht er es noch einmal. Wie jeden Morgen versucht er sein Glück, mich zu einem kleinen Ausflug auf den Spielplatz zu überreden. Freudig springt er vor uns auf und ab und klatscht in seine kleinen Händchen. Seine großen runden Augen strahlen glücklich.

Ich gehe in die Knie und hebe ihn in meine Arme. Seinen kleinen Körper an mich gedrückt, gehe ich in sein Zimmer und setze ihn auf seinem Spielteppich ab. Taras Mutter hat so recht. Damals hielt ich ihre Worte noch für heiße Luft, heute sehe ich die Dinge minimal anders. Jetzt bin ich selbst Mutter und Benjamin ist das wichtigste in meinem Leben. Egal wie, ich werde alles dafür tun, um alles Böse von ihm fernzuhalten, selbst wenn ich mir dafür die Hände schmutzig machen muss.

»Warte kurz. Mommy Ella kommt gleich wieder. Und wenn wir gegessen haben gehen wir auf den Spielplatz.«, sage ich und hauche einen sanften Kuss auf seine Stirn. Ich kralle mich mit beiden Händen am Türstock fest. Wie er mich anschaut. Mit diesem unschuldigen Blick, der meinem doch so wissend begegnet. Er ist noch keine zwei Jahre alt. Trotzdem versteht er viel mehr, als uns oft bewusst ist.

»Mommy Ella Piff-Paff.«, murmelt er und gähnt. Ich helfe ihm in sein Bettchen, decke ihn zu und warte, bis seine Augen zufallen. Erst als ich mir sicher bin, dass er schläft, verlasse ich sein Zimmer.

Vor der Tür bleibe ich stehen und atme tief durch. Bin ich für eine weitere Auseinandersetzung mit Sharon überhaupt gewappnet? Wie auch immer, … SO kann ich jedenfalls nicht mehr weitermachen. Die letzten Jahre waren der reinste Horrortrip für mich und ich muss diesen Spuk endlich beenden – komme was da wolle.

Mit dem Kaffeebecher in der Hand schleiche ich durchs Wohnzimmer. Sharon sitzt so gerade am Esstisch, dass es so ausschaut, als hätte sie einen Stock im Arsch. Ob ich noch nette Worte für Sharon finde? Nein. Nicht wirklich. Lieb und nett war gestern. Heute bin ich nur noch am Ende und will endlich einen Strich unter die schlimmsten zwei Jahre meines Lebens ziehen.

Der Blick, mit dem sie mich fixiert, ist eiskalt.

»Okay, Ella. Dann reden wir. Du hast mich betrogen – und ich habe Dir verziehen. Aber anscheinend reicht Dir das noch nicht. Was willst Du denn noch?«

Ich lege meine Stirn in Falten und kneife meine Augen zusammen. Lautes Stöhnen huscht über meine Lippen. Sharon war schon immer eine Meisterin im Tatsachen verdrehen. Warum fällt mir das erst seit einigen Monaten vermehrt auf? Es fühlt sich so an, als hätte ich die Jahre vor meiner Reise nach Irland, mit Scheuklappen zugebracht. Einfach alles ignoriert, was mein schön geordnetes Leben durcheinander wirbeln hätte können. Sie hätte einfach nur sagen brauchen, dass wir uns gegenseitig betrogen haben. Aber so etwas macht Sharon nicht. Sie sucht die Fehler ausschließlich bei anderen – bei mir –, als sich an die eigene Nase zu fassen.

»Ich will nicht mit Dir streiten. Lass uns wie Erwachsene miteinander reden.«

»Ich streite doch überhaupt nicht. Wenn Du reden willst, dann rede.«

»Sharon, ich kann so nicht weitermachen. Deswegen möchte ich einen Schlussstrich unter unsere Beziehung ziehen.«

»Ich hoffe, Du bist Dir über die Konsequenzen im Klaren. Ich sage nur … Benjamin.«

»Hör auf, ihn als Druckmittel einzusetzen.«

»Warum? Hat doch zwei Jahre lang hervorragend funktioniert. Vergiss nicht, ich bin seine Mutter. Wenn Du Dich von mir trennst, werde ich dafür sorgen, dass Du ihn nie wiedersiehst.«

»Ach komm, Sharon. Das ist doch Bullshit. Du weißt genauso gut wie ich, dass Du damit nicht durchkommst. Fünfzig Prozent des Sorgerechts gehören mir. DU wolltest doch, dass ich ihn adoptiere.«

»Fünfzig Prozent gehören Dir? Hörst Du mich lachen? Ha ha ha. Als ob das jemanden interessiert. DU willst unsere Ehe beenden. Dann musst Du auch mit den Konsequenzen leben. Das ist mein letztes Wort. Überlege es Dir gut, Ella. Wir haben keinen Ehevertrag. Du weißt, was das heißt.«

»Ich bin mir dessen bewusst, ja. Fünfzig Prozent meines Einkommens gehören Dir.«

»Falsch. Mir gehören fünfzig Prozent Deiner Firma, fünfzig Prozent Deiner Wohnung und fünfzig Prozent Deines Erbes. Ha! Jetzt schaust Du, was? Hast wohl gedacht, Du kannst mich über den Tisch ziehen? Vergiss es, Ella. Ich werde Dich fertig machen. Das verspreche ich Dir. DU wirst in New York keinen Fuß mehr auf den Boden bringen – und auch an keinem anderen Ort auf der Welt. Dafür werde ICH sorgen. Und wenn es das letzte ist, was ich tue.«

Der Unterton in ihrer Stimme ist schneidender als die Klinge eines schweizer Taschenmessers. Getroffen zucke ich zusammen.

Sharon stemmt sich mit beiden Händen auf dem Tisch ab. Ihre Augen sind voller Hass. Ich habe keinen Zweifel an ihren Worten. Wenn sie mit etwas droht, wird sie es auch durchziehen, bis ich blutend auf dem Boden liege und mich nicht mehr rühren kann. Und selbst dann wird sie noch einmal nach mir treten, damit auch das letzte Fünkchen Leben aus mir weicht.

Aber egal, was passiert, das Sorgerecht für Benjamin werde ich erhalten. Und dann werde ich mit ihm zusammen neu anfangen. Und wenn ich dafür ans andere Ende der Welt ziehen muss.

»Hast Du mich jemals geliebt?«, frage ich, obwohl ich die Antwort schon zu kennen glaube.

»Liebe! Was bedeutet schon Liebe?!? Wach auf, Ella. Liebe vergeht. Das einzige, was bleibt, ist Geld. Und davon hast Du ja mehr als genug. Dein Körper war am Anfang auch noch ganz nett anzuschauen. Außerdem hat mir die Position an Deiner Seite genügend Möglichkeiten zum Spaß haben verschafft. Du dachtest doch wohl nicht, dass ich den ganzen Tag Zuhause saß und auf meine erfolgreiche Ehefrau gewartet habe? Du bist so naiv, Ella.«

Sie zuckt mit den Schultern und schaut mich mitleidig an. Dann entfernt sie sich rasch. Bestimmt nimmt sie sich wieder für den Rest des Tages frei und pflegt ihren Schönheitsschlaf.

Obwohl ich es hätte ahnen müssen, schmerzen ihre Worte. In meinem Bauch kocht blanke Wut. Ich bin wütend. Auf sie. Auf mich. Und auf die vertrackte Situation, in der ich mich befinde. Ich würde am liebsten auf etwas einschlagen, oder meinen Becher an die Wand donnern. Gerade noch rechtzeitig beherrsche ich mich und versuche, meinen Atem zu kontrollieren.

Mit dem kalten Kaffeebecher in der Hand stehe ich auf, gehe langsam auf die Fensterfront zu und lasse meine Blicke über den Central Park gleiten. Erst viel später wird mir bewusst, dass ich Abschied nehme. Es ist nur noch eine Frage der Zeit, dann gehört mein Zuhause genauso zu meiner Erinnerung wie Sharon. Und wie Tara.

Mommy Eeeellllaaaa!«, schreit Benjamin und rennt mit offenen Armen auf mich zu. Sein Windelpaketpopo wackelt hin und her. Meine Augen schwimmen unter den Tränen, die sich in den Augenwinkeln bilden. Es sind diese Momente, die ich so sehr liebe. Stunden, die nur ihm und mir gehören. Jeder Besuch auf dem Spielplatz ist mit ihm etwas besonderes.

Sein sonniges Gemüt ist so ansteckend, dass er die Mütter der anderen Kinder damit reihenweise um den Finger wickelt. Da wird immer behauptet, dass süße Hunde perfekt zum flirten geeignet sind. Stimmt nicht. Charmante und süße Kinder sind viel besser.

»Mommy SchuSchu.«, ruft Benjamin, lässt sich vor mir ins Gras fallen und hebt mir seinen Fuß entgegen. Seine Augen leuchten mit den Strahlen der Sonne um die Wette.

»Na, mein kleiner Schatz, hast Du wieder den halben Sandkasten im Schuh?«, frage ich und lache ihn liebevoll an. Mein Herz wummert. Schlägt hart gegen meinen Brustkorb. Mit einem Seufzen ziehe ich ihm den Schuh vom Fuß und drehe ihn um. Benjamin lacht und quietscht, als eine riesige Ladung Sand zwischen uns auf den Boden rieselt.

»Egal was passiert, ich werde dafür sorgen, dass es Dir gut geht. Darauf gebe ich Dir mein Wort.«, flüstere ich.

»Darf ich Ihnen ein Stück Kuchen anbieten, Miss?« Eine ältere Dame setzt sich neben mich und drückt mir ein Stück Marmorkuchen für Benjamin und mich in die Hand. Sie zeigt mir ein zahnloses Lächeln.

»Gibt es zu Ihrem Kind gar keinen Vater? Sie sind immer so alleine hier und heute sehen Sie besonders traurig aus. Im Moment schaut es für Sie vielleicht nicht besonders gut aus und vielleicht kommen noch viel schwierigere Zeiten auf Sie zu. Aber glauben Sie mir, junge Frau, wenn ich Ihnen sage, dass am Ende alles gut wird.«

Mit diesen Worten erhebt sie sich wieder und entfernt sich mit kleinen Schritten. Hätte ich ihr Stück Kuchen nicht in der Hand, würde ich wahrscheinlich denken, dass ihre Worte nichts als Einbildung sind.

Benjamins Magen knurrt so laut, dass ich beschämt zur Seite schaue. Ich war so sehr damit beschäftigt, ihm zuzuschauen und mir den Kopf zu zerbrechen, dass ich die Zeit vergessen habe. Ein Blick auf die Uhr lässt mich erblassen.

»Komm, Benny, gehen wir etwas essen.«

Er reicht mir seine Hand. Zusammen laufen wir an einem Ententeich vorbei und finden einen Platz in einem kleinen italienischen Restaurant.

Aus der Küche wehen leckere Gerüche zu uns herüber. Lautes Knurren aus meinem Bauch sorgt dafür, dass Benjamin in schallendes Gelächter ausbricht. Kaum steht ein Teller voller Spaghetti vor seiner Nase, stürzt er sich begeistert darauf.

Obwohl er es noch nicht richtig kann, besteht er seit ein paar Wochen darauf, selbst zu essen. Will ich ihn füttern, bricht er in Tränen aus oder wirft sich schreiend auf den Boden. Die anderen Gäste wollen in Ruhe essen und haben bestimmt keine Lust auf ein schreiendes Kleinkind. Also lasse ich ihm seinen Spaß. Bei der ersten Nudel, die platschend auf der weißen Tischdecke landet, entschuldige ich mich wortreich für das Malheur. Bei der zweiten hebe ich beschwichtigend die Arme. Bei der dritten lächle ich nur noch verlegen. Danach ist es mir egal.

Ein Kellner eilt heran. Er hält eine bunte Kinderserviette in der Hand, die er dem Jungen wie ein Lätzchen in den Ausschnitt steckt. Benjamin strahlt den Kellner mit leuchtenden Augen an und lässt einen Löffel nach dem anderen ungelenk in seinem Mund verschwinden.

Mit einem zufriedenen Lächeln im Gesicht schiebt er ein paar Minuten später seinen Teller zur Seite. Er lehnt sich zu mir herüber und drückt seine Tomatensoßenlippen auf meine.

Dankbar lasse ich es geschehen. Es ist mir nicht einmal peinlich. Bei all den Katastrophen, die in den letzten Jahren über mich hereingebrochen sind und in Zukunft noch über mich hereinbrechen werden, ist er der Grund, warum ich immer noch aufrecht stehe und mich dem Wind entgegenstelle.

Bist Du noch ganz bei Trost? Du hast so hart gearbeitet und jetzt überlässt Du IHR alles, ohne zu kämpfen? Ella, was ist los mit Dir?«

»Mum, das ist schon okay so. Meine Anwälte haben alles ausgerechnet. Entweder verkaufe ich mein Erbe, oder ich gebe Sharon was sie will. Das Erbe kann ich nicht verkaufen. Tante Renata hat vor ihrem Tod vertraglich geregelt, dass die Firma in meinem Besitz bleiben muss. Ich komme aus dieser Nummer nicht so leicht raus.«

»Jetzt weiß ich auch, warum Du so lang bei Sharon geblieben bist. Und was ist mit Benny?«

»Sie will dafür sorgen, dass ich ihn nie mehr wiedersehe.«

»Oh Schatz. Das tut mir so leid. Kann ich Dir irgendwie helfen? Soll ich zu Euch kommen?«

»Nein, Mum. Das muss ich mit Sharon alleine regeln.«

»Okay. Aber wenn Du Hilfe brauchst, rufst Du mich an. Dann setze ich mich sofort ins Flugzeug und reiße Sharon höchstpersönlich den Arsch auf. Mein Mädchen so fertig machen zu wollen. Ich fasse es nicht.«

Ein Lächeln huscht über meine Lippen. Da kann es mir noch so schlecht gehen, ein kurzes Telefonat mit meiner Mutter und ich fühle mich besser. Meine Mutter ist eine ruhige und ausgeglichene Frau. Sie hasst Gewalt. Wenn es um Sharon und ihre Boshaftigkeiten geht, ist sie sofort bereit, eine kleine Ausnahme zu machen. Das zu wissen tut mir irgendwie gut.

»Hast Du eigentlich noch mal was von Tara gehört?«

»Mum, bitte. Das Thema hatten wir doch schon so oft. Tara will nichts mehr von mir wissen. Sie hat mich schon lange vergessen. Außerdem habe ich keine Zeit. Ich muss um das Sorgerecht für Benjamin kämpfen und danach habe ich noch weniger Zeit. Ich bin jetzt Mutter. Weißt Du?«

»Aber auch Mütter haben doch Bedürfnisse.«

»Mum, bitte.«

»Ist ja schon gut. Ich meine ja nur.«

Wann wolltest Du uns eigentlich sagen, dass Du pleite bist?«

»Was?!? Ich bin doch überhaupt nicht pleite, jedenfalls nicht so.«

»Und warum berichten dann sämtliche Zeitungen davon? Hier! Du hast es sogar auf die erste Seite geschafft. Noch vor Donald Trump. Und das muss was heißen.«

Mit verächtlichem Blick knallt mein Assistent einen Stapel Zeitungen vor mir auf den Tisch. Ich zucke zusammen. Eigentlich dachte ich, dass Sharon und ich nach endlosen Streitereien einen guten Weg gefunden haben, aber wie ich jetzt sehe, war ich wohl auf dem Holzweg. Wieder einmal ist es ihr gelungen, mich zu blenden. Dafür könnte ich mir in den Arsch beißen.

Vor ein paar Wochen habe ich ihr meine Wohnung überschrieben und bin in eine kleinere Wohnung in Brooklyn gezogen. Die Übergabe für mein Geschäft soll in zwei Wochen erfolgen. Bis dahin wollte ich alles soweit fertig machen, dass ich es ordentlich übergeben kann. Dann die Belegschaft informieren. Erst wenn alles erledigt ist, wollte ich mir eine Pause gönnen, tief durchatmen und herausfinden, in welche Richtung mein Weg mich führen wird.

Wenn es mir gelingt, das Familiengericht von mir zu überzeugen, wird Benjamin in Zukunft bei mir leben. Ich bin dann eine Single-Mom und muss schauen, wie ich den Kleinen und mich über Wasser halte.

Mit einem ergebenen Seufzen lasse ich mich in meinen Stuhl sinken. Alles war so gut geplant, dass ich mir sicher war, jeden möglichen Fallstrick beachtet zu haben. Leider beweisen die Zeitungen vor meiner Nase, dass ich mich und meinen Einfluss wieder einmal hoffnungslos überschätzt habe.

»Du solltest nicht nur die Headline lesen.«

»Was meinst Du damit, Jeff?«

»Lies einfach. Und dann kannst Du mir erklären, was das alles zu bedeuten hat.«

Schnell überfliege ich den Text. Von Zeile zu Zeile und von Satz zu Satz werden meine Augen immer größer und mein Gesicht immer länger. Sharon hat sich also tatsächlich für eine Schlammschlacht entschieden. Jedes Wort, jede Zeile eine einzige Lüge.

»Und jetzt erzähl. Warum hast Du Sharon dazu gezwungen, ein Kind zu bekommen, obwohl sie gar nicht bereit dafür war?«

»Jeff, tut mir leid. Das geht Dich überhaupt nichts an. Sharon ist mein Problem. Wir können gerne über das Geschäft sprechen, aber mein Privatleben bleibt privat. Verstanden?«

»Ja. Ja. Schon okay.«

Lautes Klopfen an meiner Bürotür. Jeff und ich wenden uns gleichzeitig um.

»Mrs. Montanaro?«

»Die bin ich.«

»Gut. Wir müssen mit Ihnen sprechen.«

Auf einen Wink von mir verlässt Jeff mit eingezogenem Kopf mein Büro. Die Tür kracht hinter ihm ins Schloss. Mein Tag hat beschissen begonnen. Jetzt hat er die Möglichkeit, sich ins positive zu entwickeln. Wenn ich die Gesichter der zwei Männer anschaue, ahne ich allerdings, dass er eventuell noch schlimmer werden könnte.

»Wir haben Informationen, dass Sie illegale Einwanderer beschäftigen. Sie werden uns doch bestimmt einen Blick in Ihre Bücher gestatten. Außerdem müssen wir mit Ihren Angestellten sprechen.«

Ich nicke mechanisch, erhebe mich und hole sämtliche Personalordner der letzten Jahre hervor. Gott sei Dank habe ich die für die Übergabe an Sharon schon so weit vorbereitet. Hätte ich alles zusammensuchen müssen, würde ich spätestens jetzt völlig am Rad drehen. Diese Schlampe.

Ich habe sie unterschätzt, ihr nicht zugetraut, dass sie so durchtrieben ist. Sie will mich tatsächlich am Boden sehen. Durch die negative Publicity sinkt der Marktwert für mein Unternehmen. Dadurch kann sie mich zwingen, meine Ersparnisse anzugreifen. Schlagartig wird mir bewusst, dass ich ihre Drohung, mich fertig zu machen, nicht ernst genug genommen habe. Sie ist angeschossen und sieht ihre Felle davonschwimmen. Also tut sie alles, um das, was von mir noch übrig ist, zu zerstören. Sie will mich leiden sehen – und so wie sich die Dinge im Moment entwickeln, wird sie das auch.

Ich vermute mal, dass sie sich davon verspricht, dass ich angekrochen komme und sie anflehe, unserer Ehe noch eine Chance zu geben. Wenn das wirklich ihr Plan ist, schätzt sie mich allerdings völlig falsch ein. Lieber bin ich ein armer Schlucker und habe nichts, als die Kleidung, die ich am Leib trage, als noch einen Tag länger mit ihr zusammen zu sein und ihre Nähe ertragen zu müssen.

Die Demütigungen der letzten Jahre und der Druck, den sie mit Benjamin aufgebaut hat, haben mir endgültig die Augen geöffnet. Ich will und werde nicht einen Tag länger als Frau an ihrer Seite unter ihrer Fuchtel stehen.

Soll sie mir alles nehmen, was ich habe. Eines wird sie mir nicht nehmen. Meine Würde.

»Mrs. Montanaro? Die Bücher sind soweit korrekt. Wenn wir jetzt mit Ihren Angestellten sprechen könnten…«

Ich straffe meine Schultern und richte mich zu voller Größe auf. Hoch erhobenen Hauptes schreite ich an der Seite der Beamten von der Einwanderungsbehörde durch mein Geschäft und warte, bis sie fertig mit ihren Gesprächen sind. Erst dann geleite ich sie zur Tür, verabschiede mich höflich und gehe in mein Büro zurück.

Sharon, Du bist so ein Aasgeier. Du willst, dass ich nichts mehr habe? Leider hast Du eines nicht begriffen. Geld ist mir nicht wichtig. Nicht mehr. Und selbst, wenn Du alles hast, bin ich jetzt wenigstens frei.

Mommy Eeeellllllaaaaa!« Sein Anblick treibt Tränen in meine Augen. Seit Wochen habe ich ihn nicht gesehen, weil Sharon jeden Versuch, ihn zu treffen, im Keim erstickt hat. Einmal war er krank, ein anderes Mal unpässlich und so weiter und sofort.

Ich wische über meine Augen, gehe in die Knie und öffne meine Arme. Während er auf seinen kurzen Beinchen auf mich zuläuft, wackelt sein kleiner Windelpaketpopo hin und her. Mit dem heutigen Tag wird alles anders. Denn jetzt beginnt der nächste Abschnitt unseres Lebens.

Sharon und ich sind endlich geschieden. Ein langer und mühsamer Weg liegt hinter uns. Die letzten Monate haben mich unendlich viel Kraft gekostet. Ich habe bestimmt fünfzehn Kilo abgenommen, wenn nicht sogar noch mehr. Vor allem um die Nasenspitze bin ich ziemlich schmal geworden.

Ich habe viel verloren. Aber das wichtigste habe ich gewonnen. Meine Freiheit. Und ich habe gelernt, dass ich ALLES schaffen kann. Heute gehe ich hoch erhobenen Hauptes aus dem Gerichtssaal.

Benjamin reicht mir seine kleine Hand und schaut mich vertrauensvoll an. Er weiß noch nicht, was es zu bedeuten hat, dass er heute mit mir mitgehen darf.

Tiefes Seufzen huscht über meine Lippen. Die Gerichtsverhandlung war lang. Und hart. Unsere Anwälte nahmen sowohl Sharon als auch mich so lang in die Mangel, bis Sharon einknickte und aufgab.

»Nimm Du das Balg. Ich habe die Schnauze gestrichen voll. Ständig hat er die Hosen voll und will sich nicht von mir wickeln lassen. Außerdem bin ich jung. Ich will leben. Und Reisen machen. Kümmere Du Dich um ihn.«

Damit war alles gesagt. Der Richter nickte mir freundlich zu, setzte seinen Stempel auf das Dokument und nun habe ich es schwarz auf weiß: Ich bin alleinerziehende Single-Mom. Und, ganz ehrlich, ich bin stolz auf meinen kleinen Racker.

18. Tara

»Beeilung, Tara! Dein Flug geht in fünf Stunden und zweiundvierzig Minuten!« Das ist so typisch für meine Mutter. Bestimmt hat sie eine Stoppuhr, von der sie die verbleibende Zeit bis zu meinem Abflug auf die Sekunde genau ablesen kann.

Kopfschüttelnd rolle ich mit den Augen und stopfe Kleidung und Hygieneartikel in meine große Sporttasche. Laptop, Kamera, Objektive, ein kleines Stativ, Ladekabel und Auslandsstecker wandern in meinen Rucksack. So habe ich während des langen Fluges ausreichend Möglichkeiten, meinem Angebot den letzten Feinschliff zu verpassen und vielleicht das eine oder andere Foto aus dem Flugzeug zu machen.

Ein Lächeln huscht über meine Lippen. Der alte Kapuzenpulli, den Ella meiner Mutter bei ihrem Abschied in die Hand gedrückt hat, liegt vor mir und wartet darauf, dass ich ihn in den Rucksack packe. Aber hallo … klar muss er mit. Wo ich bin, ist auch der Pulli. That simple.

Ich vergrabe meine Nase im zerschlissenen Stoff und hole tief Luft. Natürlich riecht er nicht mehr nach ihr, aber so fühle ich mich ihr wenigstens ein bisschen näher. Seitdem sie vor fast drei Jahren die Insel wieder verlassen hat, habe ich nichts mehr von ihr gehört. Kein Brief, keine Mail, nicht mal eine Nachricht bei Whatsapp oder Facebook. In den ersten Wochen habe ich noch gehofft, dass sie sich irgendwie mit mir in Verbindung setzt, musste mich aber schlussendlich mit der Realität abfinden. Ella hat das Interesse an mir verloren. Bestimmt hat sie sich wieder mit Sharon zusammengerauft und führt eine glückliche Ehe. Ich bin nicht glücklich. Im Gegenteil.

Seit ich sie kennengelernt habe, gab es für mich keine Frau mehr. Keinen Sex, keine Zärtlichkeiten, nicht einmal einen Kuss. Ich bin leer. Und habe den Mumm verloren. Ella hat das kostbarste, was ich besitze, mitgenommen. Mein Herz.

Fast drei Jahre habe ich mich treiben lassen und verbrachte meine Tage damit, Trübsal zu blasen. Das einzige, was mir noch Freude bereitet hat, sind die Wellen des Atlantik. Sobald die Sonne die dunklen Winterwolken vertrieb, schwang ich mich auf mein Bord und stürzte mich in die Brandung. Ich suchte den Kick. Wenn das Bord mich knapp neben einem Felsen abwarf zuckte ich mit den Schultern und nahm es gelassen hin. Mir wäre sogar egal gewesen, wenn mein Kopf auf einen der Steine geknallt wäre. Hätte Ella mich so gesehen, hätte sie die Hände über dem Kopf zusammengeschlagen und mich geschüttelt. Es war ein Fehler, sie ziehen zu lassen.

Zweimal war sie noch in Donegal und ich habe mich extra in der Nähe aufgehalten, um ein paar Worte mit ihr zu wechseln, oder wenigstens einen kurzen Blick auf sie erhaschen zu können. Ich habe mich sogar hingesetzt und einen langen Brief geschrieben. Abgeschickt habe ich ihn nie.

Meine Hoffnung war, dass meine Mutter während der zähen Verhandlungen eine Möglichkeit findet, ihr den Brief zuzustecken, aber leider war dem nicht so. Schuld daran ist Ellas Glucke, die, obwohl sie während ihres kurzen Aufenthalts bei uns immer wieder betonte, wie sehr sie Irland hasst, immer an Ellas Seite klebte und sie natürlich zu beiden Terminen begleitete. Keine Chance für meine Mutter, ein paar persönliche Worte mit Ella zu wechseln.

Nach dem zweiten Termin wirkte meine Mutter besonders besorgt. »Ella hat abgenommen. Sie ist ganz schmal um die Nasenspitze.«, sagte sie. Erst dachte ich, dass sie übertreibt, doch dann zeigte sie mir ein Foto, das mein Vater aus sicherer Distanz heimlich von ihr gemacht hat. Schmal um die Nasenspitze ist leider minimal untertrieben. Abgemagert und eingefallen trifft es besser. Ihre Augen blickten leer in die Kamera. Traurig sah sie aus. Wie gerne hätte ich einfach meine Sachen gepackt und wäre zu ihr geflogen. Nur das Versprechen, das ich ihr zum Abschied gegeben habe, hielt mich davon zurück. Ich gab ihr mein Wort, mich nicht in ihre Beziehung mit

Sharon zu drängen und nichts zu tun, was ihr schadet. Also musste ich lernen, mit dem Wissen zu leben, dass ich nichts für sie tun kann. Ich habe mich in sie verliebt und alles auf eine Karte gesetzt, als ich mich ihr geöffnet und mit ihr geschlafen habe. Ich habe versucht, ihr Herz zu gewinnen, aber ich habe verloren. Ich habe sie verloren. Für immer.

Ella und ich hatten nicht viel Zeit miteinander. Wir haben es uns auch nicht leicht gemacht. Trotzdem waren die wenigen Stunden, die uns blieben, die intensivsten, die ich je erlebt habe. Ich denke gerne daran zurück. Dann taucht ihr Gesicht vor meinen Augen auf. Ihr spöttisches Lächeln, die leicht überhebliche Art, mit der sie die Welt um sich herum betrachtet, die geschwungenen Lippen und ihre strahlend blauen Augen. Auch wenn ich weiß, dass es nicht möglich sein kann, bilde ich mir ab und zu sogar ein, ihren Geruch im Stoff ihres alten Pullis wahrnehmen zu können.

Tiefes Seufzen huscht über meine Lippen. Ich drücke ihren Pulli, der seit langem ausschließlich nach mir riecht, an mich. Selbst wenn irgendwann nur noch einzelne Fetzen davon übrig sind, werde ich ihn hüten wie meinen Augapfel. Er und die Erinnerungen an sie und die Zeit mit ihr, sind das einzige, was mir geblieben ist.

»Tara Máiréad O`Neill! Glaubst Du, der Flugkapitän wartet, bis Du Deinen Revuekörper endlich ins Flugzeug geschaukelt hast? Jetzt komm schon endlich! Du musst los!«

Mittlerweile klingt die Stimme meiner Mutter ziemlich angefressen. Ich würde mich nicht wundern, wenn sie tief in ihrem Herzen nicht wenigstens ein kleines bisschen froh ist, mich ein paar Tage nicht sehen zu müssen. Seit Ella weg ist, bin ich nicht mehr so wie früher. Ich habe mich verändert. Bin ruhiger geworden und habe den Mumm verloren – ein Schatten meiner selbst. Frauen? Liebeleien? Oder gar Affären? Fehlanzeige. Wie soll ich auch?!? Einmal kurz nicht aufgepasst und schwupp, hat Ella mein Herz geraubt. In ihrer Verzweiflung über meine Veränderung hat meine Mutter mich vor ein paar Wochen sogar gefragt, ob ich nicht endlich mal wieder eine Frau mit nach Hause bringen möchte.

Das hat mir die Augen geöffnet. Sie hat recht. Ich muss endlich etwas tun, mein Leben wieder in die Hand nehmen. Dieses treiben lassen ist für eine gewisse Zeit vielleicht ganz schön, aber irgendwann … Heute IST irgendwann. Ich bin ein Alpha-Tier und Alpha-Tiere ziehen nicht den Kopf ein, nur weil ihnen der Wind den Sand in die Augen bläst. Es wird Zeit, dass ich mir meiner Fähigkeiten und meiner Persönlichkeit wieder bewusst werde.

»Hast Du alles? Deine Tickets? Deinen Reisepass? Die Unterlagen, die Du für Deine Präsentation brauchst?«

Ich nicke und schenke meiner Mutter ein liebevolles Lächeln. Seit mein Vater vor ein paar Monaten überraschend gestorben ist, hat sie nur noch mich, um die sie sich sorgen kann – und natürlich erfüllt sie diese Aufgabe mit all der Hingabe, die sie in sich trägt. Es fällt ihr schwer, mich ziehen zu lassen, dessen bin ich mir bewusst. Aber so weitermachen wie in den letzten Jahren kann ich auch nicht. Ich muss den Boden unter meinen Füßen wieder spüren, mir den Wind um die Nase wehen lassen. Und heute fange ich damit an.

»Aber warum denn ausgerechnet die USA?« Meine Mutter schaut so traurig aus, so verloren. Einsam ihr Herz. Jetzt schon, dabei bin ich noch gar nicht weg. Sie tut mir so wahnsinnig leid. Hätte ich sie doch lieber mitnehmen sollen? Eine Luftveränderung hätte ihr sicher nicht geschadet. Hier erinnert sie alles an meinen Vater und an die schönen und lustigen Zeiten, die wir alle gemeinsam erlebt haben.

Meine Mutter versucht immer, mich nicht merken zu lassen, wie sehr sie meinen Vater vermisst. Sie lächelt, obwohl ihr zum weinen ist und überspielt mit lockeren Sprüchen, dass es ihr überhaupt nicht gut geht. Sie will keinem zur Last fallen oder im Weg stehen. Am allerwenigsten mir. Trotzdem ist es nicht leicht, sie hier zurückzulassen, während ich, tausende Meilen entfernt, meiner Karriere nachgehe.

»Ach Mom. Ich liebe Dich. Keine Angst, ich bin schneller wieder da, als Du mich richtig vermissen kannst.«

»Das wage ich zu bezweifeln. Ich vermisse Dich nämlich jetzt schon. Wie lange wirst Du weg sein?«

»Ein paar Monate. Vielleicht zwei oder drei. Spätestens in einem halben Jahr bin ich wieder da. Bis dahin sollte mein Auftrag erledigt sein.«

»Aber Du hättest doch auch hier einen Auftrag annehmen können.«

»Schon … «, stöhne ich gedehnt. Seit ich meine Bewerbung für eine Ausschreibung in Los Angeles eingereicht habe, liegt sie mir mit ihren Argumenten in den Ohren und versucht alles, damit ich in Irland bleibe. Der Betrag, den das Unternehmen für meine Arbeit bietet, ist allerdings so unschlagbar, dass ich nicht ablehnen kann.

Die letzten zweieinhalb Jahre haben ein riesiges Loch in meine Ersparnisse gefressen. Ich brauche dringend Geld, wenn ich nicht untergehen und das Haus verlieren will. Außerdem brauche ich eine Luftveränderung. Ich muss spüren, dass ich noch am Leben bin. Vielleicht wendet sich dann endlich alles wieder ins positive.

»Wir telefonieren, Mum. Ich rufe Dich jeden Tag an. Versprochen. Ach Mum … «

Ich breite meine Arme aus und drücke meine Mutter eng an mich. Ihr Atem ist so hektisch, dass ich mir nun doch ein bisschen Sorgen mache. Gott sei Dank waren wir erst letzte Woche beim Arzt. »Alles okay.«, hat er gesagt und meiner Mutter attestiert, dass sie, wenn sie so weitermacht, mindestens neunzig wird. Allerdings glaube ich, dass sie ohne meinen Vater so lange überhaupt nicht mehr will.

Mit einem tiefen Seufzen lasse ich meine Hand über ihren Kopf gleiten, so wie sie es früher immer bei mir gemacht hat. Ich liebe meine Mutter. Trotzdem muss ich mich wieder fangen, damit ich auch für sie da sein kann. Der Job, den ich mir hoffentlich krallen werde, ist der erste Schritt in die richtige Richtung. Ich muss endlich von Ella loskommen und mein eigenes Leben wieder auf die Reihe bekommen.

Dass ich dafür meiner Heimat für eine Weile den Rücken kehren muss, ist für meine Mutter schwer zu verstehen. Hier erinnert mich alles an Ella und die wenigen intensiven Stunden, die wir miteinander geteilt haben. Aber auch an die schlimmsten Stunden meines Lebens, als ich realisiert habe, dass sie mir ihre Partnerin unterschlagen hat. Ich muss Ella loslassen. Und dafür muss ich gehen. Wenigstens für ein paar Monate. Dann wird auch alles wieder gut.

»Bye, Mum. Bis bald. Ich liebe Dich.«, flüstere ich und löse mich von ihr. Das Taxi, das mich zum Flughafen in Dublin bringen soll, wartet schon. »Wir müssen los, Miss.«, ruft der Taxifahrer und trommelt ungeduldig auf seinem Lenker herum.

Der Motor heult auf. Kleine Steinchen fliegen in alle Richtungen. Ich muss mich nicht umdrehen, weiß ich doch auch so, dass meine Mutter auch dann noch an der Hauptstraße steht und mir hinterher winkt, wenn das Auto, in dem ich sitze, schon lange nicht mehr zu sehen ist.

Mit meinem alten Rucksack auf den Schultern, meiner zerschlissenen Lederjacke und der verspiegelten Sonnenbrille unterscheide ich mich nur durch meine schnellen Schritte von den anderen Touristen, die in aller Seelenruhe den *Walk of Fame* entlang schlendern und die Sterne der Stars bewundern.

Gerne würde ich den Namen auf den einzelnen Sternen meine Aufmerksamkeit widmen, aber leider wird das nichts. Nicht heute. In Gedanken bin ich sowieso weit weg und habe keinen Blick für das, was um mich herum geschieht, übrig.

Genau zwei Minuten bleiben mir, um die Bosse des Sportartikellabels von mir und meiner Arbeit zu überzeugen. Zwei Minuten, in denen ich meinen irischen Akzent unterdrücken und meine Aufregung im Zaum halten muss. Keine Haspler, keine Versprecher. Wenn ich versage, nehme ich den nächsten Flug wieder nach Hause und klopfe schon übermorgen an die Tür meines Hauses. Das allerdings wäre der Super GAU. Ein Szenario, mit dem ich mich nicht auseinandersetzen sollte. Trotzdem beschäftigt es mich mehr als mir lieb ist. Seit Ella hinterrücks mein Herz geraubt hat, hat mein Selbstbewusstsein einen ordentlichen Knacks abbekommen. Ich neige dazu, die Dinge etwas negativer zu betrachten, als ich es vor ihrer Zeit getan hätte.

Wenn ich allerdings erfolgreich bin … Ich will mir gar nicht ausmalen, was dann alles möglich ist. Je mehr ich mich mit den verschiedenen Optionen, die sich mir bieten könnten, auseinandersetze, desto mehr steigen Puls und Blutdruck – und damit die Gefahr, dass ich Bockmist baue und mir diese einmalige Gelegenheit mit einem dummen Schnitzer versaue.

Je näher ich dem Gebäude, in dem sich das Unternehmen befindet, komme, desto nervöser werde ich. Früher hätte ich anders gehandelt. Statt das Risiko einzugehen, mich zum Affen zu machen, wäre ich wahrscheinlich wieder umgekehrt und hätte *»Scheiß drauf! Auch andre Firmen suchen gute Leute.«* gedacht. Heute kann ich mir so eine Chance nicht mehr entgehen lassen. Ich bin nicht mehr ganz jung und brauche das Geld. So einfach sind die Fakten. Wenn doch nur mein Körper auf mich hören würde. Meine Schritte werden kleiner und kleiner, die Entfernung zum Sitz der Firma trotzdem immer kürzer. Ich kann es nicht verleugnen … eine Scheißangst habe ich.

Das letzte Mal hatte ich solche Angst, als ich vor Ella stand und kurz davor war, mit ihr zu schlafen. Warum muss ich ausgerechnet jetzt an Sex denken? Und warum ausgerechnet an sie? Was ich jetzt überhaupt nicht brauchen kann ist ein verrückt spielendes Herz.

Ich muss mich beruhigen. Und das im besten Fall ziemlich schnell. Langsam einatmen und ausatmen, einatmen und ausatmen. Tief Luft holen. *Du schaffst das, Tara.*

Mit weit aufgerissenen Augen stehe ich vor dem Gebäude und lege meinen Kopf in den Nacken. Das riesige Gebäude hat bestimmt jede Menge Treppen. Was das heißt, wird mir schlagartig klar. Laut Information liegt das Büro der Firma im zwanzigsten Stock. Wie viele Stufen das wohl sind? Bis ich oben bin, werde ich es wohl wissen. Jede einzelne werde ich zählen und hoffen, dass ich kein Sauerstoffzelt benötige.

Jeder normale Mensch würde jetzt über mich die Augen verdrehen und sich fragen, warum ich nicht einfach den Aufzug nehme. Ich habe Platzangst. Allein die Vorstellung, ich könnte mit so einem blechernen Kasten irgendwo zwischen zwei Stockwerken hängen bleiben, jagt einen eiskalten Schauer über meinen Rücken. Ich seufze tief. *Dann mal los,* denke ich und setze mich in Bewegung.

»Achthundert Stufen!«, stöhne ich und stolpere auf den Informationsschalter zu.

»Wie bitte?«, fragt die aufgebrezelte Tussi und starrt mich irritiert an. Sie lächelt schief.

»Verdammte achthundert Stufen.«

»Wollen Sie etwa sagen, dass Sie gelaufen sind?«, fragt sie und betrachtet mich nun mit einer gewissen Neugier im Blick. Bestimmt lachen sie und ihre Kolleginnen hinter meinem Rücken, sobald ich aus ihrem Sichtfeld verschwinde.

»Ich mag Aufzüge nicht.«, erkläre ich überflüssigerweise und versuche, mein hektisches Atmen zu beruhigen. »Ich habe einen Termin mit Mr. Bradley.«

»Ach so. SIE sind das. Folgen Sie mir bitte.« *Sie sind das…* Wie sie das SIE betont. Als wüsste die ganze Firma, dass ich heute hier aufschlage.

»Mr. Bradley? Frau O`Neill ist eingetroffen. Soll ich … «

»Ah, vielen Dank. Schicken Sie sie herein.«

Meine Beine zittern, Schweiß rinnt über meinen Rücken. Ob ich Fluchtgedanken habe? Aber nein. Natürlich nicht. Viel lieber als zu fliehen, würde ich mich einfach in Luft auflösen und verschwinden. Poff … weg. Genau danach wäre mir jetzt. Eine Tarnkappe wäre auch keine schlechte Idee. Was in Luft auflösen und Tarnkappen mit Alpha-Tieren gemeinsam haben ist mir nicht ganz klar. Also bleibe ich und warte, dass ich zum Schafott geführt werde. Fast drei Jahre habe ich keine Präsentationen mehr gemacht oder Verhandlungen geführt. Die Aufregung jagt das Adrenalin durch meinen Körper. Ich schwitze. Und friere. Aber vor allem habe ich nicht den Hauch einer Ahnung, wie ich die nächsten Minuten überstehen soll.

»Gehen Sie schon. Sie werden erwartet.« Bevor ich es mir doch noch anders überlegen kann, schiebt mich die Dame vom Informationsschalter durch die offene Tür.

Ein großer Raum. Voller Menschen. Mindestens fünfundzwanzig Anzugträger und Anzugträgerinnen sitzen um einen riesigen Tisch und starren mich neugierig an.

»Ich bin hier falsch.«, würde ich am liebsten sagen, auf dem Absatz umdrehen und den nächsten Flug nach Dublin nehmen. Ein älterer Mann mit ergrautem Haar eilt auf mich zu. Er reicht mir die Hand.

»Hello, Frau O`Neill. Ich bin John Bradley. Schön, dass Sie den Weg zu uns gefunden haben.« Seine Stimme ist genauso warm wie seine Hand. Langsam wage ich, den Kopf zu heben und ihn anzuschauen. Sympathische Lachfältchen bilden sich um seine wachen Augen. Er zwinkert mir zu.

»Keine Angst. Wir kochen alle nur mit Wasser.«, raunt er leise und führt mich ans andere Ende des Raumes.

Jetzt kommt es darauf an, Tara. Reiß Dich zusammen. Ich versuche mich zu beruhigen und zähle in Gedanken die Schläge meines Herzens, das so hart in meiner Brust wummert, dass es sich anfühlt, als würde es herausspringen und so schnell wie möglich weglaufen wollen.

»Gut. Gut.«, sagt Mr. Bradley und kratzt sich am Kopf. »Ihr Angebot schaut ganz wunderbar aus. Sie leben in Irland, soweit ich weiß, oder? Wie wollen Sie einen reibungslosen Ablauf garantieren?«

Oh. Oh. Mir schwant böses. Die Skepsis in der Stimme des Firmenchefs gefällt mir nicht.

»Ach John. Heutzutage ist das doch alles kein Problem mehr. Frau O`Neill könnte doch einfach nach LA kommen, wenn größere Änderungen anstehen. Alles andere könnten wir über das Internet mit ihr klären.«

»Ich weiß nicht. Macht es nicht doch mehr Sinn, eine amerikanische Firma zu engagieren?«

»Komm schon, John. Du weißt selbst, dass Du kein besseres Angebot bekommen wirst. Die Vorschläge von Frau O`Neill sind super. Modern. Und cool. Wir wollen doch mehr junge Nutzer auf uns aufmerksam machen. Und ich finde, dass Frau O`Neill perfekt zu uns und unserem Unternehmen passt.«

Ich halte gespannt die Luft an. Die Frau, die mich so heißblütig unterstützt, schätze ich auf ungefähr Mitte zwanzig. In meinen Augen eigentlich zu jung für einen verantwortungsvollen Job. Aber sie ist eine Fürsprecherin, bis jetzt meine einzige. Ich klammere mich an jeden Strohhalm, der sich mir bietet und schenke ihr ein dankbares Lächeln. Außerdem scheinen die älteren

Kollegen sie und ihre Worte ernst zu nehmen und auf sie zu hören. Von dem ein oder anderen höre ich zustimmendes Murmeln, während andere sich eher zurückhalten und sich nicht in die Karten schauen lassen.

»Okay. Frau O`Neill, würden Sie uns bitte ein paar Minuten Zeit geben? Sie können gerne draußen warten.«

Innerhalb weniger Sekunden knallt die Temperatur meines Körpers von gefühlten vierzig Grad auf maximal fünfzehn Grad herunter. Sie wollen sich zur Beratung zurückziehen. Sowas bedeutet doch nie etwas gutes, oder? Ich nicke zaghaft, packe meinen Laptop in meinen Rucksack und gehe hoch erhobenen Hauptes an den Anzugträgern und Anzugträgerinnen vorbei. Ein Lächeln hier, ein kurzes Grinsen da. Die Blöße, mir meinen Frust anmerken zu lassen, gebe ich mir nicht.

Die Tür ist kaum ins Schloss gefallen, als einzelne Fetzen der hitzigen Diskussion im Inneren des Raumes zu mir herüber wehen. Meine Felle schwimmen davon und mit ihnen mein Traum, einen großen Auftraggeber an Land zu ziehen. Vielleicht waren meine Entwürfe doch etwas zu gewagt? Ich bin so ein Vollhonk. Die Amerikaner sind doch ein prüdes Volk und ich … *Oh man, Tara, Du bist so blöd.*, schimpfe ich mich in Gedanken einen lahmen Esel.

Ostern, Weihnachten und Silvester müssten auf einen Tag fallen, wenn ich tatsächlich eine Chance bekommen sollte.

Soll ich schnell meine Mutter anrufen und meine Rückkehr ankündigen? Mit hängenden Schultern und besonders kleinen Schritten schlurfe ich auf den Ausgang, hinter dem sich das Treppenhaus befindet, zu. Achthundert Stufen wieder hinunter. Und wofür das ganze? Für nichts. Absolut gar nichts.

»Frau O`Neill! Frau O`Neill! Warten Sie! Wo wollen Sie denn hin?« Die junge Frau, die mich und mein Vorhaben so heißblütig unterstützt hat, läuft hinter mir her und bleibt schließlich schnell atmend vor mir stehen.

»Wir sind dann fertig. Würden Sie mir bitte folgen?«, fragt sie. Normalerweise kann ich anhand einer bestimmten Tonlage erkennen, ob etwas positiv oder negativ ist. Wie dumm, dass ihre Stimme so neutral klingt, dass ich keinen blassen Schimmer habe, was mich erwartet. Ich seufze tief und folge mit meinen Blicken sehnsüchtig den Stufen, die mich aus diesem Haus bringen.

Ich will hier raus. Wie komme ich eigentlich darauf, mir einzubilden, dass mein erster Versuch, wieder auf dem Markt Fuß zu fassen, tatsächlich funktioniert? Und dann auch noch in Amerika. Wie naiv kann ein Mensch nur sein? Naiv und blöd gleichzeitig?

Ich straffe meine Schultern und richte mich zu voller Größe auf. Bauch rein. Brust raus. Kopf gestreckt. *Auf in den Kampf, Tara. Du hast Dich sowieso schon zum Affen gemacht, als Du dachtest, eine große Firma aus LA könnte Dich Landei aus Donegal engagieren wollen. Schlimmer kann es also sowieso nicht mehr kommen.*

Mich so aufrecht wie möglich haltend, folge ich der blutjungen Anzugträgerin. Als ich den Raum betrete verstummen die Gespräche. Sämtliche Augen sind auf mich gerichtet.

»Ah. Frau O`Neill. Danke, dass Sie gewartet haben.«, sagt Mr. Bradley freundlich und kommt auf mich zu. Verdammt. Wie soll ich aus diesem Gesichtsausdruck etwas herauslesen? Hat das Wasser hier genau den PH-Wert von sieben Komma fünf, oder warum sind die alle so schrecklich neutral? Nicht ein Gesicht, das mir mit einer Regung signalisiert, ob ich komplett durchgefallen bin oder doch wenigstens ansatzweise einen positiven Eindruck hinterlassen habe.

»Nehmen Sie bitte Platz.« Mr. Bradley zieht den Stuhl neben seinem unter dem Tisch hervor und wartet, bis ich mich hingesetzt habe. Erst dann lässt er sich auf seinem Stuhl nieder. Wow, ein Gentleman der alten Schule. Meine Mutter wäre begeistert. Sie hat eine Vorliebe für Männer, die wissen, wie sie sich einer Frau gegenüber zu verhalten haben. Leider schlagen meine Brüder aus der Reihe und haben sich so ganz anders entwickelt, als sie es sich vorgestellt hat, was ihr regelmäßig ein ärgerliches Stirnrunzeln entlockt. Aber dieser Mr. Bradley … Der würde ihr gefallen. Dafür verwette ich meinen Hintern.

»Sie sind ein sehr spezieller Typ Mensch, Frau O`Neill. Wir suchen spezielle Menschen. Und natürlich Menschen mit Know-how. Leute, die nicht wissen, was sie tun, gibt es wie Sand am Meer. Aber wir suchen die Perlen. Die ungeschliffenen Diamanten.«

Oh man. Ich halte das nicht aus. Komm auf den Punkt, bitte. Mr. Bradley eiert so um den heißen Brei, dass ich mich frage, ob er das Zielgebiet erst weiträumig umfahren muss, bevor er mir die niederschmetternde Absage vor den Latz knallt.

»Komm auf den Punkt, John. Ich habe Hunger.«, wirft ein Kollege, von dem ich bis jetzt noch nichts gehört habe, ein und lacht.

»Ach so. Ja ja. Also … Frau O`Neill. Ihr Angebot hat uns sehr gefallen.«

»Gib doch endlich zu, dass Du begeistert bist. Sie wird die Preise deswegen schon nicht in die Höhe treiben.«, wirft ein anderer junger Mann ein.

Mein Herzschlag setzt aus. Ich schnappe nach Luft. Heißt das …? Heißt das …?

»Okay okay. Wir sind schwer beeindruckt und wenn Sie Interesse haben, würden wir gerne mit Ihnen zusammenarbeiten.«

Meine Hand zuckt vor meinen Mund. Trotzdem kann ich nicht verhindern, dass ein leiser Jauchzer über meine Lippen huscht. Ob ich Interesse habe? Oh mein Gott. Von Interesse bin ich meilenweit entfernt. Ich bin heiß auf diesen Job. Lautes Lachen gurgelt in meinem Hals. So sehr ich mich auch bemühe, es bringt alles nichts. Ich lache. So laut, wie schon sehr sehr lange nicht mehr.

»Oh mein Gott! Oh mein Gott!«, jauchze ich und falle Mr. Bradley um den Hals. Mir egal, was er nun von mir denkt und ob er mich für völlig durchgeknallt hält. Ich freue mich einfach so sehr, dass ich mich nicht mehr zurückhalten kann.

»Das soll wohl *»Ja.«* bedeuten, John.«, ruft eine junge Frau am anderen Ende des Tisches und trommelt mit der Faust auf die Tischplatte.

»Klar heißt das Ja!«, stöhne ich und weiß nicht, was ich als erstes denken oder machen soll. Aufstehen? Die ganze Welt umarmen? In mir drin sind so viele Gefühle – und alle haben den Anspruch als erstes aus mir heraus zu platzen. Leises Glucksen, lautes Lachen. Abheben nicht ausgeschlossen. Ich kralle mich mit beiden Händen an der Tischplatte fest. Tränen kullern über meine Wangen. War es vorhin eigentlich auch schon so heiß?

»Na, dann freue ich mich, Sie an Bord begrüßen zu dürfen. Herzlich willkommen, Frau O`Neill.« Mr. Bradley reicht mir die Hand und schüttelt sie kräftig, doch davon bekomme ich nur in Ansätzen etwas mit. Mein Hirn fühlt sich so an, als ob über meinem Kopf eine Glocke hängt, die so laut und intensiv läutet, dass jede Möglichkeit rationalen Denkens im Keim erstickt. Ich habe es geschafft. Ich habe es tatsächlich geschafft. Die Informationen durchdringen den Nebel in meinem Kopf so langsam, dass ich eine ganze Weile brauche, bis ich ihren Sinn richtig einordnen kann. Oh mein Gott. Ich habe es tatsächlich geschafft und mir den Fisch, den ich mir so sehr gewünscht habe, geangelt.

»Wir freuen uns, dass Sie mit uns durchstarten werden.«, sagt mein neuer Brötchengeber und lächelt zufrieden. »Wir möchten Sie bitten, bis zum offiziellen Launch unseres neuen Webshops in LA zu bleiben. Dann können wir alles miteinander planen und einpflegen. Sie sind auch Fotografin, oder? Das passt perfekt. Wir können immer gute Leute brauchen, die den Mut haben, innovative Bilder für unseren Shop zu machen. Sind Sie dabei?«

Ob ich dabei bin? Natürlich! Solange die Kohle stimmt mache ich alles, was Du von mir verlangst. Gut. Okay. Fast alles.

Mein Magen knurrt. Vor Aufregung habe ich von dem reichhaltigen Frühstücksbuffet, das in dem Hotel, in dem ich wohne, angeboten wird, keinen Bissen angerührt. Unglücklicherweise rächt sich das jetzt gnadenlos.

»Sorry, ich habe eine Elchkuh gefrühstückt.«, setze ich zu einer Entschuldigung an. Sämtliche Leute um mich herum fallen in lautes Gelächter. Ich ernte verständnisvolle Blicke.

»Das trifft sich doch gut. Wir wollten sowieso gleich zum Essen gehen. Schließen Sie sich uns doch einfach an. Nicht weit von hier ist ein gemütlicher Diner. Dort werden die besten Spare Ribs und Burger der ganzen Stadt – ach, was sage ich … der ganzen Westküste – angeboten. Was halten Sie davon?«

Mein Magen röhrt wie eine Elchkuh, angezogen bin ich wie eine bunte Kuh. Kein Wunder, dass ich sämtliche Blicke auf mich ziehe. Zwischen den Touristen bin ich nicht aufgefallen. Ich drehe meinen Kopf hin und her. Rechts von mir Anzugträger, links ebenso und auch vor und hinter mir schaut es nicht viel anders aus. Ich bin der Papagei unter den Pinguinen. Mr. Bradleys Grinsen reicht von einem Ohr bis zum anderen. Seine Augen blitzen so vergnügt, dass ich mich frage, ob er sich heimlich in mein Gehirn eingeklinkt hat und meine Gedanken abruft.

»Hach, ich liebe die Verschiedenheit der Menschen. Ich freue mich wirklich, Sie an Bord zu haben. Eine Querstraße noch, dann sind wir da.«

»Das Piccadilly`s?!? Mist. So, wie ich aussehe, lassen die mich doch bestimmt nicht rein.«, brumme ich leise vor mich hin. Wie es aussieht aber nicht leise genug. Mr. Bradley klopft mir auf die Schulter.

»Machen Sie sich keine Gedanken. Sollte Ihnen jemand Probleme machen, ziehen Sie einfach mein Sakko an und gut.«

Ich finde ja nett, dass er so tut, als wäre ich nicht völlig underdressed. An den Knien zerrissene Jeans, lässiges Tanktop und Lederjacke sind bestimmt nicht das, was in dieser Lokalität als angemessene Kleidung akzeptiert wird. Das Piccadilly`s gehört zu den angesagtesten Restaurants der Stadt. Sein Ruf reicht so weit, dass ich sogar in meinem Kaff in Donegal davon mitbekommen habe.

Exquisite Küche im Cowboy und Tex-Mex Style. Sehr gemütlich und sehr lecker – und eindeutig nicht meine Preisklasse. Warum konnte mein Magen nicht wenigstens noch eine Stunde seinen Mund halten? Dann könnte ich jetzt in aller Ruhe durch die City flanieren und in irgendeiner Pommesbude zu Mittag essen. Aber nööö. Wäre ja auch zu einfach.

»Hier, nehmen Sie die.« Die Frau, die sich mir vor ein paar Minuten als Joan Bradley vorgestellt hat, reicht mir ihre Sakko-Jacke.

»Dankeschön. Ich hoffe, dass die Service-Mitarbeiter nicht auf die Hosen schauen.«, sage ich leise und betrachte nachdenklich die Risse in den Knien meiner Jeans. Um mich vor allzu aufmerksamen Blicken abzuschirmen nehmen mich meine neuen Kollegen in die Mitte. Im Eingangsbereich bleibe ich kurz stehen, straffe meine Schultern und atme tief durch. Ich mag ja schon gerne gutes Essen und gehe auch gerne in edle Restaurants, aber… Bevor ich meine Gedanken weiter spinnen kann, kommt eine überfreundliche Service-Mitarbeiterin auf uns zu und begleitet uns an den Tisch, den Mr. Bratley schon im Vorfeld reserviert hat.

War ja klar, dass ihr Blick nicht nur auf meine Jacke fällt. Abfällig zieht sie die Augenbraue hoch, sagt aber nichts. Mr. Bradley und seine Kollegen sind regelmäßig hier zu Gast. Jemanden aus seiner Mitte auf unangemessene Kleidung aufmerksam zu machen gehört offensichtlich zu den no goes in diesem Restaurant. Wäre ich allein gekommen, würde ich mit einer Wahrscheinlichkeit von hundert Prozent in spätestens dreißig Sekunden vor der Tür sitzen.

Mit einem süffisanten Grinsen drückt die Bedienung die Speisekarte in meine Hand. Meine Augen werden immer größer, mein Gesicht immer länger. Das sind ja mal Preise. Wow.

»Zur Feier des Tages geht die Rechnung heute auf mich.«, poltert Mr. Bradley, bevor ich in die Verlegenheit komme, mir ein trockenes Brötchen und ein Glas Leitungswasser zu bestellen.

Das Sammy`s in Westport ist schon ein teurer Schuppen, aber die Preise, die die hier verlangen sind eindeutig jenseits von gut und böse. Welcher Normalsterbliche kann sich so einen Restaurantbesuch leisten? Ein Abendessen mit der Familie – schwupp, tausend Dollar weg. In Gedanken versunken schüttle ich den Kopf und überfliege die Speisekarte.

»Haben Sie schon gewählt?«, fragt eine andere Bedienung, deren Stimme ein seltsam vertrautes Gefühl in mir weckt. Sie steht hinter mir, weswegen ich ihr Gesicht nicht sehe. Die Stimme. Der Duft. Wie so oft in der letzten Zeit machen meine Sinne ihre Witzchen mit mir.

Jetlag und Aufregung sind keine gute Kombination. Obwohl man nicht will, spannen sie die Muskeln an und versetzen unsere Nerven in höchste Alarmbereitschaft. Kein Wunder also, dass die Synapsen in meinem Hirn ein Eigenleben entwickeln und mir vorgaukeln, dass die Stimme der Bedienung eine verdammte Ähnlichkeit mit der einer ganz bestimmten Frau hat.

Seit fast drei Jahren vergeht kein Tag, an dem ich nicht an sie denke. Sie ist immer noch mein erster Gedanke nach dem aufstehen und mein letzter vor dem einschlafen.

Irritiert schüttle ich den Kopf.

»Haben Sie schon gewählt, Miss?«, fragt sie noch einmal. Und wieder spüre ich dieses vertraute Gefühl. Mein Bauch kribbelt. Ich stottere und bekomme es, trotz größter Mühe, nicht hin mich zu sortieren. Das kann aber doch gar nicht sein. Ella lebt und arbeitet in New York und nicht in LA. *Tara, Du musst Dich beruhigen. Dein Hirn gaukelt Dir nur wieder etwas vor, was nicht da ist – nicht da sein kann. Bestell Deinen Burger und fertig.* Verlegen räuspere ich mich und versuche mich zu sammeln.

»Ich hätte gerne einen Irish-Beef-Burger mit Bacon.«

Hinter meinem Rücken fällt ein Stift zu Boden.

»Alles in Ordnung mit Ihnen, Miss? Sie sind auf einmal so blass.«, sagt Mr. Bradley und schaut beunruhigt aus. Die Bedienung stützt sich auf mir ab und presst ihre verkrampften Finger in meine Schulter.

Langsam drehe ich mich um.

19. Ella

Diese Stimme. Das Blut rauscht durch meinen Körper. Mein Bauch kribbelt. Die Hände zittern. Wie kann es sein, dass eine Frau, tausende Meilen von IHR entfernt, die gleiche Tonmelodie und die gleiche Stimmfarbe hat wie SIE?

»Entschuldigen Sie bitte.«, murmle ich und versuche die Situation zu retten, in dem ich mich hektisch abwende. Meine Wangen glühen.

»Miss? Alles okay bei Ihnen?«, fragt der ältere Herr, der so gut wie jeden Tag seine Mittagspause bei uns verbringt, und betrachtet mich besorgt. Tränen schießen in meine Augen.

»Ja, ja.«, murmle ich. »Alles in Ordnung.«

Sie dreht sich um. Langsam. Ihre Gesichtszüge entgleiten. Sie starrt mich an. Ich starre zurück. Das muss ein Traum sein. Wunderschön zwar, aber trotzdem ein Traum.

»Ella?«, flüstert sie mit brüchiger Stimme. Meine Hände schießen vor und krallen sich in ihren Schultern fest. Der Boden wankt unter meinen Füßen.

»Erdbeben.«, stottere ich. »Das ist ein Erdbeben! Alle raus hier!«, schreie ich und renne los. So schnell ich kann. Einmal quer durch das Restaurant. Hinter mir dreht sich die Eingangstür im Kreis. Erst auf der Straße bleibe ich schwer atmend wieder stehen. Wie kann es sein, dass ich die einzige bin, die wie eine Wahnsinnige durch die Gegend rennt? Warum folgt mir denn niemand? Meine Kollegen und die Restaurantbesucher müssen das Erdbeben doch auch bemerkt haben. Oder sind sie, im Gegensatz zu mir, schon so abgebrüht, dass sie erst ab einer höheren Kategorie in Panik verfallen?

»Ella!« SIE bleibt vor mir stehen und fächelt sich Luft zu. Ihre dunklen Augen funkeln mich an.

»T … Tara? Bist Du es wirklich? Wie …? Woher …? Woher weißt Du?«

»Oh mein Gott, Ella. Du bist es tatsächlich.«, flüstert sie. Dann sagt sie nichts mehr. Sie schaut mich nur an. Ihre Augen suchen meine. Meine Blicke versinken in ihren. Drei lange Jahre und sie schaut live und in Farbe noch so viel besser aus als in meiner Erinnerung. Sie lächelt so liebevoll, dass der Boden unter meinen Füßen sofort wieder wackelt. Mein Oberkörper schwankt hin und her.

Mit kleinen Schritten kommt sie auf mich zu und hält meinen Blick mit ihrem gefangen.

»Die Welt ist klein und Los Angeles ein Dorf.«, flüstert sie dicht neben meinem Ohr. Ein heißer Schauer schießt von meinem Ohr durch meinen Körper. Mein Herz zieht sich schmerzhaft zusammen. Mir wird schwindelig.

»Ella, ich … «

»Tara, ich … «

»Du zuerst.«

»Tara, was …? Was machst Du in Los Angeles?«

»Moment, bitte. Kannst Du mich bitte mal zwicken? Au! Verdammt! Okay, Du bist noch da. Also träume ich nicht?« Langsam schüttle ich den Kopf. Kein Traum. Sondern die Realität. Endlich. Drei verdammt lange Jahre habe ich mir den Moment unseres Wiedersehens ausgemalt. Tag für Tag – und vor allem Nacht für Nacht – habe ich mich in ihre Arme geträumt. Mir gewünscht, sie würde bei mir sein. *Ich werde Dich nie wieder loslassen,* habe ich mir geschworen.

Der schönste Traum und selbst meine ausufernde Phantasie konnten mich nicht auf das vorbereiten, was ich bei ihrem Anblick fühle. Wenn ich könnte, würde ich die ganze Welt umarmen. Gleichzeitig habe ich eine Scheißangst. Angst, dass sie wieder geht und ich sie noch einmal verliere. Ich darf sie nicht verlieren. Ein weiteres Mal halte ich den Schmerz der vergangenen Jahre nicht durch. Ohne etwas zu sagen schmiege ich mich an sie, grabe meine Nase in ihr Haar und nehme ihren Duft tief in mich auf.

»Was machst Du in LA?«, frage ich mit zitternder Stimme.

»Das gleiche wollte ich Dich auch gerade fragen. Warum bist Du nicht in New York? Und warum arbeitest Du im Piccadilly`s?«

»Das ist eine lange Geschichte.«

»Musst Du heute Abend arbeiten?«, fragt sie und schenkt mir ein liebevolles Lächeln.

»Ich mache nur die Tagschichten.«, antworte ich und schiebe etwas leiser »Und wenn ich nicht gleich wieder rein gehe, mache ich überhaupt keine Schichten mehr.« hinterher.

»Was hältst Du davon, wenn wir heute Abend schön essen gehen?«

»Tut mir leid. Heute Abend kann ich nicht. Und morgen auch nicht. Genau genommen kann ich nie.«

»Okay. Ich verstehe schon. Tut mir leid, dass … Egal. Tut mir leid.«

Mein Herz schmerzt. Nie wieder wollte ich diese Enttäuschung in ihren Augen sehen müssen. Mit einem Ruck löst sie sich aus meiner Umarmung und geht mit langsamen Schritten über die Straße.

»Tara! Warte!«, rufe ich und renne hinter ihr her. »Es ist nicht so wie Du denkst.«

»Ach ja? Wie ist es denn dann? Lass mich raten … Du hast expandiert. Das Piccadilly`s gehört Dir und Zuhause wartet Sharon auf Dich.«

»Eben nicht! Ich will mich ja mit Dir treffen. Ich kann nur nicht mit Dir essen gehen. Aber Du kannst zu mir kommen, wenn Du willst.«

20. Tara

Ich schaue tief in Ellas Augen. Mein Blick verfängt sich mit ihrem. Ella spricht die Frage, die ihr unübersehbar auf der Seele brennt, nicht laut aus. Trotzdem kann sie sie nicht verbergen. Dafür ist ihr Blick zu intensiv, zu vorsichtig und vor allem zu unsicher.

»Können wir machen.«, antworte ich wage. Ich weiß, dass ich gemein bin, aber so leicht will ich sie nicht davon kommen lassen. Drei lange Jahre hat sie sich nicht bei mir gemeldet. Da werde ich sie doch wenigstens ein bisschen zappeln lassen dürfen, oder?

»Du musst nicht, wenn Du nicht willst.«, murmelt sie so leise, dass ich mich anstrengen muss, um sie überhaupt zu verstehen. Ihr Blick ruht auf mir. So viel, was unausgesprochen zwischen uns steht. Ich sehe es in ihren Augen. Und sie vermutlich in meinen.

»Natürlich will ich. Wenn es nach mir ginge, würde ich sofort mit Dir losgehen…«

»Wirklich?« Ihre Stimme klingt so unsicher. So traurig und so unglaublich verletzlich. Was gäbe ich jetzt dafür, wenn ich mich kurz in ihr Hirn einklinken könnte. Wenn ich doch nur wüsste, was in ihr vorgeht. Aber jetzt ist weder die richtige Zeit, noch der richtige Ort. Sie hat genauso Verpflichtungen, denen sie nachgehen muss, wie ich.

»Hast Du Dein Handy bei Dir?«

»Leider nicht. Ich habe mir die Sakko-Jacke nur ausgeliehen, damit Ihr mich nicht gleich wieder rausschmeißt. Mein Handy ist im Rucksack.«

»Kein Problem. Ich schreibe Dir nachher schnell meine Daten auf.«

Sie ist so sehr um einen möglichst neutralen Tonfall bemüht, dass ich den Schmerz, den sie in sich tragen muss, am eigenen Leib spüre. Wie gerne würde ich der Sehnsucht in ihren Augen nachgeben, sie in meine Arme ziehen und meine Lippen auf ihre legen. Aber ich kann nicht. Nicht jetzt. Bevor ich mich ihr noch einmal öffne, muss sie mir ein paar Fragen beantworten. Ich muss wissen, ob sie Single ist. Noch einmal will und werde ich nicht die zweite Geige spielen. Sollte es tatsächlich irgendwann einen Weg für uns geben, will ich das alleinige Recht auf ihr Herz und ihren Körper haben. Exklusivrechte, sozusagen. Nur ich. Keine Sharon und auch sonst keine andere Frau. Und auch kein Mann.

Deswegen nicke ich nur und betrete keine zwei Minuten später an ihrer Seite das Restaurant. Sie setzt ihr freundlich distanziertes Lächeln auf.

»Danke, dass Sie mir geholfen haben.«, sagt sie so deutlich, dass ihre Vorgesetzte ihre Worte nicht überhören kann.

»Kein Problem. Sie müssen darauf achten, dass Sie genügend trinken. Dehydrierung kann dumm enden.«, sage ich und kneife verschwörerisch ein Auge zu. Die Gespräche am Tisch meiner neuen Kollegen verstummen. Fünfundzwanzig Köpfe drehen sich zu uns um. Joan Bradley springt auf und zeigt auf meine Jeans. Unglücklicherweise rettet selbst das mir nicht den Arsch. Vorhin von Mr. Bradley und seinem Team eingerahmt, zogen die Löcher in meinen Jeans die Blicke nicht sofort auf sich, aber jetzt stehe ich mehr oder weniger alleine da, den aufmerksamen Blicken ausgesetzt.

»Miss! Wir haben hier einen strengen Dresscode. Ich möchte Sie bitten zu gehen!« Eine der Service-Mitarbeiterinnen eilt mit langen Schritten auf mich zu. Den giftigen Pfeilen, die sie auf Ella abfeuert, nach zu urteilen, ist sie Ellas Vorgesetzte. Sie war vor ein paar Minuten noch nicht da. Deswegen hat sie auch nicht mitbekommen, dass ich der Neuzugang von Mr. Bradleys Team bin. Wie eine Rakete steuert sie auf uns zu. Von null auf tausend in einer Sekunde.

»Frau Lloyd!«, zischt sie. »Warum haben Sie diese Frau… « Wie sie *diese Frau* betont. Als wäre ich ein herrenloser Straßenköter. Ihr Gesichtsausdruck ist auch nicht schlecht. Als hätte sie einen Eisklotz verschluckt. Ich ziehe die Augenbraue hoch. Wie kann Ella nur in diesem Betrieb arbeiten? Und warum nutzt sie den Namen ihrer irischen Familie?

»Miss! Ich möchte Sie bitten zu gehen!«

»Aber ich … «, stottere ich und schaue hilflos zu Mr. Bradley. Er braucht keine dreißig Sekunden, bis er meine missliche Lage erkennt, aufsteht und auf uns zu kommt.

»Frau O`Neill gehört zu mir.«, sagt er. Sein Tonfall ist scharf. Und schneidend. Er schenkt der Service-Mitarbeiterin ein kaltes Lächeln. Sie zieht den Kopf ein. *Also doch nicht die Chefin,* denke ich und grinse. Mr. Bradley ist ein guter Kunde. Er lässt viel Geld in diesem Restaurant. Ihn zu verärgern kommt einer Todsünde gleich.

»Entschuldigen Sie bitte, Mr. Bradley. Ich wusste ja nicht… Ich konnte ja nicht ahnen … « Als unmissverständliches Zeichen, dass er keine Lust auf Ausflüchte und Erklärungen hat, hebt er die Hand. Ohne ein weiteres Wort zu verlieren, reicht er mir den Arm und geht mit mir zum Tisch zurück. Ich unterdrücke nur mit Mühe ein triumphierendes Grinsen.

»Was war denn jetzt das?«, fragt Joan und neigt sich zu mir.

»Sie mochte meine Jeans wohl nicht.«, brumme ich.

»Ich meine eigentlich mehr das davor.«

»Ach so. Ihr ging es nicht gut und sie brauchte Hilfe. Ich habe ihr geholfen.«

»Tara … Ich darf doch Tara sagen? Als die Bedienung Deine Bestellung aufnehmen wollte, seid Ihr beide blass geworden. Ihr kennt Euch, stimmts?«

»Ja. Wir haben uns lange nicht gesehen. Ich habe nicht damit gerechnet, sie hier zu treffen.«

»Wow. Das ist ja mal ein heftiger Zufall. Da kommst Du nach LA und schon triffst Du eine alte Bekannte. Die Welt ist wirklich klein.«

Oh ja, das ist sie. Manchmal sogar so klein, dass man sich gegenseitig förmlich in die Arme läuft. Kopfschüttelnd meine Aufmerksamkeit auf den Burger auf meinem Teller. All die Jahre glaubte ich, dass ich Ella für immer verloren habe und dann steht sie plötzlich hinter mir.

»Wirst Du sie wiedersehen?«, raunt Joan und versucht nicht einmal, ihre Neugierde zu verbergen. Als ich nicke, grinst sie und zwinkert verschwörerisch.

»Das ist gut. Sie steht nämlich auf Dich. Das habe ich auf den ersten Blick gesehen.«

Ich öffne meinen Mund und klappe ihn schnell wieder zu. Joan Bradley ist zwar … nett, aber so nett, dass ich mich von ihr aushorchen lassen will, auch wieder nicht. Außerdem mag ich es nicht, wenn jemand, den ich gerade erst kennengelernt habe, so tut, als wären wir beste Buddies.

»Sie schaut dauernd her zu Dir. Süß, die Kleine.«

Ich rolle genervt mit den Augen. Groll steigt in mir auf. Wenn Joan sich weiterhin so auffällig nach Ella umdreht, könnte sie auch gleich zu ihr gehen und sie fragen, ob sie mich scharf findet und mich flach legen will. Unglaublich.

Von den Gesprächen am Tisch bekomme ich so gut wie nichts mehr mit. In meinem Kopf herrscht gähnende Leere. Ihre geschwungenen Lippen … und die leuchtenden Augen … Tiefes Seufzen grummelt in meinem Bauch, und nur die Hand vor meinem Mund verhindert, dass es ungehindert den Weg aus meinem Mund findet.

»Sehen Sie das auch so, Tara?« Ich lächle selig.

»Tara?«

»Hmh?«

»Ich habe gefragt, ob Sie das auch so sehen.«

»Sorry, Mr. Bradley. Ich habe Ihre Frage nicht verstanden.«

»Muss wohl am Jetlag liegen. Mein Vater hat gefragt, ob Du einverstanden bist, wenn wir das förmliche *Sie* weglassen.«

Ach so. Na klar. Kein Problem. Ich nicke schnell und bemühe mich ernsthaft, meine Aufmerksamkeit ausschließlich auf die Gespräche am Tisch zu lenken. *Mensch Tara, Du musst besser aufpassen, sonst merkt jeder sofort, was mit Dir los ist.* Wenn meine Mutter mich jetzt so sehen könnte. Sie würde so lachen, dass sie nicht mehr aufhören kann.

Als Ella Mr. Bradley die Rechnung aushändigt, lässt sie wie zufällig einen kleinen Zettel vor meiner Nase auf den Tisch fallen. Ihre Hand liegt auf meiner Schulter. Hitze steigt in mir auf. Obwohl ich zu meiner eigenen Überraschung sofort reagiere und meine Hand möglichst unauffällig über das blaue Papier schiebe, ziehen Joan und ein paar andere Kollegen die Augenbrauen hoch. Joans Lippen grinsen genauso verdächtig wie ihre Augen.

»Viel Spaß bei Deinem Date.«, säuselt sie mit einem süffisanten Unterton in der Stimme. Ich lege meine Stirn in Falten und schaue sie ärgerlich an. Kaum vor der Tür schlüpfe ich aus ihrer Sacko-Jacke und werfe meine alte Lederjacke lässig über die Schulter. Das helle Licht der Sonne brennt in meinen Augen. Ich gehe in die Knie und krame in meinem Rucksack. Mit der verspiegelten Sonnenbrille in der Hand tauche ich wieder auf und schiebe sie erleichtert vor meine Augen.

»Danke für die Einladung.«, sage ich mit einem Lächeln im Gesicht. Die hungrige Elchkuh in meinem Bauch ist satt, das Essen war lecker und außerdem habe ich Ella getroffen. Ich bin Mr. Bradley also zu mehr als nur zu Dank verpflichtet.

»Nichts zu danken. Schlafen Sie sich aus. Morgen um acht, in neuer Frische.«, brummt er und reicht mir die Hand. Ich bin so darauf konzentriert, mein inneres Gleichgewicht wieder herzustellen, dass ich – vermutlich als einzige – nicht mitbekomme, dass Ella sich zu unserer Gruppe gesellt.

»Tara? Hast Du kurz eine Minute?«, fragt sie. Überrascht zucke ich zusammen. Ihre Stimme klingt so warm. Und tief. Verdächtig tief. »Ich würde gerne noch etwas mit Dir besprechen.«

Fünfundzwanzig Augenpaare. Fünfzig Ohren. Und alle sind auf Ella und mich ausgerichtet. Zarte Röte steigt von Ellas Kinn über ihre Wangen bis zur Stirn. Süß. Das klappt ja hervorragend. Hatte ich mir nicht erst vor ein paar Minuten geschworen, auf mich und mein Herz aufzupassen? Wie auch immer Ella es anstellt, sie schafft es, dass ich jedes noch so ernst gemeinte Vorhaben innerhalb weniger Sekunden über Bord werfe. Mein Herz hüpft und springt wie ein Gummiball in meiner Brust herum. Es wummert so heftig, dass ich selbst kaum glauben kann, was da mit mir passiert.

Wäre mein Kopf nicht konsequenter als der Rest von mir, würde ich sowieso alles vergessen, sie vor meinen Kollegen in meine Arme ziehen und ihre sanft geschwungenen Lippen mit meinen einnehmen. Im Gegensatz zu meinem Herz hat mein Kopf nicht vergessen, wie sehr ich während der letzten Jahre gelitten habe und wie sehr ich mich nach ihr gesehnt habe. Ich wäre so gerne die Frau an ihrer Seite gewesen – und vielleicht hätte es sogar klappen können mit uns. Wer weiß das schon so genau? Heute bin ich einen Schritt weiter. Ich weiß, dass ich auf mich aufpassen muss. Sie war schon einmal nicht ganz ehrlich und hat mir diese Schreckschraube Sharon verschwiegen. Woher soll ich wissen, dass sie nicht noch mehr Geheimnisse mit sich herum trägt? Bevor ich mich auf sie einlasse …

»Tara?«

»Ja?«, murmle ich und lächle selig vor mich hin. Grenzdebil, eindeutig. Nicht mehr ganz Herrin meiner Sinne.

»Hast Du ein paar Minuten? Ich habe Mittagspause. Wir könnten einen Kaffee trinken gehen.«

»Na, da kann es aber jemand kaum noch erwarten, was?«, fragt Joan und neigt sich zu mir. »Also, wenn Du sie nicht willst, nehme ich sie. Tolle Frau.«

Ich reiße die Augen weit auf und funkle Joan böse an.

»Das war ein Scherz. Ich wollte nur wissen, wie Du reagierst. Mach Dir keinen Kopf. Ich stehe nicht auf Frauen.«

Bevor Joan oder einer der anderen Kollegen einen weiteren dummen Satz in meine Richtung loslassen kann, verabschiede ich mich schnell von ihnen und schreite, hoch erhobenen Hauptes, an der Seite der attraktivsten Frau von ganz LA, durch die Straßen. Meine neuen Kollegen gehen, in ihre Gespräche vertieft, in die gegensätzliche Richtung. Joan dreht sich immer wieder nach uns um. Ich spüre ihren Blick in meinem Rücken.

Schon seit was weiß ich wie vielen Jahren bemühe ich mich darum, mein Privatleben aus der beruflichen Welt herauszuhalten. Dass meine neuen Kollegen von meiner geistigen Umnachtung Wind bekommen haben, gefällt mir nicht besonders. Vor allem Joan und ein paar andere weibliche Kollegen scheinen sich mehr für mich und mein Privatleben zu interessieren als mir lieb ist. Ich muss aufpassen, dass ich ihnen nicht die Zutaten für ihre Gerüchteküche auf dem Silbertablett liefere.

»Wohin gehen wir?«, frage ich skeptisch.

»Ich will einfach ein paar Schritte mit Dir gehen. Tara, was machst Du in LA?«

»Ich habe einen Job bei Mr. Bradley angenommen.«

»Wie lange wirst Du hier sein?«

»Maximal sechs Monate. Ich habe nur ein Visum für ein halbes Jahr.«

»Und dann?«

»Wenn alles soweit fertig ist, gehe ich zurück nach Irland.«

»Irland.«, murmelt sie und richtet ihren Blick in die Ferne. Ob sie sich wohl auch ab und zu an die Stunden, die wir miteinander teilen durften, erinnert? Sie ist mir so nah. Ich bräuchte nur meine Hand ausstrecken und nach ihrer zu greifen. Dann würden sich unsere Finger miteinander verflechten und alles wäre so wie vor ihrer Abreise. Leider aber eben auch die ungeklärten Fragen. Sie bleibt so abrupt stehen, dass ich fast in sie hineinlaufe.

Mein Herz setzt für einen kurzen Moment aus. Ihr Blick ruht auf mir. Er streichelt über meine Wangen und trifft auf meine Augen. Tiefe Sehnsucht und das Ergebnis unerfüllter Wünsche steht in ihren Augen.

»Ich würde Dich so gerne küssen.«, flüstert sie. Sie kommt langsam auf mich zu und obwohl ich ihr gerne nachgeben würde, weiche ich zurück. Mein Körper sehnt sich nach ihr. Mein Herz schreit nach ihr. Mein Kopf sagt… »Nein«.

»Bitte nicht.«, flehe ich leise und bin mir fast tausend Prozent sicher, dass sich meine Augen zur Abwechslung gegen mich verschwören und alles verraten, was meine Lippen zu verbergen versuchen. Schnell drehe ich meinen Kopf zur Seite und setze mich – nicht ganz so schnell – in Bewegung. Ella folgt mir mit kleinen Schritten. Sie greift nach meinem Arm und krallt ihre Finger in das weiche Leder meiner Jacke.

»Geh nicht weg, bitte. Ich … weiß auch nicht, was mich gerade geritten hat. Vielleicht habe ich gehofft, dass wir einfach da weitermachen können, wo wir aufgehört haben.«

»Sorry, Ella. Dafür ist zu viel passiert, oder zu wenig. So genau weiß ich das nicht. Dafür weiß ich, dass ich Dich gerne in Ruhe kennenlernen will. Lass es uns langsam angehen und schauen, was passiert, okay? Wenn Du möchtest, komme ich heute Abend bei Dir vorbei und wir essen zusammen.«, erkläre ich und frage mich, woher ich die Kraft, ihr zu widerstehen, nehme.

Sie nickt. Und lächelt. Ein zaghaftes Lächeln. Ihre Augen suchen meine. Sie müsste mindestens blind sein, wenn sie das, was in ihnen steht, nicht sieht. Schweigend laufen wir nebeneinander her. Ich habe so viele Fragen. Es gibt so viel zu bereden, aber ich weiß nicht, womit ich anfangen soll. Also halte ich lieber die Klappe, bevor ich aus Versehen die erste Abzweigung Richtung Verderben nehme. Drei Jahre liegen zwischen heute und unserem letzten Kuss. Drei Jahre zwischen den letzten Worten, die wir miteinander gewechselt haben. Drei Jahre, in denen meine Hoffnung von Tag zu Tag etwas mehr schwand und langsam aber sicher ihren Platz für Verzweiflung und unerfüllte Sehnsüchte freigab. Drei Jahre, in denen viel passiert ist. Drei verdammt lange Jahre.

»Meine Mittagspause ist gleich vorbei.«, sagt sie unvermittelt. Sie dreht sich zu mir um, schaut mich aber nicht an. Ob sie die gleiche Angst wie ich verspürt?

»Kommst Du heute Abend zu mir?«

In Gedanken zucke ich mit den Schultern. Ich will sie sehen und will auch mit ihr reden. Trotzdem bin ich mir nicht ganz sicher, ob ihre Idee, uns auf nicht neutralem Boden zu treffen, so gut ist. Ich kenne mich gut genug, um zu wissen, dass es mir einiges abverlangen wird, meinem Kopf das Tempo zu überlassen. Ella ist eine attraktive Frau und alles in mir sehnt sich nach ihr. Allerdings hat sie mir auch das Herz gebrochen und wenn ich nicht will, dass sie den Rest, der davon übrig geblieben ist, zerstört, muss ich hart mit mir selbst bleiben. Leichter gedacht als getan. Es fällt mir ja jetzt schon schwer, dem liebevollen Drängen in ihren Augen standzuhalten.

»Ich bin um halb acht bei Dir. Soll ich etwas zum Essen mitbringen? Vom Chinesen oder so?«

»Nein. Ich würde gerne selbst kochen. Ich freue mich auf Dich, Tara. Aber jetzt muss ich wirklich laufen, sonst brauche ich morgen einen neuen Job. Bis dann.«

Sie stellt sich auf die Zehenspitzen und haucht mir einen Kuss auf die Wange. Mein Gesicht kribbelt, sogar dann noch, als sie schon lange um die nächste Ecke verschwunden ist. Kopfschüttelnd setze ich mich in Bewegung.

Mir bleiben nur noch ein paar Stunden bis zu meiner Verabredung mit ihr – und ich muss noch meine Mutter anrufen und angemessene Kleidung erwerben. Das Gefühl, als Ellas Vorgesetzte mich mit ihren Blicken erdolchte, war nicht schön. So etwas muss ich nicht noch einmal haben.

21. Ella

So, mein kleiner Spatz. Ab in die Wanne. Ich muss noch Abendessen vorbereiten.«

»Nein.«, kräht Benny und widmet sich in aller Seelenruhe seinem Bilderbuch. Er ignoriert mich. Mein süßer kleiner Spatz tut einfach so, als wäre ich überhaupt nicht da. Ich rolle mit den Augen. Seit drei Wochen zieht er jeden Abend das gleiche Spiel ab, fast so, als hätte seine Platte einen Sprung. Sogar die Sprüche wiederholen sich Abend für Abend.

Nach einem langen Tag auf den Beinen sehne ich mich nach Ruhe und Zeit für mich. Ich bin es nicht gewöhnt, den ganzen Tag herum zu laufen und die Wünsche hunderter Gäste umzusetzen. Viel lieber würde ich im Hintergrund agieren. Aber eben … Das war einmal. In meinem neuen Leben hat wählerisch sein keinen Platz mehr. Ich brauche den Job im Piccadilly`s, wenn ich Benjamin und mir ein einigermaßen erträgliches Leben ermöglichen will.

»Benny, bitte. Mommy bekommt heute noch Besuch. Dann willst Du doch kein Dreckspatz sein, oder?« Ha!

Wusste ich es doch, Du kleiner Schelm. Du bist so neugierig. Unglaublich.

»Wel denn?«

»Eine alte Freundin. Ich habe sie heute getroffen. Du wirst sie mögen. Aaaber … «

»Ja, ja. Ich weiß. Badewanne.« Ohne ein weiteres Wort des Protests setzt er sich in Bewegung und lässt sich ohne Murren von mir in die Wanne heben. Seine kleinen Hände platschen auf die Oberfläche des Wassers. Schaum spritzt. Er lacht aus vollem Halse. Damit er sich nicht langweilt und gleich wieder aus der Wanne will, gebe ich ihm Schwimmtierchen und Quietscheenten zum spielen. Zärtlich streiche ich über seinen Kopf und hauche einen Kuss auf sein nasses Haar.

»Wel kommt heute?«

»Ihr Name ist Tara.«, murmle ich und merke, dass allein die Erwähnung ihres Namens meine Körpertemperatur weit über die vierzig-Grad-Marke katapultiert.

»Tala? Schön. Ist sie schön?«

Wie von selbst setzt sich mein Kopf in Bewegung. Schön ist nicht der richtige Ausdruck, um Tara zu beschreiben. Sie ist so viel mehr als das. Sie ist attraktiv und hat einen Traumkörper. Aber was noch wichtiger ist, sie hat ein großes Herz. So groß, dass sie vor drei Jahren zugelassen hat, dass es bricht und das nur, weil sie mein Leben nicht zerstören wollte.

Im ersten Moment war ich geschockt, als ich sie im Piccadilly`s gesehen habe. Im zweiten Moment habe ich mir fast in die Hosen gemacht. Als sie mich nicht küssen wollte, war ich todunglücklich. Je länger ich darüber nachdachte, desto besser konnte ich sie verstehen. Tara ist eine besondere Frau. Eine, die einem nur einmal im Leben begegnet. Eine Frau, die man am besten nie wieder loslässt.

»Fleust Du Dich?«, fragt Benny und schaut mich mit seinen großen Augen wissend an.

»Ja, mein kleiner Spatz. Ich freue mich sehr auf sie. Aber jetzt muss ich in die Küche, sonst gibt es heute harte Nudeln.«

»Wenn Du Dich fleust, fleue ich mich auch.«, sagt er mit einer Ernsthaftigkeit in der Stimme, die mir den Atem raubt. Als Kleinstkind war Benjamin ein Sprechmuffel und sagte meistens nur »Da da« oder »Mommy da«. Seit er vor fünf Monaten Scharlach hatte, redet er wie ein Wasserfall. Es kommt mir so vor, als ob er die Kinderkrankheit gebraucht hat, um einen neuen Entwicklungsschritt einzuläuten. Ich bin tief dankbar für den Kleinen. Er gibt mir so viel. Jeder Tag, den ich innerlich verfluche, ist die harte Mühe wert. Für ihn.

Während seine kleine Hände auf die Wasseroberfläche platschen und er laut »Tuuuut tuuuut.« ruft, wirble ich durch die Küche. LA ist teuer und Geld in meinem Haushalt Mangelware. Also musste ich lernen, so günstig und abwechslungsreich wie möglich zu kochen. Benny soll es an nichts fehlen. Er soll gesund aufwachsen und lernen, dass Lebensmittel wertvoll sind. Bei uns wird so gut wie nichts weggeschmissen. Wenn wir etwas übrig haben, packen wir es in eine kleine Plastikschüssel und bringen es dem alten Mann in der Wohnung nebenan. Er ist nicht mehr so gut zu Fuß und freut sich, wenn wir mit ihm teilen.

Zur Feier dieses besonderen Tages habe ich so eingekauft, dass das Essen für uns alle reicht. Mr. Taylor liebt Spaghetti Bolognese ungefähr genauso sehr wie Benny. Wenn ich die Schüssel nach dem Essen bei ihm abhole, schaut er um den Mund herum auch mindestens genauso lustig aus wie er.

Mein Blick fällt auf die Uhr. Mist. Nur noch eine Stunde. Benny hockt noch in der Wanne und das Gehackte ist noch nicht so weich, wie ich es gerne hätte. Aber noch viel schlimmer ist, dass ich ausschaue, als hätte jemand mich, statt des Fleisches durch den Wolf gedreht. Meine Haare fliegen wirr in alle Richtungen, Schweiß rinnt über meinen Rücken und auf meinem Shirt prangt ein großer roter Soßenfleck. Außerdem stinken meine Hände nach Zwiebeln und Knoblauch. Wie praktisch wäre es doch, wenn ich mich in zwei Hälften teilen könnte – oder besser gleich in drei. Ein Teil kümmert sich um das Essen und ein schönes Ambiente für den Abend, der zweite Teil holt Benny aus der Wanne und macht ihn bettfertig und der dritte Teil springt unter die Dusche und sorgt dafür, dass der Zustand meines Äußeren einigermaßen salonfähig ist.

Mit der rechten Hand rühre ich im Topf mit der Soße, während meine linke Geschirr aus den Schränken angelt. Um beides gleichzeitig hin zu bekommen, muss ich fast einen Spagat machen. Wie wild geworden hechte ich zwischen Esstisch im Wohnzimmer und dem Herd in der Küche hin und her. Meine Haare hängen nass geschwitzt an den Seiten meines Kopfes herunter. Wie aus dem Ei gepellt geht anders.

»Mooooommyyyy! Fettich!«, kräht Benjamin aus der Wanne. Ich lasse Topf Topf und Teller Teller sein und springe ins Bad. Benjamin streckt mir seine kurzen Ärmchen entgegen und wartet, dass ich ihn aus der Wanne hole.

»Langsam, junger Mann. Erst Haare waschen.«

»Schon fettich.«, meckert er und hält mir den Kopf hin, damit ich riechen kann. Seine Augen sind gerötet. Obwohl er weiß, dass ihn mein Shampoo in den Augen brennt, nimmt er es immer wieder her. Er liebt den Geruch und vor allem die leuchtend blaue Farbe so sehr, dass er sogar freiwillig brennende Augen in Kauf nimmt.

»Ich hab Dich lieb, mein kleiner Spatz.«, flüstere ich und lege ein großes weiches Duschtuch um seinen nassen Körper. Fest an mich gedrückt hieve ich ihn aus der Wanne und trage ihn in sein Zimmer. Wie jeden Abend kräht und jauchzt er vergnügt.

Mein Wecker klingelt. Noch zwanzig Minuten. Die Zeit verrinnt viel zu schnell. Gleich steht Tara vor der Tür und ich brauche eine Altbausanierung, wenn ich mich neben ihr nicht total klein fühlen will. Tara hat den Körper, den ich mir immer gewünscht habe. Aber noch viel schlimmer ist, dass die vergangenen drei Jahre kaum Spuren in ihrem Gesicht hinterlassen haben. Gut, okay, das eine oder andere Fältchen vielleicht. Vor allem auf der Stirn. Aber wenn ich mich mit ihr vergleiche … Ich weiß, dass es immer noch keine gute Idee ist, einen Vergleich zwischen ihr und mir zu machen … aber ich kann nicht anders.

Als ich noch in New York gelebt habe und Chefin meines eigenen Unternehmens war, war die Sache um einiges einfacher. Ein Botoxspritzchen hier, eine nette kleine Hautstraffung da, ein professionelles Make-Up und schon konnte ich mich unter die Leute trauen. Heute bin ich froh, wenn ich mir einmal in der Woche einen Termin beim Masseur, der meine angespannten Muskeln wieder weich knetet, leisten kann.

Ich hatte mir das Leben als alleinerziehende Single-Mom einfacher vorgestellt und war überzeugt, dass ich schnell einen Job finde. Leider sieht die Realität geringfügig anders aus. An die zweihundert Bewerbungen habe ich geschrieben und alle mit dem gleichen Ergebnis. Erst als ich meinen Familiennamen in den Bewerbungen gegen den Namen meiner Herkunftsfamilie austauschte, bekam ich überhaupt eine Einladung zu einem Vorstellungsgespräch. Am anderen Ende der Staaten.

Sharon zickte genau fünf Minuten, bis sie die Vorteile unseres Wegzugs erkannte. Benjamin war viel zu laut und viel zu anstrengend. Außerdem hatte er ständig die Windeln voll. Mein Geschäft gehörte ihr und ohne mein prüfendes Auge könnte sie schalten und walten wie sie wollte.

Ich kann mich noch gut an ihre vor Freude funkelnden Augen erinnern, als wir uns bei ihr verabschiedeten. Mir reichte sie die Hand und Benjamin drückte sie kurz an sich, gab ihn aber sofort wieder frei – ihrer Meinung nach hatte er schon wieder die Hosen voll, was nicht ganz der Wahrheit entspricht, da ich ihn kurz davor gewickelt hatte.

Ich bin mir nicht sicher, ob sie mich jemals wirklich geliebt hat, oder ob sie von Anfang an nur auf mein Geld, die Partys, die Reisen und das Ansehen scharf war. In den ersten Wochen nach unserer Scheidung haderte ich öfter als gedacht und fragte mich, ob es wirklich richtig war, den Schritt aus der Ehe mit ihr zu machen.

Vor allem als eine Absage nach der anderen eintrudelte, hatte ich schwache Momente, in denen ich um ein Haar eingeknickt wäre und sie angefleht hätte, uns noch eine Chance zu geben.

Sie und ihre Boshaftigkeiten und Erniedrigungen hatten mich an mir selbst zweifeln lassen. Mein Selbstbewusstsein bekam einen ordentlichen Knick und ich stelle meinen

Allerwertesten als Wetteinsatz zur Verfügung, wenn sie bei meinen erfolglosen Bewerbungen nicht die Finger im Spiel hatte. Sie wollte mich bluten sehen und gab alles dafür, ihren Plan in die Tat umzusetzen.

Erst Wochen nach meinem Wegzug wurde ich mir dessen so richtig bewusst. Die Frau, von der ich Jahre lang glaubte, sie würde mich lieben – und ich sie – war der letzte Nagel am Sarg meiner Karriere. Alles, was ich mir mühsam aufgebaut hatte, brach in sich zusammen wie ein Kartenhaus bei einer leichten Brise. Sobald potenzielle Geschäftspartner oder Arbeitgeber meinen Nachnamen nur hörten, schlossen sich die Türen schneller, als ich meinen Vornamen hätte buchstabieren können. Sharon hat ganze Arbeit geleistet und nichts als verbrannten Boden für mich hinterlassen. Boden, auf dem nichts mehr wächst.

Mir blieb nur die Option, mich tausende Kilometer entfernt unter meinem Geburtsnamen zu bewerben. Und siehe da, Tür offen.

Während ich Benjamins Haar föhne, fällt mein Blick aus Versehen in den Spiegel. Ein leiser Schrei springt aus meiner Kehle.

»Ich schaue aus wie eine alte Hexe.«, stöhne ich.

»Abbe eine schöne alte Hexe.«, kräht Benjamin mit breitem Grinsen im Gesicht und betrachtet mich aufmerksam.

Mein Herz pocht so stark, dass die Ader an meinem Hals pulsiert. Die Zeit rennt schneller als ein Sprinter auf der Zielgeraden und ich bin nicht ansatzweise fertig.

»Benny, hör mir zu. Mommy muss kurz unter die Dusche. Wenn es klingelt musst Du Tara die Tür aufmachen. Schaffst Du das?«

Mein kleiner Junge ist der größte. Im Moment zumindest. Er nickt und lächelt liebevoll.

»Mache ich.«, sagt er und schiebt mich mit beiden Händen Richtung Dusche. Bevor ich das Wasser anschalte, streichle ich über seinen weichen Kopf und hauche einen Kuss auf seine Stirn. Ein Blick auf die Uhr bringt mich dazu, die Augen vor Entsetzen weit aufzureißen. Nur noch zehn Minuten.

»Okay, Ella, Katzenwäsche muss reichen.«, brumme ich, reiße die nach Küche riechenden Klamotten vom Leib und hechte unter die Dusche. Lautes Jauchzen donnert durchs Bad. War ja klar, dass das Wasser eiskalt ist. Warten dauert zu lang. Todesmutig schiebe ich erst einen Zeh und dann den Rest meines Körpers unter den eiskalten Strahl. Ich zittere und fröstle.

Sollten irgendwo in meinem Körper ein paar verrückt spielende Hormone ihr Unwesen treiben, sind sie jetzt definitiv erfroren. Nach ungefähr viereinhalb Minuten wird das Wasser langsam wärmer. Zufrieden grunzend strecke ich mich und schließe die Augen. Wie wird Tara auf Benjamin reagieren? Und wie wird sie es aufnehmen, dass ich ihr wieder einen nicht ganz unwesentlichen Teil meines Lebens verschwiegen habe? Tara verabscheut Halbwahrheiten und bewusste Unterschlagungen genauso wie Lügen. Aber was hätte ich denn tun sollen?

Ich stöhne und stoße die Luft aus meinen Lungen. Wenn sie mich nicht als Doppelpack akzeptiert, dann ist sie auch nicht die richtige für mich. So einfach ist das. Und leider mindestens genauso schmerzhaft.

Ich wünsche mir nichts mehr, als dass Tara die richtige ist. Die eine, mit der ich für den Rest meines Lebens zusammen bleiben und glücklich sein möchte. Die eine, mit der ich die Nacht zum Tag machen möchte. Die eine, an die ich mich kuscheln will. Die eine, mit der ich durch dick und dünn gehe. Die eine, deren Namen ich hauchen will, kurz bevor ich komme. Die eine. Für den Rest meines Lebens.

Lautes Klingeln reißt mich aus meinen phantasievollen Gedanken. Ich bin hellwach. Und nackt. Unter der Dusche. Von oben bis unten voller Shampoo und Duschgel. Ich halte die Luft an und lausche.

»Ich bin hier falsch.«, höre ich Taras Stimme sagen.

»Bist Du Tala?«, quäkt mein vorlauter Sohn.

»Ja. Und wer bist Du?«

»Ich bin Benny. Komm lein.«

Wie lange kann ein Mensch eigentlich die Luft anhalten, bis er ohnmächtig wird? Sehr lange, offensichtlich. Auch wenn ich weiß, dass es unrealistisch ist, sind es in meinem Fall gefühlte drei Minuten. Mindestens.

»Komm!«, sagt Benjamin. Die Stimmen werden lauter und vor allem kommen sie immer näher. Er wird doch jetzt nicht etwa ...?!? Die Tür knarzt. Oh doch, er wird. Und mir wird heiß und kalt gleichzeitig. Ich fühle bereits Taras Blicke über meinen Körper gleiten. Mittlerweile ist es so heiß, dass das Wasser dampft, sobald es meine Haut berührt.

»Willst Du mir Dein Zimmer zeigen?«, flötet Tara und ich atme erleichtert auf. Ohne das Bad zu betreten erkennt sie meine Not und lenkt meinen Sohn von seinem Vorhaben, sie schnurstracks zu mir zu bringen, ab. Oh, mein Gott. Was für eine Frau. Allein dafür muss ich sie schon lieben. Lieben?!? Oh, Hirn, was machst Du nur mit mir?!?

22. Tara

Wer ist dieser Junge?, frage ich mich, während ich mit ihm auf dem Boden seines Zimmers sitze und Memory-Karten auslege. Ich kann nicht wirklich gut mit Kindern und weiß auch gar nicht so richtig, was ich mit ihm anfangen soll. Außerdem bin ich ein bisschen enttäuscht. Warum hat Ella nichts gesagt? Warum unterschlägt sie immer irgendetwas und spielt nie so richtig mit offenen Karten?

»Auf die Erklärung bin ich jetzt schon gespannt.«, murmle ich fast tonlos vor mich hin. Eine kleine Hand legt sich auf meine. Hellblaue Augen betrachten mich aufmerksam.

»Du bist dlan.«, sagt der Kleine und wartet, bis ich meine zwei Kärtchen umgedreht habe.

»Mommy fleut sich.«, quäkt er und tätschelt meine Hand. *Mann, Ella, warum hast Du nichts gesagt?!?* Tränen brennen in meinen Augen. Alles, was mit Ella zu tun hat, fühlt sich wie eine Achterbahnfahrt an. Es geht hoch und noch schneller wieder hinunter. Schneller, als ich meinen Namen sagen kann. Ich schlucke die Tränen hinunter. Der kleine Junge kann nichts dafür, dass seine Mutter die Angewohnheit hat, wichtige Details als unwichtig einzustufen. Benjamin ist ein süßer Junge, ich hätte nur gerne von seiner Existenz gewusst und dann meine Entscheidung, ob ich Ella und ihn sehen will, getroffen. Mit der Tür ins Haus fallen und mich vor vollendete Tatsachen stellen mag ich nicht besonders.

Aber ich mag Ella und wenn ich eine Chance haben will, muss ich sie mit all ihren kleinen Macken akzeptieren. Und ich muss lernen, damit umzugehen, dass es immer Dinge geben wird, die ich ihr aus der Nase ziehen muss. Was aber vielleicht noch viel wichtiger ist, ist der kleine Junge, der gerade auf dem besten Weg ist, mich vernichtend zu schlagen. Ich habe noch nicht ein Paar gefunden, er hingegen schon acht.

»Du musst aufpassen.«, brummelt er und ist so galant, mir bei meinem nächsten Versuch zu helfen. Er lächelt mich an. »Schau! Geschafft!«, jubelt er und klatscht vor Begeisterung in die Hände. Er ist zu klein, um zu wissen, dass ich mich mit grundlegenden Fragen meines Lebens auseinandersetze, während er ein Paar nach dem anderen abräumt. Wahrscheinlich ist es viel zu früh für solche Gedanken. Trotzdem muss ich mir die Frage, ob ich überhaupt bereit bin, vielleicht irgendwann mit einem Kind zusammen zu leben, stellen. Bin ich das nicht, kann ich auch aufstehen und gleich wieder gehen.

»Liest Du mir was vol?«, fragt der kleine Mann und drückt mir ein Buch in die Hand. Wahrscheinlich langweilt es ihn, gegen jemanden zu spielen, der so haushoch unterlegen ist.

»Benny, Du kennst unsere Regel. Erst ein Spiel fertig machen, bevor Du das nächste anfängst.«

Mein Herzschlag setzt aus. Ich drehe mich um und sehe SIE. Strahlend schön steht sie in der Tür und schaut ihren Sohn und mich an. Ein Lächeln umspielt ihre Lippen. Ihr Blick ist so zärtlich. So liebevoll, dass mein Herz einen kleinen Hüpfer einlegt.

Ich will sie. Mit jeder Faser meines Körpers will ich sie. Ihr Haar ist noch feucht, ihre Haut vom duschen noch ganz erhitzt. Ein kleiner Tropfen rollt über ihre Wange. Wenn wir jetzt alleine wären … Wenn nicht so viele offene Fragen zwischen uns stünden … Wenn … Eindeutig ein paar Wenns zu viel, um mir weiterhin vorzustellen, wie meine Fingerspitzen dem Tropfen folgen. Über Ellas Wange, über ihren Hals, tief in ihren Ausschnitt, zwischen ihre Brüs … *Reiß Dich zusammen, Tara.*, schimpfe ich mich selbst und fixiere einen Punkt, irgendwo an der Wand – weit weg von Ellas hübschem Gesicht.

»So, Benny, Hände waschen. Dann können wir essen. Du magst doch Bolognese, oder?«, fragt sie an mich gewandt.

Mein Kopf fährt herum. Boom. Zu spät. Ich nicke mechanisch und kann meinen Blick nicht von ihr abwenden. Wenn sie es will, würde ich alles essen. Jedenfalls fast. Außer Linseneintopf vielleicht. Aber selbst in diesem Punkt bin ich mir nicht mehr so sicher.

»Setz Dich schon mal in Deinen Stuhl, Benny. Ich bringe Mr. Taylor noch schnell seinen Teller. Bin gleich wieder da.«

»Wer ist Mr. Taylor?«

»Er wohnt nebenan. Weil er nicht mehr so gut laufen kann, koche ich immer so viel, dass es auch für ihn reicht. Kannst Du kurz ein Auge auf Benny werfen? Ich bin gleich wieder da.« Dieser Blick. Als ob ich irgendetwas ablehnen könnte, wenn sie mich SO anschaut. Und überhaupt ... Benny ist das süßeste Kind, das ich je gesehen habe. Und so gut erzogen. Nicht die leiseste Diskussion. Er klettert einfach auf seinen Stuhl, setzt sich hin und wartet. Ich stehe herum und fühle mich wie bestellt und nicht abgeholt. Ella benimmt sich so ganz anders, als ich es in Erinnerung habe. So wertschätzend und liebevoll. Nicht der leiseste Hauch Arroganz. Wahnsinn. Meine Hände zittern unkontrolliert. Ich bin geflasht.

»Setz Dich.«, quäkt der kleine Junge und zeigt auf einen der Stühle. Erstaunlich, wie viel so ein junger Mensch zu erzählen hat. Er redet ohne Punkt und Komma, erzählt vom Kindergarten und seinen Freunden. Herrlich, dieser Junge. Das Herz wummert laut in meiner Brust.

23. Ella

Ich lehne meinen Kopf an die Wand und atme tief durch. Tara ist hier. In meiner Wohnung. Und ich könnte mich übergeben. Und schreien. Oder einfach hineingehen, Benjamin ins Bett befördern und sie in meine Arme ziehen, meine Lippen auf ihre legen und sie langsam ausziehen.

Als ich Tara vor drei Jahren das erste Mal getroffen habe, fühlte ich mich sofort von ihr angezogen wie die Mücken von meinem Blut. Nur positiver. An dieser Anziehung hat sich bis heute nichts geändert. Im Gegenteil. Aber sie will reden. R e d e n. Als ob es nichts besseres als reden gibt. Spontan fallen mir mindestens zehn Tätigkeiten ein, wozu wir Lippen und Zungen brauchen. Küssen zum Beispiel. Ob küssen auch als reden durchgeht?!? Mein Puls beschleunigt sich augenblicklich um mindestens dreißig Schläge.

Tief durchatmen, Ella. Und langsam bis hundertachtzig zählen. Ich straffe meine Schultern und spanne meine Muskeln. So ruhig wie möglich ein und aus atmend stoße ich mich von der Wand ab und gehe mit kleinen Schritten auf die Tür meiner Wohnung zu. Meine Füße sind wie festgeklebt, mit einem Kilo Steinen in jedem Schuh. Mindestens.

Auf in den Kampf, Kriegerin. Ich mache mir selbst Mut. Was soll mich schon schlimmes erwarten? Den Kopf kann sie mir nicht abreißen. Und außerdem ist sie noch da. Also kann ich doch zumindest ein bisschen darauf hoffen, dass sie den ersten Schock schon verdaut hat.

Aus dem Wohnzimmer weht fröhliches Gelächter zu mir herüber. Mein Herz macht einen Sprung, ungefähr so hoch wie das Empire State Building in New York. Benjamin und Tara scheinen sich gut zu verstehen. Jetzt muss ich eigentlich nur noch …

»Wo bleibt Mommy? Benny Hungel.«

»Sie wird gleich kommen. Vielleicht muss sie Mr. Taylor helfen?«

Ich lege meine Stirn in Falten. Wer hier wohl wem helfen muss? Bis auf seine schweren Füße ist mein Nachbar noch ziemlich fit. ER braucht MEINE Hilfe bestimmt nicht. Bei mir sieht die Sache minimal anders aus. Ich könnte Hilfe brauchen. Irgendeine Hilfe. Jemanden, der mich an die Hand nimmt und mir sagt, was ich tun und denken soll.

Dass Tara heute Mittag so unvermittelt an meinem Arbeitsplatz aufgetaucht ist, hat mich so getroffen, dass ich bis jetzt nicht in der Lage war, einen vernünftigen Gedanken zu fassen. Oder kann man »Ich will sie so sehr.« als vernünftigen Gedanken bezeichnen? Wohl eher nicht.

»Ich bin schon da!«, rufe ich betont fröhlich und gehe direkt in die Küche.

»Spatzenhunger oder Riesenhunger?«

»Liesenhungel! Liesenhungel!«, ruft Benjamin zurück. Leise Schritte hinter meinem Rücken.

»Kann ich Dir helfen?«, flüstert Tara. Ihr heißer Atem kitzelt an meinem Ohr. Ich schnaufe. Und hüstle. Meine Hände zittern so sehr, dass die Nudeln für Benjamin nur zur Hälfte auf den Teller fallen. Der Rest platscht daneben. Sie lacht leise und greift um mich herum. Die Küche in meiner Wohnung ist eher minimalistisch. Da lässt es sich nicht vermeiden, dass ihre Hand *aus Versehen* meine Brust streift. Ich ziehe scharf die Luft ein. Abrupt hält sie in ihrer Bewegung inne. Ihr Atem geht flach. Und genauso hektisch wie meiner. Wir verharren regungslos. Brüste an Rücken, Rücken an Bauch. Ich kann mich nicht mehr bewegen, egal wie sehr ich mich anstrenge. Es scheppert. Löffel und Gabel gehen zu Boden. Ich drehe mich zu ihr um. Schnell und mit einem einzigen Ruck. Ihr Atem hinterlässt eine heiße Spur auf meinen Wangen. Taras Augen sind geschlossen. Ihr Brustkorb hebt und senkt sich hektisch. Mit jedem Atemzug reiben ihre Brustwarzen über meinen Körper. Sanftes Kribbeln überzieht meine Haut.

Schnell strecke ich mich und lege meine Arme um ihren Hals. Ihr leicht geöffneter Mund ist eine Versuchung. Für jeden, der Augen im Kopf hat. Aber vor allem für mich.

Ich kann nicht mehr. Meine Lippen suchen nach ihren. Meine Zungenspitze gleitet sanft über die weiche Haut ihres Mundes. Benjamin sitzt nur ein paar Meter weiter und wartet auf sein Essen. Grund genug, das tiefe Stöhnen, das von innen gegen meine Zähne klopft, zu unterdrücken. Ihre Arme um meinen Oberkörper ziehen mich an sich.

»Endlich.«, murmle ich und bitte sie sanft um Einlass. Sie öffnet ihre Lippen, gerade so weit, dass ich die Einladung annehmen kann. Ich habe nur diesen einen Kuss, um all die aufgestauten Gefühle für sie heraus zu lassen. Um ihr zu zeigen, wie sehr ich sie will und dass ich um sie kämpfen werde, egal was passiert. Als unsere Zungenspitzen aufeinandertreffen mischt sich ihr Seufzen und Stöhnen mit meinem. Sie windet sich in meinen Armen. Klammert sich an mir fest. Ihr Bein schiebt sich zwischen meine Schenkel. Reibt sich an mir. Oh, mein Gott. Wenn ich doch nur könnte, wie ich wollte. Dann würde ich mich nicht so anstrengen müssen, um das Stöhnen flach zu halten. Heute Nacht wird sie mir gehören. Ich werde sie lieben. Und wenn sie es zulässt in jeder Nacht, die noch kommt. Ihre Zunge rangelt mit meiner. Keine von uns ist bereit, einen Millimeter freizugeben.

»Stopp! Stopp! Stopp!«, stöhnt sie und windet sich aus meiner Umklammerung. Mein Herz jagt. Schlägt dumpf in meiner Brust. Meine Ohren rauschen, dafür versagen meine Beine ihren Dienst. Schnell fasse ich hinter mich und stütze mich auf der Küchenzeile ab. Sie schaut mich an. In ihren Augen lodert die gleiche Sehnsucht, das gleiche Verlangen, das ich auch in mir spüre. Warum hört sie dann auf? Beendet nicht das, was sie angefangen hat? Ihr Brustkorb hebt und senkt sich schneller als bei einem Hochleistungssportler auf der Zielgeraden. Unter ihrem Shirt zeichnen sich deutlich ihre Brustwarzen ab. Ein Fest für meine Sinne. Ich kann meinen Blick nicht von ihr wenden. Seit drei Jahren sehne ich mich nach diesem einen besonderen Moment.

»Tut mir leid. Das war so nicht geplant.«, krächzt sie und schaut betreten zu Boden.

»Aber ich dachte … Du wolltest es auch.«

»Nicht so, Ella. Mir geht das alles zu schnell. Außerdem…, Dein Sohn … «

Wie auf Bestellung kräht Benjamins hohes Stimmchen aus dem Wohnzimmer. »Mommy! Hungel!« Ich rolle genervt mit den Augen. Ich liebe den Kleinen mit jeder Faser meines Herzens, aber im Moment würde ich ihn noch mehr lieben, wenn er in seinem Bettchen liegen und schlafen würde.

Meine Augen suchen ihre. Eine unausgesprochene Frage steht in meinem Blick. »Später?« Sie nickt vorsichtig, zuckt dann aber mit den Schultern. In dem Moment wird mir klar, dass ich mit meiner Heimlichtuerei viel zerstört habe zwischen uns. Ich werde mich beherrschen müssen, egal wie schwer es mir fällt. So einen schwachen Moment darf ich mir nicht noch einmal erlauben. In meinen Träumen vielleicht …, in der Realität muss ich ihr die Zeit geben, die sie braucht. Ich habe sie tief verletzt. Wenn ich überhaupt eine Chance haben will, muss ich mit ihr gemeinsam durchhalten, bis sie bereit ist, mir mehr von sich zu geben.

»Sorry. Ich wollte Dich nicht überrumpeln. Du bist nur… Ich kann nicht … «, stottere ich. Na wunderbar. Viel linkischer und unfähiger benimmt sich nicht einmal ein Teenager, dessen Hormone Tango tanzen. Meine Hormone sind schon älter. Wir kennen uns schon ziemlich lange. Und trotzdem überrumpeln sie mich in Taras Nähe immer wieder und entwickeln ein Eigenleben, das ich kaum noch beeinflussen, geschweige denn kontrollieren kann.

»Lass es uns langsam angehen.«, bittet sie mit leisem Flehen in der Stimme. »Vielleicht ist es besser, wenn ich jetzt gehe. Lass uns in ein paar Tagen in Deiner Mittagspause einen Kaffee zusammen trinken.«

Oh nein. Das kann doch jetzt nicht … Das darf doch jetzt nicht … Ich sehe meine Felle davon schwimmen. In einem reißenden Fluss. Mit rasendem Tempo, dass ich sie nicht mehr aufhalten kann. Hey Hirn, jetzt wäre es dann mal an der Zeit, dass Du etwas Sinnvolles zusammen bastelst. Sag etwas. Irgendetwas. Aber bitte nichts dummes.

»Bitte bleib. Du wolltest doch mit mir reden. Ich verspreche Dir, dass ich Deine Grenzen respektieren werde.« Dankeschön Hirn. Gut gemacht. Weiter so. »Und wenn Du bereit bist, werde ich Dich küssen, Dich lieben und Dir zeigen, dass meine Welt nichts ist, ohne Dich.« Oh nein. SO haben wir nicht gewettet. Ich stottere und hüstle. Heiße Röte steigt mir ins Gesicht. Meine Hände verknoten sich ineinander. Bitte schau mich nicht so an.

»Komm, ich helfe Dir.«, flüstert sie und tut so, als hätte sie meine letzte Bemerkung nicht mitbekommen. Ich schaue sie an. Dankbarkeit liegt in meinem Blick. Ohne ein weiteres Wort zu verlieren greift sie den Teller und verschwindet im Wohnzimmer, während ich versuche, mich zu beruhigen. Sie ist so nah und doch so weit weg. Mein Bauch zieht empfindlich. Nicht nur der …

»Hungel.«, jammert Benjamin. Keine zehn Sekunden später höre ich ihn schon glücklich schmatzen.

»Hey, nicht so schnell. Ich muss Deine Nudeln doch erst schneiden.«, sagt sie und versucht, ihn daran zu hindern, dass er mit beiden Händen nach dem Essen greift und es in seinem Mund verschwinden lässt.

»Kann ich schon.«, höre ich sein hohes Stimmchen quäken und halte mir die Ohren zu. Im Gegensatz zu Tara weiß ich, was jetzt kommt. Sein stumpfes Messer kratzt über den Teller.

»Aaaah!«, schreit Tara und rennt aus dem Wohnzimmer. Ihre Augen sind zwei schmale Schlitze, die Lippen zu einer angedeuteten Fratze verzogen.

»Du hättest mich ruhig warnen können.«, knurrt sie. »Nächstes Mal bringe ich Ohrenschützer mit.« Obwohl sie viel mehr sagt, höre ich nur *nächstes Mal*. Meine Mundwinkel verziehen sich nach oben, während meine Augen mit dem Licht in der kleinen Küche um die Wette leuchten. Sie hält mir ihren nackten Arm hin.

»Siehst Du? Grauenhaft. Ich habe einen dicken Erpelanzug.«, jammert sie, während ich nur *schöner Arm* denke. Ich strecke meine Hand aus und streichle vorsichtig über die nackte Haut.

»Mhm … Schon viel besser.«, murmelt sie, schnappt sich hinter meinem Rücken den nächsten Teller und verschwindet breit grinsend im Wohnzimmer.

Ist der Kleine immer so süß?«, fragt sie ungefähr eineinhalb Stunden später und lässt sich ins Sofa fallen.

Geschlagene dreißig Minuten haben wir gebraucht, das Chaos in der Küche und im Wohnzimmer zu beseitigen, den Bologneserand vom Mund des zappelnden Jungen zu zaubern und ihn ins Bett zu befördern. Natürlich wollte er nicht schlafen, sondern unbedingt noch ein paar Spiele mit Tara spielen. Benjamin mag Tara. Das hat er mir, garniert mit einer kleinen Ladung Speichel, so leise ins Ohr geflüstert, dass Tara im Wohnzimmer lachen musste.

»Ich glaube, sie mag Dich auch.«, flüsterte ich und entlockte ihm ein kleines Lächeln.

»Kommt sie wiedel?«, fragte er und kuschelte sich in meine Arme. Wir haben ein Ritual, das uns beiden sehr wichtig ist. Egal wie anstrengend der Tag war und wie vorgerückt die Stunde, ein paar Minuten kuscheln müssen einfach drin sein. Daran ändert auch Taras Anwesenheit nichts.

»Frag sie doch.«, habe ich gesagt, aber da rief sie schon »Ja!« aus dem Wohnzimmer. Zufrieden sank Benjamin in sein weiches Kissen und schlief endlich ein.

»Möchtest Du noch etwas essen oder trinken? Einen Kaffee vielleicht?«, frage ich und bemerke selbst den unsicheren Klang in meiner Stimme. Sie schüttelt den Kopf und klopft neben sich auf das Sofa.

»Obwohl … doch … Ein Kaffee wäre nett.«

»Nett ist die kleine Schwester von scheiße.«, flüstere ich, drehe mich auf dem Absatz um und gehe in die Küche.

»Eben nicht.«, erklärt sie ernsthaft und lehnt sich zurück. Ich weiß, dass sie mit mir reden will. Wann die erste Bombe wohl platzt? Zehn, neun, acht …

»Warum hast Du mir nicht gesagt, dass Du ein Kind hast?« Kabumm! Ich hebe die Arme und lasse sie wieder sinken. Meine Augen ruhen auf ihr.

»Tara, kannst Du Dir auch nur ansatzweise vorstellen, wie überrascht ich war, als ich Dich im Piccadilly`s erkannt habe? Ich hätte Dir gerne so viel gesagt und am liebsten alles gleichzeitig. Aber ich wusste nicht, wo ich anfangen sollte.«

»Bei der Wahrheit, wäre nicht schlecht gewesen.«

»Was hätte ich denn tun sollen? Hätte ich sagen sollen: Hey Tara, ich freue mich, Dich zu sehen. Übrigens, ich habe einen Sohn und jetzt möchte ich mit Dir schlafen? Wäre Dir das lieber gewesen?«, knurre ich, obwohl ich weiß, dass es nicht fair ist, so um mich zu schlagen. Sie wollte die Wahrheit und die hat sie jetzt. Ich sollte mich glücklich schätzen, dass sie überhaupt noch da ist, aber sie reizt mich einfach so sehr. Wie sie da sitzt und mich anschaut. Mit diesem Blick, der so viel tiefer geht, als gut für mich ist.

»Wäre Dir das lieber gewesen?«, frage ich noch einmal und schaue sie herausfordernd an.

»Das vielleicht nicht gerade. Aber ehrlicher auf jeden Fall. Wirst Du mir immer irgendwelche Sachen verheimlichen? Weißt Du, egal ob wir nun Freunde werden, oder ob aus uns doch irgendwann noch mehr wird … Mir ist es wichtig, dass ich Dir vertrauen kann und

Du mir. Ohne Ehrlichkeit und Offenheit macht alles keinen Sinn.«

»Das weiß ich doch.«, brumme ich leise. »Frag nicht, wie oft ich mir in den letzten Jahren selbst in den Arsch hätte beißen wollen, weil ich so dumm war, Dir nichts von Sharon zu erzählen.«

»Apropos Sharon … «

»Ich weiß, was Du wissen willst. Sharon lebt in New York. In meiner ehemaligen Wohnung. Und ihr Geld verdient sie als Chefin in meinem ehemaligen Geschäft. Tja, jetzt schaust Du wie ein Eichhörnchen, wenn es blitzt. Ich wollte frei sein. Verstehst Du? Dafür habe ich alles aufgegeben, was mir jemals etwas bedeutet hat. Sie hat alles von mir genommen, bis auf die Unterhosen, die ich am Leib trug. Naja, fast. Außer Benjamin.«

»Ist er *das* Kind?«

Ich nicke zaghaft und wage kaum, sie anzuschauen. Meine Lippen öffnen sich, aber außer einem leisen *Pfff* kommt nichts.

»Er ist süß.«, sagt sie leise, greift nach dem dampfenden Becher und nippt vorsichtig.

»Tara …, ich … Ich hätte Dir von ihm erzählen sollen und es tut mir leid, dass ich es nicht getan habe. Aber ich hatte einen Grund.«

»Und welchen?«, fragt sie und springt auf. Unruhig wandert sie durch das Wohnzimmer und schielt immer wieder zu der Tür, hinter der Benjamin friedlich schläft.

»Ich wollte, dass Ihr eine Chance habt, Euch kennenzulernen. Wenn ich Dir von ihm erzählt hätte, hättest Du vielleicht abgeblockt, ohne zu wissen, was für ein toller Kerl er ist. Ich dachte, dass Du ihn, wenn Du ihn kennenlernst, vielleicht ein bisschen magst.«

»Das ist doch auch so. Aber ganz im Ernst, Ella … Ich hätte es trotzdem gerne gewusst. Bei Dir weiß ich irgendwie nie, woran ich bin. Du bist scharf auf mich und willst mit mir schlafen. Geht mir mit Dir nicht so viel anders. Aber … «

»Was aber …?«, seufze ich und atme schwer. Allein die Vorstellung, dass sie sich nackt unter mir windet, jagt meinen Blutdruck in die Höhe. Ich kann mich kaum noch konzentrieren. Sie geht ans Fenster und schaut hinaus. Ich bin mir nicht sicher, ob sie außer den Lichtern der Stadt irgendetwas wahrnimmt.

»Ella, glaub mir bitte … Als ich Dich im Piccadilly`s gesehen habe, musste ich sofort an unsere gemeinsame Zeit in Irland denken.«, setzt sie so leise zu einer Erklärung an, dass ich sie kaum verstehe. »Aber seitdem ist viel passiert. Mein Herz ist gebrochen und ich weiß nicht, ob es jemals wieder heilen wird. Wenn wir jetzt miteinander ins Bett gehen, fangen wir da an, wo wir aufgehört haben. Aber das will ich nicht mehr. Ich will entweder alles …, oder nichts.«

»Was bedeutet *alles* für Dich?«, frage ich leise und warte mit wummerndem Herzen auf ihre Antwort. Sie schaut so verletzlich aus. Wie sie dasteht und aus dem Fenster stiert.

»Das volle Programm, Ella. Mit weniger gebe ich mich nicht mehr zufrieden.«

Langsam atme ich ein und aus und versuche, mich zu beruhigen. Merkt sie denn gar nicht, dass sie offene Türen bei mir einläuft? Ich habe mich doch verändert und bin nicht mehr ansatzweise so arrogant wie vor ein paar Jahren. Warum merkt sie das denn nicht? Taras distanziertes Verhalten tut weh. Tränen brennen in meinen Augen. Ich wollte meine Vergangenheit hinter mir lassen und einen Neustart in LA wagen. Dass ein Teil dieser Vergangenheit nun vor mir steht und mich auf Abstand hält, fühlt sich nicht besonders gut an. Wie dankbar wäre ich jetzt, wenn jemand kommen und mir sagen würde, ob es einen Sinn hat, auf einen echten Start mit Tara zu hoffen.

»Sieht Dein *alles* auch ein Kind vor?«, frage ich und wage kaum, den Kopf zu heben. Sie fährt herum, starrt mich an und zuckt mit den Schultern. Mist. So genau wollte ich es dann doch lieber nicht wissen. Benjamin gehört zu mir. Daran wird sich nichts ändern, selbst wenn ich mir dafür das Herz aus der Brust reißen muss.

»Ich weiß es nicht, Ella. Ein paar Stunden mit einem Kind spielen ist ja ganz nett. Aber jeden Tag und immer?

Ich weiß es wirklich nicht.« Ihre Stimme klingt traurig. Und so voller Sehnsucht.

»Mich gibt es nur im Doppelpack.«, flüstere ich und gehe langsam auf sie zu.

»Ich weiß.«, sagt sie genauso leise, fast tonlos.

»Ich möchte bitte, dass Du gehst. Komm erst dann wieder ins Piccadilly`s, wenn Du Dir Gedanken gemacht hast. Benjamin hat schon einmal einen Menschen, den er über alles liebt, loslassen müssen. Ich darf ihm das nicht noch einmal antun.«

»Aber … «

»Er ist ein kleines Kind. Wenn Du nicht mehr auftauchst, wird er Dich bald vergessen. Treffen wir uns aber öfter und dann kommst Du einfach nicht mehr, wird er glauben, dass es seine Schuld ist. Ich will nicht, dass er mit solchen Gedanken leben muss. Verstehst Du? Ich trage Verantwortung für ihn und ich möchte alles Unglück von ihm abwenden. Ich bin nicht mehr nur die Frau, sondern auch die Mutter. Wenn Du der Meinung bist, dass das für Dich in Ordnung geht, können wir gerne schauen, wohin unser Weg führt. Ansonsten wünsche ich Dir alles Gute und ein schönes Leben.«

»War`s das jetzt?«, fragt sie. Ihre Augen funkeln. Nicht glücklich. Auch nicht sehnsuchtsvoll. Dafür mit einer riesigen Portion Wut. Ich fürchte, meine Ansprache hat nicht die Tonart getroffen, die sie gerne gehabt hätte. Es tut mir auch leid, dass ich so hart und direkt bin. Aber was soll ich machen? *Alles* beinhaltet eben auch alles – und damit auch Benjamin. Solange sie sich nicht mit dem Gedanken anfreunden kann, mich mit einem kleinen Kind zu teilen, darf ich mir die Hoffnung auf eine tiefer gehende Beziehung mit ihr nicht erlauben. Es zerreißt mir das Herz, wenn ich mir ausmale, dass Tara so schnell wieder aus meinem Leben verschwindet, wie sie überraschend aufgetaucht ist.

»Warum musst Du mir schon wieder so weh tun, Ella? Ich habe Dich doch gerade erst gefunden.«

»Ich will Dir nicht weh tun, glaub mir bitte. Aber ich will, dass Du weißt, worauf Du Dich mit mir einlassen würdest. Und dafür will ich Dir die Zeit geben, die Du brauchst.«

Die Tür schließt sich hinter Tara. Ich sinke zu Boden und halte die Hände vors Gesicht. Tränen kullern über meine Wangen. Mein Herz klopft. Viel zu laut und vor allem viel zu schnell. Obwohl es mich innerlich zerreißt weiß ich, dass meine Entscheidung nicht anders hätte ausfallen dürfen. Entweder alles oder nichts. Lautes Schluchzen zerreißt die Stille in meiner kleinen Wohnung. Meine Schultern zucken. Ich bin am Ende meiner Kraft angekommen.

24. Tara

Ich will Dir die Zeit geben, die Du brauchst.«, waren die letzten Worte, die Ella zu mir gesagt hat, bevor sie die Tür ihrer kleinen Wohnung hinter mir schloss. Kein liebes Wort, keine Geste, nicht einmal ein sanfter Kuss auf meine Wange.

Mein Herz fühlt sich so an, als ob es ein zweites Mal bricht. Ich könnte schreien. Und heulen. Und kotzen. Und dann meine Sachen packen und LA wieder verlassen. Ich kam hierher, um neu anzufangen und jetzt tritt mir meine Vergangenheit als Gegenwart getarnt so sehr in den Arsch, dass ich ins Straucheln gerate.

Mein Körper sehnt sich nach Ella, mein Herz schreit nach ihr und mein Kopf sagt ausnahmsweise überhaupt nichts. Vielen Dank auch. Meine Hand gleitet in meine Jackentasche. Hektisch tippe ich die Nummer meiner Mutter ein. Ich muss mit jemandem reden. Sofort.

»Hallo Schatz. Wie geht's Dir denn?«, fragt sie atemlos. Obwohl ich mich erst vor ein paar Tagen von ihr verabschiedet habe, bedeutet es mir so viel, jetzt ihre Stimme zu hören.

»Geht so.«

»Tara? Was ist los? Hast Du den Job nicht bekommen? Das ist doch nicht so schlimm. Dann kommst Du eben wieder heim und wir überlegen zusammen.«

»Das ist es nicht. Die Verträge sind perfekt. Die Firma ist toll. Und alles … Mum, ich habe jemanden kennengelernt.«

»So schnell schon? Wow. Du gibst aber Gas. Und warum klingst Du dann so traurig?«

»Sie hat ein Kind.«

»Ein Kind? Das ist doch toll, Tara. Aber wo liegt Dein Problem?«

»Ich weiß nicht, ob ich die richtige für ein Kind bin.«, erwidere ich seufzend und kratze mich am Kopf. Kann denn nicht wenigstens EINMAL im Leben alles einfach sein?

»Dann finde es heraus.«

»Na toll. Das hat sie auch gesagt. Aber was soll ich denn jetzt machen?«

»Kennst Du ihr Kind schon?«

»Ja. Der Kleine ist wirklich süß. Aber vierundzwanzig Stunden an sieben Tagen die Woche … Ich weiß nicht.«

»Tara, Du hast zwei Möglichkeiten. Entweder schlägst Du Dir die Frau aus dem Kopf, oder Du springst über Deinen Schatten. Ist sie es wert?«

»Ich denke schon.«

»Dann hast Du die Antwort auf Deine Frage doch schon. Ich hab Dich lieb, meine Kleine.«

»Ich Dich auch.«

Es klickt in der Leitung und ich bin wieder allein mit meinen Gedanken. Ist sie es wert? Die Frage meiner Mutter hämmert in meinem Kopf. Ella ist ein sehr spezieller Mensch, eine Frau mit Ecken und Kanten. Genauso wie ich. Eigentlich passen wir nicht zusammen, was nichts daran ändert, dass sie, seit ich sie das erste Mal gesehen habe, mein Denken, Fühlen und Handeln beherrscht. Ich habe sie nicht darum gebeten. Trotzdem hat sie sich in meinem Herz eingenistet. Wie sehr habe ich mich gefreut, als ich sie heute völlig unerwartet getroffen habe. Und das alles für nichts?

Ich lasse mein Handy in die Tasche gleiten und laufe los. Nein. Ich laufe nicht. Ich renne.

Ella lebt im sechsten Stock. Das sind jede Menge Stufen, aber was muss das muss. Ich muss sie sehen. Und ihr sagen, dass ich weiß, was ich will. Als ob der Teufel höchstpersönlich mit seiner Sense hinter mir her wäre, renne ich die Treppen des Hauses, in dem Ella wohnt, hinauf. Vor ihrer Tür bleibe ich stehen und hänge wie ein Schluck Wasser in der Kurve über dem Treppengeländer. Ich hechle und röchle wie ein altes Walross. Meine Wangen brennen mindestens genauso wie meine Lungen. Ich habe Seitenstechen.

Kurz bevor mein Finger sich auf die Klingel legt halte ich inne. Benjamin schläft. Die Klingel ist so laut, dass sie selbst Ohnmächtige wieder aufwecken würde. Ist meine Rückkehr doch keine so gute Idee, wie ich dachte? Vielleicht sollte ich lieber morgen wieder kommen, oder übermorgen? Oder gar nicht? Für einen kurzen Moment hadere ich mit meinem Schicksal und überlege, ob ich mich nicht doch lieber meiner Angst beugen und mich wieder die Stufen hinunter quälen und gehen sollte.

Bevor ich es mir tatsächlich anders überlegen kann, hebe ich die Hand und klopfe, so leise wie möglich, auf das Holz. Die Wohnung bleibt still. Keine Schlurfgeräusche und auch keine Stimme, die mir mitteilt, dass ich gehört werde. Also klopfe ich noch einmal, diesmal etwas lauter.

»Ich komme ja schon.«, brummt Ella. Sie klingt alles andere als begeistert. Eher das Gegenteil davon. Meine Beine schlottern und ersticken sämtliche Fluchtgedanken im Keim. Mir bleibt nur auf den Henker zu warten. Die entsprechende Mahlzeit hatte ich ja schon vor ein paar Stunden. Heiseres Lachen gurgelt in meiner Brust. Ist es nicht seltsam, welch eigenartige Gedanken das Hirn produziert, wenn es eigentlich fokussiert sein sollte?

»Ja!«, schimpft Ella und reißt die Tür auf. Mein Herz schlägt bis zum Hals. Mindestens. Ehrlich gesagt fühlt es sich sogar so an, als würde mein ganzer Körper nur noch aus Herzschlag bestehen. Sie schaut so … süß aus … und sexy. Ihr Haar steht wirr in alle Richtungen. Mein Herz macht einen kleinen Satz. Sie trägt meinen alten Kapuzenpulli.

»Was willst Du?«, fragt sie und gähnt unauffällig. Ihr Blick und ihre Körperhaltung strahlen Ärger aus. Scheiße. Ich habe sie geweckt. *Ganz toll gemacht, Tara. Du bist so eine Idiotin. Hättest Du nicht bis morgen warten können?*

»Äääh … Tut mir leid, dass ich Dich geweckt habe. Ich wollte … Ich will … «

»Tara, komm auf den Punkt oder lass es bleiben. Ich habe einen langen Tag hinter mir und bin müde.«

»Ich wollte Dir nur sagen, dass ich um Euch kämpfen werde.«

»Aha.«

Mehr nicht? Nur aha? Kannst Du es mir nicht wenigstens ein bisschen leichter machen? Mir ein kleines Zeichen geben? Verzweifelt werfe ich die Arme in die Luft und lasse sie wieder sinken.

»Du trägst meinen Pulli.«, flüstere ich.

»Ja. Und zwar seit drei Jahren. Jede Nacht. Ich fühlte mich Dir näher, wenn ich ihn bei mir hatte.«, gibt sie leise zu. Mein Herz hüpft. Mein Herz springt. Es dreht sich einmal um die eigene Achse.

»Tara, was willst Du wirklich?«, fragt sie, schaut mich aber nicht an. Sie schlingt ihre Arme um ihren Oberkörper und schaut auf einmal so verloren aus. Sie muss viel erlebt haben und davon nicht viel positives. Wie es aussieht gibt es in ihrem Leben keinen Menschen, der ihr Halt gibt.

Keine Freundin, bei der sie sich ausheulen kann, wenn sie am Ende ist. Also hat sie gelernt, sich selbst Halt zu geben. Wahrscheinlich hat sie das hart werden lassen. Wie sie mich anstarrt. Ihre hellen Augen schießen brennende Pfeile nach mir. Ich stöhne betroffen.

»Ich will Dich um eine Chance bitten. Bitte gib mir die Möglichkeit, Euch kennenzulernen. Ich muss einfach wissen, ob … «

»Ob?« Lässig lehnt sie am Türrahmen und verschränkt die Arme vor ihrer Brust. Ihre Augen fixieren meine, starren mich in einer Mischung aus Missfallen und Interesse an. Was soll ich tun? Was soll ich sagen? Die Gedanken fliegen wie ein kunterbuntes und wildes Sammelsurium durch meinen Kopf. Wie einen Rettungsring ergreife ich den erstbesten und platze heraus:

»Ich will ein Teil von Eurem Leben sein.«

»Bist Du Dir sicher?«

»Ja.«

»Und woher kommt der plötzliche Sinneswandel? Vor knapp zwei Stunden hast Du noch ganz anders geklungen.«

»Vorhin habe ich auch noch nicht mit meiner Mutter telefoniert.«

»Du hast Máire gesagt, dass Du mich getroffen hast?«

»Nein. Ich habe ihr nur gesagt, dass ich jemanden kennengelernt habe und dass dieser jemand ein Kind hat. Sie hat mich gefragt, ob Du es wert ist.«

»Und? Bin ich es denn wert?«

»Ja.«, flüstere ich und suche ihren Blick. Ihre Augen glänzen. Eine einzelne Träne findet den Weg über ihre Wange. Ich schlucke hart. Meine Beine zittern so sehr, dass es sich anfühlt, als würde das ganze Haus wackeln und gleich unter meinen Füßen zusammenbrechen.

Ich strecke meine Hand nach ihr aus und versuche die Träne mit der Spitze meines Zeigefingers aufzufangen. Sie greift nach meiner Hand und führt sie zu ihren Lippen. Weiche Haut berührt meine. Ich seufze leise. Meine Hand kribbelt. Ein heißer Schauer brennt sich durch meinen Körper.

»Willst Du reinkommen?« Ella sucht meinen Blick, wartet, dass ich irgendetwas sage. Aber ich kann nichts mehr sagen. Die kurze Berührung meiner Hand hat den Rest meines Denkvermögens mit einem Wisch ausgelöscht. Ich nicke nur.

»Dann komm.«, haucht sie mit brüchiger Stimme und legt ihren Arm um meine Taille.

25. Ella

Sie ist da. Sie ist tatsächlich wieder da. Und sie sagt, dass sie ein Teil meines Lebens sein will. Mein Herz wummert so laut, dass es sämtliche Geräusche und sogar das laute Heulen der Polizeisirenen übertönt.

»Komm.«, flüstere ich und führe sie wieder ins Wohnzimmer. Als ob sie nie weg gewesen wäre, lässt sie sich auf das Sofa fallen und zieht nur kurz die Augenbraue hoch, als ihr Blick auf mein Bettzeug fällt.

»Sorry für die Unordnung. Hätte ich gewusst, dass Du zurückkommst, hätte ich noch aufgeräumt. Kaffee?«

»Bleib hier, bitte. Ich möchte keinen Kaffee. Lass mich Dich einfach im Arm halten. Mehr will ich gar nicht.«, flüstert sie und streckt mir ihre Hand entgegen. Überrascht reiße ich die Augen weit auf. Sie will mich nur im Arm halten? Nicht mit mir schlafen und dann einfach wieder aus meinem Leben verschwinden?

Fast zweiundvierzig Jahre musste ich werden, bis mir so etwas einmal passiert. Vor Sharon hatte ich einige Frauen. Keine wollte mich einfach nur im Arm halten und für mich da sein. Für die meisten Frauen war ich nichts anderes als ein Sex-Objekt. Mich flach legen die Trophäe für ihren Triumph.

»Du willst nicht mit mir schlafen?«, frage ich gedehnt und kann immer noch nicht richtig glauben, dass sie nicht wegen einer heißen Nacht mit mir zurück gekehrt ist.

»Nein. Nicht heute. Ich möchte, dass unser erstes Mal etwas ganz besonderes wird.«

»Aber wir haben doch schon … «

»Aber nicht so … Ich will, dass wir uns ganz sicher sind, wenn wir miteinander schlafen. Dann wird es nicht nur schön, sondern unbeschreiblich. Und genau das wünsche ich mir für uns. Ich will Teil von etwas ganz besonderem sein. Verstehst Du?«

Tief ein und aus atmend bewege ich meinen Kopf langsam auf und ab. Heiße Tränen brennen in meinen Augen. So etwas liebes hat noch nie ein Mensch zu mir gesagt, außer meinen Eltern vielleicht. Ich schließe die Augen. Ihre Nähe tut so gut. Meine Lippen suchen ihre. Mein Bauch kribbelt und fühlt sich an, als würden sich Millionen Ameisen in mir ausbreiten. Taras Seufzen mischt sich mit meinem. Meine Hand schiebt sich unter ihr Shirt.

»Stopp, Ella!«, brummt sie und löst sich von mir. Warum blockt sie mich ab? Ich sehe doch, dass sie es genauso sehr will wie ich.

26. Tara

Oh, mein Gott. Jetzt schaut sie mich wieder so an. Als würde ich ihre Annäherung abblocken, weil ich nichts von ihr will. Warum begreift sie denn nicht, dass das Gegenteil der Fall ist? Sie hat keine Ahnung, wie viel Kraft es mich kostet, standhaft zu bleiben und mich nicht auf sie zu stürzen und ihr die Kleidung vom Leib zu reißen.

Das erste Mal in meinem Leben will ich alles anders machen. Natürlich will ich sie. Mit jeder Faser meines Herzens will ich sie. Ihr tiefes Stöhnen klingt noch in meinen Ohren. Ausnahmsweise will ich alles richtig machen. Dazu gehört aber eben auch, dass ich meinem Körper die Regie über mein Handeln entreiße. Mein Blick trifft auf ihren. In ihren Augen brennt Sehnsucht. Geschockt rutsche ich ein paar Zentimeter zur Seite. Ich darf ihr nicht nachgeben. Nicht jetzt. Sonst schlafen wir ein paar Mal miteinander und dann gehe ich.

Ich kenne mich gut genug, um zu wissen, dass ich diesmal einen anderen Weg einschlagen muss, egal wie viel Kraft es mich kostet. Sie ist mir so nah. Viel zu nah.

Wenn sie jetzt noch einmal ihre Lippen auf meine legt, kann ich für nichts mehr garantieren. Langsam schiebe ich mich aus der liegenden Position in die aufrechte. Meine Augen gleiten über ihren Körper. Was für eine wunderschöne Frau. Der Sex mit ihr ist eine der schönsten Erfahrungen, auf die ich zurück schauen darf.

Wie schön muss es erst sein, wenn sie mir nicht nur ihren Körper schenkt. Ich will alles. Ich will nicht mit ihr schlafen. Ich will sie lieben. Und ich will ihre Seele berühren. Und ich will, dass sie mich berührt, wie noch nie ein Mensch vor ihr.

»Ella, bitte. Schau mich nicht so an. Ich kann sonst für nichts mehr garantieren.«

»Musst Du doch auch gar nicht. Mach Dich doch mal locker. Alles ist gut.«

»Lass uns einfach schlafen, okay? Wir haben doch alle Zeit der Welt. Wir müssen nicht gleich heute … «

»Und wenn ich will? Ich habe drei Jahre auf diesen Moment gewartet und jetzt möchte ich ihn doch auch auskosten.«

»Schau mal, drei Jahre … Da kommt es auf ein paar Wochen mehr doch auch nicht mehr an. Ich möchte es langsam angehen lassen. Aber dazu brauche ich Deine Hilfe. Ella …, ich hatte noch nie eine richtige Beziehung. Ich will alles richtig machen. Verstehst Du?« Ich versuche mich an einer Erklärung für meine Zurückweisung, merke aber selbst, wie sehr ich mich in meinen Worten verhasple und mich um die eigene Achse drehe.

»Noch nie?«, fragt sie jetzt auch noch. Na wunderbar. Ich bin Ende dreißig und hatte noch nie eine Partnerschaft. Außer One-Night-Stands und Affären, die so kurz waren, dass sie die Bezeichnung Affäre nicht verdienen, habe ich nichts vorzuweisen. So ist das nun mal. Eigentlich dachte ich auch immer, dass diese Art, mein Leben zu gestalten, genau mein Ding ist. Bis ich Ella traf. Umso wichtiger ist mir, dass ich eben nicht gleich wieder mit ihr schlafe.

»Ich will so viel mehr als nur Sex. Ich will unbedingt herausfinden, was das zwischen uns ist. Das kann ich aber nicht, wenn wir jetzt gleich miteinander schlafen. Schau mich bitte nicht so an. Ich bin einfach so. Schneller Sex ist schneller Sex. Und der führt bei mir zu nichts.«

Meine Augen suchen Ellas. Sie nickt langsam und drückt mich mit beiden Händen ins weiche Sofa zurück.

»Lass uns bitte schlafen. Wenn wir noch länger über Sex reden … Du weißt schon … «, brummelt sie und kuschelt sich in meine Arme. Ich vergrabe meine Nase in ihrem Haar. Tiefer Frieden zieht in mein Herz, wie ich ihn noch nie empfunden habe. Alles fühlt sich so richtig an – zum allerersten Mal.

»Gehen wir ins Bett?«

»Das hier ist mein Bett.«, sagt sie leise, fast tonlos. Sie schaut mich nicht an, versteift sich aber in meinen Armen.

Ja hoppla. Das geht ja wahnsinnig schnell. Eine falsche Frage und schon baust Du eine Mauer um Dich auf.

»Wenn man wenig Geld hat, muss man Abstriche machen.«, flüstert sie kaum hörbar. »Benjamin sollte sein eigenes Reich haben, also schlafe ich auf dem Sofa. Wenn es Dich stört, müssen wir uns beim nächsten Mal eben in Deinem Hotelzimmer treffen.«

Oh, dieser drohende Unterton. Sag jetzt nur nichts falsches, Tara.

»Aber Du hast doch Geld.«

»Eben nicht. Sharon und ich hatten keinen Ehevertrag. Komm mir jetzt nicht mit einem intelligenten Spruch. Ich weiß selbst, dass ich total bescheuert war. Nach der Scheidung stand ich mit nichts in der Hand da. Wohnung weg. Geschäft weg. Zukunft weg. Wenigstens Benny ist mir geblieben, aber wahrscheinlich auch nur, weil sie gemerkt hat, dass kleine Kinder anstrengend sein können. Trotzdem haben wir ein gutes Leben, Tara, nur eben anders als vorher.«

Habe ich einen kurzen Moment geglaubt, dass Ella mit ihrem Schicksal hadert, werde ich, wieder einmal, eines besseren belehrt. Sie hat nicht mehr viel mit der Frau, die ich vor drei Jahren kennengelernt habe, gemeinsam, was den Reiz an ihr aber keinesfalls schmälert. Im Gegenteil. Nach der sunny side, auf der sie meiner Meinung nach immer schwamm, fand sie sich plötzlich in der Realität wieder und gibt alles für ihren kleinen Jungen. Mein Herz klopft wild in meiner Brust und ich fühle mich in meiner Entscheidung, sie in Ruhe kennenzulernen, mehr als bestätigt.

Was Ella jetzt am allerwenigsten braucht, ist eine Frau, die sie nur ins Bett bekommen will und sich verzupft, sobald es ernst wird. Ich werde alles tun, um über meinen Schatten zu springen. Ihr Herz muss heilen, genauso wie meines, aber erst, wenn wir die Schatten unserer Vergangenheit beseitigt haben, haben wir auch eine Chance auf eine Zukunft. Ich wünsche mir nichts mehr, als sie gemeinsam mit ihr erleben zu dürfen.

»Warum bist Du nicht einfach nach Irland gekommen? Du hast eine große Firma geerbt. Schon vergessen?«

»Nein. Natürlich nicht. Ich denke jeden Tag daran, aber ich wollte aus eigener Kraft wieder auf die Füße kommen. Außerdem ist die Firma der Grund, warum ich nichts mehr habe. Ihr Wert wird höher als mein Geschäft und meine Wohnung zusammen geschätzt. Ich kann froh sein, dass Tante Renata einen Passus eingefügt hat, der mir einen Verkauf verbietet. Sonst hätte ich verkaufen MÜSSEN. Sharon darf nie erfahren, wenn ich irgendwann mehr Geld haben sollte. Sonst lässt sie mich nicht mehr von der Angel. Ich schulde ihr noch ein paar Millionen und ich verwette meinen dicken Arsch, wenn sie nicht irgendwann versucht, an den Rest meiner Kohle zu kommen.«

Ella ist aufgesprungen und wandert wie ein eingesperrtes Raubtier durch das kleine Wohnzimmer. Es ist nicht zu übersehen, dass sie eine riesige Portion Wut auf Sharon, aber vor allem auf sich selbst, im Bauch hat. Ihre Augen funkeln und blitzen. Sie macht weit ausladende Bewegungen mit ihren Händen.

»Sharon meinte damals, dass wir keinen Ehevertrag brauchen, weil wir uns bis an unser Lebensende lieben werden. Kannst Du Dir vorstellen, dass ich auch noch so blöd war und darauf eingegangen bin?«

»Aber Du konntest es doch nicht wissen.«

»Ich hätte auf meine Eltern hören sollen. Sie haben mich nicht nur einmal gewarnt. Natürlich wusste ich alles besser und bin mit ausgestreckten Armen in die Kreissäge gerannt. Aber was vorbei ist ist vorbei. Alles Schnee von gestern. Jetzt muss ich eben schauen, dass ich den Kopf über Wasser behalte und das beste aus meiner Situation heraus hole.«

Wäre ich nicht sowieso schon so fasziniert von ihr, wäre es spätestens jetzt um mich geschehen. Ich kann mir vorstellen, dass die letzten Jahre alles andere als einfach für sie waren. Trotzdem hat sie sich nicht unterkriegen lassen. Im Gegenteil. Sie kämpft. Mit aller, ihr zur Verfügung stehenden, Kraft setzt sie sich für sich und ihren Sohn ein. Sie hat den Kopf immer noch oben, obwohl Sharon mit Sicherheit keine Möglichkeit ausgelassen hat, ihr Schaden zuzufügen. Wahnsinn. Vor mir steht eine

Kämpferin – ohne Schwert und Bogen – dafür aber mit einer riesigen Portion Mumm in den Knochen.

Habe ich jemals behauptet, dass ich mich verändert und entwickelt habe? Einen Scheißdreck habe ich, wenn ich mich mit IHR vergleiche. Mein Herz klopft schneller. Es fühlt sich an, als würde es sich in meiner Brust um die eigene Achse drehen. Ich ringe nach Luft. Schlagartig wird mir bewusst, warum sie mich vor ein paar Stunden vor die Tür gesetzt hat.

Sharon hat ihr das Kraut ausgeschüttet und sie ausgenommen wie eine Weihnachtsgans kurz bevor sie in den Ofen geschoben und gebrutzelt wird. Dann hat sie sich einigermaßen wieder gefangen und jetzt komme ich daher und wirble den Staub, den sie gut verborgen unter dem Teppich vermutete, wieder auf. Wäre ich an ihrer Stelle hätte ich vermutlich auch nicht anders reagiert.

Fieberhaft überlege ich, was ich sagen könnte, nur leider ist es so wie immer, wenn es darauf ankommt. Mir fällt nichts brauchbares ein. Im Prinzip ist es sowieso egal, was ich sage – ich kann nur daneben liegen. Also ziehe ich es vor zu schweigen und erhebe mich langsam. Ella steht am Fenster und starrt in die Ferne. Ich trete hinter sie und lege meine Arme um ihren Bauch. Sofort versteift sie sich und atmet schneller. Ihre Schultern zucken. Sie schluchzt leise.

»Manchmal wünsche ich mir, dass ich nicht alles alleine tragen muss.«, murmelt sie. Ich hebe meine Hand und streichle über ihren Arm. Ihr Körper fühlt sich schwer an.

Sie fällt. Und ich fange sie auf. Sie ist doch nicht so stark, wie sie immer tut. Auf ihren Schultern lastet so viel mehr Gewicht, als ich gedacht hätte. Es wird Zeit, dass sie einen Teil ihrer Lasten abgibt. An mich.

»Komm.«, flüstere ich und führe sie zum Sofa. Sie sinkt ins weiche Polster und rollt sich zusammen wie ein kleines Kind. Meine Blicke ruhen auf ihr. Ich kann nicht anders. Ich muss sie einfach anschauen. So zart, so zerbrechlich wirkt sie im Moment. Diese Schlampe von Sharon. Sollte ich die jemals in die Finger kriegen, dann Gnade ihr Gott. Ich werde ihr den Arsch aufreißen und sie einmal quer durch Manhattan schleifen, wenn es sein muss. Wie konnte sie Ella nur so fertig machen? Zusehen, wie sie fällt und dann noch mit Schwung nachtreten, als sie auf dem Boden lag? Menschen, die so etwas machen, haben in meinen Augen die Bezeichnung Mensch nicht verdient. Tier passt allerdings auch nicht. Das wäre eine Beleidigung – für die Tiere.

In meinem Bauch brodelt unbändige Wut. Wie kann ein Mensch nur so durchtrieben sein? Ich spüre Tränen in meinen Augen und wische sie mit einer schnellen Handbewegung weg. Ella braucht eine Frau, die zu ihr steht und sie unterstützt, keine, die sie beweint. Vorsichtig lege ich die Zudecke über ihren angespannten Körper. Sie seufzt leise.

»Danke, dass Du zurück gekommen bist.«, murmelt sie. Mit leisem Brummeln kuschelt sie sich etwas tiefer in den weichen Stoff. Nur die Haarspitzen sind noch zu sehen.

»Komm her.«, flüstert sie und hebt eine Ecke der Decke für mich an. Ich brauche nur drunter zu kriechen und mich an sie zu kuscheln. Meine Arme um sie legen und ihr Halt geben. Unsicher schaue ich an mir herunter. Ich trage immer noch die zerrissenen Jeans und das Shirt, das ich am Nachmittag schon getragen habe. Normalerweise schlafe ich ja nackt, aber das erscheint mir als nicht besonders förderlich für mein Vorhaben standhaft zu bleiben.

»Äh. Ich habe keine Schlafsachen dabei.«, flüstere ich.

»Macht nichts. Du kannst auch gerne nackt schlafen.«

»Ella!«

»Tara?« Wie sie das sagt. Leises Lächeln schwingt in diesem einen Wort, eine große Portion Herausforderung in ihrem Blick. Ist mir schon klar, dass es ihr nichts ausmacht. Unauffällig rolle ich mit den Augen.

»Okay. Wie Du meinst. Aber auf Deine Verantwortung. Deine Finger bleiben bei Dir.«, kommandiere ich und ernte heiseres Hüsteln. Während ich mich aus Jeans und Shirt schäle, springt sie vom Sofa und eilt zu einem kleinen Schränkchen. Sie vermeidet es, mich anzuschauen.

»Zieh das an.«, sagt sie und reicht mir, mit Blick auf die Tür von Benjamins Zimmer gerichtet, eine dünne Schlafhose und ein weites Oberteil. Na klasse.

Schlabberlook statt nackt. Das ist mal etwas ganz neues. Hatte ich so auch noch nie.

Sie dreht sich erst zu mir um, als sie sich ganz sicher ist, dass ich meine nackte Haut unter dem dünnen Stoff verborgen habe. Wer ist hier jetzt die Verkrampfte?

Sie zieht die Augenbrauen hoch. Schief grinsend schaue ich an mir herunter. Very unspektakulär und vor allem alles andere als sexy. Aber darauf kommt es jetzt auch nicht an. Ich werde nichts anders tun, als sie im Arm zu halten und ihr zu zeigen, dass meine Kraft auch für uns beide reicht.

27. Ella

Meine Hand streichelt über weiche Haut. Über IHRE weiche Haut. Seit ich mich vor knapp drei Jahren von ihr verabschieden musste, besucht sie mich Nacht für Nacht in meinen Träumen. Ich konnte und wollte sie nie loslassen. So intensiv wie heute habe ich allerdings noch nie von ihr geträumt.

Mein Traum fühlt sich so real an. Als ob ich nur die Hand ausstrecken müsste. Selbst ihr Geruch schwebt mir um die Nase, was – rein logisch betrachtet – überhaupt nicht möglich ist. Aber erstens haben Träume nicht viel mit Logik zu tun und zweitens bin ich eine Frau. Wozu also Logik?

Tiefes Seufzen schlüpft über meine Lippen. Wäre es nicht schön, wenn sich Träume einfach so eins zu eins ins wahre Leben übertragen ließen? Dann läge sie jetzt neben mir und meine Fingerspitzen würden über ihren nackten Bauch streicheln. Ihr Brustkorb würde sich spürbar heben und senken, weil sie meine Berührungen spürt, obwohl sie tief und fest schläft.

Ist doch alles Scheiße. So schöne Träume und nichts davon ist real. Da kann ich auch gleich aufstehen, bevor ich mich noch weiter in meiner Sehnsucht nach ihr verliere. Meine Schlafhose fühlt sich feucht an. Irgendetwas stimmt hier ganz und gar nicht.

Vorsichtig öffne ich ein Auge und schließe es gleich wieder. Meine Hand … krabbelt über … Das kann doch gar nicht sein. Ich öffne das andere Auge. Immer noch da. Meine Hand … streichelt tatsächlich über nackte Haut. Wer ist diese Frau? Und warum liege ich in ihrem Arm? Und streichle ihren flachen Bauch?

Mit einem Schwung hechte ich vom Sofa.

»Tara?«, flüstere ich atemlos und starre die friedlich schlafende Schönheit mit weit aufgerissenen Augen an. Nein. SO intensiv habe ich tatsächlich noch nie geträumt. Verwirrt schüttle ich den Kopf, schließe die Augen und zwicke in meinen Arm. »Au! Verdammt! Doch wach!«, fluche ich leise. Tara ist immer noch da. Also doch kein Traum. Was ist letzte Nacht passiert?

Ich zermartere mein Hirn und untersuche es bis in den letzten Winkel nach Bruchstücken, die ich irgendwie mit Taras Anwesenheit in Verbindung bringen könnte. Ein breites Lächeln huscht über meine Gesicht. Allmählich kehren die ersten Fragmente aus meiner Erinnerung zurück. Wir haben uns geküsst. Meine Wangen glühen. *Oh, mein Gott, Ella. Was hast Du getan?* Ich habe mich ihr an den Hals geworfen und sie angefleht, mit mir zu schlafen. Muss ich ausgehungert sein. Unglaublich.

Meine Freude über Taras Anwesenheit mischt sich mit Selbstzweifeln, die an mir nagen. Warum wollte sie nicht mit mir schlafen? Entsprechen ihre Anliegen der Wahrheit, oder hat sie doch eher das Interesse an meinem Körper verloren? Unsicher schaue ich an mir herunter. Klar. Ich bin älter geworden. Als taufrisch würde ich mich nun nicht mehr bezeichnen. Der Zahn der Zeit hat einfach seine Spuren in mein Gesicht genagt. Ein Fältchen hier, noch mehr Fältchen auf der Stirn. Kommt vom vielen Stirnrunzeln, hat meine Mutter mir erklärt.

Wenn ich nicht aufpasse bestehe ich nur noch aus Falten und nach unten hängenden Muskeln – und Brüsten. Es könnte gut sein, dass Tara das Interesse an mir verloren hat. Aber wäre sie dann hier?

Oh man, Ella. Was machst Du hier eigentlich? Stehe da, wie zur Salzsäule erstarrt und betrachte mit hungrigen Augen die Traumfrau meiner schlaflosen Nächte und müden Tage. Tara schaut so friedlich aus. So unschuldig. So pur. Mein Blick fällt auf ihre geschwungenen Lippen. Wie süß ist das denn? Sie lächelt sogar im Schlaf.

Ich müsste nur meine Hand ausstrecken, dann könnte ich sie berühren. Sie mit langsamen und zärtlichen Küssen wecken. Sehnsüchtiges Seufzen krabbelt von tief unten in meinem Bauch durch meine Kehle und hüpft über meine

Lippen, bevor ich auch nur die leiseste Chance hätte, etwas dagegen zu tun.

Ich habe sie so sehr vermisst. Drei lange Jahre. Dabei weiß ich doch so gut wie gar nichts von ihr. Ich lege meine Stirn in Falten. Vielleicht hat sie nicht so unrecht, mit ihrer Idee, dass wir uns erst besser kennenlernen.

Ich möchte alles von ihr wissen. Ihre Ecken und Kanten spüren. Ich möchte wissen, wer sie ist. Was sie ausmacht und wie sie zu dem Menschen geworden ist, der sie heute ist. Wenn ich mich und meine Sehnsucht nach ihr dafür zurückhalten muss, dann soll es eben so sein.

»Guten Morgen, Ella. Hast Du gut geschlafen?«, murmelt der Deckenberg vor meiner Nase. Sie fängt an sich zu regen und grunzt zufrieden.

»Wie spät ist es? Ich habe jegliches Zeitgefühl verloren. So gut wie heute Nacht habe ich schon ewig nicht mehr geschlafen.«

»Es ist Viertel nach sechs.«

»Viertel nach WAS?!?«, schreit sie panisch und springt auf.

»Scheiße! Scheiße! Scheiße! Ich muss um acht in der Firma sein. Vorher muss ich noch im Hotel vorbei fahren. Ich kann nie und nimmer die gleichen Klamotten wie gestern anziehen.«

Lautes Lachen gurgelt in meiner Brust. Sie so panisch zu sehen jagt einen Heiterkeitsanfall durch meinen Körper, den ich mir selbst nicht erklären kann. Es tut einfach so verdammt gut, dass ich nicht mehr aufhören kann zu lachen.

»Wo sind meine Jeans? Ich kann sie nirgends finden.« Mit Schlafhose und Schlabbershirt bekleidet rennt sie völlig planlos durchs Wohnzimmer.

»Du hast sie gestern Abend über den Stuhl geschmissen.«, sage ich und deute in die entsprechende Richtung. Tränen rinnen über meine Wangen. Noch eine kleine Schippe mehr und ich kugle über den Boden. Komisch, das Tara nicht lacht. Normalerweise ist sie doch die lustigere von uns.

Mit Hosen und Shirt in der Hand springt sie ins Bad und steht keine zwei Minuten später vollständig angezogen vor mir. Schade eigentlich.

»Ella, ich muss leider los. Sehen wir uns heute noch?«

»Klar. Wenn Ihr heute Mittag ins Piccadilly`s kommt…«, antworte ich wage. Sie wirft mir einen erbosten Blick zu. Hach, ich liebe es, sie zu reizen.

»DAS habe ich nicht gemeint.«, brummt sie mit der Hand an der Tür.

»Ich weiß.«, flüstere ich kaum hörbar. Sie wird doch jetzt nicht ohne wenigstens einen kleinen Abschiedskuss gehen?

»Komm nach der Arbeit zu mir, dann lassen wir uns etwas einfallen.«, sage ich schnell und gehe mit langen Schritten auf sie zu. Vor ihrer Nase drücke ich die Tür wieder ins Schloss. Ich stütze mich rechts und links von ihr an der Tür ab. Meine Arme sind nicht besonders lang. Da lässt es sich nicht vermeiden, dass unsere Gesichter einander immer näher kommen. Ich spüre ihren heißen Atem auf meiner Haut. Sämtliche Härchen in meinem Nacken stellen sich auf Empfang. Mein Körper fühlt sich an, als ob sämtliche Zellen eine Party feiern.

Ihr Blick huscht zwischen meinen Augen und meinen Lippen hin und her. Sie lehnt sich mit dem Kopf an das Holz der Tür und seufzt.

»Ich muss wirklich los.«, murmelt sie heiser. Mein Gesicht nähert sich ihrem. Ihre Lippen sind nur noch ein paar Zentimeter entfernt. Mein Seufzen mischt sich mit ihrem, als unsere Lippen einander berühren. Die Spitze meiner Zunge streicht über ihre weiche Haut.

»Mhmmmm … «, stöhnt sie und zieht mich näher an sich heran. Ich atme flach. Ich atme abgehackt. Nichts mehr denken. Nur noch fühlen. Ihren Körper an meinen gepresst. Ihre Lippen auf meinen. Und ihre Zunge. In meinem Mund.

»Guten Morgen, mein Sonnenschein.«, murmle ich und jauchze überrascht, als ihre Hände meinen Po umfassen.

»Guten Morgen.«

Sie weiß, dass ich weiß, dass die Zeit heute gegen uns läuft. Sie muss los. Und ich darf sie nicht abhalten.

»Du könntest heute Abend ein paar Klamotten mitbringen, wenn Du möchtest.«, schlage ich leise vor und halte die Luft an. Meine Wohnung ist für zwei Personen eigentlich schon zu klein. Bestimmt ist ihr Hotelzimmer auch viel schöner.

»Das mache ich sehr gerne.«, erwidert sie genauso leise und löst sich aus meiner Umarmung. »Ich wünsche Dir einen schönen Tag. Bis später.«, sagt sie, schenkt mir ein liebevolles Lächeln und springt im nächsten Augenblick zur Tür hinaus.

»Ich freue mich auf Dich.«, rufe ich hinter ihr her, bin mir aber nicht sicher, ob sie mich noch hört. Seufzend schließe ich die Tür und lasse mich auf das Sofa fallen. Ihr Duft streicht mir in die Nase, während sich meine Augendeckel der Schwerkraft beugen und die Augen schließen.

Mooommyyyyy!« Benjamins krähende Kinderstimme reißt mich mit voller Wucht aus meinen Träumen. Er steht neben mir und zupft an meinem Shirt.

»Hab Hungel.«, jammert er in höchsten Tönen und lässt nicht von mir ab. Seine Augen sind vom Schlaf noch ganz klein. Liebevoll ziehe ich ihn in meine Arme und streichle über sein weiches Haar.

»Guten Morgen, mein kleiner Schatz.«

Gestärkt und frisch geduscht stehen wir eineinhalb Stunden später auf der Straße. Er trägt, wie jeden Morgen, den kleinen Kindergartenrucksack, den meine Mutter uns vor ein paar Wochen geschickt hat, auf den Schultern.

»Mommy Alm.«, quäkt er – auch wie jeden Morgen. Benjamin ist ein grundsätzlich gut gelauntes Kind. Nur morgens braucht er eine längere Vorlaufzeit. Würde ich ihm jeden Morgen die Zeit geben, die er eigentlich bräuchte, müsste ich ihn schon um vier Uhr wecken, was natürlich nicht in Frage kommt. Also hebe ich ihn hoch und setze ihn auf meine Schultern. Wie Pferd und Reiter traben wir durch die Straßen.

Wir haben Glück, dass der Schulkindergarten und meine Arbeitsstelle nicht so weit von unserer Wohnung entfernt sind. So haben wir jeden Tag eine gute halbe Stunde Bewegung an der frischen Luft. Zeit, die nur ihm und mir gehört.

»Ist Tala weg?«, kräht das Kind auf meinem Rücken und treibt mich zu schnelleren Schritten an. So ein Sklaventreiber. Dabei pfeife ich doch jetzt schon aus dem letzten Loch – und mein Arbeitstag hat noch nicht mal begonnen.

»Ja.«

»Kommt sie wiedel?«

»Ja.«

»Moooommyyyy!«, schimpft er. »Wann denn?«

»Heute Abend.«

»Gut. Tala ist cool.«

Einen weiteren Kommentar spare ich mir und konzentriere mich lieber auf den Boden vor meinen Füßen. Der Zustand des Weges ist an dieser Stelle nicht mehr besonders gut. Einen Sturz kann ich mir nicht leisten. Außerdem ist sowieso alles gesagt. Tara ist cool. Kluges Kind.

Gut gelaunt und durchgeschwitzt trabe ich in den Kindergarten und lasse ihn von meinen Schultern gleiten.

»Schuss, Mommy.«, flötet er und dampft ab. Kopfschüttelnd stehe ich im Gang und schaue ihm hinterher. Bis vor ein paar Tagen musste ich immer mit in seine Klasse gehen und konnte den Raum erst nach einer halben Stunde oder Stunde wieder verlassen. Wie schnell die Dinge sich doch drehen. Kleine Kinder werden viel zu schnell groß. Gestern haben sie noch in die Windeln gemacht und morgen haben sie schon den Uni-Abschluss in der Tasche, die erste Freundin, oder den ersten Freund und gehen ihren eigenen Weg. Manche Momente mit ihm würde ich gerne einfach einfrieren können. Sie festhalten, aber vor allem ihn festhalten.

Hätte mir jemand vor ein paar Jahren erzählt, dass ich meine Rolle als Mutter mit solcher Begeisterung ausfüllen würde, hätte ich ihn ausgelacht. Ich und Mutter?!? Die Vorstellung erschien mir wie eine Utopie – bis zu jenem Moment, in dem ich das kleine und hilflose und vor allem zuckersüße Wesen zum ersten Mal in meinen Händen hielt. Er gähnte das erste Mal und mein Herz hüpfte vor Begeisterung. Er öffnete das erste Mal seine Augen und sah mich an und es war um mich geschehen. Er lächelte das erste Mal und ich war rettungslos verloren. So ist es bis heute geblieben. Das Kind ist ein Segen für mich und ich hätte nichts gegen ein oder zwei weitere von seiner Sorte. Ich schließe die Augen und lächle versonnen vor mich hin.

Gedankenverloren schaue ich ihm hinterher, obwohl er schon vor Minuten durch die Tür seines Klassenzimmers verschwunden ist.

28. Tara

Bin ich noch rechtzeitig?«, frage ich nach Luft hechelnd und falle regelrecht mit der Tür ins Büro. Achthundert Treppenstufen sind an normalen Tagen schon Mist. Wenn man es eilig hat und keine Päuschen einlegen kann, sind sie eine Katastrophe.

»Sie haben noch zwei Minuten.«, flötet die Dame im Empfangsbereich und grinst mich an.

»Super. Dann kann ich ja noch mal gehen.«, erwidere ich lachend und zwinkere ihr zu. Ihr Blick fällt auf den großen Rucksack, der über meiner Schulter baumelt.

»Verlassen Sie uns schon wieder?«, fragt sie irritiert.

»Nö. Ich habe nur ein besseres Quartier gefunden.«

»Bestimmt bei der süßen Kleinen von gestern.« Joan Bradley eilt mit langen Schritten auf mich zu. Ein breites Lächeln ziert ihr Gesicht.

»Gut geschlafen?«, fragt sie und streckt mir die Hand hin. Ich runzle die Stirn, gehe aber über den eindeutig zweideutigen Unterton in ihrer Stimme hinweg. Vor einiger Zeit hätte ich noch anders reagiert und hätte entweder mit ihr geflirtet oder ihr einen flapsigen

Kommentar um die Ohren geknallt. Mittlerweile bin ich entspannter geworden und lasse mich nicht mehr von Anspielungen aus der Ruhe bringen.

»Komm. Ich zeige Dir Dein Büro. Wir haben schon mal angefangen und ein Team zusammengestellt, das Dir während der Zeit, in der Du hier bist, zur Seite steht.«

Sie läuft mit langen Schritten vor mir her und öffnet die Tür zu meinem zukünftigen Arbeitsplatz. Ein schönes großes Büro mit traumhafter Aussicht auf die Umgebung. Viel natürliches Licht und eine nicht ganz kleine Ecke mit Grünpflanzen. In Gedanken rechne ich mir die Überlebensfähigkeit dieser Pflanzen aus. Spätestens wenn ich meinen Job hier beendet habe, wird auch die letzte aufgegeben und das zeitliche gesegnet haben. Ich liebe Grünpflanzen, was leider nicht automatisch heißt, dass sie mich auch lieben. In dieser Beziehung bin ich mit zwei linken Händen und zehn Daumen geboren worden. Bis heute hat sich daran nicht viel geändert. Die meisten Pflanzen mögen weder *Wüste Gobi,* noch *tropischer Regenwald,* aber genau so gieße ich sie leider. Ich bemühe mich wirklich, aber entweder vergesse ich, dass ich sie gießen muss, oder ich vergesse, dass ich sie schon gegossen habe. Absaufen oder vertrocknen. Freie Auswahl also. Überleben?!? Mit mir?!? Unmöglich.

Ich lasse den Raum auf mich wirken. Für ein Büro ist er erstaunlich gemütlich eingerichtet. Zwei Sitzgruppen, fünf Schreibtische, auf denen große Monitore eines amerikanischen Computerherstellers das Bild dominieren. Meine Augenbraue zuckt. Das kann nicht ihr Ernst sein. Die Firma will mit der Zeit gehen und sich im modernen Markt etablieren. Und dann hängt eine Flipchart an der Wand. Wie vor zwanzig Jahren.

»Bisschen Nostalgie muss schon sein.«, kommentiert Joan Bradley, die meinen Blick sofort richtig deutet.

»Wir sammeln unsere Gedanken und Ideen gerne auf Papier. Das hat etwas echtes, etwas greifbares. Findest Du nicht auch?«

Ich nicke mechanisch, selbst wenn ich mir nicht sicher bin, was ich davon halten soll. Mit Flipcharts habe ich schon seit Jahren nicht mehr gearbeitet. Außerdem kann meine Sauklaue sowieso niemand lesen – manchmal habe ich sogar selbst Probleme, die Hieroglyphen, die meine Hand auf Papier zaubert, zu entziffern.

»Fühl Dich wie Zuhause. Du hast eine halbe Stunde, um Dich einzurichten. Danach treffen wir uns und stellen Dir Dein neues Team vor. Bis dann.« Sie schenkt mir ein Lächeln und lässt mich mit den Sitzgruppen, Computern, Schreibtischen und den noch grünen Grünpflanzen allein.

Seufzend sinke ich in das weiche Polster der Sitzgruppe und strecke meine Beine weit von mir. Sollte ich jemals an meinem Plan, in LA erfolgreich zu werden, gezweifelt haben, behaupte ich ab sofort das Gegenteil. In die Stadt der Engel zu kommen war die beste Idee, die ich in den letzten Jahren hatte – in JEDER Hinsicht.

Darf ich Dir noch etwas anbieten?«, fragt Ella und legt wie selbstverständlich ihre Hand auf meine Schulter. Meine Wangen glühen, meine Hände zittern. Ich weiß nicht, wohin ich als erstes schauen soll.

Soll ich Joan anschauen, die mir einen kessen Augenaufschlag schenkt? Oder lieber Mr. Bradley, wie er hoch konzentriert die Speisekarte studiert, obwohl er sie garantiert schon im Schlaf aufsagen kann? Die junge Kollegin vielleicht, die seit heute zu meinem kleinen Team gehört?

Weil ich den Mund nicht auf bekomme geht Ella um den Tisch und versucht, von der anderen Seite meine Aufmerksamkeit zu erlangen. Ihre Augen versinken in meinen. Sie schaut mich an, mit einem Blick, der mir durch und durch geht. Das letzte Fünkchen Verstand macht sich mit wehenden Fahnen auf den Weg, meinen Kopf zu verlassen.

»Möchtest Du noch etwas bestellen?«, fragt sie noch einmal. Wie schafft sie es nur, so ruhig zu bleiben? Wäre ich an ihrer Stelle, würde die Ungeduld langsam in mir hoch krabbeln. Ich bin nicht die einzige am Tisch, aber eindeutig die langsamste. Und die bekloppteste. Mein

Hirn kann bestenfalls noch mit dem eines Schafes mithalten. Treudoof und irgendwie nicht von dieser Welt.

Endlich unterbricht sie den Blickkontakt und widmet ihre Aufmerksamkeit einem meiner Kollegen. Hätte sie sich nicht etwas früher von mir abwenden können? Dann hätte ich nicht die ganze Zeit die Luft anhalten müssen. Wahrscheinlich hätte ich dann auch keine rote Birne, die jedem im Umkreis von zwanzig Meilen meinen Seelenzustand verrät. Es ist zum Mäuse melken. Sobald sie in meiner Nähe auftaucht, machen sich meine grauen Zellen so schnell aus dem Staub, dass ich jeglichen Zugriff verliere. Verzweifelt kratze ich mich an der Stirn.

»Ich hätte gerne eine Coke.«, platze ich heraus.

»Ach, schau an. Es spricht.«, neckt sie mich. »Geht doch. Eine Coke also. Kommt sofort.« Sie lehnt sich zwischen Mr. Bradley und seiner Tochter über den Tisch. Ihre Bluse ist nicht besonders sexy geschnitten und doch schlägt mein Herz sofort einen oder zwei Takte schneller. Ein Schelm ist, wer was böses denkt. Ich bin ein Schelm. Es würde mich doch sehr wundern, wenn sie sich nicht absichtlich so über den Tisch beugt. Sie spielt mit mir. Und bringt mich in Verlegenheit. Meine Lippen öffnen sich minimal. Sie zwinkert mir zu und richtet sich zu voller Größe auf.

Als sie das Glas mit der Coke vor mir auf den Tisch stellt, berührt sie wie aus Versehen meine Hand. Die Härchen in meinem Nacken stellen sich auf.

»Unsere Neue geht ganz schön ran. Das muss ihr erst mal einer nachmachen. Ein paar Tage in der Stadt und schon hat sie jemanden gefunden.«, witzelt Joan an ihren Vater gewandt. Mr. Bradley grinst und schenkt mir ein anerkennendes Kopfnicken.

»Vielleicht können wir sie ja überreden hier zu bleiben, jetzt, wo sie jemanden gefunden hat. Was meinst Du, Dad?«

Bevor mein Chef irgendetwas sagen kann, öffne ich den Mund.

»No way. Ihr würdet es überhaupt nicht aushalten, wenn Ihr mich jeden Tag ertragen müsstet.«, witzle ich und habe so langsam das Gefühl, wieder einigermaßen Herrin meiner Lage zu sein. *Na warte, Ella. Wir sprechen uns noch.*, drohe ich in Gedanken. Was nimmt sie sich eigentlich raus? Mich vor meinen Kollegen so vorzuführen? Mein Herz klopft, für meinen Geschmack, viel zu schnell – und viel zu arhythmisch.

Ich erhebe mich langsam, brabble eine Entschuldigung vor mich hin und fliehe Richtung Toilette. Eine kurze Auszeit. Ein paar Sekunden nur. Wenn ich einigermaßen unbeschadet durch die Mittagspause kommen will, muss ich mich wieder fangen – und vor allem meine grauen Zellen dazu bringen, mir endlich wieder zu gehorchen.

Mit der Stirn gegen die kalten Fliesen gelehnt versuche ich, meinen Atem zu kontrollieren. Wie kann eine Frau so schön und gleichzeitig so hinterlistig sein? Die

Eingangstür zu den Toiletten öffnet sich mit leisem Quietschen.

»Hier steckst Du also.« Ich drehe mich nicht um. Muss ich auch gar nicht. Ich weiß auch so, zu wem die warme Stimme gehört. Das Blut rutscht aus meinem Kopf in südlichere Regionen und sammelt sich irgendwo zwischen meinen Beinen. »Ich habe mich schon gewundert.«, murmelt sie und kommt langsam näher. Ihre rechte Hand legt sich um meinen Bauch, während ihre linke wie zufällig meine Brust berührt.

»Ella! Nein!«, stöhne ich.

»Nur einen Kuss! Bitte!«, fleht sie und zwingt mich, mich zu ihr umzudrehen. Ihr Blick. Brennt sich seinen Weg durch meinen Körper. Heiß wie eine Flamme lodert er auf meiner Haut. Ich fühle mich nackt. Sämtliche Zellen scheinen sich gegen mich zu verbünden. Ich presse mich an sie, ziehe sie so eng an mich, dass kein Blatt mehr zwischen uns passt. Ihre Hände umfassen meinen Po. Halten mich. Sie kommt näher. Langsam. Viel zu langsam.

Als ihre Lippen endlich meine berühren stöhne ich so laut, dass ich, von mir selbst erschrocken, zusammenzucke.

»Wow.«, seufzt sie und murmelt ziemlich undeutlich: »Gibst Du eigentlich immer so Gas?« DAS hätte sie lieber nicht fragen sollen. Ihr Körper ist wie Wachs in meinen Händen. Sie windet sich unter meinen Berührungen. Ihre

Lippen öffnen sich. Mein Seufzen mischt sich mit ihrem Stöhnen.

Ich schiebe sie von mir.

»Du bist gemein.«, knurre ich, springe zum Waschbecken und drehe das Wasser eiskalt auf. Eine kalte Dusche wäre im Normalfall meine erste Wahl, aber für den Moment müssen ein paar Tropfen reichen, um meine verrückt spielenden Hormone wieder unter Kontrolle zu bringen.

»Warum bin ich gemein? Ich habe doch überhaupt nichts gemacht.«, sagt sie und zieht ein Gesicht, dessen Ausdruck vermutlich unschuldig sein soll.

»Du! Na warte!«, schimpfe ich.

»Weißt Du eigentlich, dass Du unglaublich süß bist, wenn Du nicht weißt, was Du sagen oder tun sollst? Da konnte ich nicht widerstehen.«

»Aber doch nicht vor meinen Kollegen.«

»Warum? Die freuen sich mit Dir. Hast Du ihre Gesichter gesehen?« Ich schüttle den Kopf. Gar nichts habe ich gesehen. Meine Augen waren wie zu gekleistert und mein Hirn wie vernagelt. Ich habe nur gefühlt. Und das viel intensiver, als mir lieb ist.

Ella schafft mich. Sie weiß sehr genau, wie sie ihre Reize einsetzen muss, um von mir zu bekommen, was sie will. Es ist nicht so, dass ich es nicht als schön empfinde, wenn sie mich so anschaut, wie sie es tut. Ihre Blicke jagen meinen Puls in die Höhe und ziehen das Blut aus meinem

Kopf. Meine Hirnmasse schrumpft im Bruchteil einer Sekunde auf die Größe einer durchschnittlich begabten Tomate. Dafür arbeiten drei andere Körperstellen auf Hochtouren. Meine Brustwarzen drängen sich gegen den Stoff meines Hemdes, während ich das Gefühl habe, dass mein Slip davon schwimmt. Verdammte Axt! Wie macht diese Frau das bloß?

Nicht nur, dass ich – seit ihr – keine andere Frau mehr angerührt habe, mischt sie mich so auf, dass ich mich vor den Augen meiner Kollegen in einen willenlosen Zombie verwandle, der nur darauf wartet, dass SIE endlich die Führung über mich und meinen Körper übernimmt.

»Komm heute Abend zu mir, bitte.«, stöhnt sie mit heiserer Stimme. »Und lass Deine Zurückhaltung in der Firma.«

»Du willst, das sich meine Zurückhaltung aufgebe? Ja? Ist es wirklich das, was Du willst?«

Sie nickt und kneift die Augen herausfordernd zusammen. Mit einem Ruck wirble ich um sie herum und presse sie zwischen die Wand und meinen Körper. Sie stöhnt laut und keucht abgehackt.

»Ganz sicher?«

»Ja.«, haucht sie atemlos. Meine Zunge gleitet zwischen ihre Lippen, während meine Hände über ihre Mitte streichen.

»Bis heute Abend.«, knurre ich, lasse von ihr ab und richte auf dem Weg nach draußen meine Kleidung. *Was*

Du kannst, kann ich schon lange. Mit triumphierendem Grinsen im Gesicht straffe ich meine Schultern und kehre gut gelaunt an den Tisch zurück.

»Na, erleichtert?«, fragt Joan Bradley in ihrer, für sie so typischen spöttischen Art.

Das nun nicht gerade. Trotzdem nicke ich und nehme einen großen Schluck von meiner Coke. Angenehme Kühle breitet sich in meinem Hals aus. Ein Wunder eigentlich, dass kein Dampf aus meinem Kopf aufsteigt. Entspannt lehne ich mich zurück und genieße den Moment meines Triumphs. Ich bin sehr gespannt, was Ella als nächstes macht und freue mich auf den sehnsuchtsvollen Ausdruck in ihren Augen, wenn sie gleich kommt, um die Bestellung aufzunehmen.

»Entschuldigen Sie.«, sagt eine mir fremde Frau mit unangenehm hoher Stimme. Mein Herz rutscht in meine Hosentasche und macht sich ganz klein.

»Ich bin die Vertretung für Frau Lloyd. Sie fühlt sich nicht so gut. Wir haben sie heim geschickt.« Ich lege meine Stirn in Falten. Ella geht es nicht gut. Na sowas. Aber warum erzählt ihre Kollegin … Ich kann meinen Gedanken nicht zu Ende führen, da sie mir einen Zettel zusteckt und »Den soll ich Ihnen geben. Von Ella.« raunt. Sie lächelt mich wissend an. »Ihr ging es gestern schon nicht so gut, aber morgen ist sie bestimmt wieder auf der Höhe.«, erklärt sie weiter und tut, als wäre nichts gewesen.

Der Zettel in meiner Hand wiegt schwer. Ich möchte doch zu gerne wissen, was Ella mir zu sagen hat, aber wenn ich jetzt schon wieder auf die Toilette verschwinde, fällt es irgendwann auf.

Als wir uns eine Stunde später verabschieden, steht die junge Frau auf der anderen Straßenseite und raucht. Ihr Lächeln ist so intensiv, dass es sich anfühlt, als würde die Sonne aufgehen. Solange sie ihren Mund zu lässt, ist sie eine attraktive Frau, das lässt sich nicht bestreiten.

Meine Kollegen gehen in aller Ruhe die Straße entlang.

»Ich habe meine Tasche liegen lassen.«, flunkere ich und werde dabei nicht einmal rot. »Geht ruhig schon mal vor. Ich komme gleich.«

Betont lässig gehe ich über die Straße und geselle mich zu Ellas Kollegin.

»Was ist mit Ella?«, frage ich atemlos. Vielleicht habe ich es doch etwas übertrieben und nun hat sie wegen mir Ärger bekommen? Wenn dem so wäre, könnte ich es mir nie verzeihen. Sie hat so lange für ihren Job gekämpft und dann komme ich daher und bringe alles in Gefahr.

»Es geht ihr gut. Machen Sie sich keine Gedanken. Ihr Zustand war nur etwas desolat, als sie von der Toilette kam und da dachte ich, dass es besser ist, sie nach Hause zu schicken, bevor jemand von der Geschäftsleitung merkt, was hier los ist. Sie müssten Ihr Gesicht jetzt sehen. Herrlich. Ich habe mich heute vor dem Dienst mit Ella getroffen. Sie hat mir alles erzählt. Wir kennen uns ziemlich gut, wissen Sie? Und ich habe sie noch nie so glücklich erlebt. Lassen Sie mich nicht bereuen, dass ich mich habe breit klopfen lassen und heute Nacht die Betreuung für Benjamin übernehme. Schönen Nachmittag wünsche ich Ihnen. Bis morgen.«

Bevor sie lässig über die Straße schlendert zwinkert sie mir zu. Meine Augen folgen ihr. Erst als sie die Eingangstür zum Piccadilly`s hinter sich schließt, schiebe ich meine Hand in meine Hosentasche und versuche, Ellas Zettel auseinander zu falten. Zweimal muss ich mich bücken, um ihn wieder vom Boden aufzuheben, so sehr zittern meine Hände.

Erwarte Dich heute um neunzehn Uhr dreißig. Nackt. Benny schläft bei meiner Kollegin., schreibt sie. Heißer Schweiß strömt aus allen Poren. Mein Hemd klebt wie ein nasser Lappen auf meiner Haut. Ich hole tief Luft und lasse sie mit einem Seufzen wieder entweichen. Langsam schiebe ich meine zitternden Beine über den Gehweg und wundere mich selbst, dass ich es bis kurz vor dem Ende der Mittagspause ins Büro schaffe.

Der Nachmittag zieht sich wie Kaugummi. Gefühlt alle zehn Minuten werfe ich einen Blick auf die Uhr. In Wahrheit ist es wohl noch viel öfter. Die Zeit will einfach nicht vergehen. Dafür vergehe ich.

Ich bin überhaupt nicht bei der Sache. Ständig driften meine Gedanken ab und drehen sich im Kreis. Die wenigen Worte, die Ella auf den kleinen Zettel geschrieben hat, jagen meinen Puls in die Höhe. Der Kaffeebecher in meiner Hand zittert. Sie. Will. Mich. Nackt.

Wie soll ich mich auf meine Arbeit konzentrieren, wenn ständig Ellas leuchtende Augen und ihre geschwungenen Lippen, die sie so herausfordernd öffnet, vor meinem inneren Auge auftauchen? Mir kommt es fast so vor, als würde sich mein Körper auf den Abend vorbereiten. Jetzt schon. Obwohl die Klimaanlage auf Hochtouren arbeitet, fühlen sich meine Klamotten zunehmend feucht an. Sie kleben auf meiner Haut, als hätte ich mehrere Stunden Ausdauersport in sengender Mittagshitze hinter mir.

Gott sei es getrommelt und gepfiffen, dass meine Kollegen so zuvorkommend über meine Unfähigkeit mich zu konzentrieren hinwegsehen. Ab und zu ein Grinsen oder ein flapsiger Kommentar in meine Richtung, ansonsten lassen sie mich in Ruhe vor mich hin brüten und tun so, als würden sie ihre Aufmerksamkeit ausschließlich ihrer Arbeit widmen.

Ella hat keine Ahnung, in was für eine missliche Lage sie mich bringt – und selbst wenn, ist es ihr bestenfalls egal. Wahrscheinlicher ist jedoch, dass sie gemütlich die Füße hochlegt und sich die Hände reibt. Ich kann mich glücklich schätzen, dass in der Firma, in der ich als Freelancerin meinen Job mache, ein lockeres und angenehmes Betriebsklima vorherrscht. Nicht auszudenken, wenn ich mit Schnepfen und Typen arbeiten müsste, die nichts besseres zu tun haben, als hinter anderer Leute Rücken über sie zu lästern.

Mr. Bradley und sein Team pflegen einen sehr offenen Umgang miteinander. Für mich ist die Direktheit, mit der die Dinge beim Namen genannt werden, noch etwas ungewohnt. Jeder sagt, was er denkt. So haben Gerüchte und hinter-dem-Rücken-Gerede keine Chance. Klarheiten werden beseitigt, bevor sie einen unangenehmen Beigeschmack bekommen. Außerdem legt Mr. Bradley wert auf Gleichberechtigung. Die Stimmen der männlichen Kollegen finden genauso Gehör wie die der weiblichen. Es gibt keine Unterschiede zwischen Nationalitäten, ethnischen Zugehörigkeiten, Religionsgemeinschaften oder sexueller Orientierung. Außer »Guten Geschmack hast Du, Neue.« bekam ich nicht viel zu hören. Meine Vorliebe für Frauen wird schlicht als normal angesehen. Ich empfinde es als sehr wohltuend, in so einem Team arbeiten zu dürfen.

Ich kann mich entfalten und meine Ideen verwirklichen. Mache ich etwas gut, bekomme ich ein Lob. Baue ich Mist, darf ich mir ein paar dumme Kommentare anhören, die ich aber gut verkraften kann. Obwohl ich mir manchmal tatsächlich wie ein bunter Papagei zwischen einer Kolonie Pinguinen vorkomme, fühle ich mich wohl.

»Tara?«

»Hmh?«

»Sollen wir das Studio für nächste Woche reservieren, oder willst Du das Shooting lieber am Strand machen?« Meine Augen irren zwischen meinem jungen Kollegen und dem Monitor vor meiner Nase hin und her. Shooting? Studio? Strand? Wovon spricht er?

»Ich habe Dir vorhin ein Memo geschickt.« Memo? Für mich klingt die muntere Zusammenstellung einzelner Buchstaben wie walisische Ortsnamen. Ihr Sinn erschließt sich mir nicht. Ich muss ziemlich doof aus der Wäsche schauen, so laut, wie er auf einmal lacht.

»Ich lege Dir das Memo auf Wiedervorlage. Sprechen wir einfach morgen drüber.«, sagt er in einer Stimmlage, die mich doch stark an das Gackern gewisser Flügeltiere erinnert.

Tara, reiß Dich zusammen., ermahne ich mich selbst. *Du hast hier einen Job zu machen.*

Mr. Bradley gibt ein kleines Vermögen für mich und meine Mitarbeit aus. Ich kann mir nicht vorstellen, dass es ihn besonders begeistert, wenn er erfährt, wie nachlässig ich an die Sache herangehe.

»Ist schon gut. Ich schaue mir kurz das Memo an und dann besprechen wir das weitere Vorgehen.«, antworte ich und bin – ehrlich gesagt – etwas überrascht, dass meine Stimme doch so klar klingt.

Etwas mehr als drei Stunden später haben wir alle Punkte, die auf unserer To-do-Liste standen, abgearbeitet. Zufrieden lehne ich mich in meinem Stuhl zurück und warte, bis der Rechner herunterfährt.

29. Ella

Abel ich will doch … «, jammert Benjamin und verzieht seine Lippen zu einer Schnute.

»Kann er das R immer noch nicht sagen?« Das Grinsen von meiner Kollegin Zoe reicht von einem Ohr zum anderen. Sie liebt es, wenn Benjamin jedes R entweder durch ein L ersetzt, oder sie ganz unter den Tisch fallen lässt. Ich schüttle den Kopf. Wir üben seit Wochen, aber der kleine Mann bekommt das R einfach nicht hin. Sobald ich ihn darauf hinweise, verzieht er das Gesicht und tut so, als hätte er einen Knoten in der Zunge.

»Komm schon, Benji.«, sage ich liebevoll und streichle über sein weiches Haar. Er braucht nicht zu wissen, dass mir die Zeit schon wieder förmlich durch die Finger rinnt. Denn wenn er es weiß bekomme ich ihn nie dazu, an Zoes Hand meine kleine Wohnung zu verlassen.

Benjamin liebt Zoe genauso wie sie ihn, aber ausgerechnet heute ist von dieser Liebe nicht viel zu erkennen. Irgendwie hat er davon Wind bekommen, dass Tara heute Abend kommt. Es kommt mir so vor, als ob er, sobald ich mit anderen Erwachsenen über

Erwachsenenthemen spreche, seine Satelitenschüsseln (andere Menschen würden sagen Ohren) auf Empfang stellt, damit ihm auch ja kein Wort entgeht. Bestimmt hat er zufällig mitbekommen, wie ich mit Zoe über Taras Besuch gesprochen habe. Genauso gut kann es aber auch sein, dass ich so dumm war, ihm davon zu erzählen. Natürlich versucht er jetzt, den Abschied möglichst in die Länge zu ziehen. Er hat schon öfter bei Zoe übernachtet und jedes Mal war er überglücklich. Meine Kollegin hat selbst zwei Kinder. Eines ist ein Jahr älter als Benjamin und das andere ein Jahr jünger. Die drei sind wie Geschwister füreinander.

»Abel Tala kommt doch. Ich will Tala hallo sagen.« Genervt rolle ich mit den Augen. War ja klar, dass er wieder mit mir verhandelt. Noch eine der Marotten, die er sich vor kurzem angewöhnt hat. Wenigstens liegt er noch nicht auf dem Boden und strampelt mit den Beinen. Wie sehr ich Zoe um ihre zwei süßen Töchter beneide. Sie sagt etwas und die Kinder gehorchen. Ich sage etwas und nichts passiert. Bestenfalls werde ich ignoriert. Okay. Nicht immer, aber leider immer öfter. Benjamin kommt in ein kritisches Alter. Er benimmt sich zunehmend trotzig und fordert mich in nahezu jeder Lebenslage heraus. Scheinbar will er wissen, ob das, was ich gestern gesagt habe, auch heute noch Bestand hat. Ehrlich gesagt fällt es mir manchmal ziemlich schwer standhaft zu bleiben. Wenn er mich mit seinen großen Kulleraugen anschaut zum

Beispiel. Dann läuft mir das Herz über und ich merke, dass ich schwanke und Gefahr laufe, nachzugeben.

Ich hebe ihn auf meine Arme und flüstere ihm etwas ins Ohr. Ein Lächeln erhellt sein Gesicht.

»Ich wüsste ja zu gerne, was Du ihm erzählt hast.«, murmelt Zoe so leise, dass der Kurze sie nicht versteht.

»Ich habe ihm versprochen, dass Tara und ich, wenn er ganz lieb ist, mit ihm ins Disneyland fahren.«

»Okay, Lovergirl. Diese Tara muss Dir wirklich etwas bedeuten. Ich dachte, Du hasst solche Freizeitparks.«

»Das würde ich SO nicht sagen, ich mag sie nur nicht besonders. Danke, dass Du Benny übernimmst. Du hast was gut bei mir.«

»Sag das mal lieber nicht zu laut. Ich könnte darauf zurückkommen – und was das heißt, kannst Du Dir hoffentlich denken. Alec und ich würden auch gerne mal wieder einen Abend nur für uns haben.«

Ich nicke verständnisvoll. Wenn jemand sie versteht, bin ich das. Zoe und ihr Mann Alec arbeiten beide Vollzeit und sehen sich nicht sehr oft. Genauso wie ich bringt sie ihre Kinder Morgens im Eilschritt in die Schule, kommt mit hängender Zunge im Restaurant an und schleppt sich durch die Schicht. Spätnachmittags verlassen wir gemeinsam das Restaurant und eilen zur Schule, um unsere Kinder abzuholen. Frauen wie uns bleibt wenig Luft zum durchatmen.

Schon als ich Zoe kennengelernt habe, verstand ich mich so gut mit ihr, dass wir uns ab und zu verabredeten. Wir machten sämtliche Spielplätze im Umkreis unsicher und fuhren regelmäßig mit allen Kindern an den Strand. Ich versuche, zweimal im Monat ihre Kinder über Nacht abzunehmen, damit sie und ihr Mann Zeit füreinander haben. Im Gegenzug nimmt sie Benjamin zwei Nächte im Monat bei sich auf.

Es fällt mir nicht leicht, ihn ihr anzuvertrauen und normalerweise kann ich die Nächte, in denen er nicht bei mir ist, nie richtig genießen.

Seitdem ich mit ihr zusammenarbeite, liegt Zoe mir damit in den Ohren, dass ich endlich Partys besuchen und mir eine neue Frau anlachen soll. Partys und ich passen nur leider so ganz und gar nicht zusammen. Außerdem wollte ich keine andere Frau. Ich wollte immer nur die eine.

»Hast Du Dein Kreditkartenlimit wenigstens richtig ausgereizt?«, fragt Zoe und grinst.

»Nur ein bisschen. Willst Du sehen, was ich gekauft habe?«

»Aber hallo. Natürlich. Ich hatte schon fast befürchtet, dass Du gar nicht fragst. Zeig schon her.«

Mit drei langen Schritten springe ich zu dem niedrigen Sideboard, in dem ich meine Kleidung aufbewahre, und hole das Kleid, das ich extra für den Abend mit Tara erworben habe, heraus. Ein schwarzer Hauch von nichts, der – wenn ich den Worten der Verkäuferin Glauben schenken will – meinem Körper schmeichelt und meine Rundungen so betont, dass niemand die Augen von mir wird lassen können. Je näher allerdings der denkwürdige Moment, dass ich mich in ein Kleid zwänge, kommt, desto unsicherer werde ich.

»Glaubst Du, ich kann das Kleid anziehen?«

»Machst Du Witze? Natürlich. Außerdem steckst DU in dem Kleid. Selbst wenn Du einen Kartoffelsack anziehen würdest, würde sie es lieben. Und noch mehr wird sie es lieben, wenn sie es Dir ausziehen darf. Komm Benny, wir gehen. Lassen wir Deiner Mom noch ein paar Minuten. Ciao Bella – und viel Spaß.«, sagt sie mit süffisantem Grinsen in der Stimme, haucht einen Kuss auf meine Stirn und verschwindet, fröhlich pfeifend mit Benjamin auf dem Arm aus meinem Apartment.

Mein Blick fällt auf die Uhr, dabei weiß ich auch so, dass Tara nicht mehr kommt. Mehr als eine halbe Stunde ist sie schon überfällig. Ich hasse Unpünktlichkeit. Unpünktliche Menschen gehen so sorglos mit der Lebenszeit ihrer Mitmenschen um. Damit kann ich mich nicht gut anfreunden. Sie hätte wenigstens sagen können, dass sie es sich anders überlegt hat.

Groll steigt in mir auf. Ich habe sündhaft viel Kohle für den Abend mit Tara ausgegeben und mich in ein Kleid gequetscht, von dem ich mir nicht sicher bin, ob es nicht reißt, wenn ich eine falsche Bewegung mache. Was für eine bescheuerte Idee. Ich weiß, dass das teure Essen, der edle Wein und das schwarze Kleid nichts dafür können. Ich bin einfach sauer. Und enttäuscht. Und zwar so richtig. Meine Augen brennen, als ob mir jemand eine Dose Tigerbalsam unter die Nase hält. Ich sinke mit dem Kopf auf die Tischkante. Gläser klirren, die Flammen auf den Kerzen zittern. Die CD, die ich extra ausgesucht habe, dudelt munter vor sich hin. Jeder Ton, den die Geigerin spielt, hinterlässt einen dumpfen Schmerz in meinem Kopf.

30. Tara

Manchmal ist einfach alles wie verhext. Ich stöhne genervt auf. Bewegte sich der Zeiger an der Uhr am Nachmittag kaum vorwärts, rennt mir die Zeit jetzt förmlich davon.

»Das wird knapp.«, stöhne ich und renne die letzten tausend Meter bis zu dem Haus, in dem Ella wohnt. Ich reiße die Eingangstür auf und nehme immer zwei Stufen auf einmal – ganze zwei Stockwerke lang. Dann geht mir langsam die Puste aus und ich muss mein Tempo reduzieren. Die letzten zwei Stockwerke hangle ich mich nur noch am Treppengeländer hoch. Oben angekommen keuche ich wie ein altes Walross und bin mir nicht sicher, ob ich nicht doch ein Sauerstoffzelt benötige. Das hat man davon, wenn man keine Zeit mehr für Sport hat. Ich bin faul geworden und ziemlich aus dem Training.

Obwohl mir zwischen dem letzten Wort, das ich in die Computertastatur hämmerte und meinem Date mit Ella nicht viel Zeit blieb, entschied ich mich, meine Kreditkarte um ein paar Dollars zu erleichtern. Ich hechelte von Modeboutique zu Modeboutique und landete schließlich in einem kleinen Weinladen, in dem ich eine edle Flasche aus Südafrika erstand. Jaja. Südafrikanischen Wein in Kalifornien kaufen ist irgendwie schräg. Aber gerade kann schließlich jeder. Kein schiefer Blick, kein höfliches hüsteln und nicht mal der Stress konnten die Vorfreude auf mein Date mit Ella zerstören.

Ich grinste wie ein Breitmaulfrosch, als die Angestellte in der Boutique mir ein Kleid andrehen wollte, das den weichen Körper einer zarten Frau umschmeichelt, für athletische Frauen wie mich aber völlig ungeeignet ist. Ich war so gut gelaunt, dass ich es trotzdem anzog. Just for fun natürlich. Kleider und ich ... das ist so ähnlich, als ob zwei Welten aufeinanderprallen. Zwei Welten aus zwei Galaxien, die so weit auseinander liegen, dass man das ganze Universum durchqueren muss.

Als sie schlussendlich mit einem Nadelstreifenanzug und einem hellblauen Hemd vor mir stand, strahlte ich von einem Ohr zum anderen. Ella hat mich bis jetzt ausschließlich mit zerrissenen Jeans, Leinenhosen, Boardshorts oder Neoprenanzug gesehen – und natürlich nackt. Ich hoffe so sehr, dass der Anzug sie genauso flasht wie mich, als ich mich vor dem Spiegel um die eigene Achse drehte – bestenfalls sogar noch etwas mehr.

Mein Blick fällt auf die Uhr an meinem Handgelenk.

»Ha! Gerade noch rechtzeitig.«, jauchze ich leise und hebe gut gelaunt die Hand. Ich klopfe schwungvoll.

»Ja!« Ellas Stimme klingt ärgerlich. Ich lege meine Stirn in Falten. Was ist ihr denn nun wieder für eine Laus über die Leber gekrochen? Sie reißt die Tür auf und schaut mich giftig an.

»Ach, auch schon da?«, knurrt sie.

»Warum *auch schon*? Ich bin doch pünktlich.«

»Eben nicht. Du bist mehr als eine halbe Stunde zu spät, aber das bin ich von Dir ja schon gewöhnt. Ich hoffe, Du hast keinen Hunger mitgebracht und wenn doch, kannst Du ihn auch gerne wieder mitnehmen. Ich wünsche Dir einen schönen Abend.«

Hallo?!? Was geht denn jetzt ab? Obwohl sich die Synapsen in meinem Hirn im Kreis drehen, schalte ich gerade noch schnell genug und schiebe meinen Fuß in die Tür, bevor sie ins Schloss knallt. Stechender Schmerz zieht durch meinen Fuß. Volltreffer. Ich jaule auf.

»Selber schuld.«, schimpft Ella und lässt mich einfach stehen. Versteh einer die Frauen. Sollte irgendjemand eine Gebrauchsanleitung für den Umgang mit Frauen haben … Her damit. Ich bin bereit, ein kleines Vermögen dafür hinzublättern.

Mit kleinen Schritten humple ich hinter ihr her. Obwohl ich mich ärgere kann ich nicht verhindern, dass meine Blicke über ihren Rücken streichen. Sie trägt einen weißen Bademantel. Ihr langes Haar wippt bei jedem ihrer Schritte. Ich seufze unterdrückt. Was auch immer ihr für eine Laus über die Leber gelaufen ist, sie soll verschwinden – und zwar sofort.

Wie ein Hündchen dackle ich hinter ihr her und fühle mich ziemlich unwohl in meiner Haut. Sie bleibt abrupt stehen, dreht sich zu mir um und funkelt mich wütend an. Ihr Gesichtsausdruck strahlt Arroganz aus, während ihre Körperhaltung das Gegenteil vermittelt. Ihre Arme hängen an ihren Seiten herunter. Hilflos zucke ich mit den Schultern.

»Aber ich bin doch gar nicht zu spät.«, sage ich leise. »Schau, hier hast Du es schwarz auf weiß.« Mit zitternden Händen drücke ich ihr den Zettel, den ihre Kollegin mir im Restaurant zugesteckt hat, in die Hand. Sie faltet ihn auseinander. Ihre Hände zittern genauso wie meine. Unsicher trete ich von einem Bein auf das andere und weiß nicht, was ich tun soll.

»S … Sorry … «, flüstert sie. Erst jetzt hebt sie den Kopf und schaut mich an. Ihr Gesichtsausdruck wird weicher, fast zärtlich. Erleichtert seufze ich auf.

»Ich dachte, wir treffen uns früher. Tut mir leid, Tara. Ehrlich. Verzeihst Du mir?«, fragt sie und lächelt schüchtern. Meine Mundwinkel verziehen sich zu einem liebevollen Lächeln. Natürlich verzeihe ich ihr. Ihre Ungeduld genauso wie ihre Fähigkeit, mich mit den Pfeilen aus ihren Augen zu erdolchen. Langsam gehe ich auf sie zu. Mein Blick verfängt sich mit ihrem.

»Du bist wunderschön.« Ihre Stimme ist leise, fast zaghaft. Ein Grinsen huscht über mein Gesicht.

»Ursprünglich wollte ich Deinen Wunsch erfüllen und nackt zu Dir kommen, aber dann hat mich eine Polizeistreife aufgehalten und mir klar gemacht, dass mein Aufzug als sexuelle Belästigung eingestuft werden könnte.«, scherze ich. Oh, es tut so gut, ihr Lachen zu hören. Ihre Augen blitzen vergnügt.

»Schade eigentlich.«, flüstert sie. Der Blick, mit dem sie meinen neuen Hosenanzug abtastet, könnte glatt als lüstern durchgehen. Schweißperlen springen aus den Poren meiner Stirn. Ob sie unter ihrem Bademantel nackt ist? Ich könnte auf sie zugehen, den Gürtel lösen und dann…

»Entschuldigst Du mich kurz?«, fragt sie und ist schneller im Bad verschwunden als ich meinen Namen sagen kann. Ich hole tief Luft. Um mich zu beruhigen zähle ich langsam bis zehn und stoße sie mit unterdrücktem Seufzen wieder aus.

31. Ella

Ah.«, seufze ich. Die Kühle der Fliesen tut gut auf der erhitzten Haut meines Gesichts. Kochendes Blut schießt durch meine Venen. Mein Körper fühlt sich an, als würde er verbrennen, während mein Herz so schnell klopft, dass ich mir selbst kaum noch hinterher komme.

Ich kenne wenig Frauen, die in Hosenanzügen so sexy sind wie Tara. Wow. Einfach nur wow. Tara hat keine Ahnung, wie schwer es mir gefallen ist, den Ärger, den ich wegen ihrer Verspätung empfand, aufrecht zu halten. Meine Augen glitten über ihren Körper, bevor ich sie hätte zurückhalten können. Sie sieht einfach zum anbeißen aus.

Mit fahrigen Bewegungen öffne ich den Gürtel meines Bademantels. Ein schwarzer Hauch von nichts kommt darunter zum Vorschein. Wie lange sie wohl braucht, mich aus dem weichen Stoff zu schälen? Mein Brustkorb hebt und senkt sich hektisch.

Seit drei Jahren vergeht keine Nacht, in der ich nicht an unser erstes Mal gedacht habe. Ihre kraftvollen Hände, die mich so liebevoll verwöhnt haben und mich auffingen, als ich mich fallen ließ. Ich kann kaum erwarten, dass sie mich endlich wieder so berührt, wie sie es damals gemacht hat.

Wie sie wohl schaut, wenn ich mich einfach selbst aus dem schwarzen Fummel schäle und ihr nackt gegenüber trete? Ich hole tief Luft und halte sie für ein paar Sekunden an. Mein Herzschlag muss sich beruhigen, bevor ich mich dazu genötigt fühle etwas richtig dummes zu machen.

Seufzend stoße ich mich vom Waschbecken ab und straffe meine Schultern. Hoch erhobenen Hauptes schreite ich aus dem Bad.

Sie reißt ihre Augen weit auf. »Wow.«, flüstert sie. »Du bist so … mir fehlen die Worte.« Meine Hände streichen über den Stoff des Kleides. Schüchtern senke ich den Kopf.

»Ich weiß nicht, was wir als erstes machen sollen.«, wispere ich und weiche ihr aus. Der Blick, mit dem sie mich betrachtet, ist so heiß, dass er den Stoff, der meine Haut notdürftig bedeckt, verbrennt.

»Hmh?«

»Sollen wir erst essen und reden? Oder sollen wir uns erst küssen?«, frage ich und weiß nicht so recht, wohin ich schauen soll. Sie holt hörbar tief Luft und starrt mich an.

»Erst küssen.«, murmelt sie und fängt mich mit ihren Augen ein. Ein paar Schritte trennen ihre Lippen von meinen, ihren Körper von meinem. Ihre Augen fixieren mich. Ich halte die Luft an. Als ihre schlanken Finger eine Strähne aus meinem Gesicht streichen seufze ich erleichtert. Sie neigt ihren Kopf. Ich stelle mich auf die Zehenspitzen. Heißes Kribbeln schießt durch meinen Körper als ihre Lippen meine endlich berühren. Meine Hand streichelt über die weiche Haut ihrer Wange.

»Oh mein Gott.«, murmelt sie eine gefühlte Ewigkeit später und betrachtet mich fasziniert. Der Blick aus ihren dunklen Augen zaubert lautes Stöhnen über meine Lippen. Ich bin tief bewegt.

Könnte man Augenblicke einfrieren, wäre dieser Moment einer, den ich für ewig konservieren möchte. Der Wunsch, dass sie mich auch in fünfzig Jahren noch so anschaut und auf die gleiche Weise küsst, überwältigt mich so sehr, dass meine Beine zittern.

»Komm.«, flüstere ich und führe sie zum Sofa.

»Gib mir zehn Minuten.«, sage ich mit brüchiger Stimme. »Dann können wir essen.« Spöttisch zieht sie die Augenbraue hoch.

»Erzähl mir jetzt nicht, dass Du alles minutiös geplant hast.«, neckt sie mit breitem Grinsen im Gesicht.

»Nö, aber ich bin hungrig.« Wie zur Bestätigung meiner Worte knurrt mein Magen so laut, als hätte ich ein wildes Tier verputzt, das sich in meinem Körper lautstark zur Wehr setzt. Sie lacht leise und setzt sich natürlich nicht hin.

»Ich kann nicht kochen, wenn Du SO hinter mir stehst.«, hauche ich und weiß, dass ich auf höchstem Niveau jammere.

»Nicht schlimm. Alternativ könnte ich auch ... Dich vernaschen.«, sagt sie lässig und legt ihre Hand auf meinen Bauch. Ihre Finger streichen über den dünnen Stoff meines Kleides.

»Bitte Tara! Darf ich Dich an Deine eigenen Worte erinnern?«, stottere ich, mühsam darauf konzentriert zur Ruhe zu kommen. »Erst kenneler ... «

Sie wirbelt herum und zieht mich in ihre Arme. Ihre Hände streicheln fahrig über meinen Rücken. Seufzend presse ich mich an sie. Meine Lippen suchen ihre. Zärtlichkeit war gestern. Jetzt bin ich hungrig. Nach ihr und ihren Berührungen. Ich will und kann nicht länger warten.

Wie zufällig streift meine Hand ihre Brust. Sie stöhnt laut. Meine Hand legt sich um die weiche Rundung. Nur der Herd in meinem Rücken verhindert, dass ich umfalle, so nervös bin ich.

Lautes Lachen huscht über ihre Lippen.

»Okay okay. Ich habe verstanden. Du hast Hunger.«, murmelt sie atemlos und lehnt sich an mich. Ihr Brustkorb hebt und senkt sich mindestens genauso hektisch wie meiner.

»Was kann ich übernehmen?«

»Zwiebel schneiden?«

»Oh nein.«, jammert sie. »Ich hasse Zwiebeln schneiden.«

»Kennst Du jemanden, der sowas gerne macht?«

»Lass mich überlegen … Hmh … Nein. Mist. Okay, her mit der Zwiebel.«

»Zieh Handschuhe an, sonst stinken Deine Finger.«, bestimme ich. Nach dem Zwiebel schneiden stinken Finger nicht nur, es brennt auch, wenn sie eine ganz bestimmte Stelle berühren. Ich reiche ihr ein Paar Einweghandschuhe und bemühe mich ernsthaft, meine Gedanken in eine unverfänglichere Richtung zu lenken. Mit verächtlichem Ausdruck in den Augen zerrt Tala ein Messer aus der Schublade und lässt es in den nackten Körper der Zwiebel gleiten. Ihre Augen sind nur zur Hälfte geöffnet. Trotzdem schnieft und jammert sie ohne Pause.

»Hat Dir schon mal jemand gesagt, dass Du eine Sklaventreiberin bist?«, meckert sie, grinst aber von einem Ohr zum anderen.

»Nicht nur einmal. Aber weißt Du, was komisch ist?«, frage ich und pikse ihr in die Seite.

»Na? Naaa?«, neckt sie, schmeißt ihr Messer auf die Arbeitsfläche und pikst zurück.

»Niemand hat mich jemals als Sklaventreiberin bezeichnet. Außer Dir.« Ihr Lachen dröhnt in meinen Ohren. Sie dreht und windet sich unter meinen Fingern.

»Ich ergebe mich.«, japst sie. Tränen rinnen über ihre Wangen.

Ist das lecker. Hätte ich gewusst, dass Du so gut kochst, hätte ich schon vor Jahren nach Dir gesucht.«, scherzt sie. Obwohl in ihrer Stimmlage ein ernsthafter Unterton mitschwingt, falle ich in ihr Lachen ein.

»Ich habe Dich vermisst, Ella.«, flüstert sie und lässt ihr Essen Essen sein. Ich versinke im unergründlichen Dunkel ihrer braunen Augen und halte die Luft an. Nicht gut, wenn man den Mund voller Lachs hat. Ein Schluck Wein wird helfen – hoffentlich. Ich schlucke hart.

»Du bist so wunderschön.«, murmelt sie. Sie greift nach meiner Hand. Das Glas in meiner Hand wackelt verdächtig. Mit geschlossenen Augen nehme ich die kreisenden Bewegungen ihrer Fingerspitzen in mir auf wie ein trockener Schwamm einen Tropfen Wasser. Mein Herz hüpft und veranstaltet ein heilloses Chaos in meinem Bauch.

Hunger habe ich keinen mehr, jedenfalls nicht auf Lachs und Bandnudeln. Der neue schwarze Hauch von nichts liegt eng um meinen Körper. Meine Brüste wollen sich nicht länger einsperren lassen. Sie drängen nach draußen.

»Mhmmm … «, hauche ich. Mein Fuß reibt sich an Taras Schenkeln. Ich seufze zufrieden und öffne meine Augen. Sie sitzt da und sagt nichts. Ihre Augen sind geschlossen, die Mundwinkel zu einem leichten Lächeln verzogen. Zwischen ihren Augenbrauen bilden sich kleine Fältchen, wie immer, wenn sie lächelt.

»Willst Du noch etwas essen?«, durchbreche ich mit leiser Stimme die Ruhe des Augenblicks.

»Meinst Du jetzt … Lachs und Bandnudeln, oder … «, haucht sie. Unbewusst streicht ihre Zungenspitze über ihre Lippen. Ich hole tief Luft. *Du machst es mir nicht leicht, Tara Máiréad O'Neill.*

Ich gehe bewusst über die Anspielung, die in ihren Worten mitschwingt, hinweg, stehe auf und räume das Geschirr ab.

Mit zwei Würfeln und einem Würfelbecher aus Benjamins Zimmer in der Hand kehre ich ein paar Minuten später zurück. Tara hat es sich in der Zwischenzeit auf dem Sofa bequem gemacht. Sie schaut so entspannt aus. Mein Herz macht einen kleinen Sprung.

Wäre unser Leben anders, vielleicht sogar besser, verlaufen, wenn ich vor drei Jahren mutiger gewesen wäre? Tiefes Seufzen schlüpft zwischen meine Lippen. Sie öffnet ihre Augen und schenkt mir ein liebevolles Lächeln. Ja. Bestimmt wäre alles anders gekommen. Verdammt!

Warum habe ich damals nur auf sie gehört und bin mit Sharon nach New York zurück gekehrt, statt meine Gefühle offen auszusprechen und einen Strich unter die Zeit mit Sharon zu ziehen? Wie viel wäre mir wohl erspart geblieben? Bestimmt eine Menge. Allerdings hätte ich dann auf Benjamin verzichten müssen, was sehr schade wäre. Bei all dem teuflischen, was über mich hereinbrach, ist er der kleine Engel, der schützend seine Flügel über mir ausbreitete. Er wiegt alles negative, das ich in den letzten Jahren erleben musste, doppelt und dreifach auf.

Ich gehe auf Tara zu und hauche einen kurzen Kuss auf ihre Lippen.

»Ich möchte ein Spiel mit Dir spielen.«, murmle ich dicht an ihren Mund gepresst.

»Was denn? Wer ist als erstes die Klamotten los? Das kann ich Dir zeigen. Schau … « Ihre Hand zuckt über meinen Rücken und nestelt am Reißverschluss meines Kleides.

»Halt! Halt! Halt! SO war das nicht gemeint.« Mit einem Ruck befreie ich mich aus ihren Armen und setze mich ganz züchtig ihr gegenüber auf einen Sessel. Mit aufgesetzter Verzweiflung in den Augen nestle ich an meinem Kleid herum, das zu kurz und vor allem zu eng ist, um die Beine übereinander zu schlagen.

Merke: Beim nächsten Kleiderkauf darauf achten, dass es nicht nur sexy ist.

»Also … Du hast doch gesagt, dass Du willst, dass wir uns erst kennenlernen, bevor wir … bevor wir … «, stottere ich und falle über die nicht ganz so züchtigen Gedanken, die mir durch den Kopf jagen.

»Bevor wir miteinander schlafen?«, hilft sie mir auf die Sprünge. Sie grinst unverschämt und fährt mit der Hand durch ihr, von der Sonne ausgebleichtes, Haar. Ich schlucke hart.

»Ähm … «, wispere ich und fühle mich so unsicher wie ein Teenager kurz vor dem ersten Mal.

»Was willst Du spielen?«, fragt sie jetzt auch noch und schaut mich mit Unschuldsengelmiene an. Ihre Augen glühen. Würde mich nicht mal wundern, wenn der enge Stofffetzen um meinen Körper sich vor ihren Augen in Rauch auflösen würde.

»Also, ich habe mir gedacht, dass bei einer geraden Zahl eine Frage ehrlich beantwortet werden muss. Bei einer ungeraden Zahl muss derjenige, der gewürfelt hat ein besonders peinliches Erlebnis erzählen. Und bei einem Pasch … ähm … «

»Ja? Was ist bei einem Pasch?«, fragt sie und schaut mich mit einem Blick, der eindeutig mehr als zweideutig ist, an.

»Bei einem Pasch muss derjenige, der gewürfelt hat, ein Kleidungsstück ablegen. Das Spiel ist aus, wenn eine von uns beiden nackt ist.«

»Was kommt danach?« Ihre Augen sind weit geöffnet, die Stimme brüchig. Ich räuspere mich, sage aber nichts.

»Okay. Höchste Zahl fängt an.«, murmelt sie und greift nach dem Würfelbecher.

32. Tara

Eine drei!«, rufe ich und springe auf. Innerlich reibe ich mir schon die Hände. Wenn ich richtig gezählt habe, besteht meine Kleidung aus sieben Teilen. Ihr Kleid hingegen …

»Okay. Ich habe eine … Mist … eine vier.«

»Jihaaaa. Du fängst an!«, juble ich. Von dem herausfordernden Grinsen, das sie sonst immer an den Tag legt, ist nicht mehr viel übrig. Ihre Blicke gleiten über meinen Anzug.

»Verdammt! Bin ich blöd. Kann ich mir schnell noch etwas anderes anziehen? Sonst ist es ja unfair.«

»No. Dein Spiel, Deine Regeln. Von vorher umziehen hast Du nichts gesagt. Musst Du halt drauf hoffen, dass Du nicht so oft Pasch würfelst. Also, fang an.«

Ich lehne mich zurück und warte ab.

»Deine Lieblingssportlerin?« Da muss ich nicht lange überlegen.

»Gabriela Sabatini und Ashlyn Harris. Und Deine?«

»Lindsey Vonn.«, antwortet sie, wie aus der Pistole geschossen. Meine Augenbraue zuckt.

»Du stehst also auf blonde Frauen.«

»Na und? Du bist dran.«

Ich drehe den Würfel in meinen Händen. Erst als ich überzeugt bin, dass sie ordentlich gemischt sind, knalle ich den Becher auf den Tisch.

»Yes!«, rufe ich und recke die Faust in die Luft.

»Wann hattest Du Dein erstes Mal mit einer Frau?«, frage ich, während meine Augen über ihren Körper streichen. Nicht eine ihrer Regungen wird mir entgehen. Zarte Röte springt über ihre Wangen. Sie windet sich und verknotet ihre Hände. Süß.

»An meinem fünfzehnten Geburtstag. Sie war im gleichen Sportverein wie ich.«

»Oh wow, früh übt sich, ne?!?«, erwidere ich und schnalze mit der Zunge.

»Logo. Und wann hattest Du Dein erstes Mal?«

Ich schlucke. Meine Gedanken drehen sich um die eigene Achse. »Muss ich jetzt wirklich antworten?«, frage ich vorsichtig. Die Frage hätte ich mir auch gut sparen können. Noch deutlicher geht ihr Nicken fast nicht. »Okay, wie Du meinst. Ich war achtzehn.«

»Ohoooo. Eine Spätzünderin.«

»Hallo? Im Gegensatz zu Dir bin ich in einem tief katholischen Land aufgewachsen. Irische Mädchen kommen schon mit Scheuklappen auf die Welt, die erst abfallen, wenn sie volljährig sind.« Ich kneife ein Auge zusammen. Mein Grinsen reicht von einem Ohr zum anderen.

Eine Weile geht unser Spiel hin und her. Auf diese Weise erfahre ich einiges von ihr. Zufrieden lehne ich mich zurück. Wenn mich nur mein Wurfglück nicht ständig verlassen würde. Die Würfel drehen sich so unglücklich, dass ich schon mehrmals Pasch gewürfelt habe.

Bei Ella sieht die Sache minimal anders aus. Vielleicht schummelt sie auch. Anders kann ich mir nicht erklären, warum mich nur noch ein Pasch davon trennt, mein Oberteil ausziehen zu müssen, und sie noch vollständig angezogen ist.

»Ha! Pasch! Endlich!«, schreie ich und rudere mit den Armen durch die Luft. »Ausziehen!«

Meine Augen kleben förmlich an ihr, während sie langsam ihre Strümpfe über ihre Beine streift.

»Geht doch.«, murmle ich, schüttle die Würfel und bereite mich innerlich schon auf die Frage vor, die ich ihr als nächstes stellen werde.

»Verdammt! Schon wieder ein Pasch!«, schimpfe ich. »Gib zu, Du hast die Würfel gezinkt. Kann doch gar nicht sein.«

Natürlich meine ich es nicht böse. Ich verliere nur einfach nicht gern. Wenn ich wüsste, wie ich Ellas Siegeszug aufhalten kann, wäre mir schon sehr geholfen. Meine Finger gleiten zitternd unter den ersten Knopf.

»Wenn Du so weiter machst, sind wir morgen früh noch nicht fertig.«, kommentiert Ella trocken. »Soll ich Dir helfen?« Ich hebe meinen Kopf und schaue sie an. Ihre Augen blitzen dunkler als sonst.

»Äh … «, stottere ich. Mit gestrafften Schultern murmle ich: »Nein.«

»Ich meine ja nur.« Ellas Augen wandern über meinen Körper. Mein Atem geht stoßweise. Die kühle Luft in ihrer Wohnung lässt mich frösteln. Kleine Punkte erheben sich auf meiner Haut.

33. Ella

»Das dauert mir alles zu lange.«, flüstere ich. Meine Blicke gleiten über das Paradies, das vor meinen Augen sitzt und seine Hände miteinander verknotet. Süß.

»Was kann ich denn dafür, dass ich schüchtern bin?«

»Ja. Nee. Ist klar. Du und schüchtern. Wem willst Du einen Bären aufbrummen?«

»Ich BIN schüchtern, Ella.«, sagt sie leise und studiert den Boden vor ihren Füßen. »Ich kann mich nur gut verstellen.«

Mein Herz macht einen kleinen Satz. Wie sie das sagt … Mit diesen aufgeregten Wacklern in der Stimme. So schnell mein enges Kleid es erlaubt, springe ich aus dem Sessel und gehe auf sie zu. Ich lege meine Arme um ihren Oberkörper und ziehe sie so eng wie möglich an mich.

»Ich erkläre unser Spiel hiermit für beendet.«, keuche ich. »Du hast verloren.«

»Stimmt doch gar nicht. Ich bin noch angezogen.«

»Noch. Aber gleich nicht mehr. Pass auf.« Ich greife nach ihrem Hemd. Es ratscht. Tara jauchzt überrascht.

»Hey! SO haben wir nicht gewettet. Das Hemd ist nagelneu.«

»Wir kaufen Dir ein neues.«, murmle ich. Meine Hände gleiten über ihre weiche Haut. Tara fühlt sich heiß an. Sie wimmert und windet sich unter meinen Händen. Wie lange habe ich mich nach diesem Moment gesehnt? Drei Jahre? Oder doch schon mein halbes Leben?

Dass unten auf der Straße ein Feuerwehrauto mit lautem Getöse vorbei donnert nehme ich nur noch am Rande wahr. Tara ist mir so nah, dass es mir sogar egal wäre, wenn heute die Welt unterginge. Solange sie bei mir ist, könnte ich sogar das akzeptieren.

»Was passiert mit Verlieren?«, fragt sie mit brüchiger Stimme. Ihre Hände zittern. Mein Herz pocht aufgeregt.

»Verlierer liegen unten.«

»Ach ja? Das wollen wir ja mal sehen, wer von uns beiden unten liegt.«

Sie richtet sich zu voller Größe auf und schmeißt mich mit Schwung in die weichen Sofapolster. Triumphierend hockt sie sich auf meine Oberschenkel und funkelt mich an.

»Und wer ist jetzt der Verlierer?«, fragt sie schwer atmend, während ihre Blicke meinen Körper abtasten.

»Ich.«, stöhne ich.

»Endlich hast Du Deine Situation erfasst.« Ooooh. Dieser gönnerhafte Blick. Dieses Lächeln. Ein Triumphzug der besonderen Art. Ich strecke meine Hände aus und versuche mich zu wehren. Sie hält sich den Bauch und lacht. Tief und kehlig. Um ihre Augen bilden sich Fältchen.

Jede Berührung ihrer Hände schickt einen heißen Schauer durch meinen Körper. Mein Herzschlag setzt aus. Einen Schlag. Und noch einen. Ich japse nach Luft. Wie eine Ertrinkende klammere ich mich an sie, während ihre Hände ihren Augen folgen. Als kühle Luft meinen vor Hitze glühenden Körper trifft, jauchze ich.

Ich schließe meine Augen und lasse mich fallen. Ins bodenlose. Von den höchsten Klippen. Sie fängt mich nicht auf.

Sie springt mit mir und reißt uns in die Tiefe. Eine riesige Welle bricht über uns in sich zusammen. Ich keuche. Und japse. Und sauge die Luft tief in meine Lungen. Die Spitze ihrer Zunge umkreist meine Brustwarzen. Ich drücke meinen Oberkörper durch und winde mich unter ihren Berührungen. Ich will alles. Das ganze Programm. Ohne wenn und aber.

Mein Schrei klingt wie ein Startschuss für ein neues Leben. An der Seite der attraktivsten und liebevollsten Frau, die ich mir nur wünschen kann.

»Wow.«, hauche ich erschöpft. Ihre Arme fangen mich auf. Halten mich. Geben mir den Schutz und die Wärme, die ich brauche.

»Wie fühlst Du Dich?«, fragt sie. Meine Augen versinken in ihren.

»Wunderbar.«, flüstere ich. Meine Stimme bebt.

Ich weiß nicht, wie ich das, was ich fühle, in Worte fassen soll. Ich bin sprachlos. Völlig out off order. Nur ganz allmählich beruhigt sich mein Herzschlag.

Das, was ich mit Tara erlebt habe, ist so viel mehr als nur Sex. Wir haben miteinander geschlafen, uns gegenseitig immer höher getragen. Trotzdem war es so anders als unser erstes Mal vor drei Jahren. Es war auch anders als jedes andere Erlebnis mit anderen Frauen. Tiefer. Intensiver. Weltverändernder. Sie hat mein Innerstes nach außen gekehrt. Ich konnte ihr Herz fühlen und ihre Seele. Es war, als ließe sie sich völlig los. Jede ihrer Berührungen war wie eine Offenbarung für mich. Alles, was ich vor ihr mit anderen Frauen geteilt habe, war mein Körper. Meine Seele konnte niemand so wie sie berühren.

Als sie meinen Bauch berührte, öffnete ich mein Herz und ließ sie herein. Ich habe sie tief in mich aufgenommen, meinen Körper und meine Seele als Geschenk in ihre Hände gelegt.

»Ella … Ich muss Dir was sagen.«, flüstert sie mit brüchiger Stimme.

»Hmh …?«, murmle ich abwartend, während ich gedankenverloren ihren Bauch streichle.

»Ich … ähm … Ich glaube, ich bin in Dich verliebt.«

Ein Lächeln huscht über meine Lippen. Ich richte mich unter ihr auf. Meine Augen suchen ihre. Dunkles Braun trifft auf helles Blau. Ich verbrenne unter ihrem intensiven Blick.

»Du glaubst?«, necke ich, obwohl mir nicht zum Scherzen zumute ist.

»Nein. Eigentlich nicht. Ich weiß es.«

Mein Herz legt einen kurzen Hüpfer ein. Ihr Geständnis bedeutet so viel mehr für mich, als sie sich bewusst ist. Fünf kleine Worte, oft so achtlos dahin gesagt – aber aus ihrem Mund das größte Geschenk, das sie mir nur machen kann.

Ich werde es hüten wie einen Augapfel, werde auf sie aufpassen und mein bestes geben, dass das, was sich langsam zwischen uns aufbaut, wächst und gedeiht.

Liebe … Was für ein großes Wort. Bisher dachte ich immer, dass das, was Sharon und mich verband, Liebe war. Wie bescheuert ich doch war. Wie dumm und naiv.

So wie Tara hat mich noch nie ein Mensch berührt und ich wünsche mir, dass es immer so bleibt. Für den Rest unseres Lebens.

Wenn ich in vielen Jahren als alte Oma neben ihr auf unserer Terrasse sitze, will ich ihre Hand noch genauso in meiner spüren, wie ich es jetzt mache. Ich wünsche mir, dass die Gefühle, die ich für sie habe, noch tiefer werden und dass ich irgendwann unseren Enkeln erzählen kann, wie schön es war, ihre Großmutter kennen und lieben zu lernen.

Selbst wenn meine Augen irgendwann die Welt um mich herum nur noch verschwommen wahrnehmen und die Knochen nicht mehr so mitmachen wie bisher, will ich sie anschauen und feststellen, dass ich der glücklichste Mensch auf Erden bin – weil ich das Privileg habe, einen so großen Teil meines Lebens mit so einem wundervollen Menschen verbringen zu dürfen.

Das wünsche ich mir.

»Ich danke Dir.«, flüstere ich mit zitternder Stimme. »Du weißt nicht, wie viel mir das bedeutet. Ich habe mich auch in Dich verliebt.«

Braune Augen. So tief und warm. So leidenschaftlich und alles verzehrend ihr Blick.

Ich strecke meinen Arm aus und ziehe sie an mich. Sie legt ihren Kopf auf meine Brust und saugt die Luft in ihre Lungen. Tiefer Frieden zieht zwischen uns ein.

34. Tara

Hand in Hand schlendern Ella und ich am Strand entlang.

Fast fünf Monate sind vergangen, seit unserem überraschenden Wiedersehen im Piccadilly`s. Seitdem ist kein Tag vergangen, an dem wir nicht zumindest die Abende gemeinsam verbracht haben. Ich bin glücklich, wenn sie in meiner Nähe ist. Ich drehe meinen Kopf zur Seite und betrachte ihr Profil. Ein Lächeln huscht über mein Gesicht.

In den letzten Monaten hat sie sich verändert. Ihr Gesicht und ihre Augen sind viel weicher geworden. Sanfter. Aber vor allem glücklicher und strahlender. Besonders in den seltenen Momenten, die sie, Benjamin und ich gemeinsam am Strand verbringen, strahlt sie eine besondere innere Ruhe aus. Kein Vergleich mehr zu der getriebenen, unruhigen und arroganten Frau, die ich vor mehr als drei Jahren kennengelernt habe.

Es gefällt mir, sie so zu sehen. Ich könnte rundherum glücklich sein. Könnte. Bin ich aber nicht. Und das macht mir zu schaffen, vor allem, weil ich nichts daran ändern kann.

Der Launch des neuen Webshops war erfolgreich und damit ist meine Zeit in LA offiziell beendet. Alle anderen Arbeiten, die noch anfallen, kann ich überwiegend von meinem Home-Office Zuhause in Irland lenken. Ich bin eigentlich nur noch hier, weil ich nicht weiß, wie ich das Thema zur Sprache bringen soll. Ella ist so glücklich und liebt das Leben so wie es gerade ist. Dieses Glück will ich nicht zerstören, in dem ich meine bevorstehende Abreise zur Sprache bringe.

In den letzten Monaten haben wir viel Zeit damit verbracht, uns näher kennenzulernen und miteinander zu reden, und ich bin mir sicherer als jemals zuvor, dass SIE die Frau ist, mit der ich den Rest meines Lebens verbringen will. Unglücklicherweise haben wir nie zur Sprache gebracht, dass meine Zeit in LA begrenzt ist und ich irgendwann in meine Heimat zurückkehren werde. Irgendwie kommt es mir sogar so vor, als hätten wir das Thema bewusst umschippert, um uns nicht mit dem unvermeidlichen auseinandersetzen zu müssen.

Dass es deswegen nicht weniger präsent ist, wird mir mehr und mehr bewusst. Knappe vier Wochen bleiben mir noch. Vier Wochen. Eine verschwindend geringe Zeit, die sich enorm verkürzt, wenn die Tage so an uns vorbei fliegen, wie sie es im Moment tun.

Es fühlt sich an, als läge meine Ankunft erst ein paar Tage zurück. Wie ungeheuer praktisch wäre es, wenn jemand endlich eine Möglichkeit finden würde, die Zeit anzuhalten. Ich will nicht, dass sie vergeht.

»Alles okay?«, fragt Ella und lehnt sich an mich. Meine Haut kribbelt. Ihre Nähe ist so besonders für mich. Kann doch niemand verlangen, dass ich freiwillig darauf verzichte, oder?

»Ja, ja.«, murmle ich, was nicht wirklich gelogen ist. Solange sie bei mir ist, ist ja auch alles okay. Nur … Ich seufze leise. Gedankenverloren streichle ich die nackte Haut ihres Armes.

»Ella, ich muss … «, sage ich leise.

»Talaaaa! Schau mal!«, ruft Benjamin und rennt jauchzend auf uns zu. Ich verdrehe die Augen. Typisch Kinder. Sie tragen das besondere Talent in sich, genau dann zu stören, oder etwas zu wollen, wenn es gerade überhaupt nicht passt. Er ist nur noch ein paar Schritte von uns entfernt. Mit ausgestreckten Armen fliegt er in meine Umarmung und kuschelt sich an mich.

»Tala. Ich hab Dich lieeeepp.«, kräht er mir ins Ohr. Benjamin und flüstern klappt so überhaupt nicht. Er hat ein lautes Organ. Selbst die Leute, fünfhundert Meter von uns entfernt, hören jedes seiner Worte – garantiert.

Ellas Handy klingelt. Ich seufze unterdrückt. Das wird ja immer besser. Wie soll ich mit ihr reden, wenn sämtliche

Kinder und Handys dieser Welt sich gegen mich zu verschwören scheinen?

Kann man mit EMP-Wellen eigentlich auch vorlaute Kleinkinder ausschalten? Oder haben die irgendwo einen Knopf, den ich nur noch nicht gefunden habe? Missmutig rolle ich mit den Augen. Das Kind in meinen Armen jauchzt so glücklich, dass ich nicht anders kann, als ihn um meine eigene Achse zu wirbeln. Während Ella ein paar Meter von uns entfernt hin und her läuft, kugeln Benjamin und ich lachend durch den Sand. Ich liebe die kleinen Ausflüge an den Strand. Ein paar Kilometer fahren und schon fühlt es sich so an, als würden wir in eine andere Welt eintauchen. Weit entfernt von Abgasmief und der Hektik, die den Alltag in der amerikanischen Westküstenmetropole dominieren.

»Tara? Ich muss mit Dir reden.«, sagt Ella und schaut nicht mehr besonders glücklich aus.

»Was ist denn los?«

»Also … Der Anruf kam aus dem Piccadilly`s. Eine Kollegin ist krank geworden.«

»Was hat das mit Dir zu tun?«, frage ich mit leicht gereiztem Unterton in der Stimme. Seit Wochen arbeitet Ella fast ohne Pause, weil ständig jemand ausfällt, oder *völlig überraschend* ein größeres Event ansteht. Ich weiß, dass ihre Chefin nicht anrufen würde, wenn es nicht dringend wäre. Trotzdem braucht Ella die zwei freien Tage, um Kraft zu tanken.

»Tut mir wirklich leid, aber ich muss arbeiten. Könntest Du …? Also, ich meine … Benjamin und Du, Ihr versteht Euch doch gut … «

»Oh Mann, Ella. Red nicht um den heißen Brei. Wenn Du fragen willst, ob ich Benjamin übernehmen kann, dann frag mich einfach.«

»Ich habe versucht, Zoe anzurufen, aber sie kann nicht, weil unsere Chefin sie auch abkommandiert hat. Kannst Du ausnahmsweise auf ihn aufpassen?«

»Klar. Kein Problem. Wir werden uns schon einen schönen Tag machen. Nun geh schon, bevor ich es mir anders überlege.«, sage ich in einer Tonlage, die Ella sehr wohl vermitteln soll, dass ich genau das am liebsten tun würde – es mir anders überlegen.

Benjamin ist ein süßes Kind und ich habe ihn wirklich gern. Allerdings ist er in einem komischen Alter und kann sehr anstrengend werden, wenn er nicht bekommt, was er will. Seit ein paar Wochen reizt er Ellas Geduld bis zum erbrechen. Ich kann mir gut vorstellen, dass er mich auf Herz und Nieren testet, sobald er kapiert, dass seine Mutter weg ist.

Es gibt definitiv einiges, was ich mir für meinen freien Tag weit besser vorstellen kann, als mit einem schreienden und strampelnden Kind U-Bahn zu fahren oder in einem Restaurant zu sitzen, aber natürlich sage ich das nicht.

Ella muss arbeiten. Sie kann nichts dafür, dass ihre Kollegen krank geworden sind. Also soll sie sich keine

Gedanken machen müssen. Ich schenke ihr ein liebevolles Lächeln, ziehe sie in meine Arme und hauche einen sanften Kuss auf ihre Lippen.

»Tut mir wirklich leid.«, sagt sie leise.

»Ich weiß. Mach Dir keine Gedanken. Wenn Du willst können wir Dir gerne eine kleine Portion Sand mitbringen.«

»Nein danke. Kein Bedarf. Schahaaatz! Komm mal kurz her. Mommy muss arbeiten. Tara wird auf Dich aufpassen. Sei brav zu ihr.«

Ella geht in die Knie und zieht ihr Kind für einen kurzen Augenblick in ihre Arme. Dann löst sie sich und läuft schnell den Weg zurück, den wir gekommen sind.

Und was machen wil jetzt?«, quietscht Benjamin und hüpft um mich herum. Seine dünnen Ärmchen fliegen wild durch die Luft. Mein Blick fällt auf die Uhr an meinem Handgelenk. Ein langer Tag liegt noch vor mir und er vergeht auch nicht schneller, wenn sich der Zeiger auf der Uhr weiterhin so langsam bewegt. Was macht man mit einem Dreikäsehoch an einem der schönsten Strände der Welt? Weit entfernt von seinen

Spielsachen und den sicheren vier Wänden um uns herum?

Nachdenklich kratze ich mich am Kopf, während er nicht müde wird, um mich herum zu rennen. Der Sand spritzt in alle Richtungen. Ein Lächeln erhellt mein Gesicht.

Auspowern natürlich. Ich bin mir sicher, dass Benjamin eigentlich ein Zwilling hätte sein sollen. Er ist ein kleiner Powerriegel. Die Kraft und die Ausdauer, die sich in seinem unscheinbaren und kleinen Körper verbergen, reichen für mindestens zwei Kinder.

Und wie powert man ein Kind am besten aus? Tief in Gedanken versunken, lege ich meine Stirn in Falten. Vor ein paar Wochen habe ich einen Bericht über den hawaiianischen Surfernachwuchs angeschaut. Mir kommt es so vor, als stünden die Kinder dort schon auf dem Brett, bevor sie überhaupt laufen können. Wer weiß, vielleicht steckt in Ellas kleinem Jungen sogar das Talent fürs surfen. Wir werden es nie herausfinden, wenn wir es nicht einfach probieren.

Ella ist nicht hier – und damit auch niemand, der mir erzählt, dass ein dreieinhalbjähriges Kind zu jung ist, um surfen zu lernen. Außerdem stand ich selbst schon lange nicht mehr auf dem Brett. Zeit, daran etwas zu verändern.

»Tala? Was machen wil jetzt?«, quäkt Benjamin noch einmal. Er stemmt seine kleinen Händchen in seine Seiten. Sein Gesichtsausdruck ist eine Herausforderung. Ich muss aufpassen, dass ich nicht lauthals loslache. Wie er dasteht. Wie seine Mutter, wenn sie irgendetwas will.

Merke: Vergiss nie, dass kleine Kinder ihre Satellitenschüsseln sofort auf Empfang stellen, wenn Du etwas tust, was sie nicht sehen, oder etwas sagst, was sie nicht hören sollen.

»Hast Du Lust etwas neues auszuprobieren?«

»Was denn? Was denn?«

»Du könntest surfen lernen.«

»Sulfen? So wie Du?«

»So wie ich.«

»Au jaaa! Au jaaa! Komm schon.«, schreit er und klatscht aufgeregt seine kleinen Händchen zusammen.

Ein Grinsen huscht über mein Gesicht. Wusste ich doch, dass der kleine Abenteurer an meiner Hand sofort Feuer und Flamme ist. Ella hat mich schon mehrmals darauf hingewiesen, dass er mich nacheifert und alles so machen möchte, wie ich es mache. Laut ihrer Aussage bin ich sein neuer Hero. Warum sollte ich seine Begeisterung für mich und alles, was mit mir zu tun hat, nicht auch mal ausnutzen?

Hand in Hand laufen der kleine Junge und ich in die Richtung, aus der wir gekommen sind. Eine der Holzbuden am Strand zieht mich magisch an. Schon auf dem Weg hierher ist sie mir aufgefallen. Ein Surfbrettverleih. Genau das, was wir brauchen.

»Ich hätte gerne ein Longboard für mich und ein kleines Board für den Kurzen.«, sage ich. Voller Vorfreude reibe ich mir innerlich die Hände.

Benjamin wackelt vor mir durch den Sand. Er ächzt und stöhnt. Obwohl ich ihn darauf hingewiesen habe, dass das Brett nicht so leicht ist, wie es aussieht, besteht er darauf, es selbst zu tragen. Lautes Lachen gurgelt in meinem Bauch und tritt unvermittelt seine Reise über meine Lippen an.

Der Kleine ist so zuckersüß, wie er sich durch den Sand schleppt und ab und zu auf die Seite kippt.

»Was hältst Du davon, wenn wir Dein Brett zusammen tragen?«, frage ich vorsichtig.

»Nein. Kann ich allein. Ich bin schon gloß und stalk.«

Was zu viel ist, ist zu viel. Ich halte mir den Bauch. Mein Lachen ist laut. Und tief. Was für ein lustiger kleiner Kerl er doch ist. Je mehr Zeit ich mit ihm verbringe, desto besser verstehe ich Ella, die ihr Herz an ihn verloren hat, kaum dass sie ihn das erste Mal in ihren Armen hielt.

Er ist so Feuer und Flamme, dass ich ihn kaum dazu überreden kann, erst seine Sachen auszuziehen. Die mini-

Boardshorts, die Ella kürzlich für ihn gekauft hat, sind so süß. Ich kann meinen Blick kaum von ihm abwenden.

»Tala! Feltig!«, quäkt er, hüpft auf seine Füße und rennt aufs Wasser zu.

»Moment, junger Mann!«, rufe ich, hinter ihm her hechelnd. Ganz schön schnell, so ein kleiner Dreikäsehoch.

»Erst einschmieren, oder willst Du leuchten wie eine Tomate?« Benjamin hasst Tomaten. Sehr praktisch, wie ich finde. Murrend und motzend kehrt er um und baut sich vor mir auf.

»Wenn es sein muss.«, knurrt er.

»Es muss sein, außer Du hast Lust darauf, dass Deine Mommy uns heute Abend das Fell über den Kopf zieht.« Er lacht und quietscht begeistert, als die Tube in meiner Hand ein Geräusch von sich gibt, das verdächtig nach Furz klingt.

»Tala hat gefulzt! Tala hat gefulzt!«, kräht er mit hoher Stimme. Instinktiv halte ich mir die Ohren zu und schaue ihn strafend an. Die kalte Creme platscht auf seine warme Haut. Jetzt lacht er nicht mehr. Dafür meckert er und springt auf einer Stelle auf und ab.

»Kalt!«, schimpft er.

»Du musst auch einschmielen!«, kommandiert er, als mein prüfender Blick über seinen Körper gleitet. Habe ich auch wirklich jede Stelle erwischt, nicht aus Versehen eine vergessen, auf die sich nachher ein Sonnenbrand setzen kann?

»Ich habe mich vorhin schon eingecremt.«, flunkere ich. Ich gehöre zu der Sorte Mensch, die sich nur ganz selten einen Sonnenbrand anlachen, weshalb ich gut auf die Creme verzichten kann.

Mit den Worten »Geh ruhig schon mal voraus. Ich komme gleich.«, ziehe ich ihm sein leichtes T-Shirt über den Kopf. Er nickt, greift nach seinem Board und wankt mit kleinen Schritten aufs Wasser zu.

Wie praktisch, dass ich zu meiner Kamera ein großes Teleobjektiv eingepackt habe. So kann ich jeden seiner Schritte in Ruhe festhalten, ohne, dass er etwas davon merkt.

»Ich will ins Wasse!«, schimpft er vor sich hin. Die Trockenübungen, die ich ihm aufs Auge drücke, sind nicht gerade das, was er sich unter surfen vorgestellt hat. Er jammert und fuchtelt mit den Händen durch die Luft.

»Gut. Aber nur ins flache.«, kommandiere ich. Benjamin weiß nicht, dass ich mir ein besonderes Highlight ausgedacht habe. Wenn er es schafft, im flachen Wasser auf dem Brett stehen zu bleiben, paddle ich mit ihm dorthin, wo die hohen Wellen sich brechen und einen Surfer nach dem anderen aus ihrem mächtigen Schlund spucken.

Extra für diesen Zweck habe ich Schwimmhilfen, Taucherbrille und Schnorchel für ihn ausgeliehen, damit er, wenn er ins Wasser fällt nicht untergeht und keine Luft mehr bekommt. So viel Umsicht muss schon sein, wenn ich nicht will, dass er Angst vor den höheren Wellen bekommt.

Es macht mir solchen Spaß, ihn dabei zu beobachten, wie er immer wieder aufs Brett klettert, selbst nachdem es ihn schon zwanzig Mal abgeworfen hat. Er hat ein Ziel und das will er erreichen. Dafür steckt er sogar den einen oder anderen kleinen blauen Fleck ein, ohne sich zu beschweren. Erstaunlich, wie geduldig ein so kleines Kind sein kann, wenn es sich etwas in den Kopf gesetzt hat. Ich bin ehrlich beeindruckt von ihm.

»Du machst das klasse!«, rufe ich. »Schau mal, Tala! Ich stehe!«, schreit er zurück. In diesem Moment platscht es und er steht nicht mehr. Trotzdem lacht er laut und kommt fröhlich zu mir zurück. Das kleine Surfbrett trägt er wie ein Großer unter seinem kurzen Ärmchen.

»Komm mit. Wir machen eine kleine Pause.«, sage ich, obwohl ich schon ahne, dass mein Vorschlag nicht besonders gut ankommt.

»Aba wenn ich nicht will?«

»Jeder große Surfer muss ab und zu eine Pause machen und etwas essen. Wir machen später weiter. Versprochen.«

Seine Begeisterung hält sich in Grenzen. Trotzdem läuft er, ohne großartig zu murren neben mir her und fällt schließlich auf die Decke, die ich für uns ausgebreitet habe. Er gähnt unterdrückt.

Ich kann nicht so schnell schauen, wie er die Brote, die Ella für ihn eingepackt hat, verschwinden lässt.

»Und jetzt?«, fragt er noch, doch bevor ich ihm eine Antwort geben kann, fallen seine Augen zu. Ich lege ihn auf die Decke und breite ein großes Duschtuch über ihm aus, damit er sich nicht doch noch einen Sonnenbrand einfängt. Erst als keine nackte Haut mehr zu sehen ist, lege ich mich zu ihm und schließe ihn in meine Arme. Er brummelt zufrieden.

Kinder haben es so gut. Probleme, die wir Erwachsenen mit uns herum schleppen, sind ihnen fremd. Sie erleben jeden Tag so viel aufregendes und spannendes, dass sie irgendwann so voll sind, dass sie einschlafen – völlig egal, wo sie sind. Liebevoll streichle ich seinen Kopf, während meine Gedanken meilenweit weg sind.

Wie wird Ella reagieren, wenn ich ihr in Erinnerung rufe, dass ich das Land bald verlassen muss? Wie wird es sein, wenn uns tausende Kilometer trennen? Ich wage es nicht, mir vorzustellen, wie schön es wäre, wenn sie mit mir in meine Heimat kommen würde. Solche Gedanken sind Luxus und Luxus kann ich mir nur sehr begrenzt erlauben.

Ich habe nachgerechnet. In den letzten Monaten habe ich sehr hart gearbeitet und viel mehr geschafft, als von mir erwartet wurde. Das hat mir einen netten kleinen Bonus eingefahren. Außerdem habe ich mein Hotelzimmer schon vier Wochen nachdem Ella und ich endlich zusammengekommen sind gekündigt. Das Geld, das ich verdient habe, sollte also definitiv für zwei weitere Tickets in der Businessklasse reichen. Lautes Seufzen huscht ungehindert über meine Lippen. Das Geld ist nicht mein Problem. Nicht mehr.

Wenn ich doch nur wüsste, wie Ella reagiert. Sie fühlt sich wohl hier in LA und liebt das Leben genau so wie wir es gerade führen. Ihre Kollegin Zoe und deren Familie spielen eine wichtige Rolle für sie. Die Idee, sie einfach in meine Heimat mitzunehmen, fühlt sich nicht richtig für mich an. Ich darf es nicht voraussetzen, dass sie mir folgt. Also muss ich mich wohl mit dem Gedanken anfreunden, dass wir ab sofort eine Fernbeziehung führen.

Oh mein Gott, fühlt sich das scheiße an. Sie nicht mehr jeden Tag sehen zu können. Sie für eine lange Zeit nicht mehr riechen oder schmecken zu können. Meine Augen brennen. Sie füllen sich mit Tränen.

Und wenn ich einfach ein Arbeitsvisum beantrage und hier bleibe? Dank Mr. Bradley wäre auch diese Möglichkeit eine Option für mich, über die ich nachdenken sollte. Er hat mir einen lukrativen Job angeboten. Mit dem Geld, das ich verdienen würde, könnten wir uns ohne Probleme eine größere Wohnung leisten. Aber ich und LA? Auf Dauer? Die Vorstellung, dass ich ab sofort nur noch in LA leben soll, jagt einen kalten Schauer über meinen Rücken.

Ich bin kein Großstadtmädchen. Ein California-Girl bin ich schon lange nicht. Mein irisches Gemüt ist so heimatverbunden, dass ich bestimmt innerhalb kürzester Zeit vor Heimweh durchdrehen würde.

Außerdem hat meine Mutter mir schon vor ein paar Tagen am Telefon gesagt, wie sehr sie sich auf meine Rückkehr freut. Meine Brüder leben nicht weit von ihr entfernt. Trotzdem sehen sie sich nicht sehr oft, da sie eigene Familien haben. Seit mein Vater tot ist, hat sie nur noch mich. Ich bringe es nicht übers Herz, sie allein zu lassen.

Egal aus welchem Blickwinkel ich die Sache betrachte, unterm Strich bleibt das Ergebnis immer gleich schlecht.

Benjamin windet sich in meinen Armen.

»Und jetzt?« Unglaublich. Er tut tatsächlich so, als hätte er überhaupt nicht geschlafen. Mit einem Satz steht er auf seinen Füßen. Seine erwartungsvollen Augen treffen auf meine.

»Jetzt üben wir noch ein bisschen und wenn Du auf dem Brett stehen kannst, habe ich eine kleine Überraschung für Dich.«

»Cool. Eine Übellaschung? Was ist es denn? Ich will es sehen.« Ich stöhne und rolle mit den Augen. Jede Wette, dass er mir während der nächsten ein bis zwei Stunden ständig in den Ohren liegt. Ella ist neugierig und will alles wissen. Trotzdem stinkt sie im Neugierigkeitsvergleich mit ihrem Sohn um Längen ab. In diesem Punkt ist er mit nichts zu toppen.

»Ich werde Dich vermissen, mein Kleiner.«, murmle ich so leise vor mich hin, dass ich mir sicher bin, dass er mich nicht versteht.

35. Ella

»Moooommyyyy!« Obwohl Benjamin und Tara noch im Treppenhaus sind, höre ich ihn schon schreien. Tara ist eine einfallsreiche und kreative Frau. Bestimmt hat sie dafür gesorgt, dass er viel erlebt hat und direkt nach dem Abendessen ins Bett fällt.

Den ganzen Nachmittag bin ich vor Sehnsucht nach ihr schier Amok gelaufen. Ich erkenne mich kaum wieder. Noch nie hat ein Mensch so eine Anziehung auf mich ausgeübt, wie sie es tut. Ginge es nach mir, würde mein Tag ausschließlich aus essen, schlafen und mit ihr schlafen bestehen, wobei essen und schlafen sowieso völlig überbewertet werden.

Bevor Benjamin seinen kleinen Finger in den Klingelknopf bohrt, reiße ich die Tür auf.

»Moooommyyyy!«, schreit er und fliegt in meine Arme. Seine Augen leuchten glücklich.

»Mommy, wir sind gesulft. Die Wellen wallen sooooo gloß!« Er windet sich aus meinen Armen. Auf den Zehenspitzen stehend streckt er seine Arme so weit hoch wie möglich.

»Was, so groß? Wirklich? Wow. Und Ihr seid nicht runter gefallen?« Meine Güte, hat mein kleiner Mann eine blühende Phantasie. Beim besten Willen kann ich mir nicht vorstellen, dass Tara so leichtsinnig ist und mit ihm aufs Meer hinaus gepaddelt ist.

»Stimmt das?«, frage ich mit warnendem Unterton in der Stimme. Betreten nickend starrt sie den Boden an.

»Ja, aber er hat Schwimmhilfen und eine Taucherbrille getragen. Kein Grund, Dir Sorgen zu machen. Wir waren nur so weit draußen, dass es für ihn nicht gefährlich war.«

»Benny, geh bitte ins Bad. Ich komme gleich.«, flöte ich. Kaum ist er im Bad verschwunden fahre ich herum. Meine Augen funkeln.

»Wer hat Dir denn bitte ins Hirn geschissen? Da bitte ich Dich, ein paar Stunden auf Benjamin aufzupassen und Du kannst es einfach nicht lassen. Hast Du eine Ahnung, was alles hätte passieren können?«

Ich habe mich so auf Tara gefreut, aber jetzt habe ich einfach nur eine riesige Portion Wut im Bauch. Wie kann sie nur so achtlos sein und dann auch noch so tun, als wäre überhaupt nichts passiert? Fassungslos starre ich sie an.

»Du regst Dich völlig unnötig auf. Ich habe ihn so geschützt, dass nichts passieren konnte. Hast Du gesehen, wie glücklich er ist? Benny hat Talent. Weißt Du das eigentlich? Bevor Du weiter so ausflippst, kannst Du Dir die Bilder anschauen, die ich gemacht habe. Dann siehst

Du, dass ich ihn doppelt und dreifach geschützt habe.«, knurrt sie. Sie ist mindestens genauso ärgerlich wie ich. Bevor ich den Rest meines Pulvers verschießen kann, bückt sie sich und zerrt ihre Kamera aus dem Rucksack. Ihre Finger fliegen über das Display. Unmengen Bilder meines glücklichen Kindes tauchen vor meinen Augen auf. Sogar kleine Filmchen hat Tara gedreht.

Benjamin jauchzt so glücklich. Die Wut, die mein Herz mit ihrer eiskalten Faust umklammert hat, verraucht genauso schnell, wie sie aufgetaucht ist.

»Wenn Du so etwas wieder vorhast, sprich bitte vorher mit mir. Okay?«, sage ich leise.

»Versprochen.«

Ich bin überrascht von mir selbst. Normalerweise bleibe ich eine Weile auf dem Kriegspfad, wenn ich ihn einmal betreten habe. Keine Ahnung, wie Tara es hinbekommt, dass mein Temperament in der letzten Zeit viel schneller auf ein normales Level zurückfährt als früher.

Ich öffne meine Arme und presse meinen Körper an ihren.

»Ich habe Dich vermisst.«, hauche ich.

»Ich Dich doch auch.«, murmelt sie und gähnt unauffällig. Ihre Lider sind geschwollen, die Augen rot und müde.

»Sobald Benny im Bett ist gehöre ich Dir. Wenn Du willst, können wir einen Film anmachen und … «

»Und … was?« Ihre Stimme ist nicht mehr viel lauter als ein Windhauch. Ein Lächeln huscht über meine Lippen.

»Lass Dich überraschen.«, necke ich, während meine Hand in kleinen Kreisen über ihren Rücken streichelt. Ich liebe es, wenn sie Sport gemacht hat. Dann hat sie immer diese ganz besondere Ausstrahlung – und ist noch viel heißer als sonst. Zu dumm, dass ich mich erst um Benjamin kümmern muss. Viel lieber würde ich sie von ihren Klamotten befreien und ihren erhitzten Körper mit meinen Händen, meinen Lippen und meiner Zunge einnehmen.

Seufzend löse ich mich aus ihren Armen. Benjamin wartet und solange er nicht im Bett ist, müssen meine Wünsche und Bedürfnisse hinten anstehen.

»Ella, warte kurz, bitte. Ich muss etwas mit Dir besprechen.«

»Warum habe ich das Gefühl, dass es nichts gutes ist?«

»Weil … Ich muss zurück nach Irland.«, erklärt Tara tonlos. Ihre Worte sickern nur langsam bis zu meinem Gehirn durch. Als mir ihr Inhalt bewusst wird, wird mein Gesicht immer länger.

»Wann?«, frage ich kaum hörbar.

»In vier Wochen läuft mein Visum aus. Spätestens dann muss ich im Flugzeug nach Dublin sitzen.«

»Okay.« Ich straffe meine Schultern und schreite hoch erhobenen Hauptes auf die Tür, hinter der mein Sohn auf mich wartet, zu. Wenn ich wüsste, woher ich die Kraft nehme, würde ich mein Rezept sofort verraten, nur leider gibt es keines. Ich weiß nur, dass ich stark bleiben muss. Vorerst. Zusammenbrechen kann ich später, wenn niemand meine Tränen sieht.

Dass sie mich nicht wenigstens fragt, ob wir mit ihr gehen wollen, tut mehr weh, als die Tatsache, dass sie die Staaten verlassen muss. Hätte sie gefragt, hätte ich mit an Sicherheit grenzender Wahrscheinlichkeit zumindest nachgedacht. Aber so … Bestimmt hat sie den Tag mit Benjamin dazu genutzt, sich darüber klarzuwerden, ob sie sich ein Leben mit einer kleinen Familie wirklich vorstellen kann. Das Ergebnis ihrer Überlegungen hat sie mir gerade präsentiert – und das kaum, dass sie zur Tür herein war. Ich möchte schreien. Wie ein kleines Kind mit den Füßen auf den Boden stampfen. Würde es mich weiterbringen, würde ich sogar das tun. Unwirsch wische ich die Tränen, die mir in die Augen schießen, weg.

Egal ob mir der Drops schmeckt, ich muss ihn lutschen. Die Erkenntnis, dass sie bald wieder aus meinem Leben verschwindet tut so weh, dass jeder Schritt zur Qual für mich wird. Ich spüre ihre Blicke in meinem Rücken. Jeden meiner Schritte verfolgt sie, als würde sie alles in sich aufnehmen wollen. Schon jetzt verfluche ich den Tag, an dem ich sie ziehen lassen muss. Mein Herz bricht. Schon wieder. In tausende kleine Teile. Ich werde sie verlieren.

»Mommy!«, quäkt Benjamin fröhlich. Für ihn geht ein schöner Tag zu ende. Von den Sorgen, die mich quälen, ahnt er nichts. Gedankenverloren wasche ich das Salz von seinem Körper und rubble ihn ab. Unser Abendessen fällt sehr ruhig aus. Wäre Benjamin nicht da, würden wir wahrscheinlich überhaupt nichts sagen. Tara hängt genauso ihren Gedanken nach wie ich.

Kommst Du wieder?«, frage ich äußerlich völlig ruhig.

»Natürlich. Mr. Bradley verlangt, dass ich in jedem Quartal für ein paar Tage nach LA komme.«

»Super.«, sage ich mit sarkastischem Unterton in der Stimme. »Wenn es Deine Zeit erlaubt, kannst Du die Abende dann gerne mit uns verbringen. Natürlich nur, wenn Du willst.«

»Heißt das, Du willst eine Fernbeziehung mit mir führen?«

»Von wollen kann nicht die Rede sein. Aber ich will auch nicht ganz auf Dich verzichten, also muss ich mich ja wohl damit abfinden, Dich nur alle paar Monate für ein paar Tage zu sehen.«

»Aber … «, sagt sie, stockt dann aber und klappt ihren Mund wieder zu.

»Was aber?« Genervt rolle ich mit den Augen. Wir haben nur noch ein paar Wochen und statt uns in den Armen zu liegen und uns hemmungslos zu lieben, hocken wir auf dem Sofa und diskutieren über Dinge, die wir doch sowieso nicht ändern können.

Auch wenn ich es erfolgreich verdrängt habe, wusste ich von Anfang an, dass die Zeit, die sie in LA verbringt, nur begrenzt ist und zwangsläufig irgendwann der Tag des Abschieds kommen muss. Mit dem Wissen, dass dieser Tag immer näher kommt, wäschst in mir der Wunsch, die Zeit einfach zurückdrehen zu können. So viel wie möglich von ihr möchte ich mitnehmen und sobald ein Tag vorbei ist, stelle ich die Uhr einfach vierundzwanzig Stunden zurück. Schade eigentlich, dass es so einfach leider nicht ist.

Ich habe Verpflichtungen. Sie hat Verpflichtungen. Keine von uns kann einfach alles stehen und liegen lassen. Ich muss einen Weg finden, damit umzugehen, egal wie sehr mein Herz weint.

»Was aber …?«, frage ich noch einmal, weil sie nicht antwortet.

»Ich hatte eigentlich gehofft, dass Ihr mich begleitet. Ella, ich will nicht auf Dich verzichten. Bitte komm mit mir nach Irland.«

Mein Herz legt eine kleine Pause ein. Dann schlägt es so kräftig, dass es sich anfühlt, als würde es durch meine Brust springen. Habe ich mich verhört, oder will sie uns doch in ihrer Nähe haben? Sind wir ihr etwa doch nicht so unwichtig, wie ich befürchtet habe?

»Ich will doch auch nicht auf Dich verzichten.«, flüstere ich. »Aber so leicht, wie wir es uns wünschen, ist die Sache nicht. Benjamin und ich haben uns gerade erst an die Stadt gewöhnt. Ich kann ihn nicht schon wieder aus seiner gewohnten Umgebung reißen. Das verstehst Du doch, oder?«

Ihr Nicken fällt so sparsam aus, dass ich es beinahe übersehe.

»Natürlich verstehe ich Dich. Es tut nur so verdammt weh. Wenn ich könnte, würde ich mich zerteilen. Eine Hälfte bleibt bei Dir in LA, die andere fliegt nach Hause zu meiner Mutter. Ich kann sie nicht einfach allein lassen, verstehst Du? Seit mein Vater tot ist … «

»Moment. Caleb ist tot? Wann? Warum …? Warum hast Du nichts davon gesagt?«

»Habe ich wohl erfolgreich verdrängt. Er war ein begeisterter Kletterer. Ein paar Monate vor meiner Abreise nach LA hat er einen kleinen Fehler gemacht und ist fast hundert Meter in die Tiefe gestürzt.«

Ich starre sie mit großen Augen an. Der Schock sitzt mir in den Knochen. Aber noch mehr schockt mich, dass sie so redet, als würde sie alles nichts angehen. Als würde sie über einen wildfremden Menschen sprechen und nicht über den Mann, den sie über alles geliebt hat.

Einmal mehr muss ich feststellen, dass sie Meisterin im Gefühle wegschieben ist. Wenn etwas nicht sein darf, dann ist es auch nicht. Trotzdem kann ich mir ungefähr vorstellen, wie es in ihr aussieht. Meine Eltern leben zwar beide noch, aber als ich vor dreieinhalb Jahren von meiner Adoption erfuhr, zog es mir den Boden unter den Füßen weg. Ich zweifelte so sehr an mir wie nie zuvor. Nach Irland zu fahren und meine Wurzeln kennenzulernen war die schlechteste und gleichzeitig die beste Entscheidung, die ich jemals getroffen habe.

Nach meiner Rückkehr nach New York brauchte ich ein paar Monate, bis ich mich einigermaßen wieder auf die Reihe bekam. Nichts war mehr wie vorher. Jeden meiner Schritte hinterfragte ich doppelt und dreifach, so sehr zweifelte ich auf einmal an mir. Der Schmerz, der sich nach dem Abschied von Tara durch meinen Körper fraß, verkomplizierte meine Suche nach meiner eigentlichen Identität zusätzlich. Auch wenn ich meine leibliche Mutter und ihre Zwillingsschwester Renata nicht kannte, fühlte ich doch tiefe Traurigkeit. Zwei Menschen, die mir näher hätten stehen sollen als jeder andere, waren gegangen, ohne, dass ich die Chance bekam, sie kennenzulernen. Ich glaube, ich kann ungefähr nachvollziehen, wie Tara sich nach dem Tod ihres Vaters gefühlt haben muss. Dass sie so distanziert von ihm spricht kann ich hingegen nicht ansatzweise verstehen.

Caleb war ein besonderer Mensch. Seine offene Art gefiel mir von Anfang an und ich hätte mir gewünscht, etwas mehr Zeit mit ihm verbringen zu können. Ich glaube, dass er ein Mann war, von dem ich viel hätte lernen können.

»Komm her.«, sage ich leise und öffne meine Arme. Tara legt ihren Kopf auf meinen Schoß. Sie gähnt so laut, dass ich ihre Müdigkeit nicht länger ignorieren kann. Ein Lächeln huscht über meine Lippen.

»Macht es Dir etwas aus, wenn ich Dich heute einfach nur festhalte?«, frage ich vorsichtig, was sie lediglich mit einem leisen Grunzen bestätigt. Eng aneinander gekuschelt hängen wir unseren Gedanken nach. Ich bin kein großer Fan von zu viel Ruhe, aber manchmal gibt es Momente, in denen ich Schweigen als wohltuend empfinde. Momente wie diesen zum Beispiel.

Gedankenverloren streichle ich über ihren Bauch, während sich in meinem Kopf wage Ideen zu brauchbaren entwickeln. Begeistert vom Ergebnis meiner Überlegungen döse ich mit halb geschlossenen Augen vor mich hin.

36. Tara

Hast Du alles?«, fragt Ella. Sie ist so ruhig, fast zu ruhig für meinen Geschmack. Ich kann das nicht. Der bevorstehende Abschied jagt das Blut so schnell durch meinen Körper, dass ich ziemlich genau das Gegenteil von ruhig bin. In ein paar Minuten kommt das Taxi und bringt mich zum Flughafen.

Ich will nicht, dass Ella mich begleitet. Lieber in intimerer Atmosphäre »Lebe wohl.« sagen, als in der Öffentlichkeit. Meine Augen brennen. In den letzten Tagen habe ich so viel Zeit damit verbracht, unseren Abschied zu beweinen, dass ich nicht weiß, woher ich das ganze Wasser für meine Tränen nehme. Es war schlimm. Und jeden Tag wurde es, statt besser, noch ein bisschen schlimmer. Mein Herz fühlt sich an, als hätte es jemand verknotet. Ein besonders fester Knoten, der sich nicht mehr so einfach lösen lässt.

Ich freue mich auf meine Mutter. Ich freue mich auch auf Irland. Die grünen Wiesen, die endlose Weite und die Sonne, die den Horizont küsst und bunte Regenbogen an den wolkenverhangenen Himmel zaubert. Die endlosen und menschenleeren Sandstrände und die schroffen Felsen, die so steil und mächtig in den Atlantik ragen, als müssten sie die Insel und jeden, der darauf lebt, vor negativen Einflüssen schützen. Ich freue mich aber auch auf lustige Abende im Pub. Abende, an denen ich mit meinen Nachbarn spontan zu Fiddle, Bodhran und Banjo greife und meine Stimme über die Wellen des Atlantik in die Ferne schicke.

Es sind die vielen Kleinigkeiten, die meine Heimat so liebenswert machen und dafür sorgen, dass ich sie vermisse, sobald ich ihr den Rücken kehre.

Ich liebe Irland und ich bin stolz, Irin zu sein.

Dass Ella sich, trotz mehrerer Überredungsversuche, dagegen entschieden hat, mit mir zu kommen, zerreißt mir das Herz. Was bedeuten all die schönen und besonderen Erlebnisse, wenn ich sie nicht an meiner Seite habe, um sie mit ihr zu teilen?

»Kann ich Deinen Pulli mitnehmen?«, frage ich mit leiser Stimme.

»Welchen denn?«

»Den, den Du gerade anhast. Ich brauche irgendetwas, was nach Dir riecht. Bitte Ella.« Ich weiß, dass es sich bei dem Pulli um ihren Lieblingspulli handelt, den sie nicht besonders gern aus der Hand gibt. Trotzdem hoffe ich, dass sie sich einen Ruck gibt. Vielleicht fällt es ihr leichter, wenn ich ihr einen Tausch anbiete? Ich schlüpfe aus meiner Jacke und halte sie ihr hin.

»Wie wäre es mit einem kleinen Tausch? Och bitte, Ella. Komm schon. Du kannst mir doch jetzt nicht antun, dass ich nichts bei mir habe, was nach Dir riecht.«

Ihre Augen fangen meine. Ich versinke im tiefen Blau. Obwohl nicht zu übersehen ist, wie sehr Ella mit sich ringt, grinst sie und schält sich betont langsam aus dem flauschigen Stoff ihres Pullis.

»Ich weiß doch, wie sehr Du es liebst, wenn ich ihn trage. Wenn Du einsam bist, oder wenn Du mich vermisst, ziehe ihn einfach an. Vielleicht denkst Du dann daran, dass ich hier auf Dich warte und den Tag, an dem Du zurückkommst nicht erwarten kann. Ich liebe Dich, Tara.«

Meine Augenbraue zuckt. Ihre Worte klingen noch etwas fremd in meinen Ohren und doch fühlt sich das, was sie in mir auslösen, mehr als gut an. Drei kleine Worte, die ich bis vor kurzem für einen Werbegag aus Hollywood hielt. Und selbst wenn es Liebe tatsächlich geben sollte, dann bestimmt nicht für jemanden wie mich. So dachte ich immer. Müsste ich mich jetzt nicht von ihr verabschieden, würde das Grinsen in meinem Gesicht bestimmt von einem Ohr bis zum anderen reichen.

»Ich liebe Dich auch.«, flüstere ich und gebe mir wirklich Mühe, mich zusammenzureißen. Trotzdem kann ich nicht verhindern, dass ein Sturzbach über meine Wangen plätschert.

Es nervt mich, dass Liebe so unglaublich schön und gleichzeitig genauso schmerzhaft ist. Mein Herz jubelt und im nächsten Augenblick bricht es. In tausende kleine Teile, die ich während meines Fluges nach Dublin mühsam wieder zusammensetzen muss. Meine Mutter freut sich auf mich. Ihr zuliebe werde ich so tun, als ginge es mir gut, obwohl das Gegenteil der Fall ist. Ich werde lächeln, statt zu weinen. Sie hat es nicht verdient, dass ich sie meine Verzweiflung spüren lasse.

In der nächsten Zeit werde ich in zwei Welten leben. Wenn ich an unserer Küste durch den Sand laufe und mir die Wellen das kalte Wasser um die Füße spülen, werde ich in Gedanken bei Ella sein und mir wünschen, sie wäre bei mir. Sobald ich in LA bin, werde ich ihre Nähe genießen und sie tief in mir aufnehmen. Dafür werde ich dann die Ruhe und Abgeschiedenheit meiner Heimat vermissen. Eine Pattsituation.

Einsame Strände und quirliges Kleinstadtleben ohne Ella versus Großstadtmief und Hektik, dafür mit Ella. Ich hole tief Luft und lasse sie mit einem Seufzen wieder entweichen. Der laute Ton der Klingel hämmert in meinen Ohren. Geknickt ziehe ich den Kopf ein.

»Dein Taxi ist da.«, flüstert Ella überflüssigerweise. Sie lehnt sich an mich und legt ihre Arme um meinen Oberkörper. »Benny! Komm schnell! Taras Taxi ist da. Verabschiede Dich von ihr.«

»Nein!« Sein absolutes Lieblingswort. Wäre ich nicht so traurig, müsste ich jetzt lachen. »Du hast velsplochen, dass

Du bleibst!«, murrt er laut genug, dass ihn auch die Nachbarn zwei Apartments weiter gut verstehen können.

»Aber ich komme doch wieder. Und dann gehen wir surfen. Versprochen.«

Seine Tür öffnet sich. Er schiebt seine kleine Hand in meine und schaut zu mir herauf.

»Na gut. Schuss und bis bald.«, quäkt er mit hoher Stimme. Ich gehe in die Knie und flüstere: »Pass gut auf Deine Mommy auf, okay?«, doch statt einer Antwort bekomme ich nur einen feuchten Kinderkuss.

»Ich werde Dich vermissen.«

»Ich Dich auch, Tala. Komm bald wiedel.« Bevor ich noch etwas sagen kann, windet er sich aus meinen Armen und schmeißt seine Zimmertür mit Schwung ins Schloss. Meine Blicke folgen ihm. Traurig schüttle ich den Kopf. Ella zieht mich in ihre Arme und wiegt mich wie ein Kind.

»Mach Dir keine Gedanken. Er beruhigt sich schon wieder. Er ist nur traurig. Da kann es schon mal passieren, dass er die Türen kracht.«, sagt sie völlig ruhig.

»Melde Dich bitte, wenn Du angekommen bist. Und vergiss nicht: Ich liebe Dich.«

Vielleicht sollte mich die extreme Ruhe, die sie ausstrahlt irritieren, aber ich bin viel zu sehr mit mir selbst und meinem Abschiedsschmerz beschäftigt, um irgendetwas anderes als mein gebrochenes Herz wahrzunehmen.

Ihre Lippen legen sich auf meine. Leises Seufzen mischt sich mit heiserem Schluchzen. Ich will nicht weg von ihr. Niemals die Wärme und den Halt ihrer liebevollen Arme vermissen müssen. Ich könnte doch auch einfach alles canceln und den Taxifahrer einen netten Mann sein lassen.

Ella gibt mich frei. Sie greift nach dem Türgriff und schiebt mich aus ihrer Wohnung.

»Ich liebe Dich.«, flüstert sie und schließt die Tür hinter meinem Rücken.

Wo geht die Reise denn hin, Miss?« Wie durch Watte dringt die Stimme des Taxifahrers langsam zu mir durch. Heiße Tränen rinnen über meine Wangen. Warum muss ich die Liebe loslassen, wenn ich sie doch viel lieber festhalten möchte?

»Nach Irland.«, stöhne ich mit brüchiger Stimme.

»Oh, Irland. Wow. Ist es dort wirklich so schön, wie alle behaupten?«

»Irland ist wunderschön.«, antworte ich und hoffe, dass er merkt, dass ich nicht an einer Konversation mit ihm interessiert bin. Der Schmerz schnürt mir die Kehle zu. Außer Tränen habe ich nicht viel, was ich dem Taxifahrer geben könnte.

Ich bin nur noch eine Hülle, ein Schatten meiner selbst. Mit jedem Haus, das viel zu schnell an mir vorbei rast, bringt mich das Taxi immer weiter von Ella weg. Ein lauter Schluchzer huscht über meine Lippen.

»Nicht weinen, Miss. Sie sind viel zu hübsch, um traurig zu sein.« Ich runzle die Stirn. Die Worte des Taxifahrers ergeben für mich keinen Sinn. Was hat denn Schönheit damit zu tun, ob jemand traurig ist oder fröhlich? Seltsame Logik haben manche Menschen.

Die Stadt unter mir wird immer kleiner, dafür der Schmerz in mir immer größer.

Fast dreihundert Menschen sitzen um mich herum und doch fühle ich mich so einsam wie lange nicht. Solange SIE nicht bei mir ist, wird sich an der Leere in meinem Herzen auch nichts ändern.

37. Ella

Hat sie Dich gesehen?«, frage ich atemlos und lehne mich lässig an den Türrahmen. Zoes gewinnendes Lächeln reicht von einem Ohr zum anderen.

»Nein. Natürlich nicht. Sie war viel zu sehr mit sich selbst beschäftigt, um mich zu bemerken. Hast Du fertig gepackt?«

Ich grinse schief. Tara weiß nicht, dass ich den gleichen Flug wie sie nehmen werde. Deswegen fühlt sich unser Abschied für sie viel grausamer an als für mich. Kein Wunder also, dass sie meine euphorische Stimmung nicht bemerkt hat.

»Noch nicht ganz. Aber fast. Benny, komm, beeil Dich, wir müssen los! Zoe bringt uns zum Flughafen.«

»Abba Mommy, walum denn?«

»Weil wir nach Irland fliegen.«

»Ella, ich verstehe Dich nicht. Warum hast Du ihr nicht gesagt, dass Du sie begleiten willst? Du hättest ihr viel Schmerz erspart.«

»Das vielleicht schon. Dafür hätten wir uns wegen der Tickets gestritten. Ich kenne Tara. Sie hätte darauf bestanden, viel Geld für zwei zusätzliche Businessclass-Tickets zu bezahlen. Ich will nicht, dass sie sich wegen uns in Unkosten stürzt, verstehst Du? Außerdem freue ich mich jetzt schon auf ihr Gesicht, wenn ich ihr in Dublin gegenüberstehe.«

»Du bist ziemlich gemein. Das weißt Du, oder?«, sagt Zoe und obwohl sie herzlich lacht kann sie die Traurigkeit, die sie einnimmt, nicht überspielen.

»Klar weiß ich das.«

»Ich werde Dich vermissen, meine Kleine.«

»Ich Dich auch. Aber ich bin mir sicher, dass Tara und ihre Mutter nichts dagegen haben, wenn Ihr uns so oft besucht, wie Ihr wollt. Außerdem werde ich Tara alle paar Monate nach LA begleiten. Du siehst also, los wirst Du mich so schnell nicht.«

Ich bin auch traurig, dass ich in Zukunft so weit von Zoe entfernt leben werde. Sie ist mir ans Herz gewachsen und am liebsten würde ich sie und ihre Familie einfach einpacken und mitnehmen. Dass das nicht so einfach ist, ist mir schon klar, aber wünschen darf ich es mir doch trotzdem, oder?

Die paar persönlichen Sachen, die Benjamin und ich mitnehmen werden, sind rasch in zwei Rucksäcken und zwei großen Taschen verstaut. Mehr brauchen wir nicht, um in unser neues Leben zu starten.

Je mehr Häuser an Zoes Auto vorbeirasen, desto näher komme ich Tara. Sie fliegt Businessklasse, für Benjamin und mich konnte ich mir nur Holzklasse leisten. Wenn ich es schaffe, ihr im Wartebereich aus dem Weg zu gehen, sollte sich mein Plan, sie erst auf irischem Boden auf mich aufmerksam zu machen, gut in die Tat umsetzen lassen.

»Pass auf Dich auf, Ella. Und melde Dich, wenn Ihr angekommen seid. Ich hab Dich lieb.«, flüstert Zoe und wischt sich ein paar Tränen aus den Augen. Benjamin schaut von ihr zu mir und wieder zurück. Er schüttelt den Kopf. In seinen Augen sind wir bestimmt nur zwei sentimentale alte Frauen, die nicht wissen, wie sehr er sich auf den bevorstehenden Flug freut. Im Gegensatz zu mir hat er Spaß am Fliegen und hibbelt jetzt schon aufgeregt von einem Bein auf das andere.

»Bis bald, Zoe. Ich habe Dich auch lieb.« Ich ziehe sie in meine Arme und schmiege mich an sie. Dann löse ich mich, greife nach Benjamins Hand und zerre ihn hinter mir her. Sollte mich jemand fragen, warum ich seinen Protest ignoriere, werde ich sagen, dass wir sehr spät dran sind und einen Flug erwischen müssen.

Dass das nur der halben Wahrheit entspricht wissen nur Zoe und ich. Ich liebe Zoe wie eine Schwester. Trotzdem würde ich immer wieder die gleiche Entscheidung treffen. Tara und ich. Ich und Tara. So stelle ich mir meine Zukunft vor. Nur dafür bin ich bereit, das Risiko einzugehen und noch ein letztes Mal neu anzufangen.

Als die Maschine abhebt werden die Lichter der Stadt immer kleiner.

Um uns herum sitzen bestimmt dreihundert andere Menschen. Trotz des munteren Stimmengewirrs empfinde ich tiefe Ruhe.

Selbst wenn ich etwas wehmütig bin, werde ich meine Entscheidung, die Zelte in LA wieder abzubrechen, bestimmt nie bereuen. Ich reise nach Irland. Das Land meiner Vorfahren. Und die Heimat der attraktivsten und liebevollsten Frau, die ich mir an meiner Seite nur vorstellen kann. An meiner Seite. Nicht getrennt von ihr.

38. Tara

Endlich wieder irischen Boden unter den Füßen. Die Menschen, die mit mir in der Maschine saßen, streben mit mir der Gepäckhalle entgegen. Jetzt nur noch warten, bis mein großer Rucksack und die etwas kleinere Sporttasche auf dem Band auf mich zukommen, dann habe ich es geschafft.

»Mommy?«, ruft ein Kind, nicht weit von mir entfernt. »Ist das Illand?«

Der Coffee-to-go-Becher, den ich gerade zum Mund führen will, bleibt in der Luft stehen, als hätte jemand den Aus-Knopf an meinem Arm gedrückt. Wie hoch ist eigentlich die Trefferquote, dass ein Kind in Irland die gleiche Stimmlage, die gleiche Stimmfarbe und vor allem den gleichen süßen Sprachfehler wie Benjamin hat? Ungefähr fünf Prozent? Nicht genug, um mich zu überzeugen.

Ich fahre herum und betrachte mit großen Augen das Gewusel um mich herum. Zehn, vielleicht zwanzig Meter von mir entfernt diskutiert eine junge dunkelhaarige Schönheit mit ihrem Sohn.

Der Kaffeebecher platscht aus meiner Hand auf den Boden. Ich laufe los. So schnell meine müden Füße mich tragen können.

»Was … Was macht … Was machst Du denn hier?«, stottere ich und reiße Ella in meine Arme.

»Ich wollte Dir nur sagen, dass ich Dich liebe.«, flüstert sie. Tränen laufen über ihre Wangen und mischen sich mit meinen. Heiße Lippen treffen aufeinander. Meine Beine geben unter mir nach. Ich sacke in ihren Armen in mich zusammen wie ein Sack, der einem plötzlichen Regenschauer ausgesetzt ist.

»Wie lange bleibst Du hier?«

»Für immer, wenn Du mich lässt.«

Mein Schrei mischt sich mit meinem Lachen und ist so laut, dass sich die Menschen um uns herum zu uns umdrehen. Ella liegt in meinen Armen. Oder liege nicht doch eher ich in ihren?

Mit einem Schwung hebe ich Benjamin hoch und ziehe ihn und seine Mutter in meine Arme und wirble mich mit ihnen im Kreis.

Ich bin ein Glückskind, denn ich habe die attraktivste, charmanteste und faszinierendste Frau von allen an meiner Seite. Und das tollste Kind.

»Du kannst vergessen, dass ich in diese Karre einsteige!«, schimpft Ella und grinst von einem Ohr zum anderen. Szenen von unserem ersten Zusammentreffen vor ungefähr dreieinhalb Jahren tauchen vor meinem inneren Auge auf. Es kostet mich reichlich Mühe, nicht in schallendes Gelächter auszubrechen.

»Tut mir leid, Miss Montanaro. Wir sind hier in Irland. Der Limousinenservice hat leider Urlaub. Wenn Du heute noch nach Donegal kommen willst, solltest Du also einsteigen.«, kontere ich.

Meine Augen leuchten mit der Sonne, die soeben ihren Weg durch die Wolken sucht, um die Wette. Ungeheuer praktisch, dass zwei meiner Brüder vor ein paar Tagen einen Termin in Dublin hatten. Ich musste auch nur ein paar Minuten bitten und betteln, damit sie meinen Landrover auf dem Flughafenparkplatz abgestellt haben.

»Alles einsteigen!«, kommandiere ich, hole zwei Kissen und schiebe unter Benjamins kleinen Po. Ella lacht leise.

»Du bist aber auch auf alles vorbereitet, was?«

»Na klar.«, kontere ich. »Schließlich kann ich nie wissen, wann mir eine attraktive Frau vors Auto läuft. Zwei große Kissen reichen, um … «

»Um was?«, fragt sie und kommt neugierig auf mich zu. Ihre Augen funkeln. Wie aus Versehen gleitet ihre Zungenspitze über ihre Lippen. Mein Seufzen mischt sich mit ihrem Stöhnen, als unsere Zungenspitzen einander berühren.

»DAS musst Du schon selbst herausfinden. Herzlich willkommen in Irland, Ella.«, flüstere ich und lehne mich an sie.

Leise Schnarchtöne auf der Rückbank wecken unsere Aufmerksamkeit. Benjamin hängt wie ein Schlückchen Wasser in der Kurve und schläft tief und fest. Manchmal beneide ich die kleinen Leute. Fühlen sie sich sicher schlafen sie, egal wo sie sind.

Ich drehe den Schlüssel im Schloss um und trete vorsichtig aufs Gas. Der Landrover macht einen kleinen Hüpfer.

»Aber hallo! Gibst Du eigentlich immer so Gas?«, fragt Ella mit spöttischem Unterton in der Stimme.

»Wenn es sich lohnt schon.«

»Und? Lohnt es sich?«

»Oh ja, Ella. Und wie. Ich liebe Dich.«

»Ich liebe Dich auch, Tara.«

»Warum hast Du nicht gesagt, was Du vorhast? Ich hätte mich auch so riesig gefreut.«

»Das vielleicht schon. Aaaber … Wenn Du Dich vorhin gesehen hättest, wüsstest Du, warum ich nichts gesagt habe. Du warst so überrascht und überwältigt. DAS konnte ich mir doch nicht entgehen lassen.«

»Du bist gemein, Ella.«

»Ich weiß. Gemein ist mein zweiter Vorname. Das solltest Du doch langsam wissen.«

Hello Mum!«, rufe ich gut gelaunt und warte, bis meine Mutter in meine Arme sinkt.

»Ich bin ja so froh, dass Du wieder da bist. Ich habe Dich vermisst.«

Meine Hand streichelt über ihren Kopf, so wie sie es früher bei mir immer gemacht hat.

»Ich muss Dir etwas sagen, Mum. Ich bin nicht allein.«

»Wen hast Du mir denn mitgebracht?«

»Benny?«, rufe ich und warte, bis der kleine Mann aus dem Landrover springt.

»Das ist Benjamin. Benny, das ist meine Mutter. Sie heißt Máire.«

»Hello Granny Máire.«, sagt Benjamin artig und reicht meiner Mutter die Hand. Die gütigen Augen meiner Mutter leuchten.

»Bestimmt gibt es zu diesem süßen Kind auch eine wunderschöne Mutter. Stimmts?«

»Meine Mommy sitzt noch im Landlovel.«, kräht Benjamin und zerrt Máire an der Hand hinter sich her. Wie gebannt beobachte ich das Geschehen und lächle glücklich.

»Halt! Halt! Halt!«, ruft meine Mutter dem kleinen Jungen zu. »Ich bin schon eine alte Frau und alte Frauen können nicht mehr so schnell.«

Als hätte er den Wink ein bisschen falsch verstanden, wirbelt Benjamin um sie herum und hilft ihr, in dem er sie über den Vorplatz zu meinem Landrover schiebt. Das laute Lachen meiner Mutter weht zu mir herüber.

»Na, Du bist ja ein toller Junge.«, höre ich meine Mutter juchzen. Jede Wette, dass der Kleine keine drei Sekunden gebraucht hat, um ihr Herz zu erobern. Die Tür des Landrover öffnet sich langsam. Meine Mutter bleibt so abrupt stehen, dass Benjamin mit dem Kopf gegen ihren Po läuft.

»Ella!«, ruft meine Mutter und eilt mit großen Schritten auf meine Partnerin zu. Ich weiß nicht, wie ich das, was ich in diesem Moment empfinde, am besten in Worte fassen könnte. Wie zwei alte Bekannte liegen sich Ella und meine Mutter in den Armen, während Benjamin laut jauchzend um sie herum hüpft. Vergessen die drei schmerzvollen Jahre, deren Schatten auch vor meinen Eltern nicht halt gemacht haben.

Arm in Arm kommen die zwei wichtigsten Frauen und der wichtigste kleine Mann in meinem Leben auf uns zu.

»Wir sprechen uns noch, Tara Máiréad O`Neill. Mir einfach die schönste Nachricht überhaupt zu unterschlagen. Unglaublich.« Es klatscht leicht, als ihre flache Hand ihren Weg auf meinen Hintern findet.

»Ich freue mich so sehr, Euch so glücklich zu sehen. Wie lange werdet Ihr bleiben, Ella?«

»Ich habe nur ein One-Way-Ticket gebucht. Wenn ich darf, würde ich gerne für immer hier bleiben.«

Meine Mutter wirbelt auf dem Absatz herum und zieht sie wieder in ihre Arme.

»Das ist das schönste Geschenk, dass Ihr zwei mir machen konntet. Ich freue mich so, dass Ihr hier seid.«

»Happy Birthday, Mum.«, hauche ich und ziehe Ella und meine Mutter an meine Brust.

Etwas mühsamer und langsamer als früher geht meine Mutter in die Knie:

»Na Du, junger Mann? Was hältst Du davon, wenn ich Dir Dein neues Zimmer zeige?«

»Au jaaaa! Au jaaaa!«, jauchzt Benjamin und springt wie ein Gummiball um meine Mutter herum.

Ella und ich folgen ihnen etwas langsamer.

»Herzlich willkommen in Deinem neuen Zuhause.«, flüstere ich. Als ihre Lippen sich auf meine legen mischt sich mein Seufzen mit ihrem. Unsere Herzen klopfen im Gleichklang und wenn mich nicht alles täuscht, legen sie sogar den gleichen lustigen Hüpfer ein.

39. Ella

Wie jeden Abend stehe ich mit ihr auf dem Balkon und schaue auf die endlose Weite des Ozeans. Sie schlingt ihre Arme um mich und zieht mich eng an sich. Sie legt ihre Lippen auf meine und seufzt leise: »Ich liebe Dich.«

Ich liebe diese paar Minuten am Abend, die nur uns gehören. Mein dampfender Kaffeebecher, die herrliche Aussicht, Tara und ich. Die Sonne senkt sich über den Horizont und beendet ihre Reise – für diesen Tag. Ich lehne mich an Tara und seufze zufrieden. Ihre Augen strahlen genauso glücklich, wie ich mich fühle.

Meine Seele hat ihren Ankerplatz gefunden. Hier komme ich zur Ruhe. An ihrer Seite komme ich an. Endlich.

Ende

28445705R00277

Printed in Poland
by Amazon Fulfillme
Poland Sp. z o.o., Wro